Danise Juno

DEATH CACHE

Tödliche Koordinaten

acabus

Juno, Danise: Death Cache. Tödliche Koordinaten,
Hamburg, acabus Verlag 2016

Originalausgabe
ISBN: 978-3-86282-416-8

Dieses Buch ist auch als eBook erhältlich und kann über den Handel oder den Verlag bezogen werden.
PDF-eBook: ISBN 978-3-86282-417-5
ePub-eBook: ISBN 978-3-86282-418-2

Lektorat: Lara Maaß, Laura Künstler, acabus Verlag
Umschlaggestaltung: © Marta Czerwinski, acabus Verlag
Umschlagmotiv: 67470924 - Wall, © Stillfx - Fotolia.com; Engel © Danise Juno; globe: https://pixabay.com/de/globus-dr%C3%A4hte-l%C3%A4nge-kugeln-307094/

Bibliografische Information der Deutschen Nationalbibliothek:
Die Deutsche Nationalbibliothek verzeichnet diese Publikation in der Deutschen Nationalbibliografie; detaillierte bibliografische Daten sind im Internet über http://dnb.d-nb.de abrufbar.

Der acabus Verlag ist ein Imprint der Diplomica Verlag GmbH, Hermannstal 119k, 22119 Hamburg.

---

http://www.acabus-verlag.de
Printed in Europe

Prolog

Das ehemalige Schlosscafé im Wald oberhalb der Stadt Remagen beherbergte an diesem Samstagnachmittag einen einsamen Gast. Er saß auf einem Kissen welker Blätter, den Rücken an die Ziegelmauer gelehnt, die Augen geschlossen. Bei gestrecktem Nacken ruhte das Kinn auf der Brust. Eine Windböe zupfte an seiner Trekkingkleidung, ließ eine Hand voll Laub in einem kleinen Wirbel tanzen und umwob die Ruine wie ein feines Gespinst aus flüsternden Stimmen der Vergangenheit. Der Himmel lag wolkenlos über den Baumwipfeln des Waldes, der das Gemäuer über die Jahre beinahe gänzlich verschluckt hatte.

Man könnte diesen Ort ein idyllisches Plätzchen nennen, dachte Kommissar Gerke, als er an den Mann herantrat und den Blick über die mit Efeu überwucherten Mauerreste schweifen ließ. *Wenn man die Leiche außer Acht lässt.*

Er versuchte, den süßlichen Gestank zu ignorieren und richtete sein Augenmerk auf die Brustpartie des Mannes. Das einst kakifarbene Hemd war mit dickflüssigem Blut verklebt, sodass es beinahe schwarz wirkte. Aus einer Falte krabbelte ein dunkelbrauner Käfer hervor, dessen lange Fühler zuckend die Mahlzeit sondierten.

Angewidert besann sich Kommissar Gerke auf seinen Job und zog sich dünne Handschuhe über, die mit einem peitschenden Laut seine Gelenke umschlossen.

»Der arme Kerl hätte in den 60er Jahren herkommen sollen«, sagte sein Kollege König mit belegter Stimme und richtete seinen Blick auf den brüchigen Uhrenturm, der dem Café etwas Unheilvolles verlieh. »Zu der Zeit bekam man hier wenigstens noch frischen Kuchen.« Er richtete seine Kamera auf den Mann und schoss einige Fotos. Anschließend zupfte er ihm eine verrottete Eichel aus dem schmutzig blonden Haar und tütete sie sorgfältig ein.

Gerke hockte sich vor die Leiche. Vorsichtig hob er den Kopf des Opfers und betrachtete die Schnittwunde an dessen Hals. »Siehst du das?«, fragte Gerke seinen Kollegen und deutete auf einen silbernen Draht, der zu beiden Seiten aus der Wunde hinausführte. »Er wurde halb geköpft.«

»Scheint am Halswirbel gescheitert zu sein«, stellte König fest. Seine Augen folgten dem Draht. »Es sieht so aus, als ob er hinter der Mauer befestigt wurde. Da sind Bohrungen.« Er legte den Kopf schräg und ging um die baufällige Wand herum. Einen Augenblick später rief er: »Das musst du dir ansehen! Ist das krank.«

Gerke bettete den Kopf des Mannes zurück auf die Brust, folgte König und sah sich den Mechanismus an, der den Draht peitschenartig hatte zurückschnellen lassen.

»Eine ausgeklügelte Falle, würde ich behaupten«, sagte König betroffen. »Vollautomatisch.«

»Das spricht für die Intelligenz des Täters«, stellte Gerke fest. »Irgendwo muss ein Auslösemechanismus sein.« Er wandte sich erneut der Leiche zu, besah sich deren Position, den halbverrotteten Dielenboden und das wie zufällig verteilte Laub. Schließlich schüttelte er den Kopf. »Ich begreife das nicht. Was zum Teufel hatte der Mann hier zu suchen?«

König war neben ihn getreten. Gerke sah ihn an, seine Brauen schnellten in die Höhe. »Was ist?«, fragte er. Sein Kollege sah aus, als habe er einen Geist gesehen. Kommissar Gerke folgte dessen Blick, der starr auf dem Boden unweit der Leiche ruhte.

»Oliver?«, fragte Gerke.

»Das ist ein Geocacher.«

»Ein was?«

König stieg über die ausgestreckten Beine des Opfers, stellte eine Nummernmarke zwischen die Blätter und schoss ein

Foto. Hernach hob er einen Gegenstand auf. »Geocacher sind Leute, die an einem Schatzsuchspiel teilnehmen.« Er hielt ein grau-braunes, etwa faustgroßes Gerät in die Höhe. »Das ist ein GPS. Hiermit finden sie die Dosen, die von anderen Spielern versteckt wurden.« Er schaltete es ein. Der kleine Monitor flackerte auf. »Es funktioniert noch, aber die Batterien sind schwach.«

»Und woher wissen die Leute, wo sie suchen sollen?«, fragte Gerke, der das Spiel nicht kannte.

König kam zu ihm zurück und zeigte ihm das Display. »Siehst du diese Zahlen?«

Gerke achtete sorgfältig darauf, die Blutspritzer auf dem Gerät nicht zu verwischen, als er es König aus der Hand nahm. Dann las er die Ziffernfolge vom Display ab. *N50°34.427 E007°13.595*. »Das sind Koordinaten«, stellte er überrascht fest.

»Der Owner, also der Besitzer, der den Schatz versteckt hat, gibt diese Koordinaten in einem Internetportal bekannt. Damit ist der Cache, so wird das Versteck genannt, aktiv und jeder kann losziehen und den Behälter suchen.«

»Dieser Owner ist also unser Täter«, stellte Gerke fest, dann seufzte er und fügte resigniert hinzu: »Lass mich raten: Die Leute benutzen anonyme Nicknamen bei der Registrierung.«

König nickte knapp.

Gerke rieb sich mit dem Handrücken die Stirn. »Wir könnten unsere IT-Jungs da ransetzen. Vielleicht finden wir über die IP-Adresse den Anschluss heraus. Kann man in diesem Portal auch die Koordinaten rückwärts suchen, damit wir auf den Owner kommen?«

»Nur, wenn der Cache nicht komplett gelöscht wurde. Aber wenn wir die Dose finden, dann müsste darin auch ein Logbuch mit dem GeoCache-Code, kurz ›GC-Code‹, liegen. Das ist die Nummer, mit der jeder Cache im Portal registriert ist.«

Gerke entgegnete ungläubig: »Meinst du wirklich, der Täter ist so nachlässig, wenn er eine solche Falle bauen kann?«

König verzog den Mund. »Wahrscheinlich nicht.«

»Wir sollten nachsehen«, entschied Gerke. »Ich will mir nicht den Vorwurf machen lassen, geschlampt zu haben.«

»Du hast nicht zufällig ein Paket Batterien dabei?« König sah Gerke fragend an. »Ich weiß nicht, wie lange das Gerät noch durchhält.«

Gerke schüttelte den Kopf. »Beeilen wir uns. Du kennst dich mit den Dingern aus?«, fragte er und gab König das GPS zurück.

»Das ist ein Garmin mit Touchpad«, sagte er und tippte auf ein Icon. »Die Gerätenavigation ist intuitiv. Damit komme ich zurecht.« Augenblicklich erschien ein kleiner Pfeil nahe einer Markierung. »Wir stehen praktisch neben dem Cache.« Er legte den Kopf in den Nacken und sah nach oben. »Allerdings dürfte es Abweichungen geben, wegen der Bäume.«

Gerke folgte seinem Blick, sah das dichte Blattwerk, das die Sonnenstrahlen gefiltert durchließ, und stellte sich ein GPS-Signal vor, das womöglich ebenso abgelenkt wurde.

»Ich könnte aber nachsehen, ob er die Daten zum Cache aus dem Internet runtergeladen und in das GPS übertragen hat.«

Während König sich auf das Gerät konzentrierte, musterte Gerke die Lage des Leichnams und folgte seinen ganz eigenen Gedanken. Der Mann musste die Falle ausgelöst haben. Das ließ den Schluss zu, dass er etwas gefunden hatte. Wenn der Draht mit Wucht auf ihn zugeschossen war, ihn von den Füßen gerissen hatte, dann wäre es logisch, den Cache in derselben Achse zu suchen.

»Das war's«, sagte König und verstaute das GPS sorgfältig in einem Beutel. »Das Garmin ist aus, aber ich habe den GC-Code.«

»Hervorragend«, murmelte Gerke, setzte sich in Bewegung und ging auf Höhe der Füße des Opfers in die Hocke. Er richtete seinen Blick in die entgegengesetzte Richtung, dann schnalzte er mit der Zunge. »Schleifspuren. Undeutlich, aber …«

König folgte Gerkes Fingerzeig. Er hockte sich neben ihn und richtete seine Kamera auf winzige Kratzspuren, die auf eine Weise von Laub bedeckt waren, dass man sie beinahe hätte übersehen können. Er platzierte eine weitere Marke daneben und stellte das Objektiv scharf. »Dann muss der Cache in dieser Richtung liegen«, sagte er. »Sieh nach aufgestapelten Ästen. Geocaches werden oft so getarnt.«

Gerke trat umsichtig auf eine Mauernische zu, die knipsenden Geräusche der Kamera im Rücken. Darin entdeckte er neben welken Blättern, die der Wind hineingeweht haben musste, einen von Menschenhand aufgeschichteten Reisighaufen. Abrupt blieb er stehen. Er kam sich vor wie ein Tier, das schnurstracks in die Falle geht. Es gab nur diesen Weg hinein. Er zog die Brauen zusammen. War es überhaupt möglich, dass der Cache noch getarnt sein könnte? Wenn der Mann den Mechanismus ausgelöst hatte, dann doch, weil er das Versteck manipuliert hatte. Gerke versuchte, sich in dessen Lage zu versetzen. *Das Opfer erreicht die Koordinaten, entdeckt das Reisig, das vermutlich auf dem Cache als Tarnung liegt. Es schichtet es zur Seite, legt den Cache frei. Dabei löst es die Falle aus. Vielleicht.* »Kannst du kurz die Ausgangssituation fotografieren?« Er wies in die Nische.

»Bin schon da.« Das Blitzlicht der Kamera zuckte über die mit Efeu überwucherte Ziegelwand.

Als König ihm ein Zeichen gab, schob Gerke das Laub zur Seite und beugte sich über die verschlossene Klappe, die in den Boden eingearbeitet worden war. Sie war nicht größer als der Deckel eines Schuhkartons. Er streckte die Hand danach aus. Mitten in der Bewegung spürte er eine Hand auf seiner Schulter.

»Bist du sicher?«, fragte König mit belegter Stimme. »Nicht dass da noch mehr auf uns lauert.«

Gerke sah zu ihm auf. »Mehr als eine tödliche Falle, die schon ausgelöst wurde? Was sollte das noch sein?«

König atmete hörbar ein, verzog die Lippen. Schließlich entgegnete er: »Wenn du meinst.«

Gerke wandte sich erneut der Klappe zu und musterte sie. Konnte man an eine solche Sache überhaupt mit Logik herangehen? *Tot ist tot, schlimmer geht nimmer*, dachte er. Er schloss einen Augenblick die Augen, atmete tief durch und nickte entschlossen. Er hob den Deckel.

Ein Schuss peitschte durch den Wald.

Das Adrenalin zuckte durch seine Adern bis unter den Scheitel. Er ließ die Klappe los, prallte zurück.

König duckte sich. »Verdammt.«

Gerke sah, wie der Deckel zuschnappte, wartete auf den Schmerz – der nicht kam. Verwirrt sah er an sich herab, klopfte mit beiden Händen auf seine Brust. »Was …?« Er hörte einen weiteren Schuss – Kilometer entfernt.

König stieß einen lauten Seufzer aus.

Gerke begriff, schüttelte matt den Kopf. »Verflucht sollen sie sein. Verdammte Jäger.«

»Ich habe mir fast ins Hemd gemacht«, presste König hervor.

»Frag mich mal. Mir ist beinahe das Herz stehen geblieben.« Immer noch kopfschüttelnd sagte Gerke: »Nicht zu fassen.« Er rappelte sich auf und besah sich den verschlossenen Deckel. »Ein weiterer Mechanismus. Deshalb war das Ding geschlossen.« Da er nun wusste, dass keine Gefahr drohte, öffnete er die Kiste wesentlich entspannter.

Innen lag eine weiße Plastikbox. Wasserdicht versiegelt, einer Gefrierdose nicht unähnlich. Gerke hob sie heraus, wischte den Schmutz vom Deckel und öffnete sie. Erstaunt hob er die Brauen. »Das ist ein Logbuch?«, fragte er. Er nahm ein kleines Heftchen heraus und schlug die erste Seite auf.

»Ein FTF«, sagte König und fügte schnell hinzu: »First to find. Wenn du dich jetzt an die erste Stelle in dieses Logbuch eintragen würdest, als erster Finder, dann hast du den Cache als FTF geloggt. Es gibt umfangreiche Statistiken im Onlineportal. Da sind die besten FTF-Jäger verzeichnet. Das sind Leute, die sich zur Elite zählen; die absoluten Topcacher.«

»Unser Opfer ist also solch ein FTF-Jäger?«, folgerte Gerke.

König schüttelte den Kopf. »Nicht unbedingt, manchmal haben die normalen Cacher einfach nur Glück.« Er biss sich auf die Zunge, warf einen Blick zurück zum Opfer und korrigierte sich. »In diesem Fall wohl eher Pech.«

»Und was soll das sein?«, fragte Gerke. Er nahm einen kleinen Gegenstand aus der Dose, den er sogleich als Hasenpfote erkannte. Daran baumelte eine kleine Metallplakette. Die Vorderseite war mit einem Symbol bedruckt, das einem Skarabäus nachempfunden war. Darunter befand sich eine eingeprägte Nummer, darüber las er: *»The Travel Bug.«*

»Der muss vom Owner oder vom Opfer sein. Das waren offenbar die einzigen Personen an diesem Cache«, stellte König fest, zückte einen Notizblock und schrieb sich die Nummer auf.

»Noch ein Code?«, fragte Gerke.

»Ja. Jeder Travel Bug ist mit dieser Nummer im Portal registriert. Dazu gibt es normalerweise eine Beschreibung, ein Listing. Travel Bugs, abgekürzt TBs, haben eine Aufgabe, die im Listing erklärt wird. Die meisten sollen einfach von Cache zu Cache reisen. Die Leute nehmen ihn aus der Dose raus und legen ihn dann in einen anderen Cache. Im Internet wird er dann geloggt. So kann der Owner des TBs immer nachverfolgen, wo sich das Teil gerade befindet.«

»Klingt kompliziert«, sagte Gerke.

König schüttelte den Kopf. »Ist es gar nicht. Es ist wie bei den Geocaches auch. Kontrolliert wird das ganze Spiel übers Internet. Jeder Cache und jeder TB hat ein zugehöriges Listing. In der Beschreibung steht dann, was zu beachten ist und wie schwierig der Cache zu finden ist. Ein einziger Stern steht für ›absolut simpel‹, fünf Sterne bedeuten ›besonders schwer‹. Wenn man einen Cache oder einen TB gefunden hat, trägt man das vor Ort ins Logbuch und am Ende im Internet ein. Das ist alles.«

Gerke hatte verstanden. Das Opfer hatte demnach diesen Geocache im Internet gefunden. Dass er registriert war, wussten sie durch den GC-Code, den König im GPS-Gerät gefunden hatte. Im Cache hatte dieser Travel Bug gelegen. Auch der war registriert. Die zugehörigen Listings mussten sichergestellt werden. So würden sie vielleicht herausfinden können, wer den Geocache gelegt hatte und wem der Travel Bug gehörte.

Gerke besah sich den Deckel genauer. Die Scharniere wiesen Federn auf, sodass er zuschnappte, sobald man ihn losließ. Als er mit den Fingern über einen leicht gebogenen Metallsplint strich, der am vorderen Teil des Deckels angebracht war, wurde ihm die Funktion der Falle schlagartig bewusst. Er schauderte bei dem Gedanken, wie detailliert und kaltblütig hier vorgegangen worden war. Er testete den Öffnungswinkel. »Wie groß ist das Opfer?«, fragte er unvermittelt. »Was meinst du, Oliver?«

»Durchschnittlich würde ich sagen. Etwas um die 1,80 m.«

Gerke überlegte kurz, dann schlussfolgerte er: »Wäre der Mann kleiner gewesen, wäre ihm wahrscheinlich gar nichts passiert.«

König sah irritiert aus. »Wie meinst du das?«

»Sobald man den Deckel um etwa dreißig Grad geöffnet hat, rutscht der Draht über den Splint und schießt heraus. Er hat das Opfer an der Kehle erwischt und mitgerissen. Ich bin etwa zehn Zentimeter kleiner und habe einen kürzeren Oberkörper. Wenn *ich* so wie jetzt vor der Kiste hocke …«, er führte seine flache Hand in einem Dreißig-Grad-Winkel vom Splint ausgehend auf sich zu, »… dann hätte mich der Draht vielleicht skalpiert, aber nicht getötet.«

»Der Täter hat bei der Konstruktion der Falle demnach explizit das Opfer im Sinn gehabt.« König runzelte die Stirn. »Er muss den Mann also gekannt haben.«

»Es sieht zumindest danach aus«, sagte Gerke. »Außerdem glaube ich, dass unser Opfer keine Zeit mehr hatte, um die Dose zu entnehmen, geschweige denn, den Travel Bug hineinzulegen.«

»Wir haben also schon zwei Spuren, die den Tatort mit unserem Täter verbinden. Die Frage ist jetzt: Wer hat beide registriert?«

»Wir müssen unsere IT-Jungs sofort da ransetzen«, sagte Gerke und zog sein Mobiltelefon aus der Tasche. Er wählte die Nummer der Zentrale, hörte das Freizeichen, doch in diesem Augenblick fesselte ein anderes Geräusch seine Aufmerksamkeit. Stimmen drangen durch den Wald, Äste knackten. Jemand kam auf sie zu. Abrupt wandte er sich zu König um. »Sag bloß, der Cache ist noch aktiv.«

Kapitel 1

Drei Monate zuvor.

Michael Tonelli baumelte fünfundvierzig Meter über der Erde und fragte sich nicht zum ersten Mal, ob er verrückt geworden war. Seine behandschuhten Finger klammerten sich um das Kletterseil, während er versuchte, einen sicheren Stand zu finden. Er schätzte die Entfernung zur nächsten Astgabel, die ihn problemlos würde tragen können, auf etwa drei Meter, stieß sich mit den Beinen vom glatten Stamm der mächtigen Ulme ab und langte zu.

Seine Finger streiften die anvisierte Gabel. Er hatte den Schwung falsch eingeschätzt. Leicht vorgebeugt nutzte er nun die Kraft der Pendelbewegung, um sich erneut abzustoßen. Tollkühn ließ er das Seil los und packte mit beiden Händen zu. Blätter raschelten, ein morscher Ast fiel an ihm vorbei, stürzte mit einer halben Drehung um sich selbst hinab und landete schließlich dumpf auf dem Waldboden. Einige abgerissene Blätter segelten sanft hinterher.

Michael zögerte nicht, rammte seinen Fuß in die Gabel, schlang das Sicherungsseil herum und hakte es klirrend an seinem Gurt ein. Vorsichtig lehnte er sich rücklings gegen das Holz, das unter seinem Gewicht knarrte. Erst als er sicher war, seinen Stand gefunden zu haben, schaute er sich um. In der Krone huschte ein schwarzes Eichhörnchen durch die Zweige. Der buschige Schwanz wippte, als es in den benachbarten Baum sprang und raschelnd zwischen dichtem Blätterwerk verschwand.

Wo zum Teufel hat Geopapst den Cache versteckt? Unweit seiner Position, weitere drei Meter schräg über ihm, sah er einige Misteln zwischen dem Geäst ruhen. Sie sahen aus, als wären sie eigens dort platziert worden. *Keine schlechte Tarnung,* dachte er und begann hinüberzuklettern.

Vorsichtig prüfte er die Haltbarkeit der Äste, die er erklimmen wollte, bevor er sie mit seinem ganzen Gewicht belastete. Doch er kam gut voran und wenige Minuten später hatte er die Misteltraube erreicht. *Hier muss es sein,* dachte er, streckte seine Finger aus und bog die Zweige auseinander.

Schwarze Augen starrten ihm entgegen. Der nackte Fluchtreflex schoss in seine Glieder. Ehe er sich besann, hechtete er schon rückwärts. Ins Leere. Der Fallwind strich ihm um die Ohren. Ein einziger Gedanke schoss ihm durch den Kopf: *Scheiße.*

Er ruderte mit den Armen, riss Blätter und Zweige mit sich. Der heftige Ruck folgte prompt. Das Seil hatte den Absturz gestoppt. Michael hing im Gurt. Die Lenden schmerzten, der Rücken nicht minder. *Verdammt noch mal, was war das?*

Es war ihm von vornherein klar gewesen, dass dieser Cache nicht leicht sein würde. Die Bewertung war mit fünf Sternen angegeben und kennzeichnete damit den höchsten Schwierigkeitsgrad. Abgesehen von diesem mysteriösen Sammaël, der außer Konkurrenz lief, war nur er selbst Geopapst dicht auf den Fersen. Ehrensache, dass er dessen Herausforderung angenommen hatte und diese Dose hinter Sammaël zumindest als Zweiter finden wollte. Doch um welchen Preis?

Michael baumelte immer noch im Gurt, hatte sich jedoch wieder in der Gewalt und sah hinauf zu den Misteln. Sie hingen an derselben Stelle wie zuvor. Nichts regte sich, und wenn er recht darüber nachdachte, war ihm auch nicht aufgefallen, dass irgendein Tier daraus geflüchtet wäre. *Was war das? Verdammt, ich habe mich beinahe zu Tode erschreckt.*

Auf alles gefasst begann er den Aufstieg erneut, nicht ohne sich zu vergewissern, jederzeit sorgfältig gesichert zu sein. Er ließ sich absichtlich Zeit. Im Grunde wollte er gar nicht genau wissen, was sich in der Mistel verbarg, doch ein Aufgeben kam für ihn erst recht nicht in Frage.

Als er die Stelle erreicht hatte, zögerte er einen Moment. Eine sanfte Brise strich durch die Baumkrone und trug aus der Tiefe des Laubwaldes das Klopfen eines Spechts heran. Augenblicklich sträubten sich ihm die Nackenhaare.

Vorsichtig und auf Abstand bedacht bog er die grünen Zweige auseinander. Nichts rührte sich. Er beugte sich näher heran, griff beherzter zu. Was er dann zu sehen bekam, verschlug ihm buchstäblich den Atem.

»Jack«, wisperte er. Er fühlte sich mit einem Schlag zurück in seine Kindheit versetzt, als er etwa zehn Jahre alt gewesen war.

Alles wird wieder gut, dachte er damals, während er sich über die Wiese auf den kleinen Stall zuschleppte, der unter wenigen Bäumen am Rande des Villenparks stand. Die flache Hand hielt er auf seine linke Seite gepresst, die nach Alex' Tritt höllisch schmerzte. Er wagte es nicht, seine Nase mit den Fingern abzutasten. Sie war bestimmt gebrochen. Er fühlte das warme Blut über seine Lippen rinnen. Um zu verhindern, dass es auf sein T-Shirt tropfte, fuhr er sich mit der Zunge darüber.

Wo war Alex eigentlich hergekommen? Er hatte ihn nicht kommen sehen, sonst wäre er gar nicht erst in den Park gegangen. Und was er sich noch weniger erklären konnte, war, warum Alex ihn nicht leiden mochte. Der Kerl lebte erst wenige Tage bei seiner Mutter. Sie war die Haushälterin in der Villa Auwald und wohnte in der dazugehörigen Dienstwohnung.

Wann immer er Alex begegnete, hatte der nichts Besseres zu tun als ihn zu beleidigen und zu quälen. Alex war ein fünfzehnjähriges Arschloch mit Flaum um den Mund. *Als wenn der je einen Bart bekommen würde. Es sieht lachhaft aus.* Und doch, irgendetwas war an ihm, das ihn schaudern ließ.

Derart in Gedanken versunken erreichte Michael die Pforte zum Stall. Sie stand einen Spalt breit offen. Es kostete ihn keine Mühe, sie ein Stück weiter zur Seite zu schieben. Michael quetschte sich hinein und stand im Dämmerlicht des Geräteraums. Seine Augen brauchten eine kleine Weile, bis sie sich an die veränderten Lichtverhältnisse gewöhnt hatten. Dann ging er am Rasenmähertraktor vorbei in den hinteren Teil des Raumes. An der Wand hingen die Gartengeräte, darunter standen drei Paar Gummistiefel. Über einem altersschwachen Porzellanwaschbecken war ein angelaufener, rechteckiger Spiegel mit rostigen Krallen an der Trennwand zum Kaninchenstall befestigt.

Michael trat an das Becken heran und sah sein blutverschmiertes Gesicht. Vor Schreck wich er einen Schritt zurück, das Blech des Traktors drückte an sein Gesäß. Es war, als starre ihm ein Zombie entgegen. Er erkannte sich kaum wieder. Seine Nase war stark geschwollen und knapp unterhalb der Wurzel klaffte ein blutiger Riss.

Mit zitternden Fingern tastete er nach dem Wasserhahn und drehte ihn auf. Sofort hörte er das Wasser mit vollem Druck ins Becken fließen. Überrascht sah er sich den Strahl an. Anstelle der üblichen anfänglichen Rostbrühe floss es weiß schäumend aus dem Hahn, als wäre er erst vor kurzem genutzt worden. Er fuhr mit der Hand am Rand des weißen Porzellans entlang und tatsächlich blieben feuchte Tropfen an seinen Fingern haften. Michael sah zu Boden. Er stand in einer kleinen Pfütze.

Ob Johann hier gewesen war? Wahrscheinlich, denn der alte Gärtner zog sich immer Gummistiefel an, wenn er rund um die Villa arbeitete und es fehlte ein Paar. Aber wo trieb er sich herum? Im Park hatte er ihn nicht gesehen.

Er widmete sich wieder seinem Spiegelbild, schöpfte das Wasser in die hohle Hand und wusch sich vorsichtig das Gesicht. Erst zum Schluss träufelte er ein wenig Wasser in die Wunde und atmete zischend ein, als ein schmerzender Stich durch seinen Kopf jagte. Er wiederholte den Vorgang mehrere Male. Mit jedem Tropfen spülte er etwas Blut aus dem Riss. Es mischte sich mit dem Wasser und lief hellrosa seine Wangen hinab. Als er glaubte, es nicht mehr aushalten zu können, wusch er sich ein letztes Mal das Gesicht, dann betrachtete er sein Werk. Unauffällig war etwas anderes. Das stand fest. Aber zumindest sah er größtenteils wieder aus wie er selbst, auch wenn das nicht gerade für seine Nase galt.

Er drehte den Hahn ab und ging zum Kaninchenstall. Die kleine Pforte war nur angelehnt. Er hob die Hand, um sie aufzuschieben und dachte an den kleinen Jack. An sein warmes, weiches Fell. Er sehnte sich danach, ihn im Arm zu halten, sich von ihm trösten zu lassen, doch etwas ließ ihn zögern. Es war, als ob sein Verstand längst wusste, was sein Herz zu leugnen schien. Er hatte Johann nicht gesehen; nur Alex.

Nur Alex. Alex.

Der Name hallte in ihm nach. Er schüttelte den Kopf, wollte ihn hinaustreiben, die Ahnung fortschieben so wie die Tür, die wie im Zeitlupentempo nach innen schwang und in den Angeln quietschte.

Sein Blick fiel auf die offenen Kaninchenboxen. Das Stroh hing halb heraus und lag verteilt auf dem ausgetretenen Lehmboden. Ein schwarzer Gummistiefel stand im Raum, der andere lag umgekippt daneben. Michael wollte die Augen schließen, doch er konnte nicht. Er musste hinsehen. Das Grauen ergoss sich in seinem Körper wie flüssiges Eis, als er sah, was aus dem Stiefel herausgeflossen und sich davor in einer Lache gesammelt hatte. Blut. Überall sah er Blut.

Michael sank auf die Knie, krabbelte auf die Stiefel zu. Tränenblind fasste er hinein. Seine Finger stießen auf weiches Fell, schlossen sich darum und er zog es heraus. Der schlaffe, kalte Körper eines schwarzen Jungkaninchens lag in seiner Hand. Er griff erneut in den Stiefel, fand ein weiteres. Gernots weiß geflecktes. Es starrte ihn aus toten Augen an, der Körper zerquetscht und blutverschmiert.

Michael heulte auf. *Was ist das für ein Mensch, der so etwas macht?* Hastig griff er nach dem anderen Stiefel. Zog das zweite schwarze Kaninchen heraus. »Jack! Bitte, bitte. Jack!«, heulte er, fuhr mit der Hand abermals hinein, glaubte, der Stiefel sei leer. Dann stieß er auf etwas Warmes. »Jack!«

Vorsichtig zog er das blaue Jungkaninchen heraus und legte es behutsam auf seine Handfläche. »Oh Jack.«

Das Kaninchen atmete flach, regte sich kaum. Die Glieder waren grotesk verdreht. Michael weinte bitterlich. Der Schmerz saß so tief in seinem Herzen, dass er glaubte, es jeden Augenblick brechen zu hören. Sanft streichelte er über Jacks Fell, senkte den Kopf und nässte ihn mit seinen Tränen. »Verzeih mir, Jack«, wimmerte er. »Verzeih mir.«

Mit einem Ruck brach er dem kleinen Kaninchen das Genick und erlöste es von seinem Leid. Michael sank zusammen und schluchzte. Trauerte um seinen Freund, dem so schreckliches Leid zugefügt worden war; von einer Bestie. Alex war ein Tierquäler, ein Mörder.

Bisher hatte er nicht gewusst, was Hass war. Doch in diesem Augenblick hatte ihn die Empfindung bis in den tiefsten Winkel seiner Seele durchflutet.

Michael schüttelte den Kopf und vertrieb die furchtbaren Bilder der Vergangenheit. Er musste sich zwingen, nicht daran zu denken, wozu er damals fähig gewesen war, ausgelöst durch dieses traumatische Erlebnis; achtzehn Jahre in der Vergangenheit, tief in seinem Unterbewusstsein vergraben – bis jetzt.

Neuerliche Gedanken drängten sich ihm förmlich auf. Wie war das tote Kaninchen in diese Baumkrone gekommen? Hatte Geopapst es hier deponiert? Warum? War ihr Konkurrenzkampf um die Geocacher-Toplist schon so weit gediehen, dass der zu solchen Mitteln griff? Wollte er ihn dadurch vom Geocache abhalten; verhindern, dass er ihn loggte und damit in seine Statistik eintragen konnte? Das war für ihn schwer zu glauben. So was tat man einfach nicht. Undenkbar.

Das tote Kaninchen, das im Inneren der Mistel verborgen gewesen war, sah Jack nicht einmal ähnlich. Es war ein agoutifarbenes Wildkaninchen. Hatte ein Greifvogel es vielleicht hier heraufgebracht? Wie lange mochte es schon zwischen den Zweigen ruhen?

Michael runzelte die Stirn. Es kam ihm mehr als seltsam vor, dass es dann im Inneren einer Mistel hätte liegen können. Aber wie kam es dann hierher? Und wo war der Cache versteckt? Gab es überhaupt einen Zusammenhang?

Er durchsuchte den Rest der Misteltraube, doch darin steckte der Geocache nicht. Hatte er sich in den Koordinaten geirrt? War es ein unglücklicher Zufall?

Mit der rechten Hand tastete er seinen Gürtel ab, ergriff das GPS-Gerät, das er mit einer Schlaufe daran befestigt hatte, und schaute auf das Display. Inmitten der Blätter hatte er keinen guten Empfang, doch es war deutlich zu erkennen, dass er ein gutes Stück von den Koordinaten des Verstecks entfernt sein musste. Sein Blick folgte dem Pfeil auf dem GPS durch die breit verästelte Krone. Suchend sah er sich nach weiteren Versteckmöglichkeiten um. Schließlich entdeckte er eine Aushöhlung in einem dicken Ast; etwa zehn Meter entfernt.

Specht, dachte er. *Das könnte ein ehemaliges Nest gewesen sein.* Voller Zuversicht wollte er sich auf den Weg machen, als sein Blick wieder auf das tote Kaninchen fiel. »Was machen wir jetzt mit dir?«, sagte er halblaut. Schließlich fasste er einen Entschluss.

Er zog das verendete Tier vorsichtig aus der Mistel heraus und band die Pfoten mit einem Stück Schnur zusammen, das er bei sich trug. »Entschuldige«, flüsterte er dem Kaninchen zu, dann hakte er es mit einem Karabiner an seinen Gurt. Er hätte es nicht übers Herz gebracht, es in die Tiefe zu werfen. Stattdessen würde er es mitnehmen und später im Waldboden vergraben. Ein guter Gedanke.

Ohne weitere Zwischenfälle kletterte er hinüber, schlang das Sicherungsseil um den aufrecht gewachsenen Ast und setzte sich in den Gurt. Er hakte eine kleine Taschenlampe ab und leuchtete in die Spechthöhle. Sie führte nicht weit in den Stamm hinein, sondern knickte schon kurz nach dem Eingang nach unten wie eine Art Tasche. Michael zog einen kleinen Handspiegel aus der Trekkingweste und versuchte, damit weiter hineinzusehen.

Das Nest war verlassen. Am Boden konnte er weißes Plastik ausmachen, das ganz nach einer Geocaching-Dose aussah. Er wollte gerade seine Hand hineinstecken, als er einen winzigen Draht entdeckte, der in die Öffnung gehakt worden war. Die Handschuhe hinderten ihn daran, feinmotorisch vorzugehen. Michael streifte sie sich von den Fingern, um zu verhindern, dass der Draht sich womöglich lösen und in die Höhle hineingleiten würde. Sorgfältig verstaute er die Handschuhe am Gürtel, dann fasste er den Haken behutsam mit zwei Fingern und begann ihn herauszuziehen. Der Behälter klemmte kurz und für einen Augenblick fürchtete Michael, der Draht würde reißen. Doch schließlich bekam er ihn frei und zog den PETling vollends heraus.

Die zylindrische Dose war gerade so groß, dass er sie locker mit der Faust umschließen konnte. Der opake Kunststoff ließ das darin liegende Logbuch erahnen, gesichert durch einen blauen Schraubdeckel. Als er ihn aufgedreht hatte, sah er inliegend einen Aufkleber, auf den der GC-Code des Caches notiert worden war. Michael stülpte die Dose in der hohlen Hand um und ließ das Logbuch herausgleiten. Gespannt, ob er vielleicht doch der erste Finder sein könnte, blätterte er das kleine Heftchen auf. Auch hier stand zuoberst der GC-Code notiert, den er für die Online-Statistik brauchen würde.

Er schnaubte missmutig. Zu spät. Gleich unter dem Code befand sich der Aufkleber, der einen stilisierten Engel zeigte. Darauf der Name des Geocachers, der auch diesen hier als FTF und damit als Erstfund geloggt hatte: Sammaël.

Michael schüttelte den Kopf und verzog die Lippen zu einem schiefen Grinsen der Anerkennung. »War klar«, sagte er in die Stille des Waldes hinein. Erschreckt flatterte ein Vogel auf. Ein Griff in die Westentasche und er förderte seine eigenen Aufkleber zu Tage. Er gab sich schon lange nicht mehr mit einfachen Kugelschreibereinträgen zufrieden. Schließlich hatte er sich inzwischen einen Ruf erarbeitet. Eine mittelalterlich anmutende Schrift in einem verwehenden Nebelschwaden war sein Erkennungszeichen. Mysthunter. Er trug noch das Datum ein, gefolgt von dem Schriftzug ›Silber‹, der ihn als zweiten Finder auswies. Dann schob er das Logbuch zurück in die Dose, schraubte den Deckel zu und verstaute sie in ihrem Versteck.

Zeit, sich abzuseilen, bevor ein weiterer Geocacher auf den Plan trat. Mit dem toten Kaninchen am Gurt hakte er das Sicherungsseil aus und ließ sich hernach surrend hinab. Als er festen Boden unter den Füßen hatte, löste er das Kletterseil, verstaute alle Utensilien in seinem Rucksack, den er am Boden zurückgelassen hatte, und entfernte sich einige Meter von der mächtigen Ulme. Dann packte er einen kleinen Klappspaten aus, den er mit sich trug, und begrub das Kaninchen im feuchten Waldboden. Seine Gedanken kreisten darum, wie es in den Baum gelangt war. Er weigerte sich, daran zu glauben, Geopapst hätte es absichtlich zwischen den Mistelzweigen platziert. Es kam nur eine Möglichkeit in Betracht, die ihm zumindest halbwegs logisch erschien. Ein Raubvogel hatte das Kaninchen gefangen und es im Flug verloren, weil es ihm zu schwer gewesen war. Als es dann zu Boden stürzte, musste es sich in der dichten Krone zwischen den Misteln verfangen haben.

Ein Zufall; nichts weiter.

Kapitel 2

Tenner hatte seine Kleidung sorgfältig ausgewählt. Gewöhnliche Jeans und T-Shirt ohne Markenlabel, festes Schuhwerk, Basecap und Rucksack, wie ihn die Meisten ihr Eigen nannten. Seinen Wagen parkte er etwas abseits und achtete penibel darauf, dass niemand ihn aussteigen sah. Er verließ sich auf die herrschende Anonymität. Sein Nickname sollte ihm Schutz geben, dennoch war er nervös. Er hegte nicht die Absicht, bei diesem Cachertreffen irgendwelche Kontakte zu knüpfen. Er wollte sich lediglich umhören und möglichst bald wieder verschwinden, doch je länger er auf dem Platz verweilte, desto stärker wurde ihm bewusst, dass sich viele Geocacher untereinander kannten. Er durfte keinesfalls als Einzelgänger wahrgenommen werden, also änderte er seine Taktik und verließ sich fortan auf seine Instinkte.

Er stellte sich wie selbstverständlich in die Nähe einer losen Gruppe, als gehöre er dazu. Er wusste, es war riskant, doch er setzte darauf, dass niemand Fragen stellen würde. Er war wie der uneingeladene Hochzeitsgast; in den Augen der Anwesenden würde er schon zu jemandem gehören. Alles Weitere würde sich von selbst ergeben. Er widmete sich seiner Suche nach dem Phantom. Sammaël.

Der Typ war wie ein Geist, ungreifbar wie ein Luftzug, der einem durch die Finger streicht. Was auch immer er anstellte, Sammaël loggte jeden anspruchsvollen, frisch ausgelegten Cache zuerst und entzog sich ihm erfolgreich. Solange er nicht im Stande war, herauszufinden, wer sich hinter diesem Nicknamen verbarg, war sein Plan zum Scheitern verurteilt. Sammaël würde der Kollateralschaden sein, den er mehr als gewillt war zu akzeptieren, doch wie zum Teufel fängt man einen nebulösen Schatten? Er lauschte den Gesprächen der Geocacher und hoffte auf Informationen, die dessen wahre Identität verraten würden.

Die Themen drehten sich um allgemeine Dinge, die ihn nicht interessierten. Eine Gruppe plante einen neuen Multi auszulegen und sammelte Ideen für die einzelnen Stationen, andere unterhielten sich über ihre jeweiligen Jobs, die Familie, die Nachrichten; ödes Gegacker ohne Sinn und Verstand.

Nur wenige Schritte trennten ihn von ein paar Leuten, die es sich am Ende einer Bierzeltgarnitur gemütlich gemacht hatten. Der Name Sammaël fiel und fesselte augenblicklich seine Aufmerksamkeit. Unauffällig trat er einen Schritt heran.

Die schwarzhaarige Frau, die über Sammaël sprach, strich sich eine pinkfarbene Strähne aus der Stirn. Sie unterhielt sich mit einem Mann mittleren Alters, dessen Haar überwiegend ergraut war. Nur wenig erinnerte daran, dass es einst mittelbraun gewesen sein musste. Sein Gesicht wirkte aufgedunsen und teigig. Er saß mit hängenden Schultern neben ihr und nickte leicht.

Worum es genau ging, konnte Tenner nicht verstehen, denn das Thema schien just in dem Moment beendet, als ein südländisch wirkender Kerl an ihren Tisch trat und sie überschwänglich begrüßte. Diesen günstigen Augenblick der Ablenkung nutze er, um sich unbemerkt an den Nebentisch zu setzen. Er stellte seinen Rucksack unter die Bank. Der Mann ihm gegenüber, etwa Mitte dreißig und mit einem Bartgestrüpp, das nur dürftig eine lang zurückliegende Jugendakne zu verbergen suchte, schnitt gerade ein Würstchen in mundgerechte Happen. Er spießte eines der Stücke auf seine Gabel und schob es sich zwischen die Zähne. Dann blickte er von seinem Teller auf.

Angewidert verfolgte Tenner, wie sich klebrig weiße Speichelmasse in dessen Mundwinkel sammelte, ließ sich jedoch nichts anmerken und legte überfließende Freundlichkeit in seinen Gesichtsausdruck.

Der Mann sah ihn aus wässrig blauen Augen an, lächelte und nickte höflich, dann schluckte er geräuschvoll und sagte: »Tag. Bist du auch hier aus der Gegend?«

Mit einem raschen Seitenblick stellte Tenner fest, dass die Gruppe ihn nicht beachtete. Erleichtert wandte er sich dem Kratergesicht zu. In verbindlichem Ton antwortete er: »Ich bin hier geboren, und du? Ich habe deinen Namen mit Sicherheit schon einmal in einem Logbuch gelesen, nicht wahr?«

Der Mann wirkte erfreut. »Oh bestimmt. Ich bin *Artschi der Bär.*« Er legte die Gabel ab, ergriff die manikürte Hand einer dürren Blondine neben sich und verschränkte seine krummen Finger in ihre fast zerbrechlich wirkenden. »… und das ist *Lilli Rose*, meine Frau. Wir haben vor zwei Wochen geheiratet.«

Sie unterbrach das Gespräch mit ihrer Sitznachbarin, schaute ihren frisch Angetrauten an und lächelte. Dann glitt ihr Blick zu Tenner.

Augenblicklich war er sich sicher, dass ihr Interesse an Artschi wohl eher seiner Börse galt als seinem unwiderstehlichen Esprit.

Ihre Augen streichelten seinen muskulösen Oberkörper, bis ihr scheinbar bewusst wurde, was sie tat. Lilli schlug die Wimpern nieder.

»Meinen allerherzlichsten Glückwunsch«, sagte Tenner erfreut und schickte ein überaus charmantes Lächeln an die welkende Rose.

Sie ließ ein gurrendes Kichern hören, dann löste sie ihre Hand aus Artschis Pranke. Sanft strich sie ihrem Gatten über die bärtige Wange und hauchte mit honigsüßer Stimme: »Ist er nicht wunderbar? Er schwärmt allen von unserer Hochzeit vor. Erzähl ihm von der Kutsche, Schatz.«

Artschi wirkte selig. Beflügelt von ihrer Anregung begann er detailreich von ihrem großen Tag zu erzählen, was ihn nicht davon abhielt, sich zwischendurch das ein oder andere Stück Wurst zwischen die Lippen zu schieben. Dabei sammelte sich sein Speichel nun auch noch im anderen Mundwinkel wie weißlich schimmernder Flüssigklebstoff.

Lilli warf noch einen bedeutungsvollen Blick zu Tenner herüber, beteiligte sich jedoch nicht weiter und wandte sich ihrer Sitznachbarin zu, um die zuvor unterbrochene Unterhaltung fortzuführen.

Tenner wusste genau, was dieser Blick zu bedeuten hatte. Er kannte solch seichte Frauen zur Genüge. Es waren nur eine winzige Gelegenheit und ein abgeschiedener Busch vonnöten. Er bedauerte beinahe, dass er den kleinen Fick am heutigen Tag nicht würde zulassen können. Stattdessen ergab er sich in Artschis Ausführungen. Er hielt die freundliche Fassade aufrecht, obwohl er sich beherrschen musste.

Waren die vorigen Gespräche öde, so war dieses hier absolut nervtötend. Folter für die Ohren, erst recht, da er wusste, wie es um Artschis Ehe stand. Nicht dass es ihn auch nur im Entferntesten interessierte; es war eine unwillentlich aufgezwungene Feststellung. Dass er dazu noch genötigt wurde, zuzusehen, wie sich ein klebriger Speichelfaden zwischen Ober- und Unterlippe bildete, der sich bei jedem Wort wie ein elastisches Band spannte und verkürzte, setzte dem Ganzen die Krone auf. Der weißlich schimmernde Faden wollte einfach nicht reißen. In Tenners Gedanken flackerten Bilder einer zerstückelten Leiche wie ein Blitzlichtgewitter auf: Artschis leblos zum Himmel starrende Augen, sein Mund geschlossen, auf dass ihm die Spucke endlich ausging.

Tenner trug sein Lächeln meisterhaft und nickte verbindlich. Er hätte es nicht ertragen, wäre da nicht ein positiver Nebeneffekt gewesen. Die Gruppe am Nachbartisch musste glauben, dass er zu Artschi und seiner Frau gehörte. Auf diese Weise konnte er zumindest am Rande ihr Gespräch verfolgen, ohne aufzufallen; wenn er sich konzentrierte. Er focht einen inneren Kampf mit sich selbst. Wie weit konnte er gehen? Sollte er lauschen und sich alsbald verdrücken oder sich nach einer Weile vorsichtig an deren Unterhaltung beteiligen? Die wenigen Gesprächsfetzen, die er aufschnappte, brachten ihm nicht viel ein. Es war für ihn entscheidend, herauszufinden, wer sich hinter diesem Sammaël verbarg.

Seine komplette Situation änderte sich schlagartig, als Artschi plötzlich verstummte. Die Gabel fiel klirrend auf den Teller, die Augen vor Entsetzen aufgerissen. Ein Röcheln drang aus seiner Kehle.

Die welke Rose sprang auf, beugte sich über Artschi, der die Hände gegen den Hals presste. Lilli kreischte.

Der nun ausbrechende Tumult zwang Tenner dazu, sich schneller auf eine neue Taktik zu besinnen, als ihm lieb war. Die Unauffälligkeit war dahin. Sollte er sich im Trubel klammheimlich verdrücken oder beherzt eingreifen?

Menschen drängten herbei, umschlossen den Tisch wie ein Schwarm Ameisen den Käse. Auch Tenner kam auf die Beine, stieg rücklings über die Bank in eine Lücke. Er wurde zurückgedrängt. Die Weichen waren gestellt. Sein Blick glitt zu der dunkelhaarigen Frau, deren Haare wie schwarzes Öl glänzten. In diesem Augenblick traf er seine Wahl.

Kapitel 3

Gleichstand. Zufrieden lehnte sich Michael im Lederstuhl zurück, verschränkte die Hände hinter dem Kopf und sah sich seine Online-Statistik an. Er hatte soeben die letzten beiden Caches, die ihm zum Ausgleich auf Geopapst gefehlt hatten, eingetragen. Sollte der ruhig sehen, wie dicht er ihm auf den Fersen war. Was konnte es Besseres geben, als zum Cachertreffen zu fahren und Geopapst auf Augenhöhe zu begegnen? Der zweite Platz der Rangliste war nicht zu verachten, auch nicht, wenn er sich diese Position vorerst mit seinem Konkurrenten teilen musste. Noch.

Michael warf einen Blick auf die altmodische Standuhr, die in diesem muffigen alten Büro stand, solang er denken konnte. Das ehemals alleinige Reich seines Vaters. Sechs Monate waren vergangen, seit er seinen alten Herrn zu Grabe getragen hatte und doch hatte er das Gefühl, als könnte Quentin Tonelli Senior jeden Augenblick durch die Tür hereintreten.

Die Anwesenheit seines Vaters war immer noch spürbar. Nichts hatte sich seither verändert. Der wuchtige Schreibtisch, dessen Zwilling im Firmenbüro stand, der erhöhte Lederstuhl, auf dem er saß wie auf einem Thron, und der niedrige Stuhl gegenüber, auf dem sich Geschäftspartner und Untergebene niederzulassen hatten.

Augenblicklich fühlte er sich in seine Kindheit zurückversetzt und hörte die Worte seines Vaters über sich hereinbrechen.

»Das ist Psychologie«, erklärte Quentin Tonelli ihm damals, tippte sich mit dem Zeigefinger gegen die Schläfe und sah ihn eindringlich an. »Wenn du selbst erhöht sitzt, zeigst du deutlich, wer das Sagen hat und degradierst jeden potentiellen Geschäftspartner zu einem Bittsteller.«

Michael wusste nur zu gut, was Vater ihm damit sagen wollte, verspürte er die Wirkung doch gerade am eigenen Leib. Er rutschte unruhig auf dem Sitz herum. Die Finger kneteten das zerknüllte Taschentuch in seinen Händen. Der stattliche Mann wirkte übermächtig, schon sein bloßer Wille trotzte ihm ein Kopfnicken ab.

»Merk dir das, Junge.«

»Ja, Vater«, brachte er flüsternd hervor und senkte den Kopf. Er musterte den Teppich. Ein schweres Flechtwerk aus rot-bunter Wolle. Aus dem Orient vielleicht.

»Eines Tages wird die Tonelli-Firmengruppe dir gehören und ich werde dafür sorgen, dass der Vorsitz nicht an einen Schwächling geht.«

Michael schluckte. Er wusste, welcher Sermon nun folgen würde, vermied es aber tunlichst, einen Ton von sich zu geben.

»Als ich die Firma gegründet habe, wollte die Konkurrenz mich augenblicklich vom Markt drängen. Sie schnappten mir die Aufträge nur so vor der Nase weg und unterboten jeden Preis.« Er schlug mit der Faust auf den Tisch. »Ich habe nicht gezetert wie ein altes Weib. Ich habe mir etwas einfallen lassen, egal, wie übermächtig der Feind war.«

Die Blütenmuster des Teppichs begannen ineinanderzufließen. *Aber ich habe mich doch gewehrt*, dachte Michael. *Trotzdem hat Alex mir die Nase eingeschlagen. Warum verstehst du das denn nicht? Ich bin doch viel kleiner.*

»Kampfgeist ist das Zauberwort.« Er hob die Stimme und spie das Wort förmlich auf den Tisch. »Kampfgeist! Ich habe mir Großvaters klappriges Fahrrad geschnappt und mir einen Sack voll Steine geladen. Dann bin ich durch die Stadt gefahren und habe reihenweise Fenster eingeschmissen. Reihenweise, sage ich dir.«

Krampfhaft versuchte Michael, das Zittern seiner Hände zu verstecken. Er klammerte sich fester an das Taschentuch, als wäre es ein Damm gegen das wogende Meer in seinen Augen, das versuchte hinauszustürzen.

Die folgenden Worte ließ Tonelli auf der Zunge zergehen wie ein Sahnebonbon: »Angebot und Nachfrage, Junge. Die Aufträge kamen wie von allein. Massenweise. Und rate mal, wer liefern konnte, weil er nicht die Auftragsbücher mit schnödem Kleinkram voll hatte, an dem nichts zu verdienen war. Sie haben sich ihr eigenes Grab geschaufelt, weil sie ihre Produktion damit verstopft haben.« Er grinste. »Sie hatten mich fertigmachen wollen und ich habe am Ende obsiegt.« Er hob den Zeigefinger wie ein Mahnmal in die Luft. »Und wie habe ich das gemacht? Wie, Junge?«

»Durch List und Tücke«, flüsterte Michael die Worte, die er schon gefühlte tausend Mal gesprochen hatte.

»Richtig. Durch List und Tücke. Du musst die Züge deiner Gegner voraussehen, sie dir zunutze machen und dann handeln.« Quentin Tonelli beugte sich in seinem Ledersitz vor und fixierte ihn. »Handeln! Nicht davonlaufen!«

»Ja, Vater.« Michael schluckte den Kloß hinunter, der sich in seinem Hals gebildet hatte. Er hatte die Augen weit geöffnet, hoffte verzweifelt, die Tränen mochten eintrocknen.

Tonelli lehnte sich zurück, seine Züge wurden weicher. Die Pause dehnte sich aus. Das Ticken der Standuhr dröhnte in Michaels Ohren. Endlich schloss sein Vater mit den Worten: »Jetzt geh zu deiner Mutter. Sie freut sich, dass du wieder zurück bist.«

Michael nickte, widerstand jedoch der Versuchung aufzuspringen. Stattdessen sagte er: »Es tut mir leid, dass ich dich enttäuscht habe, Vater.«

Quentin Tonelli brummte.

Michael glitt vom Stuhl und ging hinaus. Erst als er die Tür hinter sich fest verschlossen hatte, wischte er sich die Tränen aus den Augen. Er würde nicht weinen. Heute nicht.

Heute nicht, dachte Michael und sein Blick blieb an den aufgestapelten Kisten hängen. Sie waren vollgestopft mit Unterlagen, die vom Leben und Wirken des *großen* Quentin Tonelli Zeugnis ablegten. Michael wusste, dass er sich mit seinem Erbe auseinandersetzen musste, doch bisher hatte er sich erfolgreich dagegen gewehrt. Der Aktenturm stand seit dem plötzlichen Herztod seines Vaters unangetastet am selben Fleck, sah aus wie der mahnend erhobene Zeigefinger des alten Herrn und begann Staub anzusetzen wie die Erinnerungen an ihn. Die von ihm geschaffene Maschinerie lief, indessen gut geölt, in den fähigen Händen des Geschäftsführers weiter. Glas wurde bestellt, produziert und ausgeliefert und das ohne nennenswerte Konkurrenz. Es gab zwar hin und wieder einige Emporkömmlinge, die versuchten, am Lack der Firma zu kratzen, doch hinterließen diese hochstudierten Hohlköpfe lediglich einen Schmierfilm ihrer Unfähigkeit und verschwanden so schnell wieder in der Versenkung, wie sie gekommen waren.

Michaels Sorge galt einzig und allein seinem Gewissen, das ihn immer noch glauben machen wollte, seinem alten Herrn etwas schuldig geblieben zu sein.

Er schüttelte den Kopf und klappte energisch seinen Laptop zu. Nach kurzer Suche entdeckte er seinen Schlüsselbund, der verwaist hinter einem Papierstapel ruhte, raffte ihn vom Schreibtisch und lenkte sich alsdann mit Gedanken an das bevorstehende Treffen ab. Es war schon seit einer guten Stunde im Gange. Er musste sich sputen.

Auf das Äußerste gespannt, welche Menschen sich hinter den Nicknamen verbargen, die ihm häufig in den Logbüchern begegnet waren, ging er um den Schreibtisch herum und verließ eilends das Büro. Vor allem interessierte ihn ein bestimmter Cacher: das Phantom, Sammaël.

Wie er es auch anstellte, er verpasste ihn stets um Haaresbreite. Ob Standardcache oder Schwierigkeitsgrad fünf. Sammaël loggte Gold. Den ersten Fund, FTF, gab es für Michael nie. Das ging ihm mittlerweile gehörig auf die Nerven. Was ihn jedoch noch mehr wurmte, war, dass er bisher nicht in der Lage gewesen war, einen Cache zu loggen, den Sammaël persönlich ausgelegt hatte. Der Typ war auch als Owner nicht zu toppen. Die Rätsel, hinter denen sich die Cachekoordinaten verbargen, waren knifflig. Der Typ jagte sie nicht nur durch die Enigma, sondern verschlüsselte diese zusätzlich noch auf alle erdenklichen Arten. Runenschrift, Akkadisch, ägyptische Hieroglyphen; all diese Dinge waren ihm schon im Listing zu Sammaëls Caches begegnet. Es sah ganz so aus, als wollte er um jeden Preis verhindern, dass ein Anfänger sich an seinen Geocaches vergriff.

Elitär, dachte Michael, als er die geschwungene Treppe ins Erdgeschoss hinabstieg.

Anders hätte er es nicht ausdrücken können. Dieser Umstand verletzte ihn in seinem Stolz, wenn er daran dachte, wie weit er schon gekommen war, seit er mit dem Geocachen begonnen hatte. Sie beide, sollte er sagen.

Er war inzwischen in der mit sandfarbenem Marmor ausgelegten Halle angelangt und ging auf das Eingangsportal zu.

Daran wollte er gar nicht erst zurückdenken. Es erfüllte ihn mit einer gewissen Genugtuung, dass Geopapst sich an Sammaëls Caches ebenso die Zähne ausbiss. Bisher war zumindest noch keiner in seiner Statistik aufgetaucht. Wer würde das Rennen machen? Es hieß »Mysthunter gegen Geopapst«. Wie immer.

Er schnappte sich den Trekkingrucksack, den er noch vor wenigen Stunden an eine der Säulen gelehnt hatte, und kontrollierte kurz, ob sein Equipment komplett war. Dann schulterte er ihn und verließ die Villa Auwald.

Das klotzige Haus warf seinen Schatten auf den vorgelagerten Schotterplatz, in dessen Mitte er seinen Wagen abgestellt hatte. Er drückte auf den Schlüssel, der M3 entriegelte sich; mit wenigen Schritten hatte er den BMW erreicht und öffnete die Fahrertür.

»Michael!«, rief ihm die Haushälterin nach.

Er wandte sich zum Eingangsportal um. Die rundliche Frau stand auf der Schwelle, eine gemusterte Schürze um die Hüfte gebunden, das graue Haar knotenähnlich in den Nacken gesteckt.

»Ja?«, fragte er.

»Werden Sie zum Abendessen zurück sein?«

Traditionell um achtzehn Uhr, wie einst sein Vater festgelegt hatte. *Höchste Zeit, damit zu brechen*, dachte er. »Nein, ich esse heute auswärts«, sagte er und grinste, als er hinzufügte: »Ab morgen gibt es das Essen um sieben.«

Die Haushälterin nickte lächelnd. »Wie Sie wünschen.«

Er stieg in den Wagen und fühlte sich albern, aber irgendwann musste er schließlich anfangen. Veränderungen waren etwas Gutes.

Eine Viertelstunde später fuhr er auf einen mit hohen Hecken umsäumten Parkplatz, der aus allen Nähten platzte. Ihm blieb nichts anderes übrig als zu wenden und sein Auto auf dem angrenzenden Wirtschaftsweg abzustellen.

Zielstrebig schlenderte er auf eine angelegte Lücke zwischen dem dichten Buschwerk zu, die durch einen heruntergelassenen Schlagbaum für Fahrzeuge aller Art gesperrt, doch offensichtlich als Zugang für die zahlreichen Fußgänger gedacht war. Die Luft flirrte ob der herrschenden Hitze, eine Mini-Windhose tanzte über den Schotter und wirbelte Staub auf.

Michael ging um den Schlagbaum herum und ließ seinen Blick über die weitläufige Wiese schweifen. Sie wurde beherrscht von einer weiß getünchten Windmühle, deren Flügel durch gewaltige, schmiedeeiserne Halterungen zum Stillstand gezwungen waren. Es sah ganz so aus, als sei sie schon seit Jahren außer Betrieb, wenngleich sie einen sehr gepflegten Eindruck machte. Selbst die einfach verglasten Kittfenster sahen aus, als wären sie frisch geputzt.

Am Fuß der Mühle sah er eine geöffnete Pforte, aus der zwei Männer mit einem Bierkasten in ihrer Mitte heraustraten. Offensichtlich diente sie bei Vermietung des Areals als Lagerraum.

Er wollte gerade die Wiese betreten, als er auch schon den ersten Hund erblickte, der zwischen den Menschen umherstreunte. Michael wäre am liebsten auf der Stelle wieder gefahren. Wieso ließen sie diese verdammten Köter überall frei herumlaufen? Angewidert beobachtete er, wie ein besonders großes und hässliches Exemplar keine zwei Meter entfernt einen monströsen Haufen setzte. Der Hund hob die Nase in die Luft, schnüffelte, dann kratzte er mit den Hinterpfoten und schleuderte büschelweise Gras hinter sich, das ihm hohen Bogen über den Scheißhaufen hinweg ins Gebüsch flog.

Michael stand wie angewurzelt und sah mit Entsetzen, wie das riesige Vieh den Kopf zu ihm umwandte. Es schien ihm, als würden ihn die stechend gelben Augen taxieren. Dann setzte sich der Köter unvermittelt in Bewegung und kam geradewegs auf ihn zu. Der Geifer rann aus seinen Lefzen, sammelte sich zu schaumigen Flocken und tropfte ins Gras.

Nicht wegsehen, schoss es ihm durch den Kopf. Oder war das genau verkehrt? Michael war wie erstarrt. »Hau ab«, zischte er.

Eine sportliche junge Frau trat neben ihn und sagte: »Keine Sorge, den kenne ich.«

Michael sah sie an, erkannte Jenny, mit der er schon diverse Geocaching-Touren bestritten hatte, und ätzte: »Klar, und anschließend kommen die berühmten letzten Worte: Der tut nichts, der will nur spielen.«

Sie raffte mit geübtem Griff die langen, blonden Haare zusammen, beugte sich leicht vor und hielt dem Hund die freie Hand unter die Nase.

»Vorsicht«, sagte Michael warnend. Er malte sich schon aus, wie der Hund zuschnappen und nur noch einen blutigen Stumpf ihres blassen Armes zurücklassen würde.

Vollkommen unbeeindruckt zog sie einen sommerbesprossten Nasenflügel kraus. An den Hund gerichtet sagte sie: »Du bist doch ein ganz Lieber, nicht wahr, Krümel?«

»Torte trifft es wohl eher«, stellte Michael fest, ohne das Vieh aus den Augen zu lassen.

»Nein, er heißt wirklich so«, sagte sie kichernd.

Der Hund schnupperte kurz, kam einen weiteren Schritt auf sie zu. Michael packte Jenny beim Arm, bereit, sie auf der Stelle wegzuziehen.

Jenny zuckte zusammen.

Die rosa Zunge des Hundes schoss zwischen den Lefzen hervor, und Krümel begann hingebungsvoll ihre Hand abzuschlabbern.

»Das kitzelt«, kicherte sie.

Michael stieß einen Seufzer der Erleichterung aus. Gleichzeitig verspürte er Ekel ob ihrer vor Sabber triefenden Finger.

Von fern ertönte ein schriller Pfiff. Der Hund wandte den Kopf und stellte die Ohren auf. Ein hochgewachsener Mann, der einen außergewöhnlich gepflegten Vollbart trug, näherte sich. Er hielt eine frisch verliebt dreinblickende Blondine im Arm. Als sie bis auf wenige Meter herangekommen waren, klopfte er auf seinen Schenkel und es schien, als wollte er etwas zu dem Hund sagen, doch es verließ nur ein heiseres Krächzen seine Lippen. Die schlanke Frau sah ihn besorgt von der Seite an. Ein mitfühlender Ausdruck lag auf ihrem Gesicht. »Ach, Artschi-Schatz. Bitte schone dich doch«, sagte sie und legte eine Hand auf dessen Arm. Dann rief sie den Hund. Der Mann namens Artschi sah zu Michael und Jenny herüber, hob die Hände in einer Geste, die einer stummen Entschuldigung gleichkam und schenkte ihnen ein sympathisches Lächeln. Krümel zögerte indes nicht und lief mit wedelnder Rute auf seine Herrschaften zu. Erleichtert sah Michael ihm nach.

Jenny zog ein Feuchttuch aus der engen Jeans, riss die Verpackung auf und wischte sich die Finger ab.

Michael schüttelte leicht den Kopf.

»Was?«, fragte sie und hob belustigt die Brauen.

»Der Hund hätte dir die Hand glatt abbeißen können.«

»Quatsch. Krümel ist echt ein herzensguter Kerl. Hast du doch gesehen.« Sie sah ihn einen Augenblick schweigend an. Schließlich stellte sie fest: »Du hast nichts für Hunde übrig, oder? Du bist ganz blass um die Nase.«

Michael zuckte mit den Schultern. »Katzen sind mir lieber«, sagte er ausweichend.

Sie nickte wissend und wechselte das Thema. »Du bist spät dran.« Lächelnd hakte sie sich bei ihm unter. »Komm, gehen wir zu den anderen.«

Gemeinsam schlenderten sie über den Platz. Rings um die alte Mühle saßen und standen die Leute in Grüppchen beieinander, unterhielten sich, scherzten und lachten. Familien hatten sich auf Picknickdecken niedergelassen. Eine Frau verteilte Salat aus einer großen Schüssel auf die Plastikteller ihrer Kinder. Vermutlich stand der dazugehörige Vater am Schwenkgrill, der über einer kreisrunden Feuerstelle aufgebaut worden war, um für die Fleischbeilage zu sorgen.

Dahinter erblickte Michael mehrere Reihen Bierzeltgarnituren. Als sie darauf zusteuerten, sah er ihn schon.

Geopapst stand halb auf der Bank, das andere Bein auf dem Boden. Mit einer Hand stützte er sich auf den Tisch und schien die um ihn herum sitzende Gruppe köstlich zu unterhalten.

Wie der schon aussah, mit seinen Armeehosen, den schwarzen Stiefeln und dem Tanktop. Die dunkelbraunen Haare hatte er mit einem Stirntuch aus dem Gesicht gebunden. *Wen will er in dieser Aufmachung beeindrucken? Die Frauen liegen ihm doch ohnehin zu Füßen.*

Geopapst richtete sich auf und wandte sich um. Er sah erfreut aus, als er sie erblickte. Er winkte sie zu sich heran.

Michael hob die Hand zum Gruß und erstarrte inmitten der Bewegung. Auf dem Oberarm seines Konkurrenten prangte ein großes schwarzes Tattoo. Es zeigte einen stilisierten Skarabäus mit einer Nummer darunter.

»Findest du nicht auch, dass er langsam übertreibt?«, flüsterte Jenny, nicht ohne einen Hauch von Bewunderung in ihrer Stimme. »Wer lässt sich schon einen Travel Bug auf den Arm tätowieren. Das bleibt doch für immer …«

Ihr Gesichtsausdruck hatte sich verändert. Michael konnte sehen, wie ihre Augen über den muskulösen Arm streiften. Natürlich - auch sie war dem südländisch angehauchten Typ erlegen. Er tätschelte betont Jennys Hand und schlenderte möglichst lässig auf den Tisch zu. Als sie die Bierzeltgarnitur erreicht hatten, wurde er von fünf Augenpaaren angestarrt.

Sie wurden freundlich empfangen, beinahe *zu* überschwänglich. War er womöglich Gesprächsthema gewesen? Sein Blick fiel auf einen schmuddelig wirkenden, dürren Mann, der selbst im Sitzen schwankte als habe er schweren Seegang. Sein Blick wirkte trübe, und als er den Mund öffnete, verströmte er eine unangenehme Alkoholfahne.

»So, du bist also Mysthunter?«, nuschelte er.

Geopapst antwortete: »Ja, U-con. Das ist er.«

Sieh an, dachte Michael, *ich habe mich also nicht getäuscht.*

Ein strohblonder Kerl in Jeans, der dem Mann gleich gegenübersaß, bückte sich nach einem Rucksack, den er unter dem Tisch abgestellt hatte.

Neben ihm hockte ein stiller Kerl mit grünem Basecap. Über dem Schirm prangte der Schriftzug *Ameise e.V.* bogenförmig über dem gleichnamigen Insekt. Er brachte zur Begrüßung nur ein stummes Nicken zustande.

»Sebasch«, stellte Geopapst ihn vor.

»Und ich bin Bax«, sagte der Strohblonde, nachdem er sich aufgerichtet hatte, und stellte eine Flasche Schöfferhofer auf den Tisch. Dann streckte er ihm die Hand entgegen. »Willkommen«, sagte er und grinste breit. »Es ist mir eine Ehre, dich kennenzulernen.« Er förderte eine zweite Flasche zu Tage und reichte sie ihm. »Ich sagte gerade eben noch, dass ihr beide …«, er sah Geopapst an, »… schon fast legendär seid.« Seine blauen Augen funkelten.

Verblüfft nahm Michael das Weizenbier entgegen. »Legendär?« Mit einer solchen Einschätzung hätte er im Leben nicht gerechnet.

Bax nickte vielsagend. »Kaum ein Neuling macht innerhalb weniger Monate so viele Caches wie ihr zwei. Ihr müsst wahrlich irre sein.« Er lachte und zog einen imaginären Hut. »Freilich, an Sammaël kommt bisher noch keiner ran, aber ihr beide habt das Zeug dazu.«

»Jetzt übertreib nicht gleich«, sagte eine etwas flippig wirkende Frau, die mehrere Creolen übereinander an nur einem Ohr trug. Ihre schwarzen Haare schimmerten bläulich und fielen ihr zwei Finger breit über die Schultern. Der asymmetrisch geschnittene Pony war in grellem Pink gefärbt. Sie musste ungefähr in seinem Alter sein, vielleicht knapp jünger.

Bax musterte sie einen Augenblick. »Und wie kommst du darauf, dass die zwei das nicht schaffen können?«

Sie schnaubte. »Du weißt doch gar nicht, was du da sagst. Wenn du schon von Legenden sprichst, dann gehört Sammaël ganz nach oben auf die Liste. Keiner ist schneller an einem FTF und niemand legt so schwere Caches wie er. Sammaël ist und bleibt unerreicht.«

Sie klopfte mit der flachen Hand auf die freie Stelle neben sich und sagte an Jenny gerichtet: »Setz dich her. Hier ist Platz genug.«

Bax schien eingeschnappt. »Du scheinst es ja zu wissen«, sagte er. »Du kannst sagen, was du willst, die zwei hier sind gut, und Sammaël sollte sich lieber mal ganz fest anschnallen.«

Jenny bedankte sich und setzte sich neben sie.

»Ach kommt schon«, sagte Geopapst. Sein Blick war fest auf die Frau gerichtet. »Jetzt streitet euch nicht. Wenn Sammaël es nötig hätte, sich zu verteidigen, dann wäre er hier. So schnell kommen wir an den eh nicht ran.«

Er vielleicht nicht, dachte Michael. »Und wer bist du?«, fragte er die flippige Schwarzhaarige.

»Kiba.«

Ihr Blick traf ihn bis in den tiefsten Winkel seiner Selbst. Was für tolle Augen. Eine solche Farbe hatte er noch nie gesehen. Türkis wie der Indische Ozean, Gold gesprenkelt wie die darin liegenden Inseln des Male Atolls. Kein Wunder, dass Geopapst sie so angesehen hatte. Diese Augen waren fantastisch.

Nur mit halbem Ohr bekam er mit, dass Bax zu ihm sprach. Er musste sich förmlich von ihr losreißen und bekam nur noch die zweite Satzhälfte mit.

»… deine Freundin ist so klug und sitzt schon.« Bax deutete auf die freie Stelle gegenüber der beiden Frauen. »Also steh dir nicht die Beine in den Bauch.«

Michael zog ein Feuerzeug aus seiner Jeans und folgte dem Angebot nur zu gern. Kiba duftete. Anders vermochte er es nicht zu nennen. Ihr Körper verströmte einen angenehmen Geruch, dem er auf der Stelle verfiel. Ein undefinierbares Kribbeln breitete sich in seiner Magengegend aus.

Er ließ den Kronkorken lässig von der Flasche schnippen, raffte ihn mit einem Griff auf und ließ ihn in seinen Rucksack gleiten, den er neben sich auf den Boden gestellt hatte. Dann trank er einen kräftigen Zug, ohne sie aus den Augen zu lassen.

Geopapst ließ sich auf die Bank fallen. »Hast in letzter Zeit viel gemacht«, sprach er ihn an.

Michael grinste. Aus der Bemerkung ging klar hervor, dass auch Geopapst seine Statistik ganz genau beobachtete. »Du auch, aber ich bin dir auf den Fersen«, entgegnete er. Unvermittelt dachte er an die Ulme. Das tote Kaninchen zuckte durch seine Erinnerung und erneute Zweifel nisteten sich in ihm ein. Etwas schroffer fügte er hinzu: »Und tote Kaninchen halten mich sicher nicht davon ab.« Er wartete gespannt auf die Reaktion seines Konkurrenten.

Geopapst runzelte die Stirn. Seine Stimme klang kühl, als er, ohne auf die Bemerkung einzugehen, fragte: »Willst du mich discovern?« Er deutete auf seinen Arm. »Dann schreib dir die Nummer auf.«

Was heißt das jetzt?, fragte sich Michael. *Zufall oder nicht?* Traute er ihm so etwas Widerwärtiges zu? Missmutig wühlte er in seinem Rucksack nach einem Kugelschreiber, um die Registrierungsnummer dieses unliebsamen Travel Bugs zu notieren. Er stieß mit den Fingern an das neue Garmin, das er sich vor kurzem für viel Geld zugelegt hatte. Es war an der Zeit, diesen Angeber in die Schranken zu weisen. Er zog das GPS heraus, wog es kurz in der Hand.

»Habe ich dir eigentlich schon erzählt, dass ich einkaufen war?«, fragte er und legte das Gerät dann mit einem gewissen Triumph auf den Tisch. »Das Tomtom hat jetzt ausgedient.«

»Du hast mit einem Straßennavi etwas gefunden?«, fragte Bax und sah völlig ungläubig aus. »Respekt.«

Auch Kiba wirkte überrascht und nickte anerkennend.

»Oh ja«, bestätigte Jenny. »Wir waren oft zusammen unterwegs. Ich kann euch sagen, er hat eine ausgeprägte Cacher-Nase. Kaum waren wir vor Ort, wusste er schon, wo wir suchen müssen.«

Das ging Michael runter wie Öl. Er war nicht nur legendär; nein, mit einem Schlag war er legendärer.

Geopapst nahm das Garmin zur Hand und beäugte es interessiert.

Michael beobachtete ihn und wartete gespannt auf dessen Urteil.

»Wow, da hast du dich aber in Unkosten gestürzt. Ein Oregon«, sagte er. »Wahnsinnsteil.« Nichts an seinen Gesichtszügen verriet Neid. Im Gegenteil, er schien sich ehrlich für ihn zu freuen.

»Damit hast du den Vogel abgeschossen«, sagte Geopapst und gab es ihm zurück. »Ich habe immer noch das eTrex. Hab's mittlerweile gekauft. Is' nicht zu vergleichen mit deinem, aber erfüllt seinen Zweck.«

Während er das sagte, streckte auch Bax seine Hand nach Michaels Garmin aus. Er gab es ihm.

»Eigentlich unnötig für die normalen Zwei- bis Dreier, aber wenn du die Schweren von Sammaël finden willst, dann gibt es natürlich nichts Besseres«, urteilte Bax.

»Das hatte ich vor«, bestätigte Michael und nickte. Er begegnete Geopapsts wachsamem Blick und grinste in sich hinein. Mit seinem Garmin hatte er einen klaren Vorteil und es sah so aus, als ob auch Geopapst das langsam klar wurde.

»Dachte ich mir«, sagte Bax. »So hatte ich dich auch eingeschätzt.«

Kiba musterte ihn interessiert. »Hast du es denn schon mal versucht?«

»Nein, bisher noch nicht«, log Michael.

»Vielleicht solltest du zuerst ein paar normale Fünfer gefunden haben, bevor du dich da ran wagst«, sagte sie und verzog den Mund zu einem schiefen Lächeln. Dann stand sie auf und langte nach ihrer Tasche.

»Und du?«, erkundigte sich Michael.

»Was?«, fragte Kiba.

»Du hast sicher schon einen Sammaël Cache in deiner Liste, oder?«

Sie richtete sich auf, die Tasche in der Hand. »Einen?« Sie hob die Brauen und schnaubte verächtlich.

»Sie hat sie alle«, antwortete Geopapst an ihrer statt, und in seiner Stimme schwang eine eigentümliche Art von Stolz.

Michael wurde hellhörig und versuchte, in dessen Gesicht etwas zu entdecken, das seinen Verdacht bestätigte. Waren sich die beiden bereits näher gekommen? Kiba reagierte jedenfalls nicht darauf.

Sie beugte sich zu U-con, stützte sich auf dessen Schulter und sagte: »Bis nachher am Museum. Ich rufe dich noch an wegen der Uhrzeit, ok?«

U-con nickte nur, ohne sich umzudrehen. Er hob die Flasche und trank.

Ihr Blick ruhte auf dem braunen Glas und Michael glaubte, darin Missbilligung zu sehen. Sie sagte jedoch nichts weiter, richtete sich auf und wandte sich um. Über ihre Schulter rief sie zurück: »Ciao!«

Michael sah ihr nach, wie sie langsam über die Wiese davonschlenderte.

»Was is' denn heute?«, ergriff Geopapst das Wort.

»Ein paar von uns gehen auf einen Nachtcache«, antwortete U-con.

»Wo?«, fragte Geopapst.

»Erpeler Ley«, antwortete U-con.

Bax schaltete sich ein. »Da liegt doch dieser Bridge of Remagen II.«

»Ja«, brummte U-con kurz angebunden.

»Aber das ist doch gar kein ausgewiesener Nachtcache«, hakte Bax nach.

»Nein«, sagte U-con knapp.

Zu Geopapst und Michael gewandt sagte Bax: »Der ist der Hammer. Ich war schon zweimal dort und bin mit leeren Händen wieder runtergekraxelt.« Er verzog die Mundwinkel. »Ich habe dort sogar mein GPS verloren. Ich hatte es zwar mit der Schlaufe um mein Handgelenk gesichert, aber ich bin abgerutscht und es ist mir in die Schlucht gefallen. Ich wette, ein Geocacher könnte sich mit komplettem Equipment eindecken, wenn er nur mal die Schlucht absucht.« Er lachte. »Vorausgesetzt natürlich, die Sachen wären noch heil; eine mörderische Kletterei, sag ich euch. Der Cache soll irgendwo oberhalb des Brückenkopfes auf dem Berg liegen.«

»Und den wollt ihr nachts suchen?«, schaltete Michael sich ein.

»Das ist verrückt«, sagte Jenny.

U-con war Michael ein Rätsel. Er sprach kaum ein Wort und wenn, dann derart knapp, dass man glauben könnte, sein Wortschatz hätte lediglich den Umfang dessen eines Kleinkindes. Obendrein bezweifelte er stark, dass der Mann in diesem Zustand in der Lage war, die erwähnte Klettertour zu bestehen. Er war voll wie ein Eimer.

»Lass mich raten«, sagte Geopapst. »Ein ›difficulty fünf‹, oder?«

»Nein, dreieinhalb«, sagte Bax. »Die Terrainwertung liegt bei viereinhalb. Aber des Nachts kann man den mit Sicherheit höher werten.«

»Kann man sich anschließen?«, fragte Gernot an U-con gerichtet.

Sofort schrillten in Michaels Kopf sämtliche Alarmglocken. Geopapst mit Kiba allein unterwegs? Das musste er auf der Stelle verhindern. Also sagte er: »Ich hätte auch Zeit.« Sein Blick fiel auf Jenny. »Wie sieht es bei dir aus? Möchtest du auch mitkommen?«

Sie lächelte entschuldigend. »Ich würde wahnsinnig gern, aber mir ist das zu spät. Du kannst mir ja dann erzählen, wie es war.«

U-con richtete seinen Blick abwechselnd auf Geopapst und auf Michael und musterte sie. Schließlich zuckte er fast lustlos mit den Schultern. »Ist ein freies Land«, brummte er.

»Was ist mit dir, Sebasch?«, frage Michael, um dem stillen Typ nicht gänzlich das Gefühl zu geben, ausgeschlossen zu sein. »Lust?«

Dessen Hand wanderte zu seiner Basecap. Er rückte sie zurecht, doch es sah eher so aus, als sei er verlegen und wüsste nicht, was er sagen sollte. Schließlich schüttelte er den Kopf.

U-cons Blick ruhte auf Sebasch. Darin lag ein Ausdruck, den Michael nicht deuten konnte.

»Ich bin jedenfalls dabei«, sagte Bax. »Dann kann ich ihn endlich loggen. Wann trefft ihr euch?«

»Wahrscheinlich wieder gegen eins«, brummte U-con unwillig.

»Wieder?«, fragte Michael.

Ohne darauf zu antworten, nahm U-con den zerknitterten Zettel von Bax entgegen, der gerade erklärte, dass dies seine Handynummer sei und er möge ihm doch bitte wegen der Uhrzeit Bescheid geben.

»Meinetwegen«, war das einzige Wort, das er beinahe über die Lippen quetschen musste.

Nachdem sie gegenseitig alle Mobilnummern ausgetauscht hatten, sagte Bax: »Also ich weiß ja nicht, wie es euch geht, aber ich schmeiß mir jetzt ein Steak auf den Grill. Wenn ihr auch was habt …?« Er ließ die Frage offen, zog seinen Rucksack unter der Bank hervor und schlenderte zur Feuerstelle hinüber.

Auch U-con erhob sich, wankte und stützte sich am Tisch ab. Jenny sprang auf und kam ihm zu Hilfe.

»Geht schon«, winkte U-con ab.

»Das sehe ich«, sagte sie und ihre Stimme troff vor Sarkasmus.

»Warte«, sagte Sebasch routiniert. »Ich helfe dir.«

»Ich kann mir mein Bier schon alleine besorgen«, ereiferte sich U-con, doch die beiden hörten nicht auf seinen Protest.

»Komm schon, ich bringe dich nach Hause«, entgegnete Sebasch und an Jenny gewandt fügte er hinzu: »Hilf mir, ihn zu meinem Auto zu bringen.«

»Natürlich«, sagte sie und duckte sich unter U-cons Arm. Sie nahmen ihn in ihre Mitte und entfernten sich.

Er hätte ihnen helfen sollen, dachte Michael, aber im Grunde war er froh, dass die beiden es auch ohne ihn schafften. Er wollte mit Geopapst einen Augenblick allein sein. Er fühlte dessen Blick auf sich ruhen und wusste instinktiv, dass auch er auf diesen Moment gewartet haben musste. Bevor er jedoch etwas sagen konnte, ergriff Geopapst das Wort.

»Was ist eigentlich dein Problem?«, fragte er. »Hab ich dir irgendwas getan?«

Michael wusste nicht, was er antworten sollte. Diese direkte Frage hatte er nicht erwartet. Er schüttelte nur den Kopf. »Nein. Doch. Scheiße …«, stammelte er.

»Was?«, fragte Geopapst und sah ihn herausfordernd an.

Urplötzlich brachen alle Zweifel aus Michael heraus. »Was sollte das mit dem Kaninchen in der Ulme?«, ging er auf Konfrontation. »Und warum legst du so heftige Caches für mich? Du scheinst es echt darauf anzulegen …« Er stockte.

»Ich? Spinnst du?« Geopapst schnappte nach Luft. »Ich hab echt keine Ahnung, wovon du redest. Kaninchen? Du hast sie doch nicht alle.«

»Ich weiß, was ich gesehen habe«, schnappte Michael.

»Bist du dir da ganz sicher?«, entgegnete Geopapst. »Ich sehe nur, dass du dich gewaltig verändert hast, und das nicht zum Guten.«

»Was soll das heißen? Du bist doch derjenige von uns, der wegen der Toplist komplett durchdreht.«

Geopapst schnaubte missbilligend. »Du solltest dich mal reden hören.« Ohne ein weiteres Wort erhob er sich und ging davon.

In Michael brodelte es. Er rammte seine Faust auf den Tisch. Seine Bierflasche wankte, drohte umzukippen. Er packte sie gerade rechtzeitig und setzte sie an die Lippen. Er leerte sie mit einem Zug, während er Gernot wütend hinterherstarrte.

Es war nicht von der Hand zu weisen. Geopapst spielte mit ihm. Es war, wie er gesagt hatte. Die Caches, die er legte, waren eine klare Herausforderung an ihn. Und sie waren gefährlich. Ausnahmslos. Gerade das kratzte an seinem Ego. Er würde sich nicht von ihm ausstechen lassen. Er war inzwischen besser als Geopapst und das würde er ihm auch beweisen. Er würde den zweiten Platz der Toplist schon noch ausbauen und sichern. Dann gab es nur noch Sammaël zu bezwingen.

Mit diesen Gedanken schrie er seine innere Stimme nieder. Sie wollte ihm etwas sagen, flüsterte unaufhörlich gegen seine Wut an, doch er wollte sie nicht hören. Er konnte diesen winzigen Stachel des Zweifels nicht zulassen. Niemals. *Es liegt nicht an mir, ich habe mich nicht verändert. Ich nicht.*

Irgendwann war einfach alles aus dem Ruder gelaufen. Sie waren jetzt die schärfsten Konkurrenten. *Und das Kaninchen …*

Sein Magen krampfte sich zusammen, die Wut verrauchte beim Gedanken an Jack. Es war, als könnte er sein warmes, weiches Fell an der Wange fühlen, die Knopfaugen sehen. Die tief empfundene Stille in diesem intimen Moment öffnete sein Herz für ein winziges Zugeständnis. Eine solche Widerwärtigkeit traute er Geopapst im Kampf um die Toplist nicht zu. Nein, das war absolut unmöglich. Es *muss* ein Zufall gewesen sein.

Es kostete ihn die größte Mühe, seine Gedanken in eine andere Richtung zu zwingen. Er wollte an die kommende Nacht denken, an die Herausforderung und an die Möglichkeiten. Dieser Ausflug versprach spannend zu werden, und er würde Kiba wieder treffen. Die Frau mit den faszinierendsten Augen, die er je gesehen hatte. Diese Augen. Der blanke Wahnsinn.

Kapitel 4

Kirstin Baltazar saß auf einem verwitterten Felsen oberhalb des Tunneltheaters der Erpeler Ley und ließ die Füße über dem Abgrund baumeln. Das weiße Halbrund ihrer Chucks bildete einen deutlichen Kontrast zu dem Schotterplatz in etwa zwölf Metern Tiefe, der vom Mond nur dürftig beleuchtet wurde. Jenseits dessen sah sie die wuchtigen Türme der ehemaligen Ludendorffbrücke, die sich, zwei mahnend ausgestreckten Fingern gleich, dunkel gegen den träge dahinfließenden Rhein abhoben. Im Wasser spiegelten sich die Lichter der Stadt Remagen, die sich wie ein breites Band am gegenüberliegenden Ufer entlangzogen. Den Schluss bildete die Apollinariskirche. Im warmen Schein der Strahler wirkte sie als habe Gott selbst sein Licht über sie ergossen.

Das Panorama war ihr inzwischen so vertraut, dass sie den Anblick kaum noch genießen konnte. War die Luft noch so mild, der Himmel noch so klar, selbst das Zirpen der Grillen entlockte ihr kein Lächeln mehr. Stattdessen strich sie sich den pinkfarbenen Pony aus den Augen, las die leuchtenden Ziffern ihrer Uhr ab und fragte sich, warum sie sich nicht endlich auf eine Zeit einigen konnten, die sie nicht dazu zwang, eine Stunde in der Dunkelheit herumzusitzen und ihren Gedanken nachzuhängen.

Auch wenn es von Jahr zu Jahr leichter wurde, so fühlte sie sich dennoch wie eine Getriebene. Erst recht, als sie im Zuge der Wartezeit wie ehedem ihren Rucksack heranzog, um zu prüfen, ob sie auch nichts vergessen hatte. Sie wollte gerade den kleinen Gegenstand herausziehen, um den sich ihre Finger geschlossen hatten, als sie hinter sich Schritte hörte. Kirstin fuhr herum.

»Einsames Plätzchen«, hörte sie eine vertraute Stimme sagen, bevor eine hochgewachsene Gestalt an sie herantrat und sich ohne ein weiteres Wort neben sie setzte.

»Du bist früh dran, Gernot«, begrüßte sie Geopapst, zog die Hand aus dem Rucksack und zippte den Reißverschluss zu.

»Ich hab mir gedacht, ich leiste dir ein wenig Gesellschaft«, sagte er schlicht.

»Wie nett von dir«, entgegnete Kirstin keck.

»So bin ich, was soll ich machen?«, erwiderte Gernot und zuckte unbekümmert mit den Schultern.

Sie bemerkte wie er ihre Turnschuhe musterte, dann hörte sie ihn sagen: »Du hältst dich auch nicht unbedingt an irgendwelche Listings, oder?«

»Was meinst du?«

»Och …«, begann er und kräuselte die Lippen. »Da steht ja bloß, dass man für dieses Terrain keine Turnschuhe anziehen sollte.«

»Das muss ich überlesen haben.«

»Ja ne, is klar«, sagte er und grinste.

Belustigt schüttelte sie den Kopf. »Und dein Equipment beschränkt sich auf Trekkingstiefel und ein unverschämtes Grinsen?«

Er lachte. »Ich hab alles, was ich brauche«, sagte er und wies auf den Rucksack, der hinter ihnen an einem Baum lehnte. »Du warst so in Gedanken, dass ich erst überlegt habe, ob ich dich überhaupt stören soll.«

»Oh …«, entfuhr es ihr.

Hat er mich etwa im Dunkeln beobachtet? Wie lange hat er dort schon gestanden? Ein Schauer rieselte ihr über den Rücken bei dem Gedanken, dass sich ihr jemand hatte nähern können, ohne dass sie es rechtzeitig bemerkt hatte. In diesem Fall war es Geopapst, aber unter anderen Umständen …

»Keine Sorge«, brach er in ihre Gedanken ein. »Ich bin kein Stalker. Du sahst nur so – wie soll ich sagen – traurig ist nicht das richtige Wort.«

»Warum sollte ich auch traurig sein?«

»Ich sag ja, es passt nicht.«

»Was dann?«, forderte sie ihn heraus.

»Ich weiß nicht, irgendwie ...«, er ließ den Blick über das Panorama schweifen, »... verloren.«

»Ich habe nur die Aussicht genossen«, lenkte sie von seiner vortrefflichen Einschätzung ab, stützte die Hände neben sich und beugte sich kaum merklich vor.

Schweigend saßen sie nebeneinander. Die Stille umhüllte sie und ihr war, als entstünde zwischen ihnen ein unsichtbares Band der Nähe und Vertrautheit. Sie nahm seinen angenehm männlichen Duft wahr. Es schien, als umgebe seinen Körper eine wärmende Aura, als könne sie aus seiner ureigenen Kraft schöpfen, sich an ihm aufrichten wie an einem Pfeiler der Unerschütterlichkeit.

Ja, er hatte Recht. Sie fühlte sich verloren. Die Bürde, die auf ihren Schultern ruhte, hatte sie sich selbst auferlegt, niemals würde sie darüber sprechen können. Mit niemandem.

Als seine Finger sanft über ihren Handrücken strichen, rieselte ihr ein wohliger Schauer den Arm hinauf. Plötzlich hatte sie das Gefühl, nicht mehr allein zu sein, als würde er sie verstehen, ohne dass er wusste, was in ihr vorging, was sie getan hatte. Sie durfte sich dieser Empfindung nicht hingeben. Sie verdiente ihn nicht.

Sie wollte ihm die Hand entziehen, wollte ihn nicht an sich heranlassen, doch er durchbrach ihren Schutzwall, den sie über die Jahre mühsam um sich errichtet hatte, mit einer Leichtigkeit, als wäre es das Selbstverständlichste dieser Welt. Seine Finger glitten sanft zwischen die ihren, erkundeten jede Unregelmäßigkeit ihrer Haut. Sie biss sich auf die Lippen, ihr Körper reagierte auf ihn, als habe er ewig auf diesen Mann gewartet. Wohin auch immer diese Empfindungen führen sollten, sie konnte nicht anders.

Wie selbstverständlich verschränkten sie die Hände ineinander, außerstande sich jemals wieder loszulassen.

Sie wandten sich einander zu, sie versank in seinem Blick, die Augen dunkel und sanft, sah sein Lächeln auf den Lippen, die sie wie magisch anzogen. Nichts um sie herum war noch von Bedeutung, einzig seine Wärme, sein Duft, sein pochendes Herz.

Er neigte den Kopf, sie öffnete die Lippen, sog seinen Atem ein und ergab sich in seine feste und doch süße Sanftheit; dieser erste Kuss war berauschend und verheißungsvoll zugleich.

Als sie sich voneinander gelöst hatten, ließ sie ihren Blick erneut über das Panorama schweifen. Es kam ihr mit einem Mal gar nicht mehr so trostlos vor. Irgendetwas hatte sich verändert. War so etwas möglich?

»Was denkst du?«, fragte er sanft.

»Nichts«, sagte sie schnell. »Ich habe mich nur gefragt, wann die anderen wohl hier sind.« Sie warf einen Blick auf die Uhr. Sie fühlte seinen forschenden Blick auf sich ruhen und sah auf.

Er nickte nur und sagte kein Wort.

»Nein, bitte vergiss diesen Gedanken«, sagte sie, da sie ahnte, dass er ihre Bemerkung als Ablehnung hatte verstehen können.

Er hob fragend die Brauen. Sie nahm seine Hand, verzweifelt darum bemüht, das zarte Band zwischen ihnen festzuhalten, wenngleich sie spürte, dass es ihr zu entgleiten drohte.

»Ich wüsste zu gern, was in dir vorgeht«, sagte er.

»Ich weiß nicht, was …«

Er hob den Zeigefinger an ihre Lippen. »Schttt. Ist schon gut. Irgendwann wirst du es mir erzählen.« Er ließ die Hand sinken.

Sie sah ihm direkt in die Augen, der Gedanke umkreiste diese vage Möglichkeit, doch sogleich verwarf sie ihn wieder. Er würde das nicht verstehen. Sie hatte sich selbst zum Schweigen verdammt und so würde es auch bleiben. Das war besser für sie alle. Wortlos richtete sie ihren Blick in die Ferne.

»Sag mal …«, begann Kirstin nach einer Weile vorsichtig, dann zögerte sie.

»Hm?«

»Was ist das eigentlich zwischen dir und Mysthunter?«

»Was meinst du?«, fragte er.

»Ich meine, es ist offensichtlich, dass ihr euch schon länger kennt, andererseits ...« Sie ließ den Satz unvollendet zwischen ihnen schweben.

Gernot antwortete nicht sofort. Endlich sagte er: »Das stimmt schon ...« Er zögerte, als würde er nach den richtigen Worten suchen. »Is' kompliziert. Wir sind mittlerweile wohl eher so was wie Konkurrenten, denke ich.«

Kirstin sann über das Treffen am Nachmittag und ihre erste Begegnung mit Mysthunter nach. Er war durchaus attraktiv, hatte aber etwas an sich, das es ihr schwer machte, ihn recht einzuschätzen. Sie hatte das unbestimmte Gefühl, dass Geocaching und die Jagd nach der Toplist mehr als eine bloße Leidenschaft für ihn waren. »Das gefällt mir gar nicht«, sagte sie. »Ich habe das Gefühl, ihr nehmt das zu ernst.«

Gernot winkte ab. »Ach quatsch.«

»Ich glaube, *er* sieht das anders.« Die Anspielung, die Mysthunter gemacht hatte, fiel ihr ein. Unvermittelt fragte sie: »Wie hat er das eigentlich gemeint? Ich meine das mit dem Kaninchen.«

Sein Gesicht wirkte plötzlich wie versteinert. »Kaninchen?«

»... ja, das mit dem toten Kaninchen.«

Er schnaubte missbilligend. Schließlich sagte er: »Ich hab keine Ahnung, was er damit gemeint hat«, und zuckte mit den Schultern. »Vielleicht wollte er nur klarstellen, dass nichts ihn aufhalten kann ...«

Kirstin hatte das unbestimmte Gefühl, dass er nicht die ganze Wahrheit sprach. Hatte sie unbeabsichtigt seinen wunden Punkt getroffen?

»Aber das kann mir auch egal sein«, fügte er verärgert hinzu. »Für mich ist das nur ein Spiel. Meinetwegen kann er die gesamte Toplist anführen.«

»Sorry«, flüsterte Kirstin.

Überrascht fragte er: »Wofür?«

»Sensibles Thema«, stellte sie fest.

Er verzog den Mund. »Irgendwie schon. Ich halte immer noch an etwas fest, das längst Vergangenheit ist«, sagte er resigniert. »Wenn ich direkt darüber nachdenke – ich bin noch nicht bereit dazu, aufzugeben.«

Kirstin nickte. Ein mildes Lächeln umspielte ihre Lippen. »Irgendwann wirst du es mir erzählen.«

»Ja, irgendwann.«

Grelle Ringscheinwerfer durchschnitten die Nacht, begleitet von dem kernigen Grollen eines Motors. Ein BMW bog auf dem Schotterweg ein, der zu dem unter ihnen liegenden Parkplatz führte.

»Das ist Mysthunter«, sagte Gernot, drückte noch einmal ihre Hand und stand dann auf.

Kirstin fühlte ein kurzes Bedauern, da ihre Zweisamkeit verstrichen war, und blieb sitzen. Sie sah Gernot nach, als dieser seitlich vom Dach des Tunnels den Hang hinunterkletterte und Mysthunter entgegenging. Sie sah ein weiteres Fahrzeug auf der Hauptstraße am Fuße des Berges, das seine Fahrt verlangsamte. Da es nicht U-cons klappriger Ford war, vermutete sie, dass es sich um Bax handeln musste.

Wie auch immer, dachte sie und kam auf die Füße. *The show must go on.*

Kapitel 5

Gespannt, was ihn erwarten würde, und voller Vorfreude auf ein Wiedersehen mit Kiba bog Michael auf einen Feldweg am Fuße der Erpeler Ley ein. Im Licht der Scheinwerfer zuckte das »Anlieger-Frei«-Schild an ihm vorbei. Die Reifen knirschten auf dem Schotter, als er den Wagen zügig hinaufführte. Der Weg mündete in einen weitläufigen Platz hinter dem Brückenkopf. An dessen Ende sah er das geschlossene Tor des Tunnels, der nach dem Zweiten Weltkrieg an Bedeutung verloren hatte. Er stellte den BMW neben einem schwarzen Jeep Wrangler TJ ab und fragte sich sofort, wem er gehörte. Beinahe gleichzeitig stellte er sich U-con hinter dem Steuer vor, doch das Bild wollte nicht recht passen.

Kaum dass er ausgestiegen war, sah er schon, wie Geopapst sich aus der Dunkelheit löste und auf ihn zuschritt.

»Hey«, sagte der schlicht.

Michael grüßte zurück und rief sich in Erinnerung, dass sie Kollegen waren. Sein Zorn vom Nachmittag war verraucht und er bemühte sich um einen professionellen Umgang. »Ich dachte, ich wäre viel zu früh«, begann er daher zu plaudern. »Ist schon blöd, dass die Fähre nur bis Mitternacht geöffnet ist. Bist du schon lange hier?«, fragte er und hoffte insgeheim, seine Antwort würde nein lauten.

»Seit ungefähr einer halben Stunde. Ich war oben auf dem Tunnel und hab die Aussicht genossen«, sagte Geopapst und wies mit dem Daumen in die Richtung, aus der er gekommen war.

Michael folgte dem Fingerzeig, das Mondlicht brach just in diesem Augenblick zwischen den Wolken hervor. Eine dunkle Gestalt stand auf dem Tunneldach, doch er konnte nicht erkennen, um wen es sich handelte. Er zog die Brauen zusammen. »Und wer ist das?«

Gernot folgte seinem Blick. »Kirstin«, sagte er schlicht. »Sie war noch früher hier.«

Michaels Magen tat einen Hüpfer. Sie war schon hier – noch früher als Gernot. Er verzog die Lippen, als er begriff. Er hatte also die Aussicht genossen; zusammen mit ihr. Er fühlte altbekannten Groll in sich aufkeimen. »Kiba heißt Kirstin?«, versuchte er seinen Ärger zu überspielen.

Gernot nickte.

»Lauschiges Plätzchen«, ätzte er, wandte sich ab und ließ seinen Blick über den massiven Fels der Ley schweifen.

Gerade in diesem Augenblick bog ein weiteres Fahrzeug auf den Platz ein und tauchte den Berg in gespenstisches Licht.

»Hast du das schon gesehen?«, fragte Michael überrascht. »Dort oben ist eine Höhle.«

Gernot sah ebenfalls hinauf. »Sieht interessant aus.«

Michael ging zum Heck des BMW, ohne seinen Blick von der Ley abzuwenden und öffnete den Kofferraum. »Ob es einen Weg hinein gibt?«, fragte er, hob seinen Rucksack aus dem Auto und schloss den Deckel.

»Nein, ich glaub nicht«, meldete sich eine Stimme zu Wort. Bax war an sie herangetreten und sagte: »Hallo.«

Sie grüßten zurück.

»Es gibt das Gerücht«, fuhr Bax fort, »… dass man ursprünglich von dem Tunneltheater aus in diese Höhle kommen würde, aber da es keinen öffentlichen Zugang gibt, fürchte ich, dass sich das wohl erledigt hat. Es sei denn …«, er hob vielsagend die Brauen, »… jemand ist so wahnsinnig und klettert.«

»Das wär' wirklich verrückt«, sagte Gernot und deutete auf den gigantischen Steinhaufen am Fuße der Ley. »Da geht immer noch Geröll ab.«

Michael brummte zustimmend.

»Was ist mit U-con?«, fragte Bax. »Ist der schon angekommen?«

»Ich hab ihn noch nicht gesehen«, sagte Gernot und setzte sich langsam Richtung Tunnel in Bewegung.

Michael schloss sich ihm und Bax an. Gemeinsam folgten sie einem schmalen Trampelpfad, der neben dem Tunnel hinaufführte. Sie lehnten sich gegen den Hang und kraxelten mehr hinauf als zu gehen. Ein paar Minuten später standen sie über dem Gewölbe und genossen den Blick über Vater Rhein in Richtung Remagen.

»Wow, ich staune immer wieder über diesen Dom«, ergriff Bax das Wort.

»Stimmt, die Apollinariskirche sieht grandios aus«, nahm Kirstin sie in Empfang. Und da hinten ist die goldene Meile.« Sie deutete ins Dunkel Richtung Bad Bodendorf. »Schade, dass man im Moment nicht viel sieht.«

»War dort nicht ein Kriegsgefangenenlager?«, fragte Bax.

»Es war nicht nur irgendein Lager«, sagte Kirstin. »Man nennt es auch das Hungerlager. Es gab keine Baracken oder Ähnliches. Die Soldaten haben in Erdlöchern geschlafen, um sich gegen den Regen und die Kälte zu schützen. Sie haben sich buchstäblich in den Boden gewühlt. Manche wurden in diesen Löchern sogar verschüttet. Es muss grausam gewesen sein. Ich habe mal einen Augenzeugenbericht darüber gelesen. Der Mann sprach davon, dass es erst Dauerregen gab und dann quälende Hitze einsetzte und die Männer dort reihenweise verdurstet sind. Einmal sollen ein paar Gefangene ein altes Rübenloch gefunden haben und sind, nachdem sie davon gegessen haben, qualvoll an der Ruhr gestorben.« Sie senkte ihre Stimme zu einem effektvollen Flüstern. »Sie haben gegen die Vergiftung Kohle gegessen und starben mit schwarz verschmierten Mündern.«

Michaels Augen hatten sich inzwischen an die herrschenden Lichtverhältnisse gewöhnt. Die ganze Zeit über hatte er sie angesehen, beobachtet wie ihre Nasenspitze beim Sprechen wippte, ihre Zunge zwischen den Sätzen die Lippen befeuchtete. »Mein Gott«, sagte er, als sie geendet hatte, und meinte damit weniger die Geschichtslektion um die furchtbaren Zustände im Hungerlager als vielmehr Kirstins offenkundige Erotik.

»Man sagt«, fuhr Kirstin unbeirrt fort, »dass die schwarze Madonna in Kripp, von einem Gefangenen aus dem Lehm der goldenen Meile geformt wurde.«

»Woher weißt du so viel darüber?«, fragte Geopapst bewundernd.

Kirstin zuckte die Schultern. »Na, ich bin hier aufgewachsen. So was *sollte* ich wissen, Gernot. Warst du noch nie im Friedensmuseum im Brückenkopf auf der Remagener Seite? Kann ich nur empfehlen.«

»Weißt du dann auch was über die Brücke? Standen wirklich noch Panzer darauf, als sie zusammengebrochen ist?«

Kirstin zog die Brauen zusammen. »Hm, das weiß ich nicht. Ich weiß nur, dass der Kampf um die Brücke viele Opfer gefordert hat. Die Deutschen wussten zu dem Zeitpunkt schon, dass es keinen Sieg mehr geben würde. Sie hatten Order, die Brücke zu sprengen, wenn die Amis kommen. Die Sprengung ging schief, die Brücke blieb augenscheinlich unversehrt, und zehn Tage nachdem die Amis sie eingenommen hatten, krachte sie in sich zusammen und stürzte in den Rhein. Ich weiß, dass zu dem Zeitpunkt rund dreißig amerikanische Soldaten auf der Brücke waren. Manche wurden nie geborgen und gelten bis heute als *im Rhein vermisst.*« Kirstin beugte sich vor und sah hinab auf den Platz, auf dem sie ihre Fahrzeuge geparkt hatten.

»Tragisch dürfte auch die Geschichte um die Zivilisten sein, die hier ihr Leben ließen.«

»Ich dachte, es wären nur Soldaten hier gewesen, als die Brücke eingenommen wurde«, sagte Michael.

Kirstin deutete zu den Lichtern zu ihrer Rechten. Das ist Erpel. Der Ort wurde zu gut fünfzig Prozent zerbombt. Die Einwohner flohen vor den Angriffen der Alliierten in den Eisenbahntunnel und in die Mariengrotte und richteten sich hier notdürftig ein. Als die Amerikaner kamen, waren zwischen vierhundert und fünfhundert Zivilisten hier. Ein Mann wurde hier mit der weißen Fahne in der Hand verwundet und starb zwanzig Stunden später an seinen Verletzungen, weil kein Arzt aufzutreiben war. Wir könnten also eben auf genau der Stelle gestanden haben, wo Willi Felten vor siebzig Jahren starb.« Kirstin schauderte. »Schon irgendwie gruselig, sich so was vorzustellen.«

Michael betrachtete Kirstin mit Respekt. Sie war nicht nur aufregend schön, sondern bestach obendrein durch ihre Intelligenz. Eine vorzügliche Mischung. Wenn er doch nur mit ihr allein wäre …

Er wurde aus seinen Grübeleien gerissen, als er den Motor eines Fahrzeuges hörte, das den Weg auf den Schotterplatz fand. »Ein Taxi?«

Die Innenbeleuchtung brannte auf und jemand zahlte. Dann stieg die Person aus.

Kirstin sah auf die Uhr. »Ein bisschen spät, U-con«, sagte sie mehr zu sich selbst und kramte in ihrem roten Rucksack. Sie schnallte eine Stirnleuchte um ihren Kopf, schloss den Reißverschluss und richtete sich auf. Den Rucksack geschultert ging sie an ihnen vorbei auf die Ley zu und sah hinunter Richtung Parkplatz.

Das Taxi entfernte sich. U-con kletterte den Pfad hinauf und kurze Zeit später stand er neben ihr.

Es überraschte Michael nicht, dass U-con zwar aufrecht stand, aber wenig fit wirkte. Jede einzelne Pore dünstete den Alkohol aus.

Gernot warf einen Blick auf sein GPS, Bax hakte sich sein Gerät an den Gürtel und setzte sich ebenfalls eine LED-Stirnlampe auf. Kirstin schaltete ihre Leuchte ein und wechselte ein paar Worte mit U-con, der lediglich nickte.

Auch Michael bereitete alles vor. Den Rucksack fest um die Hüfte geschnallt, die Stirnlampe eingeschaltet, das Garmin in der Hand. Er war bereit.

»Kann es losgehen?«, fragte Kirstin und musterte ihn.

»Klar«, sagten sie einstimmig.

Dann kam Bewegung in die Gruppe. Geopapst wandte sich zuerst dem Hang zu und begann hinaufzuklettern.

Kirstin folgte ihm und rief zurück: »Nun kommt schon, genug Geschichtsunterricht. Jetzt beginnt der spaßige Teil.« Sie kletterte ohne einen Anschein von Mühe an Gernot vorbei.

U-con blieb schweigsam und nahm gleich hinter Bax den Hang in Angriff, während Michael im wahrsten Sinne des Wortes das Schlusslicht bildete.

Der Schein der Stirnlampen huschte gespenstisch über das Geröll. Äste und Zweige lösten sich aus den dunklen Schatten der Bäume. Kein Laut von Zivilisation drang zu ihm, nur ihr angestrengtes Schnaufen und ihre schweren Schritte hallten ihm in den Ohren. Der Boden gab unter seinem Gewicht nach, er rutschte ein Stück abwärts, jedoch gelang es ihm, sich Halt suchend an einen Baum zu klammern. Der direkte Weg hinauf war zu steil, daher wanden sie sich im Zickzack den Hang hinauf. Zu seiner Rechten tat sich ein gähnender Abgrund auf, an dessen Boden er etwas Metallisches ausmachen konnte. Er leuchtete mit seiner Lampe hinunter und staunte nicht schlecht. Er erkannte ein altes Fahrradwrack, das zwischen Tonnen von Felsbrocken lag. Er fragte sich, wie es wohl dort hingekommen sein mochte. Wahrscheinlich hatte es jemand kurzerhand von oben entsorgt. Aus den Augen, aus dem Sinn. Es kam ihm wie eine Ewigkeit vor, als sie endlich den letzten Anstieg mit Hilfe eines Seils überwunden hatten, das vermutlich der Owner vorsorglich an dieser Stelle befestigt hatte.

Der Pfad mündete in einer Ebene, die etwa drei Viertel unterhalb des Gipfels lag. Rechts sah Michael die Steilwand mit der Höhlenöffnung, die schwach vom Mondlicht beleuchtet wurde. Sie gingen um eine Felsnase herum. Die Ley umschloss sie in einem Dreiviertelkreis.

Die nackten Wände schossen vor ihnen auf bis zum Gipfel. Links fiel der Berg ab, hinunter nach Erpel. Hinter ihnen lag der Rhein. Michael runzelte die Stirn. Der Kreis der Felswand schien so gleichförmig, dass er den Verdacht hegte, er könne keines natürlichen Ursprungs sein. Vielleicht war es ein ehemaliger Bombenkrater.

Kaum gedacht sprach Bax seine Vermutung laut aus.

Kirstin nickte. »Kann schon sein«, sagte sie. »Die deutschen Truppen lagen hier. Es würde mich jedenfalls nicht wundern.«

Neugierig wanderten sie zwischen den Felsen umher und sahen sich um. Michael suchte nach alter Munition oder irgendwelchen Hinweisen, dass hier einst die Soldaten gelegen haben könnten. Eine Windböe verfing sich in den Baumkronen, wisperte durch den Bombenkrater und Michael hatte plötzlich das Gefühl als könnte jeden Augenblick ein Angriffssturm der Alliierten über ihn hereinbrechen. Der Gedanke an Kirstins Ausführungen und die vom Fels zurückgeworfenen Geräusche der anderen verstärkte den Eindruck noch, sodass sich ihm unwillkürlich die Nackenhaare sträubten. Neben einem Baumstumpf sah er einen silbernen Gegenstand, bückte sich und hob ihn auf. In der offenen Hand hielt er die leere Hülse einer Signalpatrone. Sie war in keiner Weise angelaufen. Das schien dafür zu sprechen, dass sie eher neueren Datums war, doch sicher war er sich nicht.

Niemand sagte etwas und für einen Augenblick glaubte er schon, allein zu sein. Er ließ den Lichtkegel seiner Taschenlampe suchend über die Ebene gleiten. Gernot stand etwas unterhalb an der Felswand und schien sich irgendetwas genauer anzusehen. Ob er den Cache schon gefunden hatte?

Kirstin schien die Felsnase abzusuchen, doch sahen ihre Bemühungen halbherzig aus. Ob sie schon hier gewesen war, wusste, wo die Dose lag und sich absichtlich zurückhielt?

Bax saß auf einem Baumstumpf, hatte einen Schuh ausgezogen und schüttelte ihn über dem Boden aus.

U-con lehnte am Felsen und versuchte offensichtlich zu Atem zu kommen.

Wieder glitt seine Taschenlampe hinüber zu Gernot, der sich jedoch auf den Weg zu Kirstin machte und sein Garmin in der Hand musterte. Michael stutzte. Als Gernot von seinem GPS aufsah und seinen Blick auf Kirstin richtete, umspielte ein Grinsen seinen Mund. Warum zum Teufel grinste er?

Er schaute auf sein eigenes Garmin und peilte die Koordinaten des Caches an. *N50°34.941 E007°14.695*. Er lag eindeutig ganz in ihrer Nähe. Michael beeilte sich, zu Gernot und Kirstin aufzuschließen.

Auch Bax war wieder auf den Beinen. »Und?«

»Es muss hier irgendwo sein«, sagte Kirstin.

U-con begann halbherzig einen Brocken nach dem anderen umzudrehen. Bax fuhr mit der Hand in verschiedene Spalten. Alle suchten nach der Dose.

Mit dem GPS in der Hand folgte Gernot der Felswand zurück zur Nase, um gleich darauf wieder auf dem Absatz kehrtzumachen. Sein Blick wanderte nach oben. Mit einem Satz sprang er an der Wand hoch, fasste mit der rechten Hand einen kleinen Vorsprung, zog den linken Fuß nach und kletterte mit einem Tempo hinauf, dass Michael die Augen verdrehte. *Angeber,* dachte er, und sein Blick glitt hinüber zu Kirstin.

Sie ließ Gernot nicht aus den Augen, die Lippen leicht geöffnet, bevor diese sich wenige Augenblicke später zu einem Lächeln verzogen.

Geopapst stand in Schwindel erregender Höhe auf der Felsnase. »Wow«, rief er. »Was für eine Aussicht. Kommt rauf, das müsst ihr sehen.«

Bax grinste. »Nicht schlecht.«

»Guter Riecher«, sagte Kirstin und blickte zu Michael.

Er fühlte sich ertappt, da er sie die ganze Zeit über angestarrt hatte. Ihre Worte trafen ihn. Geopapst war eindeutig besser als er selbst, der Mysthunter. Zum Kotzen.

Bax begann, Geopapst nachzuklettern. Weitaus langsamer und vor allem umsichtiger.

»Geht ihr ruhig«, brummte U-con und winkte ab. Er setzte sich auf einen abtrünnigen Felsen.

Michael glaubte, Kirstin die Stirn runzeln zu sehen, doch sicher war er sich nicht, da die Stirnlampe ihr Gesicht in ein reges Spiel aus Licht und Schatten tauchte. Einen Moment später war der Eindruck auch schon vorüber und sie machte Anstalten, den anderen auf die Felsnase zu folgen.

Kirstin stellte sie allesamt in den Schatten. Sie nahm wenige Schritte Anlauf, lief parallel zum Berg, stieß sich vom weichen Waldboden ab und vollführte im Sprung eine Vierteldrehung. Sie hatte bereits einen Spalt erwischt, nutzte offenkundig ihren eigenen Schwung und drückte sich höher hinauf. Es folgte ein beherzter Griff nach der Oberkante und einen Augenblick später zog sie sich vollends hinauf, ohne Gernots angebotene Hand entgegenzunehmen.

Geopapst sah verblüfft aus.

Michael zögerte einen Augenblick. Er durfte sich jetzt auf keinen Fall anstellen wie ein Trottel. Er musterte die Felswand mit Respekt. Schließlich begann auch er den Aufstieg.

»Kommst du?«, fragte Gernot und Michael hätte schwören können, dass er einen spöttischen Unterton heraushören konnte. Die altbekannte Flamme regte sich in seinem Inneren.

Gernot sah zu ihm herab. Oder sah er *auf* ihn herab? In diesem Moment spiegelte sich der Mond in Gernots Augen und legte ihm eine Gehässigkeit in den Blick, dass Michaels Blut in Wallung geriet. *Dieses selbstgefällige Grinsen wird dir noch vergehen,* dachte er und schäumte vor Wut. Für einen Augenblick vergaß er alle Vorsicht. Er hastete die letzten Meter hinauf. Kurz unter der Spitze setzte er seinen Fuß auf einen schmalen Vorsprung, wuchtete sich hoch, fasste nach der Oberkante und verfehlte sie um Haaresbreite. Der Stein löste sich aus dem Felsen, sein Fuß rutschte mit ihm. Er stieß einen erschrockenen Schrei aus, versuchte nachzufassen, griff jedoch ins Leere. Eine warme, kräftige Hand schloss sich um die Seine. Michael hing in der Luft und schlug heftig gegen den Fels. Ein stechender Schmerz in der Seite ließ ihm die Luft aus den Lungen weichen. Um ein Haar hätte er losgelassen.

»Scheiße, was machst du?«, presste Gernot hervor und seine Stimme zitterte vor Anstrengung. Michael sah ihm direkt in die Augen. Sie waren vor Schreck geweitet, keine Spur von Gehässigkeit. Er sah darin aufrichtige Sorge. Schweißperlen standen Gernot auf der Stirn, die Muskeln angespannt, die Sehnen seiner Arme traten deutlich hervor. Er biss die Zähne zusammen.

Bax tauchte neben Gernot auf und sah über den Rand zu ihm hinab. Er streckte ihm seinen Arm entgegen. »Hier, nimm meine Hand«, rief er aufgeregt.

Michaels Erstarrung löste sich, als auch Kirstin neben die beiden trat und ihn gespannt beobachtete.

Er zwang den Schmerz nieder, nahm mit den Beinen Schwung, pendelte gefährlich über dem Abgrund und Gernot entfuhr ein Stöhnen. Noch einmal schwang er zur Seite und hieb sein Bein auf einen schmalen Grad. Er stieß sich kraftvoll nach oben ab und bekam Bax' Hand zu fassen. Gernot und Bax zogen wie auf Kommando und Sekunden später stand er neben ihnen auf der Felsnase. Er sackte zusammen.

»Schwein gehabt«, stellte Kirstin erleichtert fest.

Bax beugte sich zu ihm herunter und klopfte ihm auf die Schulter. »Alles klar?«, fragte er.

Michael hustete und fasste sich mit der Hand an die Rippen. Seine Finger wurden augenblicklich feucht und er atmete zischend ein. Er hob die Hand vor die Augen. Frisches Blut hatte sie tiefrot gefärbt. »Scheiße«, presste er durch die Zähne und krümmte sich vor Schmerz.

»Lass sehen«, sagte Gernot, der vor ihm in die Knie ging.

Diese Blöße konnte er sich auf keinen Fall geben. Er zwang sich dazu, sich aufzurichten und biss die Zähne so fest aufeinander, dass sie knirschten. Ein wenig mehr und sie wären zu einem weißen, klebrigen Brei zerfallen. Froh, ein dunkles Shirt zu tragen, wischte er sich die blutverschmierte Hand daran ab, dehnte seinen Oberkörper den schmerzenden Rippen entgegen und bereute es augenblicklich, als ein weiterer stechender Schmerz durch seinen Torso raste. Nebel trat vor seine Augen. Er strauchelte. Gernot hielt ihn, doch er drehte sich von ihm weg, als hätte er sich an seinem Arm verbrannt. »Geht schon«, presste er hervor. »Ich bin mit der Seite gegen den Fels gekracht.«

»Die Rippen?«, fragte Bax.

Es hatte keinen Sinn es zu leugnen. Ein Blick hinunter auf die Ebene machte ihm klar, dass er ohne ihre Hilfe nicht würde hinunterklettern können. Die Rippen waren gebrochen, dessen war er sich sicher. Das Blut an seiner Hand ließ Schlimmes vermuten. Innerlich fluchend ergab er sich seinem Schicksal. »Ich fürchte, ich hab sie mir gebrochen, als ich gegen den Fels geschlagen bin«, sagte er zu Bax gewandt. »Ich blute«, fügte er nach kurzem Zögern hinzu.

»Wie bitte?« Kirstin wurde aufmerksam. »Was heißt das, du blutest?«

Michael schob seine Hand auf die schmerzende Stelle und zog sie wieder zurück. Er hielt die blutverschmierten Finger unter Kirstins Nase und drehte sie so, dass ihre Stirnlampe das ganze Ausmaß erfasste.

Kirstin erschrak. »Ach du scheiße«, entfuhr es ihr. Sie packte nach seinem Arm und hob ihn sanft in die Höhe. Vorsichtig tastete sie seine Seite ab.

»Au, verdammt«, fluchte er und verzog das Gesicht.

»Sorry«, sagte sie, hielt jedoch nicht ein.

»Bist du Ärztin oder was?«, fragte er gequält.

»Pflegerin«, antwortete sie. »Also halt still.«

Michael ließ die Tortur über sich ergehen und malträtierte seine Zähne.

»Zwei Rippen gebrochen, fürchte ich. Eine steht nach außen ab. Sie ist durch die Haut geschlagen, aber wieder drin.« Sie senkte seinen Arm und sah ihm tief in die Augen. »Ab ins Krankenhaus.« Sie wandte sich an U-con, der das Treiben von unten beobachtet hatte. »Hast du deine Kletterausrüstung dabei?«

»Sicher«, antwortete dieser und zog sich den Rucksack von den Schultern. Er kramte ein Seil hervor und warf es nach oben.

Geschickt fing Kirstin es auf. Sie bedeutete Michael, sich auf den Boden zu setzen. Diese Geste duldete keinerlei Widerspruch. »Gernot, such die Box, damit wir wenigstens nicht umsonst hier waren. Bax, schau mal, wo wir am besten mit ihm runterkommen«, sagte sie und gab ihm das Seil.

Beide taten wie geheißen. In diesem Augenblick strahlte diese kleine, zierliche Person eine solche Autorität aus, dass alle ihr wie selbstverständlich folgten. Niemand stellte Kirstins Anweisungen in Frage.

Sie zog den Rucksack aus und holte ein Erste-Hilfe-Pack heraus. Sekunden später hielt sie Bandagen in der Hand. »Ich muss deinen Oberkörper stützen«, sagte sie zu Michael. Wartend hockte sie vor ihm.

Michael sah sie fragend an.

Kirstin lächelte und rümpfte spöttisch einen Nasenflügel. »Wie wär's, wenn du dein T-Shirt hochheben würdest?«, schlug sie vor.

»Oh«, entfuhr es ihm. »Klar.« Vorsichtig tat er wie verlangt. Während sie ihn bandagierte, beobachtete er sie genau. Ihre Haare dufteten leicht nach Erdbeeren, und als sie kurz aufsah, lächelte er und versank in ihren wunderschönen Augen. Enttäuschung überfiel ihn, als sie sich wieder den Bandagen widmete.

»So, das dürfte halten, Mysthunter«, sagte Kirstin, versuchte testweise die Finger zwischen den Verband zu schieben und nickte dann zufrieden.

»Michael«, korrigierte er.

»Ok, dann Michael«, sagte sie.

Gernot trat zu ihnen. »Ich hab den Cache«, sagte er. »Und?«, erkundigte er sich.

»Ich bin beinahe fertig«, sagte Kirstin.

Gernot trug seinen Namen in das Logbuch ein.

»So, das hätten wir«, sagte Kirstin schließlich und richtete sich auf.

Er reichte ihr die Dose.

Warum ihr und nicht mir?, fragte sich Michael, sagte jedoch nichts.

Kirstin nahm die Dose entgegen. »Bax!«, rief sie.

»Ich bin hier. Moment!«, meldete er sich von etwa sechs Metern Entfernung.

»U-con!«, rief Kirstin, verschloss die Dose und warf sie nach einer knappen Antwort zu ihm hinunter.

Trotz seines Zustands fing er sie auf, wandte sich kurz ab, um sich ins Logbuch einzutragen und warf sie anschließend wieder zu ihnen herauf.

Bax trat in den Schein ihrer Stirnleuchte, nahm die Dose entgegen, trug sich ebenfalls als Finder ein und gab dann das Logbuch an Michael weiter. Er trug sich unter den anderen ein und reichte es zurück an Kirstin.

Auch wenn sie sich offensichtlich als Letzte eintragen wollte, wusste Michael, auf welchem Platz er stand. Vor ihm standen Geopapst, U-con und Bax – er, der Loser, kam am Ende der Reihe. Er war alles andere als legendär. Michael lachte bitter in sich hinein. *Ich werde euch noch zeigen, mit wem ihr es zu tun habt …* Ihm wurde klar wie zynisch das war. Er konnte sich darüber aufregen wie er wollte. Fakt war, dass er auf sie angewiesen war. *Unfälle können passieren. So ist das Leben.* Zuerst musste er ins Krankenhaus, und wenn seine Rippen wieder die Alten waren, dann würde die erneute Aufholjagd beginnen, denn bis dahin würde Gernot wieder einen guten Vorsprung haben, dessen war er sich sicher.

Kirstin warf einen kurzen Blick ins Logbuch, schrieb ihren Cachernamen hinein und sah dann die Dose nach etwas Brauchbarem durch, entschied sich aber dagegen, etwas zu entnehmen. Stattdessen zog sie einen kleinen Gegenstand aus dem Rucksack und legte ihn hinein. Sie verschloss den Cache und reichte ihn Gernot, der loszog, um die Dose wieder an ihrem Platz zu verstecken.

Bax deutete auf einen Punkt am Ende des Felsgrats. »Da drüben kommen wir mit ihm runter.«

»Ok, dann wollen wir dich mal abseilen und ins Krankenhaus bringen«, sagte Kirstin und bedeutete Bax, Michael auf die Beine zu helfen. Sie reichte Gernot ihren Autoschlüssel. »Machst du den Wrangler klar? Es wäre am besten, wenn wir ihn liegend transportieren.«

Michael bemerkte wie sich beide ansahen. Wie lange waren sie allein gewesen? Lief da schon was?

»Ok«, brach Gernots Antwort in Michaels Gedanken und er sah ihn ohne Seil hinab klettern. Kaum, dass er auf dem Plateau angelangt war, verschwand er auch schon außer Sicht.

Kapitel 6

Jedes noch so kleine Getier schien augenblicklich die Flucht zu ergreifen, als die personifizierte Niedertracht in Gestalt Tenners die Lichtung betrat.

Er ließ sich in das hohe Gras sinken, stellte seine Tasche ab und atmete genüsslich den würzigen Geruch des Waldes ein. Für einen Moment schloss er die Augen. Der Sommer hätte um seinetwillen ewig so weitergehen können. Er hatte sich selten derart köstlich amüsiert. Er liebte sein Katz- und Mausspiel und vollzog es mit Hingabe. Er war der Vollstrecker.

Er öffnete seine Tasche, zog sein Tablet heraus und suchte im Geocaching-Portal nach dem Cache, den er sich für sein Vorhaben ausgespäht hatte. Er sah sich die zugehörigen Logeinträge an. Die meisten lauteten auf »leicht zu finden«, »schnell geloggt« oder »schöner Platz«. *Oh ja, sehr schöner Platz – und einsam.*

Der Cache war schon längere Zeit aktiv; perfekt für einige kleinere Modifikationen – mit fatalen Folgen. Er war bereit, seinen Gegner in dessen Grundfesten zu erschüttern. Ein Grinsen zuckte um seine Mundwinkel. *Erst schwächen, dann zuschlagen;* Worte, deren Gültigkeit sich bisher mehr als bewahrheitet hatte.

Er öffnete die Umgebungskarte und sah sich die umliegenden Caches durch. Seit zwei Stunden hatte er sie beobachtet. Ihr Nickname: SweetGurami. Er konnte anhand ihrer Logeinträge genau ausmachen, wo sie sich auf der Karte befand. Sie arbeitete sich langsam südwärts. Es lagen nur noch zwei Funde vor ihr, bis sie ihn erreichen würde.

Ein Hoch auf das Geocaching-Portal. Die Internetseite spielte ihm in die Hand. Das Schönste war, dass viele Cacher so naiv waren und ihre Funde gleich vor Ort über Smartphone eintrugen. *Einfältiges Ding.*

Durch die Übersichtskarte wusste er, wie weit die einzelnen Stationen voneinander entfernt waren und am zeitlichen Abstand ihrer Einträge sah er, wie lange sie von einer zur nächsten brauchte. Folglich blieb ihm nicht verborgen, dass die Kleine mit dem Rad unterwegs war, denn mit einem Auto wäre sie schneller vorangekommen. Gut, es wäre rechnerisch möglich, dass sie mit einem Traktor fuhr, aber das passte nicht zur der sexy, blonden SweetGurami. Der Gedanke lenkte ihn in eine lüsterne Richtung. Er fühlte eine wohlige Hitze in den Lenden, schloss genüsslich die Augen. Während seine Hand tastend Richtung Schritt wanderte, dachte er an ihren süßen, birnenförmigen Arsch in knallengen Jeans. Ein wohliger Seufzer stahl sich über seine Lippen, was ihn dazu veranlasste, sich unverrichteter Dinge zur Ordnung zu rufen. Mit ihr hatte er schließlich anderes im Sinn. *Wie bedauerlich.*

Er ermittelte die Wegstrecke, die sie noch zurücklegen musste, und rechnete etwas Pufferzeit hinzu. Diese würde sie auf die Dosensuche verwenden. Dann zog er zur Sicherheit Zeit ab – für den Fall, dass sie einen der Caches auslassen würde. Sein Ergebnis lautete etwa eine Stunde. Ausreichend Zeit, um seine Arbeit durchzuführen und sich anschließend ein sicheres Versteck zu suchen, das ihm genügend Einsicht bieten würde. Er hatte schon ein verwittertes Jägerhäuschen ausbaldowert, das nur einen Steinwurf vom Cache entfernt stand.

Am sinnvollsten wäre es, seinen Rucksack vorab dort zu deponieren, entschied er, löschte das Display seines Tablets und machte sich auf den Weg.

Wenige Minuten später erklomm er die altersschwache Leiter, die noch erstaunlich gute Dienste leistete. Oben angelangt warf er einen Blick aus dem glaslosen Fenster hinab, nickte zufrieden und stattete sich mit Werkzeug aus, das er seinem Rucksack entnahm. Die offene Tasche schob er unter eine hölzerne Bank. Das Tablet lehnte er gegen die nackte Bretterwand und lud das Portal erneut, um ihren Standort zu kontrollieren. Ein Blick auf die Zeiger seiner Armbanduhr verriet ihm, dass er gut geschätzt hatte. Dennoch wollte er sich etwas beeilen, man wusste ja nie.

Er verließ die Hütte, stieg die Leiter hinab und suchte das Geocache-Versteck auf.

Die Dose war tatsächlich nicht schwer zu finden. Der Owner hatte einen Nagel in den Stamm eines Baumes getrieben und daran ein altes Eisenschloss befestigt. Jeder Cacher, der das Listing, die damit verbundene Beschreibung, gelesen hatte, wusste sofort, dass es ein Hinweis auf die »versunkene Schatzkiste« war; so lautete der Cachename.

Am Fuß des Baumes, zwischen zwei großen Wurzeln, lagen mehrere Äste aufgestapelt. Ein eindeutiges Zeichen für eine schlampige Tarnung. Darunter verbarg sich eine in den Boden eingelassene Holzkiste mit Deckel, der über ein Scharnier geöffnet werden konnte.

Der erste Punkt, den er bearbeiten musste, sollte die Falle funktionieren. Der Deckel wurde mit einer Metalllasche verschlossen, die über einen U-Bügel an der Kiste geschoben wurde. Zeit für die erste Modifikation.

Er zog seinen Leatherman aus dem dazugehörigen Holster. Auf dieses Utensil war er besonders stolz, denn es handelte sich um einen MUT EOD Black, auf den er seinen Namen hatte gravieren lassen. Das Multitool besaß siebzehn Werkzeuge für den taktischen Einsatz. Darunter eine Sprengkapselzange, Sicherungsdrahtschneider, Carbonschaber, Bit-Halter und ein Waffenzerlegungsdorn für Glock-Waffen. Dazu eine robuste 76 Millimeter Klinge. Das Teil ließ wirklich keinerlei Wünsche mehr offen.

Tenner bestückte den Bit-Halter mit dem passenden Einsatz und löste dann die rostigen Schrauben. Anschließend drehte er die Lasche um und schraubte sie an die Kiste. Den U-Bügel hebelte er mit geübter Eleganz aus der Kiste. Er ersetzte ihn durch ein ungleich dickeres Exemplar, das er nunmehr am Deckel befestigte.

Schließlich hob er die Lasche und verschloss die Kiste, indem er das Metall mit roher Gewalt über den Bügel schrammte. Er schlug mit dem Leatherman noch einmal nach und prüfte dann den festen Sitz. Jetzt würde SweetGurami ziehen müssen, und zwar mit Kraft. Er konnte sich das Grinsen nicht verkneifen und wandte sich der zweiten Modifikation zu.

Den Klappspaten trug er bereits am Gürtel. Er löste ihn und nahm Maß. Dann begann er, einen kleinen Graben zu ziehen. Zum Abgleich der Tiefe stellte er wiederholt einen Fuß hinein und achtete sorgsam darauf, dass er nicht breiter wurde. Es sollte schließlich nur eine kleine, fast unmerkliche Senke sein. Auf diese Weise grub er einen Halbkreis um den Cache in etwa einem Meter Abstand zur Kiste. Als er geendet hatte, wischte er die modrig feuchte Erde vom Spaten, klappte ihn zusammen und steckte ihn zurück in den Gürtel. Dann nahm er zwei Hände voll Blätter auf und streute sie wie ein Gewürz über seine Kreation. Er trat einen Schritt zurück und betrachtete sein Werk. Die Senke war mit bloßem Auge nicht mehr zu erkennen. *Lecker*.

Nummer drei. Tenner warf noch einen Blick auf die Uhr, stellte fest, dass er keine Zeit zu vertrödeln hatte, und steuerte auf einen stark verzweigten Busch zu. Dahinter hatte er sein letztes Utensil schon Tage zuvor deponiert. Es war nicht ohne gewesen, dieses Monstrum hierher zu transportieren. Er hatte sich einen Anhänger leihen müssen.

Der schwere Ast lag unberührt hinter dem dichten Strauchwerk.

Tenner packte ihn mit beiden Händen. Es kostete ihn enorme Anstrengung, das monströse Gehölz die wenigen Meter durch den Wald zu ziehen. Schweiß lief ihm ins Ohr, tropfte ins Laub. Das Reisig schleifte über den Waldboden und raschelte überlaut. Mehrere Male setzte er ab, bis er endlich den Cache erreichte. Er wischte sich mit dem Ärmel über die Stirn. Sorgsam darauf bedacht, die frisch ausgehobene Senke nicht zu ruinieren, setzte er einen Schritt hinüber und platzierte den schweren Ast in einer Achse mit dem manipulierten Schloss. Er rückte ihn zurecht, testete einen imaginären Bewegungsablauf durch, schob noch einmal nach und war zufrieden mit seinem Werk. Jetzt war er bereit.

Ein erneuter Blick auf die Armbanduhr. Vielleicht noch zehn Minuten, wenn er richtig schätzte. Er hastete hinüber zum Jägerstand und erklomm die Leiter. Kaum dass er im Häuschen angelangt war, warf er sein Werkzeug in den Rucksack und kontrollierte gleichzeitig den Standort von SweetGurami. Hatte sie geloggt und war nun auf dem Weg zu ihm?

Er zog die Brauen zusammen. Diese Frau war wirklich langsam. Es fehlte noch ein Fund, bevor sein Versteck an der Reihe war.

Er ignorierte die schmale Bank, die auf ihn ohnehin einen maroden Eindruck machte, zog seinen Feldstecher aus der Tasche und postierte sich am Rand des Fensters.

Stetig sah er hindurch und fixierte sein angelegtes Arrangement, tippte jedoch ebenso oft auf das kleine Kreissymbol und lud die Seite des noch vor ihr liegenden Caches. Entweder sie würde diesen bald loggen - dann wusste er, wie lange sie noch zu ihm brauchte - oder sie kam direkt hierher und übersprang die andere Dose. Hoffentlich beendete sie die Tour nicht.

Die Webseite lud abermals. Sein Blick fiel sofort auf ihren Logeintrag, der *Schnell gefunden* lautete und mit der Abkürzung *TFTC* für die Worte »Thanks for the Cache« endete.

Er schnaubte. Von »schnell« konnte kaum die Rede sein. Sie war langsam wie eine beinamputierte Katze.

Ein Abgleich der Uhrzeiten, ein Blick auf die Entfernung; von diesem Zeitpunkt an gesehen müsste sie gleich auftauchen. Das Jägerhäuschen gab ihm die nötige Deckung. Zur Sicherheit trat er einen halben Schritt tiefer in den Schatten, dann setzte er den Feldstecher an die Augen und richtete ihn auf den Cache. Alles perfekt; vollkommen unauffällig.

Tenners Blick fiel auf den Boden neben der Asttarnung. *Was liegt denn da?* Als er erkannte, um welchen Gegenstand es sich handelte, fuhr seine Hand wie automatisch zu seinem Holster. Ein Fluch verließ seine Lippen. Er musste vergessen haben, ihn einzustecken oder war er ihm aus der Tasche geglitten, als er den Ast platziert hatte? Halb von Laub verdeckt lag sein Leatherman direkt neben dem Cache.

Kapitel 7

Ein herrlicher Tag, schwärmte Jenny und sah hinauf in den wolkenlosen Himmel, während sie mit ihrem Rad den Schotterweg entlangfuhr. Sie ließ ihren Blick über die Felder schweifen, sah einige Kaninchen, die in einer losen Gruppe zusammenhockten, lauschte dem Zwitschern der Vögel und genoss die warme Sonne auf ihren bloßen Armen.

Einen besseren Tag hätte ich mir zum Cachen nicht aussuchen können, dachte sie. Und sie kam gut voran. Sie hatte ihren Nicknamen »SweetGurami« bereits in fünf Logbücher eintragen können und bis zum Ende des Tages würden es sicher noch weitere sechs werden. Sie schaute verträumt auf den Weg vor sich. Im letzten Moment wich sie einem tiefen Schlagloch aus. *Na, gerade noch einmal Glück gehabt.* Sie schüttelte den Kopf über ihre Unachtsamkeit, dann lächelte sie. Nicht einmal ein kleiner Sturz hätte ihre gute Laune trüben können.

Sie blickte auf das GPS-Gerät, das sie am Lenkrad befestigt hatte, und folgte dem markierten Weg. Es war nicht mehr weit. In etwa einem Kilometer Entfernung konnte sie bereits den Waldrand sehen, in dem laut der Anzeige der Cache zu finden war.

Die Beschreibung dazu hatte ihr gefallen. Es war eine sehr romantische Geschichte, die von einem edlen Ritter handelte, der den Schatz seiner Ahnen im Wald verstecken musste. Sein Erzfeind wollte ihm diesen rauben, damit er verarmen sollte, auf dass er nicht die holde Prinzessin würde heiraten können. Natürlich war die Story erfunden, aber sie liebte es, wenn ein Owner sich solche Mühe mit seinem Cache gab.

Am Waldrand angelangt fiel ihr Blick auf eine einsame Sitzgruppe. Zweifellos dafür gedacht, um zu rasten. Sie hielt an, stieg vom Rad und stellte es in den Schatten einer Buche. Das GPS klemmte ein wenig in der Halterung, doch mit einem kurzen Ruck hatte sie es befreit und hielt es in der Hand. Sie warf einen Blick auf das Display und machte gleich hinter der Bank einen kleinen Trampelpfad aus.

Sie hob den Rucksack vom Gepäckträger, setzte sich gemütlich an den grob gezimmerten Tisch und trank einen Schluck Mineralwasser. Während sie den Blick schweifen ließ, löste sie ihr Haargummi, band sich ihren Pferdeschwanz neu und strich sich eine vorwitzige blonde Strähne hinter das Ohr. Ihre Aufmerksamkeit wurde von einem kleinen Vogel eingefangen. Dessen grau-blaue Rückenfedern funkelten wie Saphire, die Brustpartie leuchtete sonnengelb und ein tiefschwarzer Strich zierte seinen Kopf wie ein Lidstrich, der mit einem Kohlestift vom Schnabel ausgehend über die Augen gezogen worden war. Der kleine Kerl wanderte kopfüber den Baumstamm hinab, hielt für einen Sekundenbruchteil inne, dann hieb er auf die Rinde ein. *Du gebärdest dich wie ein Großer*, dachte Jenny und sann über die Gattung des Vogels nach. Für einen Specht war er viel zu klein; ein Kleiber vielleicht.

Der Vogel hatte inzwischen einen unförmigen Klumpen im Schnabel, der wie ein zermatschter Käfer anmutete. Der Kopf zuckte nacheinander in verschiedene Richtungen, dann flog er davon. *Ich habe auch Hunger*, dachte Jenny. Schließlich stand sie auf, raffte ihre Sachen zusammen und folgte der Cacher-Autobahn, wie sie die ausgetretenen Trampelpfade gerne nannte, aus der grellen Sonne hinein ins Unterholz. *Dieser Fund noch, dann ist es Zeit für einen Snack*, beschloss sie.

Der Schatten des Waldes war eine Wohltat für ihre Augen. Das alte Laub raschelte unter ihren Turnschuhen und der angenehm würzige Geruch drang ihr in die Nase. So wunderbar kühl und erdig.

Jenny folgte dem Richtungszeiger ihres GPS-Geräts, doch hätte sie ihn im Prinzip gar nicht gebraucht. Sie sah schon von weitem, wo der Schatz des Ritters verborgen lag. Die aufeinandergeschichteten Zweige am Fuß der alten Eiche verrieten mehr als sie verbargen.

Sie schlenderte um einen riesigen Ast herum, der vielleicht von einem heftigen Sturm oder Gewitter abgerissen worden war, schaute den Stamm des Baums hinauf, konnte jedoch keine schadhafte Stelle entdecken, die ihr anzeigen würde, wo er vom Blitz verletzt worden war. Aber sie sah ein verrostetes Vorhängeschloss am Stamm gleich über dem Cache.

Jenny war überrascht. Dieses Schloss war in der Geschichte um den Ritter erwähnt worden. Wer es zu öffnen vermochte, sollte den Schatz in Händen halten. Im übertragenen Sinne selbstverständlich.

Sie trat näher an die Zweige heran, ging davor in die Hocke und schichtete sie zur Seite. Unter wenig Laub fand sie einen hölzernen Deckel, der mit einem Scharnier verschlossen war. Sie ließ ihren Rucksack von den Schultern gleiten und lehnte ihn gegen den Baumstamm. Dann versuchte sie die Lasche zu lösen, doch sie saß sehr fest. Jenny richtete sich auf, beugte sich leicht über die Kiste, dann zog sie mit beiden Händen. Sie musste sich nach hinten lehnen bis das Scharnier sich langsam bewegte.

Plötzlich gab es nach und rutschte über den U-Bügel. Sie taumelte einen Schritt zurück. Ihr Fuß sank in einen Graben. Sie strauchelte, trat einen weiteren Schritt zurück, um das Gleichgewicht zu halten, stieß gegen den schweren Ast und stürzte rückwärts.

Noch während sie fiel, spürte sie, wie etwas Hartes mit Gewalt von hinten gegen ihren Oberschenkel presste. Es war als hätte jemand, während sie fiel, einen Film auf Pause geschaltet. Dann hörte sie Stoff reißen. Die Jeans gab nach. Sie stieß einen gellenden Schrei aus, ihre Haut widerstand dem unerbittlichen Gegenstand nicht länger. Etwas bohrte sich in ihren Schenkel, schrammte an ihrem Knochen vorbei. Die Hose wölbte sich oberhalb des Knies, färbte sich zinnoberrot. Die Jeans brach auf. Die dunkel verfärbte Spitze eines abgebrochenen Astes bahnte sich ihren Weg hinaus, umsäumt von blassem Fleisch, das in obszönen Fetzen hing.

Jenny saß halb auf dem Ast und starrte fassungslos auf ihr Bein. Ein Schleier trat vor ihre Augen, beinahe genauso rot wie das Blut, welches pulsierend aus ihrem Schenkel quoll; dann kam der Schmerz. Der Ast wandelte sich in eine sengende Feuersäule. Alles verzehrende Flammen fraßen sich durch ihren Schenkel. Sie schrie, bis sich ihre Kehle rau und wund anfühlte. Sie spürte ihre Kraft schwinden, glaubte über den Schmerz wahnsinnig zu werden. All das Blut; so viel Blut.

Jenny konnte nicht klar denken, aber eines wurde ihr schlagartig bewusst. Es war *zu* viel Blut.

Es war mehr ein Instinkt denn eine wohlbedachte Handlung, als sie immer noch weinend ihren weichen Ledergürtel löste und aus den Schlaufen ihrer Jeans zog. Sie hatte längst keine Kraft mehr zu schreien.

Wimmernd schob sie den Gürtel unter ihrem Bein durch. Mit zitternden Fingern bekam sie das Ende zu fassen, führte es in die Schnalle und schnürte den Gürtel fest. Der Blutfluss versiegte langsam. Wie viel Zeit würde ihr noch bleiben?

Sie zwang sich, nachzudenken. Sie sah ihre Tasche am Baumstamm lehnen – das Handy unerreichbar. Vielleicht könnte sie sich befreien? Wenn sie nicht bald etwas unternahm, dann würde sie sterben.

Es kostete sie all ihren Mut, das Bein vorsichtig anzuheben, doch augenblicklich raste die Flamme erneut durch ihren Schenkel. Jenny stöhnte. Vor ihren Augen tanzten Funken. Sie schloss die Lider und sank zurück.

Schließlich fasste sie einen Entschluss. Was mit Gewalt rein geht, muss mit eben solcher wieder raus.

Jenny atmete mehrmals hintereinander tief durch. Sie rang nach Mut, bohrte ihren unverletzten Fuß in den Waldboden auf der Suche nach Halt. Sie stemmte ihre Hände gegen den Ast, auf dem sie saß, und schloss die Augen. Leise flüsternd begann sie zu zählen. »Eins.« Ein neuerlicher Weinkrampf schüttelte sie. »Zwei.« Sie holte Luft. »Drei …«

Kräftige Hände packten jäh ihre Schultern und hielten sie nieder. »Stopp!«

Vor Schreck schrie Jenny auf, öffnete die Augen. Sie blickte geradewegs in das Gesicht eines Mannes, den sie nicht hatte kommen hören. Wo kam der her? War er ihrem Wunschdenken entsprungen? Der goldene Held in Ritterrüstung?

Er hockte sich neben sie, sah ihr unverwandt in die Augen und sagte: »Ruhig. Alles wird gut. Wenn du das machst, wird das Blut nur so aus deinem Bein schießen und du verblutest auf der Stelle.«

Jenny nickte stumm, versuchte krampfhaft gegen die Tränen anzukämpfen. Sie hatte erfasst, was er ihr sagte, doch wusste sie nicht, wie er sie dann würde befreien wollen. Auch er konnte sie nicht retten. Sie war so gut wie tot. Es war hoffnungslos.

Sie sah, wie er ihren Oberschenkel und den Ast inspizierte, der sich durch ihr Bein gebohrt hatte. »Gut, dass du es schon abgebunden hast«, sagte er mehr zu sich selbst.

»Hast du ein Handy?«, fragte sie mit erstickter Stimme.

Er zog ein schwarzes Smartphone aus der Jeans, hob es in die Luft, richtete es in verschiedene Himmelsrichtungen. »Kein Empfang«, stellte er fest, seufzte und steckte es wieder weg. Dann sah er sich suchend um. »Was machst du überhaupt hier – so allein? Bist du nicht die Freundin vom Mysthunter?« Er ging die wenigen Schritte zum Cache und kam mit einem armdicken Stock zurück.

»Wir sind nur befreundet«, keuchte Jenny. Sie musterte sein Gesicht, die gerunzelte Stirn, die blonden Haare und mit einem Mal kam er ihr bekannt vor. Sie folgte seinem Blick, der auf ihrem aufgespießten Bein ruhte.

»Du musst jetzt ganz stillhalten. Verstehst du mich?«

Sie nickte, völlig im Unklaren darüber, was er vorhatte. Doch was auch immer es war, ihr blieb nichts anderes übrig, als ihm zu vertrauen.

Er sprach zu ihr wie zu einem kleinen Kind, als er ihr erklärte, was folgen würde. »Ich werde jetzt ganz vorsichtig dein Bein anheben.«

Jenny riss die Augen auf. Sie wollte etwas sagen, doch der einzige Laut, der sich aus ihrer Kehle wand, glich dem Krächzen einer Krähe.

Er hob augenblicklich beschwichtigend die Hände, den Stock immer noch in der Rechten haltend. »Hab keine Angst. Ich will das Ding nicht aus deinem Bein holen. Ich brauche nur mehr Platz, sonst kann ich dir nicht helfen.« Er ging erneut neben ihr in die Hocke, sah ihr fest in die Augen und legte besänftigend eine Hand auf ihren Arm. »Es wird wehtun, ich weiß, aber es muss sein, sonst bekomme ich dich nicht frei.«

Jenny kniff die Lippen zusammen, dann nickte sie und ergab sich in ihr Schicksal.

Sein Kiefermuskel zuckte, als er die freie Hand unter ihren Schenkel schob. Er fragte: »Bereit?«

»Ja«, hauchte sie.

Kaum hatte sie das Wort ausgesprochen, hob er ihr Bein gerade zwei Finger breit an.

In ihrem Bein brannte das Feuer lichterloh und der Schmerz explodierte in ihrem Kopf. Sie schrie.

Er schob den Ast in den Spalt, dann zog er langsam die Hand unter ihr hervor. Ihr Bein ruhte nun über dem Stamm, nach wie vor aufgespießt, doch sie kam nicht umhin festzustellen, dass die Wunde im Ruhezustand weniger schmerzte. Er hatte sie stabilisiert.

»Und was jetzt?«, stieß sie keuchend hervor.

Er ließ von ihr ab und drehte ihr den Rücken zu. Als er sich wieder zu ihr umwandte, hatte er eine Taschensäge in der Hand. »Jetzt befreien wir dich.«

Für einen Augenblick stockte ihr der Atem. Sie sah den kalten Stahl in seiner Hand, der beinahe die gleiche Farbe hatte wie seine Augen. »… das Bein oder der Ast?«, fragte sie und sie wusste, dass ihr das Entsetzen ins Gesicht geschrieben stand.

Er lächelte schief. »Es tut mir leid, dich enttäuschen zu müssen, aber ich denke, der Ast reicht.«

Sie versuchte, sich ihre Erleichterung nicht anmerken zu lassen. Dieser Mann wusste scheinbar genau, was er tat. Er ging mit einer solchen Rationalität an die Sache heran, die ihr selbst vollkommen fremd war.

Er setzte die kleine Säge an und begann seine Arbeit. Jenny spürte den Ast im Inneren ihres Beins vibrieren, doch da er ihn mit der anderen Hand gleich über ihrem Knie stützte, hielt sich der Schmerz in Grenzen. Dennoch lief ihr der Schweiß die Schläfe herab und sie wünschte innständig, es wäre schon vorbei. Was hätte sie nur ohne ihn getan? Er war der wirkliche Ritter dieses Caches. Ihr persönlicher Held. »Wie heißt du?«, fragte sie matt.

Er blickte kurz auf und lächelte sie an. »Bax«, antwortete er und wandte sich wieder seiner Säge zu.

»Bax?« Sie zog die Brauen zusammen. »Wir sind uns auf dem Treffen begegnet, stimmt's?«

Er nickte. »Du hast Glück, dass ich diesen Cache schon länger auf meiner Beobachtungsliste hatte.«

»Das kannst du laut sagen«, meinte Jenny.

»Zum Glück!«, rief er und grinste.

Sie musste trotz ihres Schmerzes lächeln. Es war, als wäre zwischen ihnen eine unsichtbare Verbindung entstanden.

Als hätte er ihr Lächeln gefühlt, sah er zu ihr auf. »Das bekommen wir schon hin«, sagte er in einem sanften Tonfall, zwinkerte ihr zu und konzentrierte sich dann wieder auf seine Arbeit.

Jenny versuchte, sich abzulenken, indem sie umher sah. Sie machte einen Jägerstand aus, den sie zuvor nicht bemerkt hatte. Alt und windschief lehnte er zwischen zwei hohen Büschen. Es sah beinahe so aus, als würden sie ihn stützen. Eine Windbö rauschte heran, ließ die Blätter tanzen. Jenny sah etwas in der Sonne aufblitzen. Sie stutzte. Stand da jemand in dem Jägerhäuschen?

Irritiert starrte sie auf das glaslose Fenster, versuchte in den Schatten eine Gestalt zu erkennen. Hatte sie sich nur getäuscht? Ihre Sinne spielten ihr sicher einen Streich. Das war unmöglich. Sie verwarf diesen Gedanken so schnell, wie er gekommen war. Sie musste sich irren.

Sie sah auf ihr Bein hinab. Die kleine Säge fraß sich stetig durch das Holz. Erst als lediglich die Rinde des Astes übrig war, hielt Bax einen Augenblick inne.

Jenny sah, wie er den Winkel änderte, noch während die Säge im Holz steckte und sie dann sehr vorsichtig führte.

Er klemmte die Finger unter ihr Bein, schnitt die letzten Fasern durch und stützte sofort ihren Schenkel, so dass er in Position blieb. Dann schob er den Arm unter sie und drehte sie vorsichtig zu sich herum. Dabei achtete er sorgsam darauf, das Bein nicht sinken zu lassen. Stattdessen drehte er sie sanft zur Seite und bettete das Bein auf den Stamm.

»Geschafft«, sagte er und Jenny glaubte, Erleichterung in seiner Stimme zu hören. Er steckte die kleine Säge weg, dann riss er sich einen seiner aufgerollten Hemdsärmel von der Schulter und wickelte ihn um ihre Wunde. Erst als er nochmals geprüft hatte, ob der behelfsmäßige Verband auch halten würde, stand er auf und entfernte den zweiten Ärmel. Achtlos stopfte er ihn in seinen Rucksack, zog den Reißverschluss zu und warf ihn sich auf den Rücken. »So, Mädchen …«

»Jenny.«

»So, Jenny«, korrigierte er sich. »Sind das alle deine Sachen?« Er deutete auf ihren Rucksack, der immer noch neben dem Cache lag.

»Hier schon. Draußen am Waldrand steht noch mein Fahrrad.«

Er schien kurz nachzudenken, dann fragte er: »Kann man das abschließen?«

Jenny nickte.

»Gut, dann sollten wir zusehen, dass wir dich ins Krankenhaus befördern.«

»Ich folge dir überall hin.«

Er schnaubte. »Das bezweifle ich. Ohne mich kommst du wohl eher nirgendwo hin«, bemerkte er und ein amüsiertes Zucken umspielte seine Mundwinkel. Er reichte ihr die Tasche, trat an sie heran und ehe sie sich versah, hatte er sie schon unter dem Gesäß gepackt und hob sie auf die Arme.

Ihre Blicke trafen sich und sie versank in diesem magischen Moment. Alles um sie herum war mit einem Schlag vergessen. Da war er, ihr Ritter, und trug sie auf Händen.

Kapitel 8

Michael Tonelli saß an dem wuchtigen Schreibtisch seines Vaters und versuchte, sich auf den Bericht des Geschäftsführers zu konzentrieren. Herr Berg war ein äußerst gewissenhafter Mann. Der faltige Hals steckte in einem steifen Kragen, der von einer weinroten Krawatte zusammengehalten wurde. Der Anzug saß perfekt und passte hervorragend zu seinem ergrautem Haupt. Er schien zufrieden mit der Firmenentwicklung und legte ihm nahe, in diesem Jahr einen Bonus für diejenigen Arbeitnehmer auszuzahlen, die keinen einzigen Tag gefehlt hatten.

»Wenn es so gut um die Firma steht, sollten wir dann nicht darüber nachdenken, das Weihnachtsgeld wieder einzuführen?«, fragte Michael. »Das erhöht doch die Motivation aller Arbeitnehmer.«

»Darauf wollte ich noch kommen, Herr Tonelli. Ich befürworte dies ebenfalls. Zusätzlich zu der Prämie können wir dieses Jahr eine stattliche Summe freisetzen, um diese als Weihnachtsgeld auszuzahlen.«

»Also zahlen wir die Prämie und das Weihnachtsgeld.« Michael nickte. »Ja, damit bin ich einverstanden.«

»Sehr gut«, sagte Herr Berg und legte ihm eine Ledermappe vor. »Dazu brauche ich nur noch eine Unterschrift.«

Michael überflog die Schriftstücke, zückte einen Kugelschreiber und strich eine Passage durch.

Herr Berg trat unruhig von einem Fuß auf den anderen.

»Nichts für ungut, Herr Berg«, sagte Michael. »Aber gleiches Recht für alle. Ich sehe nicht ein, warum die Geschäftsführung ein komplettes dreizehntes Monatsgehalt bekommen soll, wenn es in der Produktion nur fünfzig Prozent gibt.«

»Natürlich«, sagte Herr Berg schlicht und rückte fahrig die Krawatte gerade, obwohl sie ebenso perfekt saß wie der Anzug.

»Haben wir dann alles besprochen?«, fragte Michael nach.

Herr Berg nickte und nahm die Papiere entgegen. Sein Blick glitt durch das unaufgeräumte Büro und Michael wusste nur zu genau, was der ältere Mann denken musste. Es stand ihm förmlich auf der Stirn geschrieben.

Michael grinste in sich hinein, verabschiedete den Mann und kehrte an den Schreibtisch zurück, als Herr Berg das Büro verlassen hatte.

Ja, es sah hier immer noch aus wie Kraut und Rüben, aber er hatte den Laden fest im Griff. Er hatte diese Dinge nie lernen wollen und doch war er nun froh, dass er seinem Vater zugehört hatte, wenn es ums Geschäft ging. Im Grunde war das auch nicht schwierig gewesen, denn Quentin Tonelli hatte sowieso niemals von etwas anderem gesprochen als vom Geschäft.

Michael seufzte, doch dann nahm er sich fest vor, bei Gelegenheit alle Unterlagen zu sichten. Am besten setzte er es sogleich in die Tat um. Er stand auf und ging um den Schreibtisch herum. Er entschied sich für eine Pappschachtel, die zuoberst stand, nahm sie vom Stapel und brachte sie zum Schreibtisch. Gerade als er den Deckel öffnen wollte, um sich ans Werk zu machen, klingelte sein Smartphone, das er am Morgen neben dem Monitor abgelegt hatte.

»Hallo Mysthunter«, wurde er begrüßt. »Hier ist Bax.«

»Ach, Bax. Hallo, wie geht es dir? Was macht die Kunst?«

Bax schnaubte in den Hörer. Es klang amüsiert. »Ich wollte mich erkundigen, wie es *dir* geht.«

»Soweit wieder ganz gut.«

»Ich habe schon gesehen, du hast gestern einen Cache geloggt. War reiner Zufall. Ich muss dich nur knapp verpasst haben. Ich habe gleich nach dir geloggt.«

»Ja, gestern war ich an der Ahr unterwegs. Acht Wochen ohne war schon hart.« Er lachte. »Aber meine Rippen sind wieder wie neu.«

»Freut mich zu hören. Da fällt mir ein, wenn du Lust hast, kannst du dich anschließen. Wir treffen uns um fünf in Honnef zu einem Multi.«

»Wer ist wir?«

»Geopapst, SweetGurami, Kiba und noch zwei Frauen, die ich selbst noch nicht kenne. Sind Freundinnen von Jenny – ich meine Sweety.«

Kaum war er wieder auf dem Damm, schon stellte Bax ihm in Aussicht, auf Gernot zu treffen? Jetzt, da er weit hinten lag? Das klang nicht gerade nach einem guten Plan. Andererseits – *Kirstin …*

»Wo trefft ihr euch denn?«, fragte er.

»Oberhalb von Bad Honnef«, sagte Bax und gab ihm die Koordinaten durch.

»Ok, ich versuche es«, sagte Michael und drückte das Gespräch nach einem kurzen Gruß weg.

Er sah auf die Uhr am unteren Rand des Monitors und stellte fest, dass er noch gut zwei Stunden Zeit hatte. Er nahm den Deckel von der Kiste und begann, die Papiere zu sichten. Es war an der Zeit, sich den Altlasten zu stellen.

Eine Stunde war vergangen, als er schließlich einige restliche Unterlagen beiseiteschob, den Rechner ausschaltete und sich alsdann auf den Weg nach Bad Honnef machte.

Sie trafen sich am Rande eines Waldstücks unweit der L 144, die nach Himberg führte. Michael bog rechter Hand in eine Parkschleife ein und stellte den BMW hinter dem Wrangler ab, den er noch von der Erpeler Ley kannte.

Kirstin stieg gerade aus dem Jeep aus, schulterte ihren roten Rucksack, dann sah sie zu ihm hinüber. Sie wirkte überrascht und erfreut zugleich, was ihn innerlich tanzen ließ.

Sie war eine Augenweide, trug eine weite Cargohose, dazu ein schwarzes Tanktop mit der orangefarbenen Aufschrift »Woman at work« einer namhaften Baumarktkette. Ihr glänzend schwarzes Haar trug sie zu einem Pferdeschwanz gebunden, den sie durch die Öffnung ihres Basecaps gezogen hatte. Die Ponysträhne leuchtete in einem passenden Grellorange.

I*ch liebe diese Frau,* dachte er nur und stieg ebenfalls aus.

»Hey, wieder unter den Lebenden?«, empfing sie ihn und trat auf ihn zu.

Michael grinste. »Ich bin unverwüstlich.«

»Sieht ganz danach aus.« Kirstin lächelte ihn an.

Diese Augen.

»Freut mich, dass du mitkommst.«

»Bax hat mich angerufen.«

»Ja, ich habe ihn nach deiner Nummer gefragt, aber er wollte sie nicht rausrücken.«

Michael zog die Brauen zusammen. »Wieso das denn?«

»Na, weil du sie nur ihm gegeben hast.«

»... und ich nicht wusste, ob du was dagegen hast, wenn ich sie, ohne zu fragen, weitergebe«, mischte sich Bax ein, der neben sie getreten war. Sein Arm war um Jennys Hüfte geschlungen, deren Bein in einer Art Stützkorsett steckte. »Jenny kennst du noch? Nickname *SweetGurami.*«

»Klar kennt er mich«, sagte Jenny lachend und fügte ein »Hey« hinzu.

»Hallo Jenny.« An Bax gewandt sagte Michael: »*Ihr* hättest du die Nummer ruhig geben können, aber danke, dass du so umsichtig warst.« In Gedanken fügte er *Trottel* hinzu. Ein Samaritereffekt wäre nicht zu unterschätzen gewesen. »Aber sag ...«, richtete er sich wieder an Jenny, »... was ist denn mit dir passiert?« Er deutete auf ihr Bein.

Inzwischen waren noch weitere Fahrzeuge angekommen. Er sah Gernot von einem Motorrad steigen. »Hey Geopapst«, rief Jenny zur Begrüßung und winkte.

»Kannst du damit überhaupt laufen?«, fragte Gernot, wies ebenfalls auf ihr Bein und stieg vom Motorrad ab. Er hängte den Helm nachlässig an das Lenkrad.

»Oh das, das ist nur noch zur Hilfe. Alles so gut wie verheilt«, teilte Jenny ihm mit. Zu Michael sagte sie: »Ich hatte einen bösen Unfall beim Cachen. Bax hat mich gerettet.« Sie strahlte übers ganze Gesicht.

Bax winkte ab. »Bei so einer hübschen Frau? Das war doch selbstverständlich.« Er grinste. »Mein Schmetterling«, setzte er liebevoll an Jenny gewandt hinzu, strich ihr übers Haar und küsste sie liebevoll auf die Nasenspitze.

Gernot trat neben Kirstin. Ungläubig verfolgte Michael, wie der seinen Arm um ihre Schulter legte. Diese einfache Geste versetzte ihm einen Stich. Waren sie sich bereits näher gekommen? *Wie nah?*

Kirstin nahm ihr GPS vom Gürtel, schaltete es ein, löste sich sachte aus Gernots Arm und wandte sich dann von ihnen ab. »Ich denke, es geht da lang«, sagte sie und schlenderte auf einen Schlagbaum zu. »Suchen wir mal die erste Koordinate.«

Die Freundinnen von Jenny, die sich als Mel und Tandima vorgestellt hatten, folgten ihr. Sie brachen in heiteres Gelächter aus, als sie am Schlagbaum die Plakette eines Georg Cachinger entdeckten, dessen Telefonnummer in Wahrheit die nächste Koordinate verriet.

Allesamt tauchten sie unter das dichte Blätterdach des Waldes und wanderten die Wege entlang auf der Suche nach den Koordinaten, die sie bis zum Ziel führen sollten.

Michael fühlte sich nicht ganz wohl in seiner Haut. Er wünschte sich nicht zum ersten Mal, mit Kirstin allein zu sein, doch sie lief ständig in Begleitung von Jenny und ihren Freundinnen. Gernot folgte ihnen auf dem Fuß, lediglich Bax leistete ihm Gesellschaft.

»Tolle Frau«, sagte er in Michaels Gedanken hinein. »Kirstin hat es dir angetan, oder?

Überrascht sah er Bax an. »Wieso?«

»Ach komm schon. Ich bin doch nicht blind. Tut mir leid, dass ich ihr die Nummer nicht gegeben habe. Ich hatte ja keine Ahnung.«

»Ist ok«, brummte Michael. Er spürte, wie Bax ihn von der Seite her musterte, doch er sagte nichts weiter. Stattdessen ging Bax nach vorne und mischte sich unter die Frauen. An der nächsten Station führte er sie ins Unterholz, lediglich Kirstin blieb und setzte sich am Wegrand ins hohe Gras. Sie holte eine Flasche aus dem Rucksack, hob sie an die Lippen und trank einen Schluck.

Michael ließ sich neben sie fallen. »Wahnsinn, dieser Sommer.« *Wie blöd stellst du dich an*, schalt er sich selbst. Ihm fehlte die Zeit. Die anderen konnten jeden Augenblick zurückkehren, erst recht, wenn sie merkten, dass Bax sie davongelockt hatte. Das war nur zu offensichtlich. Er hatte ihm Zeit geschenkt, mit Kirstin allein.

Er beschloss, es drauf ankommen zu lassen und beugte sich leicht vor.

Kirstin sah ihn fragend an.

Er streckte die Hand nach der Trinkflasche aus.

Vielleicht war es die Überraschung, die sie veranlasste, sich diese widerstandslos aus der Hand nehmen zu lassen.

Ihm war, als würden ihre Blicke ineinander verschmelzen. Während er sich weiter vorbeugte, stellte er die Flasche achtlos neben sich, hörte, wie sie mit einem leisen Rascheln umkippte, scherte sich jedoch nicht darum. Er würde sie küssen, auf der Stelle. Sein Herz jubelte.

Kirstin drückte eine Hand gegen seine Schulter.

»Was soll das werden?«, hörte er Gernot neben sich sagen.

Er fuhr herum. »Ich …«

»Du wolltest meine Freundin küssen?«, stellte Gernot mehr fest denn zu fragen. Dennoch hob er eine Braue und legte den Kopf schräg.

»Deine was?«

Kirstin war zurückgewichen.

Michaels Blick wechselte zwischen ihnen hin und her. *So nah also,* dachte er und sprang auf. »Das war wohl ein Missverständnis«, sagte er und fühlte den Groll in sich aufsteigen.

»Das sehe ich auch so«, sagte Gernot, doch sein Ton klang bestimmt.

Auch Kirstin war aufgestanden und trat wenige Schritte auf Gernot zu. »Komm, lass gut sein. Er hat sich einfach geirrt.«

»Ich brauche dich nicht, damit du mich in Schutz nimmst«, fuhr Michael sie an. »Überhaupt ...«, richtete er das Wort an Gernot. »Wie lange geht das schon?«

»Wüsste nicht, was dich das angeht.«

»Schon beim Treffen?«

»Nein.«

»Du bist doch echt ein Arsch. Du musst gesehen haben, dass sie mir gefiel!«

»Mag sein«, sagte Gernot kurz angebunden.

Michael baute sich vor seinem Konkurrenten auf.

»Bitte, Jungs. Hört auf!«, rief Kirstin und versuchte sich dazwischen zu drängen.

In diesem Augenblick traten Bax, Jenny und ihre Freundinnen aus dem Unterholz.

Michael sah in ihre Gesichter, sie blickten betreten drein. Hatten sie alles mitbekommen?

»Ihr könnt mich alle mal!«, fluchte er, drehte sich auf dem Absatz um und ließ das gesamte Pack hinter sich stehen. Er hörte noch, wie Bax fragte, was er habe, doch die Antwort wollte er gar nicht hören. Er sah zu, dass er zum Parkplatz kam.

Tausend Dinge jagten ihm durch den Kopf. Hatte er sich wirklich so sehr irren können? In Kirstins Blick hatte keine Ablehnung gelegen. *Oder doch?* Gernot war ihm zuvor gekommen. *Wieder einmal.* Er war der Bessere. Egal ob als Gernot oder als Geopapst. Es wurde höchste Zeit ihn in die Schranken zu weisen. Wenn er Kirstin schon nicht haben konnte, dann wollte er wenigstens die Toplist anführen. Wenn er am Ende sogar Sammaël vom Thron stoßen würde, dann könnte er damit vielleicht auch Kirstin überzeugen, wer in Wahrheit der Bessere von beiden war. Er würde sie über den Respekt erobern. Das klang für ihn jedenfalls nach einem guten Plan.

Er hätte die Rufe beinahe nicht gehört, so sehr war er in seine Gedanken vertieft. Ein schriller Pfiff ließ ihn schließlich herumfahren.

Bax war ihm gefolgt und rief: »Mysthunter! Hey, Mysthunter! Warte doch!«

Michael blieb widerwillig stehen.

Völlig außer Atem kam Bax neben ihm zum Stehen. »Warum haust du denn ab?«

Michaels Brauen schnellten in die Höhe. »Haben Gernot und Kirstin nichts gesagt?«

»Doch, aber ich will deine Version hören.«

»Es war wohl einfach ein Missverständnis.«

Bax schnaubte. »Der hat dir das Mädchen geklaut«, rückte er das Bild zurecht. »So ein Arschloch.«

Michael brummte. »Und das ist bei Weitem nicht alles«, sagte er und ein totes Kaninchen flackerte in seiner Erinnerung auf.

Kapitel 9

Kirstin hielt die Augen geschlossen und räkelte sich wohlig. Ihre Hand strich wie zufällig über Gernots warme, weiche Haut und ein Lächeln glitt über ihre Lippen beim Gedanken an die vergangene Nacht. Er lag immer noch neben ihr, hatte nicht das Weite gesucht wie so viele vor ihm, und in diesem Augenblick überkam sie erstmalig das Gefühl, zuhause angekommen zu sein.

Sie wusste, dass sich die meisten Männer vor ihr fürchteten; er nicht. Die anderen nahmen sie zur Befriedigung ihrer Triebe und sie selbst nutzte sie ebenso. Ein gegenseitiges stilles Einvernehmen, aus dem keiner mehr erwartete. Das bewahrte sie obendrein davor, sich intensiver auf einen Mann einzulassen, sich ihm womöglich öffnen zu müssen …

Allerdings war sie bisher auch noch niemals jemandem begegnet, der mit ihr mithalten konnte – ihr auf Augenhöhe hätte entgegentreten können; Gernot war dazu in der Lage.

Während sie ihren Gedanken nachhing, drehte sie sich zur Seite, stützte sich auf den Ellenbogen und betrachtete ihn. Sie strich ihm mit dem ausgestreckten Zeigefinger über den entblößten Rücken die Wirbelsäule hinab bis zum Rand seiner schwarzen Pants. Ein warmes Kribbeln flutete durch ihren Leib und sie spürte die aufkeimende Erregung in sich. Ihre Augen glitten über seinen kraftvollen, von der Sonne gebräunten Körper, der sich fast schon dunkel gegen das weiße Laken abhob. Sie strich mit ihrer Handfläche sanft über seine Hüfte und rückte vorsichtig an ihn heran, um ihn nicht zu wecken. Langsam ließ sie ihre Hand Richtung Bauch gleiten.

Plötzlich stießen ihre Finger auf die verhärtete Erhebung, die ihr schon letzte Nacht aufgefallen war. Es war zu dunkel gewesen, um sie sich anzusehen.

Ihre Finger tasteten das verhärtete Gewebe entlang, um das ganze Ausmaß der Beschädigung zu erforschen. Die Narbe wand sich fast fingerdick in einem großen Halbmond vom Hüftansatz über die Seite bis hinab zur Milz. Mehrere Verzweigungen gingen von ihr ab und vereinzelt stieß sie auf beinahe kreisrunde Hügel. Es war wie die zerklüftete Berglandschaft des Siebengebirges.

Vorsichtig richtete sie sich auf, um sie in Augenschein zu nehmen, als er sich auf den Rücken drehte. Sie sah ihm ins Gesicht, doch seine Augen waren nach wie vor geschlossen. Er lag regungslos da. Sein Brustkorb hob und senkte sich über seinen gleichmäßigen Atemzügen.

Ihr Blick glitt an ihm hinab und für einen Augenblick stockte ihr der Atem. Was immer ihm zugestoßen war, es musste ihn entsetzlich geschmerzt haben. Die Narben waren nicht frisch, sondern eindeutig älteren Datums. Hell hoben sie sich von seiner intakten Haut ab, schimmerten beinahe silbrig-rosé. Kirstin bedeckte die Region mit ihrer Hand, als wolle sie den Schaden heilen, doch selbst mit ausgestreckten Fingern vermochte sie die Berglandschaft nicht vollends zu erfassen.

Eine dunkle Hand legte sich auf die ihre und sie sah auf. Er war hellwach, und als sich ihre Blicke trafen, lächelte er sanft.

Ihr wurde bewusst, dass er seinen Schlaf nur vorgetäuscht haben musste. Er hatte ihr diesen Blick gewährt und ihr die Zeit gelassen, ihn zu erforschen. Sie erwiderte sein Lächeln nur matt, zu bestürzt war sie über den Anblick. Dann hob sie die Brauen.

»Das ist schon lange her«, sagte er und zuckte leicht mit den Schultern.

»Wie alt warst du?«

»Zehn.«

Mit Schrecken stellte sie sich einen kleinen zehnjährigen Jungen vor, der … Sie runzelte die Stirn – der was? »… Und wie?«

»Is' nicht so wichtig. War ein Hund.«

»Hoffentlich wurde er sofort erschossen«, flüsterte sie und legte ihren Kopf auf seine Brust.

Er schwieg.

Ruckartig fuhr sie auf und blickte ihn forschend an. »Wurde er nicht?«

»Eher nicht.«

»Aber warum? So ein Tier muss man doch aus dem Verkehr ziehen.« Argwöhnisch fragte sie: »Oder war der Besitzer so ein reicher Kerl, der die Behörden bestochen hat?«

»Es war Quentin Tonellis Hund.«

Sie zog die Brauen in die Höhe. »*Der* Tonelli? Der Chef der Tonelli-Firmengruppe?«

Gernot lächelte matt. »Du kanntest ihn?«

Sie schnaubte. »Wer kannte den nicht? Meine Mutter hat mal für die Firma gearbeitet. Sie sagte, sie hätte den Tonelli nur selten gesehen, aber er wäre der unangenehmste Mensch, dem sie je begegnet wäre. Ich habe immer gedacht, sie übertreibt. Einmal habe ich sie von der Arbeit abgeholt und habe ihn bei der Gelegenheit selbst kennengelernt; was für ein Arschloch.«

Gernot lachte. »Das trifft es ziemlich genau.«

»Ich habe ein bisschen versetzt zur Einfahrt geparkt, da kam der Kerl gerade raus. Der ist wie ein Berserker auf mich zu, hat mit der Faust auf mein Autodach geschlagen und mich angebrüllt, ich solle verschwinden. So ein Pack wie mich wolle er nicht vor seinem Haus haben. Ich glaube, er wusste gar nicht, wer ich war.«

»Ja, das sah dem alten Tonelli ähnlich«, sagte Gernot und richtete den Blick wie in weite Ferne.

»Als er beerdigt wurde, hat meine Mutter trotzdem Blumen geschickt«, sagte Kirstin beinahe schuldbewusst.

»Ein feiner Zug von ihr.«

Kirstin sah ihm in die warmen Augen. »Reine Geldverschwendung, wenn du mich fragst, aber das hat sie sich nicht nehmen lassen.« Sie schwieg eine Weile, betrachtete die Narbe. »Aber wie bist du denn an Tonellis Hund geraten? Hat er ihn auf dich gehetzt?«

Gernot schüttelte bedächtig den Kopf. »Nein.«

Sie sah ihm forschend in die Augen.

Er schwieg.

»Noch ein sensibles Thema?«, fragte sie und dachte an das Gespräch über Michael, welches sie auf dem Tunnelmuseum geführt hatten.

»Dasselbe«, gab er zur Antwort.

Irritiert sank sie zurück. Aus dieser Antwort wurde sie nicht schlau. Sie wusste, dass sie das auch nicht sollte, aber im Grunde wäre es ihr lieber, er würde gar nichts sagen, als irgendwelche Andeutungen zu machen, die sie dazu veranlassten, sich den Kopf zu zerbrechen. Was hatten der alte Tonelli und sein Hund mit Michael zu tun?

Bei dem Gedanken an Gernots Konkurrenten flackerte die gestrige Szene durch ihren Kopf. Sie überkam das unbedingte Gefühl, dazu etwas sagen zu müssen. »Es tut mir leid.«

»Was?«

Wie sollte er auch wissen, was sie meinte. Da er offensichtlich keine Gedanken lesen konnte, ließ sie ihn daran teilhaben. »Ich meine das mit Michael gestern.«

Er schwieg. Sah sie nur an.

»Ich habe ihn gar nicht ermutigt. Ich weiß nicht, wie er auf den Gedanken kam, ich könnte seine Gefühle erwidern.«

Gernot sah ihr lange in die Augen, dann strich er ihr eine Strähne aus dem Gesicht und zog sie wortlos an sich heran. Sein Mund fand den ihren. Seine Zunge tastete sich zwischen ihre Lippen, drängte sie zu einem innigen Kuss, der augenblicklich das Feuer in ihr entfachte. Sie atmete seinen männlichen Duft ein. Er zog sie über sich, sein Körper bebte unter ihr. Er winkelte ihr Knie an und drängte sich zwischen ihre Schenkel. Ein leises Stöhnen stahl sich über ihre Lippen, als er in sie eindrang. Sie richtete sich auf und folgte seinen kraftvollen Stößen, ritt ihn lustvoll, bis auch er sich aufrichtete. Er umschlang sie mit seinen kräftigen Armen, bettete sie neben sich, kam über sie und drang erneut in sie ein. In wilder Leidenschaft liebten sie sich, bis der Höhepunkt sie wie in einer kraftvollen Welle aufbäumte und sie gemeinsam hinabriss in das unendlich tiefe Gefühl der innigsten Vereinigung.

Als der Sturm vorüber war, lag sie in seinen Armen, hörte seine gleichmäßigen Atemzüge und es beschlich sie eine undefinierbare Ahnung. Sie versuchte, es in Worte zu fassen, doch war sie sich nicht sicher, ob es ihr gelingen würde, dieses Gefühl auszusprechen, ohne den Moment der Nähe zu zerstören. Endlich sagte sie: »Kannst du mir etwas versprechen?«

Gernot brummte sanft.

»Bitte treib diese Konkurrenz zwischen Michael und dir nicht voran.«

Er strich ihr sanft über den Arm. »Werde ich nicht. Aber warum ist dir das so wichtig?«

»Weil …«, sie zögerte einen Augenblick, versuchte den Gedanken zu erhaschen, der in ihr kreiste. »Ich denke, du bist gestern zu seiner Nemesis geworden.«

Kapitel 10

Michael saß in seinem Wagen und trat auf das Gaspedal. Die Sonne stand schon etwas schräg am Himmel. Er langte nach der Sonnenblende und klappte sie herunter. Es half nicht viel, doch er weigerte sich, jetzt nach seiner Sonnenbrille zu suchen. Er wusste, sie lag im Handschuhfach, aber der dichte Verkehr forderte seine ganze Konzentration. Gernot hatte vor wenigen Minuten einen Cache ausgelegt und bisher war er noch nicht geloggt worden.

Ich werde dir zeigen, dass ich es drauf habe, dachte Michael. Er war wild entschlossen, den Cache als FTF zu loggen. Terrain fünf, als wenn das ein Problem für ihn wäre. Jetzt nicht mehr.

Er wählte die mehrspurige Straße durch die Innenstadt, die ihn laut Navigationsgerät geradewegs zum Cache führen sollte. Der Fahrer des blauen Golfs vor ihm schien auf einer Picknicktour zu sein, denn der Wagen schlich förmlich dahin.

Michael warf einen Blick in den Seitenspiegel und scherte aus, ohne den Blinker zu setzen. Hinter ihm hupte jemand, egal. Er trat aufs Gaspedal und sein BMW schoss in die Lücke. Kaum dass er den Golf passiert hatte, wechselte er über zwei komplette Fahrspuren zurück und schnitt einen Roller, dessen Fahrer wild gestikulierte. Zu seiner Linken flog der Haupteingang des Zoos an ihm vorbei. Es konnte nicht mehr weit sein. Auf dem Display des GPS-Geräts war ein Parkplatz markiert, der mit Sicherheit zum Zoo gehörte.

Wenige Augenblicke später tauchte das ersehnte Hinweisschild in seinem Sichtfeld auf. In Sekundenbruchteilen wurde ihm bewusst, dass er zu schnell war, um die Einfahrt in einem Rutsch zu kassieren. Er trat auf die Bremse. Prompt hörte er hinter sich Reifen quietschen. Michael riss das Steuer herum und gab Gas. Das Heck brach aus. Er lenkte gegen. Im Drift passierte er die unbefestigte Einfahrt um einen rot-weiß gestreiften Poller herum. Die Reifen fraßen sich in den Untergrund und fanden Halt. Michael riss das Steuer abermals herum und fing den BMW gerade rechtzeitig ab, bevor er erneut ausbrechen und ein geparktes Fahrzeug hätte rammen können.

Michael brachte den Wagen zum Stehen. Erst jetzt bemerkte er sein wild pochendes Herz. Er atmete einmal tief durch, dann steuerte er den Wagen in einen Seitenabschnitt des Parkplatzes und stellte ihn am Ende unter einer Reihe Bäumen ab.

Als er ausgestiegen war, sah er sich zum ersten Mal richtig um. Dass diese Stadt einen Park besaß, war nicht ungewöhnlich, aber ein Waldparkplatz wie dieser hier wirkte genauso deplatziert wie ein voll bewirtschafteter Bauernhof in der City. Über ihm zwitscherten Vögel im dichten Blätterdach, er hörte das Plätschern eines kleinen Baches und das Rauschen der Fahrzeuge auf der breiten Stadtstraße. Der satte Waldgeruch war durchzogen von Abgasen und Benzin. Ein zu kräftiges Aroma für die Menge der Fahrzeuge, wie ihm schien.

Michael warf einen Blick auf seine Armbanduhr. Er vertrödelte Zeit. Mit einem gezielten Griff öffnete er den Kofferraumdeckel, schnappte sich den Cacher-Rucksack und warf ihn sich auf den Rücken. Ein Stoß, die Klappe fiel ins Schloss und ein markiges Knacken kündete davon, dass sein BMW fest verschlossen war.

Er hakte das Garmin in den Gürtel, warf einen Blick darauf und zögerte keine Sekunde länger. Mit ausgreifenden Schritten wandte er sich in die Richtung, die ihm das Gerät anzeigte.

Es war eine Ehrensache. Gernots Cache gehörte ihm. Ihm allein. Sammaël durfte ihm auf keinen Fall zuvorkommen. Das käme einer unglaublichen Schmach gleich.

Der Verkehrslärm schwoll an, obwohl er parallel zur Hauptstraße lief. Vor ihm lag ein dichter Grünstreifen, die Bäume lichteten sich und wenige Augenblicke später suchte er nach dem besten Weg, um sich durch die Böschung zu schlagen und den Wald hinter sich zu lassen.

Das Strauchwerk war wie ein undurchdringlicher Wall. Eine Wehranlage gegen unbefugtes Verlassen. Oder Betreten? Er schob die Schulter zwischen die dichten Äste, bahnte sich mit aller Gewalt einen Weg hinein. Zweige barsten, kratzten über seine bloße Haut. Er umschiffte einen Stamm, der so dick war wie sein Oberschenkel, bog weitere Äste auseinander und arbeitete sich unermüdlich voran. Erst als er glaubte, von dem Grün der Blätter buchstäblich erdrückt zu werden, setzte er seinen Fuß hinaus und brach mit einem letzten Ruck aus der Böschung.

Er riss vor Überraschung die Augen auf. Hinter dem stahlgrauen Band der Leitplanke rollte eine Blechlawine über den Asphalt der vor ihm liegenden Autobahn. Ehe er sich wappnen konnte, erfasste ihn der Windschatten eines vorbeirauschenden LKW. Michael geriet ins Straucheln, ließ sich in die Knie sinken und bekam die Leitplanke zu fassen. Regungslos wartete er bis ein weiterer Truck vorüber war, sah unterdessen auf sein Garmin und lotete die Richtung aus.

Er traute seinen Augen nicht, als er sah, dass die Koordinate genau auf dem Mittelstreifen lag. Scheinbar gleich unter der Schilderbrücke. Kurz dahinter führte die Stadtstraße über die Autobahn.

Erst in diesem Augenblick wurde ihm die Kampfansage Gernots bewusst. Er hatte sich schon über den Cachetitel gewundert. Fuck off; Terrainwertung fünf. Ein Aufruf ganz klar an ihn gerichtet. Dieses Arschloch wusste genau, dass er den FTF wollte. Aber um welchen Preis?

Michael beobachtete den vorbeirauschenden Verkehr. Die Geschwindigkeitsbegrenzung von 120 km/h interessierte offensichtlich niemanden. Eine Lücke – Fehlanzeige. Es herrschte Feierabendverkehr; auch das konnte nur pure Absicht sein. Aber, und das war sein großes Plus, wenn er nicht rüber konnte, kam Sammaël auch nicht ran.

Michael schritt an der Leitplanke entlang, bis er laut GPS auf gleicher Höhe mit dem Cache war. Stetig glich er die Koordinaten ab. Ein letzter Blick auf das Display bestätigte ihm, was er längst wusste. Er war an der Schilderbrücke angelangt. Das graue Metall ragte über ihm auf. Die überdimensionalen blauen Schilder wiesen auf das nahe gelegene Autobahnkreuz und zeigten eine Abfahrt in einen Stadtteil an. Ein namenloser Sprayer hatte sich an deren Rückseite mit einem knallbunten Schriftzug verewigt.

Michael stützte sich mit einer Hand auf die Leitplanke, dann setzte er mit einem Seitwärtssprung hinüber. Der schwere Rucksack stieß ihm schmerzhaft ins Kreuz. Er zögerte nicht, ließ ihn von den Schultern gleiten. Er zog den Reißverschluss auf und kramte seinen Aufkleber und einen Kugelschreiber hervor. Dann lehnte er ihn unverschlossen gegen den Pfeiler. Er richtete seine Aufmerksamkeit wieder auf den Verkehr. In Gedanken hörte er den Radiosprecher vermelden: *Vorsicht auf der A1. Personen auf der Fahrbahn.*

Michael grinste schief. Es galt keine Zeit zu verlieren. Das oberste Gebot der Unauffälligkeit fand hier keine Geltung, wenn er den FTF wollte. Und er *wollte* ihn.

Ein schwarzer Mercedes raste auf der linken Spur an einem Fiesta vorbei. Diesem folgte ein Audi A8, wiederum gefolgt von einem silbernen Sportwagen, den er noch nie gesehen hatte. Ein Golf fuhr auf der rechten Spur und wurde von einem Wohnmobil abgelöst. Auch dies war schnell vorüber. Michael erspähte eine Lücke zwischen einem herannahenden Ford, der kurz zuvor einen LKW überholt hatte. Doch was war hinter dem Truck auf der Überholspur? Der Brummi versperrte die Sicht. Der Ford war noch ein gutes Stück entfernt.

Alles oder nichts, dachte Michael und bereitete sich auf den Spurt vor. Sein Herz schlug ihm bis zum Hals, in seinen Ohren rauschte es. Der Ford flog an ihm vorbei.

Michael sprintete los. Das Adrenalin ergoss sich in seine Venen. Wenige Meter trennten ihn vom Mittelstreifen. Er fühlte sich langsam wie eine Schnecke. Die Sekunden rasten an ihm vorbei. Er wandte den Kopf nach links, der LKW war schon fast herangekommen. Er hörte die Hupe, ehe er das Fahrzeug auf der Überholspur sah. Instinktiv blieb er auf dem Fahrstreifen stehen. Der silberne DB9 schoss an ihm vorbei. Er nahm den Fahrer nur am Rande wahr. Kaum war der Wagen durch, sprintete er weiter und entkam nur knapp dem Luftzug des LKW. Ein letzter Satz und Michael hatte die Mittelleitplanke und damit das sichere Ufer erreicht. Sein Herz hämmerte wie wild gegen seine Brust. Ihn überfiel gleichzeitig eine derartige Mattigkeit, als würde der gesamte Inhalt seiner Adern aus ihm hinausfließen und sich unter ihm ergießen. Der Adrenalinstoß löste sich und ließ ihn in einem Schockzustand zurück. *Zum Teufel,* dachte er. *Jetzt wird nicht schlappgemacht, sondern geloggt.* Wieder verfluchte er Gernot, der ihn wohl umbringen wollte.

Michael langte nach seinem GPS, das immer noch am Gürtel baumelte, hakte es ab und folgte dem Richtungspfeil. Er hätte genau auf den Koordinaten stehen müssen. Tatsächlich hatte er sich bei seinem Spurt jedoch einen guten Meter von der Schilderbrücke entfernt. Suchend sah er sich auf dem Boden um. Ein kleiner Busch beinhaltete keine Dose. Er untersuchte die Leitplanke, fuhr mit den Fingern darunter, fühlte jedoch nur das warme Metall. Er sah die Autos vorüberrollen. Einige blinkten auf. Es war ihm gleich. Wo zum Teufel war der Cache?

FTF, FTF, spulte sein Gehirn immer denselben Gedanken ab. *FTF, verdammt noch mal. Wo?*

Er hob den Kopf, sah die Schilder über sich, ging darunter durch, seinen Blick immer noch nach oben gerichtet. Wie beiläufig las er das Graffiti: *Fuck off.*

In seinem Kopf begann es zu arbeiten, bis er endlich begriff, was er da gelesen hatte. »Fuck off! Scheiße!«

Just in diesem Augenblick sah er eine schlanke Gestalt ans Geländer der Brücke treten. Eine Schirmmütze tief ins Gesicht gezogen, darüber die Kapuze des grauen Pullovers. Die linke Hand hielt ein Gerät, die andere umfasste das Geländer. Der

Schirm der Mütze senkte sich, als würde die Person auf das Gerät schauen. Dann hob sich der Schirm und wer immer dort oben stand, betrachtete eingehend die Schilderbrücke. Die Gestalt legte den Kopf schief und Michael meinte, ein Grinsen sehen zu können.

Ein Fluch stahl sich über seine Lippen. Er stand hier unten und ahnte, wo sich der Cache befand; *auf* der Schilderbrücke, unerreichbar für ihn. Und über ihm stand sein Gegner, der es ebenfalls wusste. Sollte er tatenlos zusehen, wie dieser Typ ihm zuvorkam? Das konnte nur Sammaël sein. Wer sonst war so schnell an einem Cache außer ihm selbst? Aber auch für Sammaël war es nicht leicht dort heranzukommen. Er würde erst den Weg durch den Wald nehmen müssen, um die Schilderbrücke zu erreichen. *Die Wartungsleiter,* schoss es ihm durch den Kopf. Er hatte seinen Rucksack genau davor angelehnt und nicht daran gedacht, dass Terrain fünf auch bedeuten konnte, dass man würde klettern müssen, statt die Autobahn zu überqueren.

Er schalt sich selbst einen ausgemachten Idioten. Aber es gab noch eine Chance. Wenn er schneller zurück über die Fahrbahn wäre, als Sammaël durch den Wald, dann würde er den FTF immer noch loggen können. Ob er gesehen worden war? Er bezweifelte es. Die Gestalt auf der Brücke wirkte entspannt, als hätte sie keinen Grund zur Eile. Sie stand immer noch oben, hatte ihm den Rücken zugewandt und lehnte lässig am Geländer.

Michael zögerte keinen Augenblick länger. Er wandte sich der Autobahn zu und beobachtete den Verkehr. Die Blechkolonne raste an ihm vorbei. Wenigstens konnte er von dieser Position aus besser sehen, was auf der schnelleren Spur vor sich ging. Kein LKW blockierte ihm nun die Sicht, doch er sah keine Lücke, die er würde nutzen können. Er schaute hinauf zur Brücke und ihm blieb fast das Herz stehen.

Sammaël war über das Geländer geklettert, stand in schwindelerregender Höhe gegenüber der Schilderbrücke und hielt sich mit den Händen hinter dem Rücken fest.

Der muss wahnsinnig sein, dachte Michael. *Das kann man nicht schaffen.* Jetzt wusste er auch, warum der Typ zuvor am Geländer gelehnt hatte. Er musste abgewartet haben, bis Fußgänger an ihm vorbei waren und eventuell etwas weniger Verkehr war. Tatsächlich hörte Michael von oben weder verbale Proteste noch hupende Fahrzeuge.

Sammaël ist lebensmüde. Anders konnte er sich dessen Verhalten nicht erklären. *Ein solcher Sprung ist nicht zu schaffen.*

Wie erstarrt stand Michael unter der Schilderbrücke. Gebannt sah er nach oben, unfähig, den Blick abzuwenden. Sein Magen krampfte sich zusammen. Nicht, weil er drauf und dran war, den FTF zu verlieren, sondern weil er sich im Geiste bereits ausmalte, wie Sammaël in die Tiefe stürzen und von der Blechlawine überrollt werden würde. Ihm wurde übel. Er sah in Gedanken einen zerfetzten Körper. Von einem Auto erfasst und in die Luft geschleudert. Einen verdrehten Leib, der nur noch wenig Ähnlichkeit mit dem eines Menschen aufwies, vom nächsten Fahrzeug zerfetzt. Spritzendes Blut, das den Asphalt durchtränkte, abgerissene Gliedmaßen.

Michael schluckte schwer. Er sah, wie Sammaël in die Hocke sank, bereit zum Sprung. Entsetzte brüllte er: »Spring nicht!«

Sein Ruf wurde von einem vorbeirauschenden Lastwagen verschluckt.

Sammaël sprang.

»Nein!« Michaels Puls raste.

Sammaël hatte die Schilderbrücke nur knapp erreicht. Den Oberkörper auf dem Gestell, die Arme um den Träger geschlungen wie in verzweifelter Umklammerung eines unglücklich Liebenden. Die Beine über dem Abgrund baumelnd. Er holte mit den Beinen Schwung, versuchte mit einem Fuß auf den Träger zu gelangen, doch mit der glatten Sohle fand er keinen Halt. Der Fuß rutschte ab. Der Kampf schien aussichtslos.

Michaels Erstarrung löste sich. Der FTF war längst vergessen. Es galt das Leben eines Wahnsinnigen zu retten.

Während er das Garmin an seinen Gürtel klippte, erfasste er mit einem Blick den Verkehr. Es gab keine andere Möglichkeit, als die Wagenkolonne bis zu einem weinroten Dacia abzuwarten. Erst danach gab es eine Chance. Er hatte nicht vor, sich selbst zu opfern, dennoch saß ihm die Eile wie ein real spürbares Kribbeln im Genick. Eine Hand legte er stützend auf die Leitplanke. Seine Finger trommelten ungeduldig gegen das Blech. Ein Opel fuhr vorbei. Er stellte einen Fuß auf die Planke und wartete einen Mazda ab. Erst als der Dacia auf gleicher Höhe war, sprang er hinüber, sprintete los, dieses Mal ohne Hupkonzert. Er erreichte den Standstreifen und wenige Sekunden später hatte er auf die sichere Seite übergesetzt.

Er stürzte auf die Schilderbrücke zu. Wie ein Irrer hechtete er die Wartungsleiter hinauf. Erst als seine Hand an einer der Sprossen abrutschte, merkte er, wie feucht sie war. Kalter Angstschweiß drang aus all seinen Poren, floss ihm in Strömen den Rücken hinab, durchnässte sein Shirt.

Er hielt nach Sammaël Ausschau. Dieser startete gerade einen neuerlichen Versuch, Halt zu finden. Schwang die Beine wie das Pendel einer Uhr. Schließlich kippte er leicht zur Seite, winkelte das Knie an und schob den Fuß auf den Träger. Wenige Augenblicke später sah Michael, wie Sammaël sich vollends nach oben zog und sich auf die Schilderbrücke setzte, als wäre dies das natürlichste der Welt.

Michael atmete erleichtert durch. Der FTF war verloren, aber wenigstens lebte dieser Geisteskranke noch. Wenn der nur nicht auf die Idee kam, denselben Rückweg zu nehmen. Es ginge mit dem Teufel zu, wenn Sammaël noch einmal solch ein Glück haben sollte.

Es schien ihm wie eine Ewigkeit, bis er endlich die letzte Sprosse erreichte. Sammaël wähnte er immer noch zwischen den beiden Hinweisschildern. Den Cache hatte er sicher schon geloggt, aber er war bisher nicht zur Watungsleiter gekommen. Es hatte ganz den Anschein, als erhole er sich in aller Ruhe von seinem Schreck. Dass er um sein Leben gebangt haben musste, stand für Michael außer Frage, schließlich war ihm selbst beim bloßen Anblick dieser Waghalsigkeit das Herz in die Hose gerutscht.

Michael erklomm die letzte Sprosse und sah über den Stahlträger. Sammaël kauerte zwischen den blauen Schildern, schien das Geländer auf der gegenüberliegenden Seite mit festem Blick zu fixieren und wirkte voll konzentriert.

Michael wollte eine Warnung rufen, entschied sich jedoch im letzten Augenblick dagegen. Wenn der Typ sprang und er zur gleichen Zeit schreien würde, könnte er abgelenkt werden und dann würde er die Brücke zu hundert Prozent verfehlen.

Ihm blieb die Spucke weg, als dieser Irre sich mit voller Kraft abstieß, durch die Luft flog und innerhalb weniger Sekunden das Geländer zu fassen bekam.

Erst als Sammaël über den Handlauf geklettert war, verschaffte er seinem Unmut Luft. »Hey Sammaël!«, rief er, während er auf die Schilderbrücke klomm. Die Person rührte sich nicht, wandte sich nicht einmal zu ihm um. Stattdessen stand Sammaël stocksteif da und sagte keinen Ton.

»Sammaël!«

Der Angesprochene schwieg.

»Du hast sie doch nicht alle!«, rief Michael. »Aber Glückwunsch zum FTF!«

Sammaël setzte sich in Bewegung; von ihm fort ohne einen Gruß oder irgendein Wort der Erwiderung.

Völlig aus der Fassung gebracht brüllte Michael ihm nach: »Komm schon, zeig dich! Du kannst dich nicht ewig vor mir verstecken! Ist dir klar, dass ich versucht habe, dich zu retten, du Mistkerl? Ich bekomme schon raus, wer du bist und dann kannst du dich auf was gefasst machen!«

Michael sah ihm nach. Die verdreckten Jeans, der graue Kapuzenpulli, die Schirmmütze. All diese Kleidungsstücke waren nichts Besonderes. Egal wo er solche eventuell noch einmal sehen würde, er könnte sie nicht als Sammaëls identifizieren. Der Kerl schlenderte ungerührt davon, ohne von seinem Ausbruch

Notiz zu nehmen. Kurz bevor er die Brücke verließ, blitzte ein goldener Streifen an seinem unterem Mützenrand auf.

Michaels Aufmerksamkeit wurde davon gefesselt. Ein winziger glänzender Gegenstand. Was war das?

Schon war Sammaël im Schatten der ersten Bäume verschwunden.

Michael zog die Brauen zusammen. Was hatte er da gesehen? Eine Winzigkeit, die ihm irgendetwas sagte; er kam nicht darauf.

Als unter ihm ein Fahrzeug hupte, wurde ihm schlagartig bewusst, dass er die Schilderbrücke so schnell wie möglich verlassen sollte. Zeit zu loggen und dann zu verschwinden, bevor die Polizei aufmarschierte, wenn sie nicht schon auf dem Weg hierher war. Mobiltelefone gehörten schließlich zur persönlichen Standardausrüstung und die entsprechende Nummer war schnell gewählt.

Vorsichtig ging er bis zur Mitte, bis er schließlich zwischen den blauen Hinweistafeln stand. Der Cache war nicht zu übersehen. Eine etwa faustgroße Dose, umwickelt mit grauem Panzerband, hing im unteren Drittel des rechten Schildes. Er zog sie ab und kam nicht umhin festzustellen, aus welchem Grund die Dose in Klebeband eingepackt war. Darunter war sie ringsum gespickt mit starken Magneten. Gernot hatte sich nicht einmal die Mühe gemacht, die Schilderbrücke zu betreten. Er hatte sie von der Straße aus einfach hinüberwerfen können, und sie blieb am Schild haften, ohne dass er selbst sich hatte in Gefahr bringen müssen.

Fuck off; das traf seine eigenen Gedanken in diesem Augenblick sehr genau. Gernot, so draufgängerisch und cool er wirken wollte, war er im Grunde seiner Seele ein verdammter Feigling. Ein Möchtegerncasanova. Was immer Kirstin an ihm finden mochte, irgendwann würde sie merken, dass er ein verdammter Blender war und nichts weiter.

Michael zog den Deckel von der Dose, tastete mit den Fingern hinein und hielt das Logbuch in der Hand. Um ein Haar hätte er den Travel Bug fallen lassen, der mit dem Papier herausgerutscht war. Schnell fasste er nach und hielt ihn sicher zwischen den Fingern. Es war ein kleiner Glasblock, in dessen Inneren eine Lasergravur angefertigt worden war. Michael hielt ihn gegen das Licht. Mit Erstaunen erkannte er darin einen stilisierten Engel. Eben jenen, den er von den Aufklebern in den Logbüchern zu genau kannte. Sammaëls Engel.

Er steckte ihn in die Hosentasche, um ihn zu Hause genauer unter die Lupe zu nehmen. Es wurde Zeit, dass er von hier verschwand.

Als hätte er es geahnt, fuhr ihm gegenüber auf der Stadtstraße ein silberblaues Polizeifahrzeug vorbei. *Dein Freund und Helfer*, dachte er verdrossen. Sicher sahen sie nach dem Rechten. Wie auf Kommando wurde das Blaulicht eingeschaltet. Ein kurzes Sirenenheulen, das Fahrzeug hielt und in wenigen Augenblicken würden sie aussteigen, um ihn anzusprechen.

Er zögerte keinen Moment länger, drehte ihnen den Rücken zu und schlug das Logbuch auf. Mit fliegenden Fingern pappte er seinen Aufkleber unter Sammaëls Logeintrag, kritzelte noch das Datum dazu, verschloss die Dose und verstaute sie zurück an ihren Platz.

»Guten Tag!«, rief ein Streifenpolizist ihn an. »Können Sie mir erklären, was sie dort zu suchen haben?«

Michael schaltete schnell. »Ich kontrolliere die Befestigungen!« Er legte beide Hände an eines der Schilder und rüttelte daran wie ein Affe an den Gitterstangen eines Käfigs. Beinahe gleichzeitig kam er sich auch genauso albern vor.

»Dann sind sie sicher in der Lage, sich auszuweisen!«

»Tut mir leid«, rief Michael dem Beamten zu. »Mein Chef hat mir den Auftrag per Telefon zugewiesen. Ich habe heute eigentlich frei, aber wohne hier in der Nähe!«

Der Beamte rümpfte die Nase. Es war offensichtlich, dass er ihm diese Ausrede nicht abkaufte. Womit er auch völlig Recht hatte. Lahmer ging es kaum.

Michael ging in Gedanken seine Möglichkeiten durch. Er könnte hinunterklettern, sich durch den Wald schlagen und verschanzen bis sie abgezogen wären; wo war der Kollege?

Ein abgrundtiefer Seufzer quälte sich über seine Lippen, als er vom Fuß der Schilderbrücke aus aufgefordert wurde, herunterzukommen.

Michael ergab sich in sein Schicksal und stellte sich gedanklich auf die kommende Verwarnung ein. Ordnungswidrigkeit nach Paragraph ... Welchen der Beamte wohl für das Betreten der Schilderbrücke finden würde? Im Grunde war das auch egal. Es lief darauf hinaus, dass er würde zahlen müssen und eins war sicher: Das Geld würde er sich von Gernot zurückholen. Er schnaubte. Natürlich war das Quatsch. Es hatte ihn ja niemand dazu gezwungen, den Cache zu loggen. Er hätte besser daran getan, es wie Sammaël zu handhaben. Schnell hin, loggen und weg. Stattdessen war er so blöd gewesen, den Hinweis in Form des Graffitis zu übersehen, auf dem Grünstreifen länger herumzutrödeln als notwendig und dann den Cache ohne Pause nach Sammaël zu loggen. Er hätte warten sollen, denn dass die Polizei hier auftauchen würde, war logisch.

Während er sich über sich selbst ärgerte, stieg er die Wartungsleiter hinab, sprang die letzten Stufen ins Gras und sah sich beiden Beamten gegenüber.

Die Sache war schnell geklärt. Er konnte sich nicht als Wartungsarbeiter ausweisen, der Rucksack gehörte zu ihm. Michael entschuldigte sich bei den Beamten, gab an, dass er die Aussicht auf der Schilderbrücke besser hatte genießen wollen und öffnete sogar den Rucksack, um sie einen Blick hineinwerfen zu lassen. Als die Beamten festgestellt hatten, dass er weder Eisenstangen noch irgendwelche Steine darin versteckte, verwarnten sie ihn und er kam mit vierzig Euro davon.

Michael glaubte in ihren Gesichtern ablesen zu können, dass sie ihn für einen armen Irren hielten, aber den Cache verriet er nicht.

Er war froh, als er eine Viertelstunde später in seinem Auto saß. Er ärgerte sich über die vierzig Euro, über den verpassten FTF und über Gernot, der sich mit Sicherheit köstlich darüber amüsieren würde, dass er versagt hatte. Silber. Ein schwacher Trost, Zweiter zu sein. Wie immer hinter Sammaël.

Bei dem Gedanken zog er den Engel TB aus der Hosentasche und betrachtete ihn. Seltsamer Vogel, dieser Sammaël. Warum wollte er nicht erkannt werden? War er womöglich in irgendeiner Weise prominent? Oder das Gegenteil, ein gesuchter Schwerverbrecher, der sich beim Geocachen austobte? Michael fiel Jennys Unfall ein. War Sammaël vielleicht darin verwickelt? War das womöglich kein Zufall gewesen?

Er hob das Glas gegen das Licht und sah sich die seltsame Gravur an. War das überhaupt ein Engel? Die Flügel waren nicht nach oben gespreizt, wie man das Bild eines Engels für gewöhnlich verstand, sondern vor dem Gewand der Figur nach unten gefaltet. Sehr stilisiert, eher abstrakt. Und warum ein Engel, wenn es denn einer war?

Michael wog die gläserne Figur unschlüssig in der Hand. Schließlich fällte er eine Entscheidung. Er würde sich das Listing dieses Travel Bugs genau ansehen und Antworten auf seine Fragen suchen. In diesem Augenblick hatte er ein neues Ziel vor Augen. Er würde das Rätsel um Sammaël lösen. Seine Gedanken sprach er laut aus und es klang wie ein hochheiliges Versprechen an sich selbst: »Ich will wissen, wer du bist und welches Geheimnis du verbirgst, selbst wenn es bis zum Jüngsten Tag dauert, es zu lösen. Ich bin der Mysthunter. Nimm dich in Acht.«

Kapitel 11

In der Villa Auwald angekommen stieg Michael die knarrenden Holzstufen hinauf in das Obergeschoss, schlenderte den düsteren Flur entlang und betrat schließlich das Büro.

Jemand hatte die schweren Gardinen zur Seite geschoben und damit die dunklen Schatten aus den Ecken vertrieben. Sein Blick glitt zum Schreibtisch, dessen Oberfläche immer noch unter Bergen von Papier verborgen lag. Die Kisten standen seit ehedem auf dem Boden. Er hatte noch längst nicht alle Unterlagen gesichtet. Sie waren nach wie vor vollgestopft mit Dokumenten, Notizen und alten Kontobüchern, aber er hatte seit dem Multi einfach keinen Kopf mehr dafür gehabt. Was sollte es auch. Das verstaubte Papier lief ihm nicht weg; leider.

Er seufzte, ging um den Schreibtisch herum und ließ sich in den schweren Ledersessel fallen. Der Engel-Travel Bug stach ihm schmerzhaft in die Leiste. Er stand auf und zog ihn aus seiner Jeans. Unschlüssig wog er ihn betrachtend in der Hand. *Was du mir wohl zu sagen hast,* dachte er. Eigentlich eine willkommene Ablenkung. Die Unterlagen konnte er auch noch morgen sortieren; oder sonst wann.

Er schob eine Akte zur Seite, legte den TB auf die freie Stelle und startete den Computer. Während das Betriebssystem lud, packte er alle Papiere zusammen, stapelte sie achtlos aufeinander und verteilte sie stoßweise auf den Kisten. Hauptsache sie verschwanden vom Schreibtisch.

Er öffnete die große Schublade in der Mitte auf der Suche nach einem Stift. Er fand die verzierte Holzkiste, in der sein Vater seine Füllfederhalter aufzubewahren pflegte, und klappte sie auf. Er nahm sich einen heraus. Er lag ihm schwer zwischen den Fingern. Michael zog die Kappe ab. Dies war eindeutig eines der edleren Schreibgeräte seines Vaters. Die Feder blitzte golden in der Sonne auf, die durch das hohe Fenster fiel.

Michael öffnete eine weitere Lade, fand darin einige ungenutzte Schreibblöcke und nahm sich den obersten heraus. Er legte ihn vor sich auf den Tisch, setzte sich und probierte den Füllfederhalter aus. Kopfschüttelnd stellte er fest, dass der Stift, so teuer er auch gewesen sein musste, nur so über das Papier kratzte.

Er verschloss ihn mit der Kappe, legte ihn zurück und fand schließlich ein weniger exklusives Schreibgerät. Einen Kugelschreiber aus geschrubbtem Metall ohne Schnickschnack. Er schrieb perfekt. *Warum nicht gleich so,* dachte er und merkte wieder einmal, wie wenig ihm Geld bedeutete. Viel lieber hätte er mehr Zeit mit seinem Vater gehabt, als er noch ein Junge gewesen war.

Michael wischte den bitteren Gedanken beiseite und wandte sich dem Bildschirm zu.

In seiner Erinnerung sah er Sammaël auf das Geländer der Schilderbrücke springen. Michael konnte darüber nach wie vor nur den Kopf schütteln. Wie irre konnte man sein?

Wollen wir doch mal sehen, wer du bist, dachte er.

Kaum dass der Rechner hochgefahren war, klickte er auf das Lesezeichen zum Geocaching-Portal und tippte die Registrierungsnummer in das Suchfeld. Eine Millisekunde später tauchte auch schon das Listing zum Engel auf.

Zu oberst prangte der Name des Travel Bugs, den man im Grunde mit dem des Engels gleichsetzen konnte: Bretil. Daneben war eine Fotografie des Glasquaders mit inliegendem Engel-Piktogramm und der an einer Öse befestigten Travel Bug-Plakette zu sehen. Bretil stand im Original vor ihm auf dem Schreibtisch. Michael scrollte zur Beschreibung herunter und las das Listing aufmerksam durch.

In erster Instanz sollte der Engel von Cache zu Cache reisen, jedoch wurde er den Verdacht nicht los, dass sich dahinter noch mehr verbarg, als es augenscheinlich der Fall war. Die Worte waren nicht eindeutig. Er las die Zeilen, die ihn hatten stutzen lassen, mehrfach durch und versuchte, den Sinn dahinter zu fassen.

Viele bin ich, reise durch die Zeit.
Schenk mir Leben und lass mich fliegen,
unaufhörlich Kreise ziehen,
bis ans Ende der Ewigkeit.
Mich mehren will ich, bis zum Jüngsten Tag,
dereinst ich Abschied nehmen mag.

Michael schüttelte den Kopf. Kryptischer ging es kaum. »Viele bin ich« – *wieso viele*? »Lass mich fliegen, unaufhörlich Kreise ziehen« – *klar. Er soll von Cache zu Cache reisen und nicht stillstehen.* »Bis zum Jüngsten Tag«. *Ganz toll*. Er dachte an die Bedeutung dessen. *Gottes Jüngstes Gericht. Armageddon. Das könnte man als Synonym dafür verstehen, dass die Reise niemals ein Ende finden würde – es sei denn, man wäre ein Anhänger diverser Endzeitgruppierungen, die lehren, es wäre kurz vor knapp und das Ende stünde unmittelbar vor der Tür*. Er verzog den Mund bei diesem lächerlichen Gedanken.

Aber wieso bis zum Ende der Ewigkeit? Wie könnte die Ewigkeit ein Ende haben?

»Dereinst ich Abschied nehmen mag« – *ein festgesetzter Punkt auf dem Band der Zeit. Noch ein Widerspruch in sich. Armageddon und festgesetzter Punkt*. Er erinnerte sich an eine Bibelstelle, die er vor langer Zeit einmal gelesen hatte. »Er kommt wie ein Dieb in der Nacht. Keiner weiß um Stund und Tag«*; oder so ähnlich*. Was zum Teufel übersah er? *Was?*

Zum wiederholten Male las er die Zeilen, doch er drehte sich im Kreis. Vielleicht brachte ihn das Profil des Owners weiter: Sammaël.

Er klickte auf den Nicknamen, ein Link war hinterlegt, und er landete auf der persönlichen Seite des FTF-Königs.

Wie zu erwarten gab es kein Foto von ihm. Wenige Angaben waren eingetragen. Standort: Bonn. Kein Alter, aber immerhin eine Liste seiner Aktivitäten, die er aufrufen konnte. Ansonsten war die Seite schlicht gehalten. Nichts, das auf irgendeine Weise Rückschlüsse auf den Besitzer des Accounts hätte zulassen können. In der Beschreibung las er nur einen einzigen Satz:

Ich bin die Quadratur des Kreises.

Michael runzelte die Stirn. Was sagte ihm das? Er hatte diesen Ausdruck schon einmal gehört. Er erinnerte sich daran, dass es eine Redewendung war, kam aber nicht darauf, welche Bedeutung sie hatte. Das würde er später googeln, um sich auf die Sprünge zu helfen.

Michael rief Sammaëls Statistik auf. FTF, wo er auch hinsah. Ein unfassbarer Run – über Jahre. *Wie hält man so was durch? Hat der keinen Job?* Fassungslos betrachtete er das gesamte Ausmaß seiner Aktivitäten. Der Kerl war beinahe rund um die Uhr unterwegs – so wenig Schlaf. Das war doch unmöglich. Kirstins Worte, die sie beim Treffen geäußert hatte, kamen ihm in den Sinn. Sammaël ist und bleibt unerreicht. Ihm blieb nur zuzugeben, dass sie damit nicht gelogen hatte; eher untertrieben.

Er blätterte die Seiten zurück, sah nach dessen Anfängen. Der Account war bereits sechs Jahre alt. Als er die einzelnen Stationen seines Werdegangs durchging, sah er, dass er genauso klein angefangen hatte wie jeder andere Cacher auch. Er war sporadisch auf Tour gegangen, loggte hier und da einen Cache ohne großartiges Muster, begann mit den leichten und hatte sich allmählich gesteigert. Er hatte fast ein Dreivierteljahr gebraucht, um seinen ersten FTF zu erwischen.

Ab diesem Zeitpunkt schien ihn das Cacher-Fieber gepackt zu haben. Es folgten einige wenige FTFs, Silber und Bronze, außerdem Caches mit Terrain- und Difficulty-Wertung von vier und fünf. Sammaël war jeden Tag unterwegs und loggte, was das Zeug hielt. Er war gut, sehr gut sogar, wie Michael neidvoll zugeben musste. Sammaël war zum FTF-Jäger geworden, aber verbuchte noch lange nicht jeden als Gold, ganz im Gegensatz zu heute.

Plötzlich, etwa ein Jahr nachdem er mit dem Hobby begonnen hatte, schien es für ihn kein Halten mehr zu geben. Die Logeinträge auf der Seite sprachen eine deutliche Sprache. FTF, GOLD, Sammaël was here, FTF.

Michael sah sich das Datum an. Sammaëls Siegeszug nahm seinen Anfang am 25. Juni 2009. Ab diesem Tag galt er als ungeschlagen.

Sein Blick fiel wieder auf den Engel, der nach wie vor auf der Schreibtischplatte stand und ihm herausfordernd entgegenzusehen schien. *Der lacht mich aus*, dachte er nur und schnaubte. *Mysthunter, jetzt streng mal deinen Grips an.*

Es war, als würde Bretil ihm die Worte zuflüstern. *»Ich bin viele«* – Michael hob die Brauen. Gab es vielleicht noch mehr von diesen Engeln? Er folgte dem neuerlichen Gedanken und klickte auf Sammaëls Item-Liste, ein Verzeichnis, in dem alle Travel Bugs eines Owners registriert waren.

»Bingo«, sagte er in die Stille seines Büros hinein. Er zählte die Einträge. Fünf. Er rief einen nach dem anderen auf. Jeder Engel trug einen anderen Namen. Das zugehörige Listing bestand aus einer Fotografie, wie er sie bereits von Bretil kannte. Ein Glasquader mit inliegendem Engel-Piktogramm, anhängende Travel Bug-Plakette, derselbe kryptische Text in der Beschreibung, allesamt absolut identisch – bis auf …

»Was ist das?«, sagte er halblaut.

Kurzerhand kopierte er das Foto und lud es in eine Grafiksoftware. Dann zoomte er so nah heran, bis er beinahe nur noch einzelne Pixel erkannte. Es sah aus wie ein Kratzer.

Er lud das nächste Bild und zoomte hinein. An derselben Stelle wieder ein Kratzer, aber kürzer. Das war mehr als ein Zufall. Da stand doch irgendetwas auf der Rückseite.

Er griff sich den Engel von der Tischplatte, drehte ihn um und sah ihn sich genauer an, suchte die Stelle, an der ein Kratzer sein sollte, wenn er seinen Geschwistern glich. Und tatsächlich: Auch er wies diesen Kratzer auf, winzig nur, kaum zu erkennen.

Michael öffnete die Schreibtischschublade, wühlte hektisch darin herum, warf sie wieder zu und öffnete die nächste, bis er gefunden hatte, was er suchte. Die Lupe seines Vaters. Mit zitternden Fingern knipste er die Schreibtischlampe an, legte den Quader auf den Tisch und fuhr mit der Lupe darüber.

Auf dem Travel Bug standen zwei winzige Buchstaben. Ein I und ein N.

Michael sank in seinen Stuhl zurück, die Augen an die Decke gerichtet, die Lupe nach wie vor in der vor Aufregung zitternden Hand. Er hatte sich nicht getäuscht. Da verbarg sich mehr dahinter als bloße Engel, die von Cache zu Cache reisen sollten. Sie hüteten ein Geheimnis. I und N, I und N, IN …

Seine Gedanken drehten die Buchstaben, formten das Wort, betrachteten sie wieder einzeln, ohne dass er den Sinn erkannte. Es musste ein Bruchstück dessen sein, was alle fünf gemeinsam verkörperten. Der Kratzer war auf allen Quadern zu finden. Mal kurz, mal länger. Einzelne Hinweise geformt zu … was? Er musste sie vereinen. Alle fünf.

Es klopfte an der Tür.

»Herein!«, rief er.

Es wurde geöffnet. Die rundliche Haushälterin streckte ihren Kopf herein. »Michael, ich hoffe, ich störe Sie nicht.«

Er schüttelte verneinend den Kopf. »Was gibt es?«

Sie öffnete die Tür vollends und trat herein. Lächelnd sagte sie: »Essen um sieben.«

Überrascht sah Michael auf die Standuhr. Sie musste stehen geblieben sein. *Richtig,* rief er sich in Erinnerung. Sein Vater hatte sie stets selbst aufgezogen und niemals zugelassen, dass irgendein anderer Hand an dieses kostbare Stück legte.

»Ist es denn schon so spät?«, fragte er überflüssigerweise und wusste, dass er auf Frau Becker zerstreut wirken musste, da er zugleich sein Handgelenk drehte, um sich mit einem Blick auf die Armbanduhr selbst zu vergewissern.

Sie nickte lächelnd und wollte gerade das Büro verlassen, als Michael sie zurückhielt.

»Sagen Sie, kennen Sie vielleicht den Ausdruck *die Quadratur des Kreises*? Er stammt aus der Mathematik, ist aber zugleich eine Redewendung.«

Ihre Augenbrauen schnellten in die Höhe. »Oh, ja«, begann sie. »Ich kann Ihnen die wissenschaftliche Seite nicht erklären, aber als Redewendung bezeichnet man damit etwas Unmögliches, Unerreichbares.« In ihrem Gesichtsausdruck lag die Frage, wie er auf den Ausdruck kam, sie sagte jedoch kein Wort.

»Danke, Frau Becker. Ich habe die Wendung vorhin gelesen und kam nicht drauf.«

»Gern geschehen.«

»Was das Essen betrifft, ich komme gleich runter.«

Frau Becker nickte, verließ das Zimmer und schloss hinter sich die Tür.

Unmöglich also. Das traf Sammaël ziemlich genau. Der Kerl war unmöglich. Er schüttelte den Kopf. Natürlich war es nicht *so* gemeint. Ich bin die Quadratur des Kreises; ich bin unerreicht, dieselben Worte, die Kirstin verwendet hatte. Selbstverständlich kannte sie Sammaëls Listing und hatte ihn schlicht und einfach zitiert. Er ist und bleibt unerreicht. *Den Gegenbeweis trete ich an,* versprach er sich selbst. *Sobald ich herausgefunden habe, wer du bist.*

Kapitel 12

Frau Becker war für gewöhnlich eine ausgezeichnete Köchin. Dennoch konnte Michael die zubereitete Gemüselasagne nur halbherzig genießen. Er saß im lichtdurchfluteten Esszimmer der Villa Auwald am blank polierten, überlangen Tisch und stocherte die Erbsen in einer Reihe auf die Zinken seiner Gabel. Seine Gedanken kreisten um den FTF-König und die Engel, deren Geheimnis er entdeckt hatte.

»Moderne Kunst?«, brach die Haushälterin in seine Grübeleien ein.

Er sah auf. »Hm?«

Sie schenkte ihm ein Lächeln. Dann fragte sie: »Schmeckt es Ihnen heute nicht?«

»Doch«, teilte er ihr eilig mit. »Das Essen ist hervorragend.«

Sie neigte den Kopf.

»Ich habe wohl einfach keinen großen Appetit«, stellte er fest und legte das Besteck zur Seite. »Kann man Lasagne aufwärmen?«

»Natürlich«, sagte sie verständnisvoll und nahm seinen Teller entgegen.

Sie verließ das Esszimmer und Michael blickte ihr nach. Er kannte sie schon seit seiner Jugend, erinnerte sich noch genau an den Tag, als Frau Becker ihren Dienst in der Villa angetreten hatte. »Sie wird ab heute das Regiment übernehmen«, hatte sein Vater ihm mitgeteilt.

»Aber was ist mit …?«

»Louise musste uns verlassen«, schnitt Quentin Tonelli ihm das Wort ab und in seinen Blick trat eine Härte, die Michael dazu veranlasste, auf der Stelle in Deckung zu gehen. Liebend gern hätte er ihn nach dem Grund gefragt, doch er wagte es nicht. Stattdessen hatte er seine Antwort einfach hingenommen und zugesehen, dass er sich verdrückte.

Im Laufe der Zeit begann er die Neue zu mögen und als einer der schwärzesten Tage seines Lebens über ihn hereinbrach, entpuppte sich Frau Becker im Gegensatz zu seinem Vater zu einer echten Stütze. Es war der Tag, an dem seine Mutter bei einem Unfall ums Leben kam. Ab diesem Zeitpunkt war Frau Becker zu einer Art Ersatzmutter für ihn geworden und war es geblieben – bis heute.

Michael erhob sich vom Tisch, fischte sein Smartphone aus der Hosentasche und warf einen Blick darauf. Ob er noch nach einem zweiten Engel suchen sollte? Er schaute aus dem Fenster. Es war noch hell, die Luft flirrte vor Hitze. Der Sommer zeigte sich von seiner besten Seite. *Warum nicht*, dachte er und surfte per Mobiltelefon zum Geocaching-Portal. Dank WLAN baute sich die Seite in Sekundenbruchteilen auf, er loggte sich ein und rief seine Profilseite auf.

In seinem Inventar befand sich der erste Engel, darüber surfte er zu einem der anderen, doch der war nirgends geloggt. Er war also im Inventar eines anderen Cachers, der ihn noch nicht ins Internet eingetragen hatte. Er setzte seine Suche fort, rief die Karte auf.

Michael riss die Augen auf. Ein Cache ganz in seiner Nähe; Owner: Geopapst. Gernot hatte ihn gerade einmal vor knapp dreißig Minuten aktiviert. Der FTF war schon verloren. Sammaël war bereits vor Ort gewesen. *Verdammt ist der schnell.* ›Gold‹. Schlicht prangte der Schriftzug im Logeintrag, aber viel interessanter für ihn war: In diesem Cache lag ein Engel.

Er fuhr herum, schnappte mit einer Hand die Stuhllehne, stieß den Stuhl unter den Tisch und hechtete auch schon hinaus.

Es galt keine Zeit zu verlieren. Wenn ein anderer Cacher ihm zuvorkam, dann verschwand der Engel Barachiel womöglich auf unbestimmte Zeit in dessen Inventar.

Er rannte durch die Halle, dachte kurz daran, den Rucksack einfach stehen zu lassen und nur schnell das Garmin einzustecken. *Scheiß drauf,* schoss es ihm durch den Kopf. Er schnappte sich die Tasche, raffte den Schlüssel vom Board und sprang die Portalstufen hinunter. Er hielt sich nicht damit auf, die Tür hinter sich zu schließen.

Im Laufschritt ging er zum BMW, öffnete ihn, hechtete hinein und warf den Rucksack auf den Beifahrersitz. Der Motor heulte auf. Weißer Kies sprengte zu allen Seiten, als er hektisch das Lenkrad herumriss, um zu wenden. Er rammte den Fuß aufs Gas und preschte davon.

Nur halbherzig achtete er auf den Verkehr. Mit einer Hand am Lenkrad, die andere damit beschäftigt, das Garmin mit den Koordinaten zu füttern. Sein Blick wechselte von der Straße zum GPS und wieder zurück auf die Straße. Rot!

Er stemmte den Fuß auf die Bremse. Die Reifen quietschten. Ein Ruck und der BMW stand still. *Verdammt, was ist nur mit mir los?* Er schloss kurz die Augen, um sich zu sammeln. Mit seiner Fahrlässigkeit ging er eindeutig zu weit. Er atmete einmal tief durch, öffnete die Augen und beobachtete, wie eine alte Dame auf ihren Stock gestützt vor seiner Motorhaube über die Straße dackelte.

Das ist doch nicht zu fassen, dachte er. *So was gibt es doch nur im Film.* Er schüttelte den Kopf, kontrollierte, ob die Koordinaten korrekt im GPS eingetragen waren, und schaltete auf die Kartenansicht um. Erst als die Ampel schon lange Grün zeigte, hatte die alte Frau die Fahrbahn überquert und er konnte seinen Weg fortsetzen.

Er mühte sich, ein angemessenes Tempo beizubehalten, noch eine Vollbremsung wollte er nicht riskieren. Doch es fiel ihm zunehmend schwerer. Die Ziffernfolge in seinem Armaturenbrett verriet ihm, dass er bereits seit sieben Minuten unterwegs war. Die Seite des Portals aktualisierte sich, als er auf den Pfeil tippte. Elendig langsam.

Michael konzentrierte sich auf die Fahrbahn, bog in ein Wohngebiet ein und verließ den kleinen Ort über einen geteerten Feldweg. Er bog ein weiteres Mal ab und folgte einem

Wirtschaftsweg, der am Ende in einen kreisrunden Wendeplatz mündete. Hier stellte er den Wagen ab, warf einen Blick auf sein Smartphone und stellte fest, dass bisher noch niemand Silber geloggt hatte.

Als er ausgestiegen war, raffte er das Garmin vom Sitz, schulterte den Rucksack und verriegelte den Wagen. Der kleine Pfeil führte ihn auf einen unbefestigten Pfad entlang der Felder. Zu seiner Rechten erstreckten sich hochgeschossene Maispflanzen, zu seiner Linken sah er in die Gärten des Wohngebiets, dass er vor wenigen Minuten verlassen hatte. Mit jedem Schritt wirbelte er feinen Staub auf, Grillen zirpten um die Wette. Weit konnte es nicht mehr sein. Überrascht stellte er fest, dass der Pfeil nach links wanderte. *Zurück ins Wohngebiet?*

Er schob die Zweige eines Strauchs zur Seite und vergewisserte sich, dass er auf dem richtigen Weg war. Es gab keinen Zweifel. Der Cache musste im Garten des Privatgrundstücks liegen, also quetschte er sich durch die Büsche.

Ein hohes Metallgitter versperrte ihm den Weg. Für einen Augenblick stand er wie erstarrt da. Fassungslos sah er auf das GPS in seiner Hand, die unvermittelt feucht wurde. Zu seiner Rechten raschelte etwas im Gebüsch – eine Ratte vielleicht, was auch immer. Das Gitter vor ihm war der Feind und die reale Bedrohung vermutete er dahinter. Der Cachename hätte ihm im vornherein schon alles sagen müssen, aber nein, er hatte in seiner Eile nicht kapiert, was die Worte bedeuten sollten. Die Buchstaben, nach denen der Cache benannt worden war, prangten in Signalrot auf einem Schild, befestigt an dem gegenüberliegenden Gitter. Spiegelverkehrt, doch überdeutlich. *»Beware of the dog!«*

»Gernot, du verdammter Hurensohn«, brach es aus ihm heraus.

Das Herz schlug ihm bis zum Hals, sein Puls begann zu rasen. Engel hin oder her, der FTF war eh schon verloren. Wie war Sammaël da nur rangekommen? *Eine Finte. Vielleicht war es nur eine Finte? Vielleicht.*

Er atmete tief durch. Er befand sich auf der sicheren Seite. Nachsehen schadete schließlich nichts; oder doch?

»Verdammt, verdammt«, flüsterte er, während er um den Zwinger herumwanderte, bereit, beim ersten Anzeichen eines geifernden Insassen die Flucht zu ergreifen. Auf leisen Sohlen schlich er voran, ließ die baufällige Hundehütte im Inneren des Zwingers nicht aus den Augen. Nichts regte sich.

Cacher-Regeln, dachte er. *Die Betreiber würden niemals zulassen, dass jemand einen Cache in ein Versteck auf Privatgrund legt, es sei denn, der Besitzer wäre informiert. Und wäre darin ein gefährlicher Hund, würde der Eigentümer das nie zulassen. Logisch.*

So oder so, diese Gedanken beruhigten ihn keineswegs.

Endlich war er an der kleinen Pforte des Zwingers angelangt. Ein einfacher Schubriegel sicherte die Tür. Kein Vorhängeschloss. *Es muss eine Finte sein. Ganz sicher.*

Michael ging in die Hocke und versuchte, in der Schwärze der Hütte irgendwelche Schemen zu erkennen. *Nichts.*

Ein neuerlicher Blick auf das GPS. Kein Zweifel, die Dose musste im Inneren der Hundehütte liegen. Er irrte nicht. Der Hund hätte längst anschlagen müssen, so es einen gab. Es sei denn, er war zu leise. Beherzt hämmerte er gegen das Gitter, zur Flucht bereit. *Stille.*

Er atmete tief durch. »Okay«, flüsterte er gedehnt, legte seine klammen Finger auf den Riegel. Er schob ihn zur Seite und öffnete das Tor. Es quietschte überlaut in den Angeln. Sein Herz pochte schmerzhaft gegen die Rippen. Er setzte einen Fuß hinein, einen weiteren Schritt, noch einen seitwärts in Richtung Hütte.

Der Metallring neben dem Eingang war schlicht. Michael stand starr wie eine Marmorsäule, unfähig, sich zu rühren. Die Augen folgten der Kette, die sich in den Schatten zwischen der Hütte und einem hohen Strauch schlängelte. *Böser Fehler*, dachte er. *Ganz böser Fehler*. Irgendwas stimmte nicht. Warum war der Hund nicht auf ihn zugeschossen, als er gelärmt hatte? Spätestens das durchdringende Quietschen der Zwingertür hätte das Vieh doch auf den Plan rufen müssen.

Er zog die Brauen zusammen. Das ging nicht mit rechten Dingen zu. Und schließlich, wie hatte Sammaël Gold loggen können? Da passte doch nichts zusammen. Er gab sich einen Ruck, folgte der Kette, bevor er es sich anders überlegen konnte und sah in die Nische.

Der blanke Schreck fuhr ihm in die Glieder. Da lag ein sandfarbener Hund auf der Seite, die Pfoten von sich gestreckt, die blaue Zunge im Staub. Ein Boxer. *Er ist tot*, dachte er im ersten Augenblick. *Er muss tot sein.* Doch dann sah er, dass sich dessen Brustkorb hob und senkte. Kaum merklich nur, doch er atmete.

Michael stutzte. Vor dem Hund lag ein angekauter Knochen. Fleischfetzen hingen daran, rosafarbenes Blut tropfte auf den Lehm. Die Erkenntnis traf ihn wie ein Schlag ins Gesicht. Er hatte nichts zu befürchten.

Das war Sammaëls Werk. Er musste ihn ruhiggestellt haben. Wie sonst hätte er an dem Tier vorbei kommen sollen?

Es war *keine* Finte gewesen. Gernot hatte diesen Cache gelegt in der Gewissheit, dass sein Konkurrent niemals an die Dose gelangen würde. Ausgerechnet in einem Hundezwinger, er, der genau wusste, was damals passiert war. Hass keimte in ihm auf, wie an dem Tag, als er diese Empfindung das erste Mal in seinem Leben gespürt hatte. Damals, als er den toten Jack in den Armen gehalten hatte und schließlich erlösen musste. Hass auf Alex, diesen widerwärtigen Sadisten, der seinen Kaninchen solch furchtbares Leid zugefügt hatte. In diesem Augenblick hatte er selbst verletzen wollen.

Er wollte töten; es Alex mit gleicher Münze heimzahlen. Er wusste, dass Alex den Boxer mochte, der im gegenüberliegenden Stallteil untergebracht war. Duster.

Michael bettete Jacks schlaffen Körper auf ein Bündel Stroh. Dann kam er auf die Beine und verließ den Stall. Im Vorbeigehen sah er die leblosen, erwachsenen Kaninchen in ihren Verschlägen. Aufgeschlitzt mit einem Messer.

Er würde auch ein Schlitzer sein. Dazu hatte Alex ihn gebracht. Er war selbst schuld, dieser Mörder.

Michael brauchte nicht lange zu suchen. Er trat in den Vorraum und steuerte zielstrebig am Waschbecken und dem Rasenmähertraktor vorbei zur hinteren Gerätewand.

Die Sichel hing, wo sie immer war. Mit einem Griff raffte er sie vom Haken. Ohne zu zögern ging er auf die andere Stalltür zu. Er war bereit.

Die niedrige Tür lag vor ihm wie der Eingang zur Hölle selbst. In der rechten Hand hielt er die Sichel, mit der anderen tastete er nach dem Riegel.

Er würde sich an Alex rächen. Seine Gedanken kreisten um das, was vor ihm lag. Er wollte verstümmeln. Töten.

Er hob den Riegel und schob die Holztür nach innen. Sie schrammte über den Boden. Durch die dreckverkrusteten Oberlichter drang diffuses Licht herein. Staubpartikel tanzten darin, verfingen sich in Spinnweben, die von der Decke hingen. Es müffelte modrig. In der Mitte des Stalls lag Alex' Liebling auf dem ausgetretenen Lehmboden.

Die Kette um Dusters Hals klirrte, als das Tier den Kopf hob. Er stellte die schwarzen Ohren auf, sah ihm aufmerksam entgegen. Sein sandbraunes Fell wirkte stumpf. Schmatzend öffnete er das Maul und hechelte. Ein Speichelfaden baumelte grotesk die schwarzen Lefzen herab.

Michael versteckte die Waffe hinter seinem Rücken und trat ein. Langsam schritt er auf Duster zu.

Der Stummelschwanz wedelte zackig. Der Hund robbte auf ihn zu. Die kräftigen Krallen hinterließen tiefe Scharten im Lehm. Dann setzte er sich auf und winselte.

Der Kopf des Boxers reichte Michael bis zur Hüfte. Mit der freien Hand streichelte er ihm über den knochigen Schädel.

Was zum Teufel tat er hier? Dieses Tier hatte seinen Kaninchen kein Leid zugefügt. Er konnte nichts dafür, dass Alex ein Mörder war. Er war nur eine unglückselige Kreatur, deren Pech es war, dass Alex ihn mochte.

Michael kraulte ihn hinter dem Ohr. Der Hund drehte den Kopf. Seine rosa Zunge fuhr ihm über die Innenseite des Handgelenks, beinahe unterwürfig.

Nein, er konnte diesem Tier nichts zu Leide tun. Er wäre nicht besser als Alex. Er glaubte, Vertrauen in Dusters Augen sehen zu können.

Michael legte die Sichel zur Seite. Er beugte sich über den Boxer und kraulte ihn mit beiden Händen. Duster sprang an ihm hoch und versuchte, sein Gesicht zu erreichen, doch die Kette hielt ihn zurück.

»Ist ja gut, Junge«, sagte er und musste kichern. »Alles ist gut.« Er trat einen weiteren Schritt näher heran. Der Hund tanzte vor ihm hin und her, bellte freudig. »Ich weiß gar nicht, warum ich dich nicht schon eher besucht habe.« Er beugte sich vor. »Du bist ein gu-«

Der Hund machte einen Satz und stieß ihm mitten ins Gesicht. Michael schrie auf. Sofort schossen ihm Tränen in die Augen. Er tastete nach seiner gebrochenen Nase. Wie durch einen Schleier sah er den Hund vor sich. Er hörte, wie sich Dusters Krallen in den Lehm bohrten. Die kräftigen Pfoten trafen gegen seine Brust. Michael taumelte, verlor das Gleichgewicht und landete rücklings im Dreck.

Sofort war Duster über ihm. Er verzog die Lefzen, entblößte seine scharfen Reißzähne und knurrte. Geifer triefte auf ihn herab. Michael blickte geradewegs in die stechenden Augen der Kreatur. Die Erkenntnis traf ihn wie ein Schlag. *Er lag unten; ein böser Fehler.*

Er riss die Arme hoch und versuchte, Duster von sich zu stoßen. Der Körper des Hundes war wie ein einziger fester Muskel. Kraftvoll hielt sich der Köter über ihm und biss zu. Die dolchartigen Zähne bohrten sich tief in seinen Unterarm.

Michael schrie aus Leibeskräften, schlug mit der freien Hand nach Duster, strampelte mit den Beinen und versuchte, sich zur Seite zu rollen. Der Kiefer des Boxers lockerte sich für den Bruchteil einer Sekunde, doch gleich darauf schloss sich sein Fang, als würde eine Eisenfalle zuschnappen. Ein rasender Schmerz schoss bis hinauf in Michaels Schulter und explodierte in seinem Kopf. Wie durch einen blutroten Vorhang sah er, wie die Kreatur den Schädel von der einen zur anderen Seite schleuderte. Das Vieh riss an seinem Fleisch. Es würde ihm den Knochen durchtrennen.

Michael schlang die Beine um dessen Körper. Er stieß mit der freien Hand nach Dusters Auge und rammte den Daumen hinein.

Der Boxer ließ abrupt los; jaulte. Plötzlich riss er das Maul auf, bekam den anderen Arm knapp zu fassen und schnappte nach. Die Bestie geiferte im Blutrausch.

Michael wusste, dass er verlieren würde, wenn er nicht die Sichel erreichte. Längst war es ein Kampf um Leben und Tod. Er presste die Beine zusammen, so fest er konnte. Duster ließ den Arm los und wand sich mit aller Macht aus der Beinzange. Michael warf sich zurück und langte nach der Sichel. Seine tauben Finger glitten am Stahl entlang, bekamen sie jedoch nicht zu fassen.

In Sekundenbruchteilen hatte das Vieh sich befreit, fletschte die Zähne und setzte zum Sprung an.

Aus dem Augenwinkel sah Michael die dolchartigen Zähne auf seine Kehle zurasen.

Wildes Gebrüll gellte durch den Stall. Etwas sirrte durch die Luft und lenkte die Wucht des Angriffs in eine andere Richtung. Duster schüttelte sich und wandte sich einem neuen Gegner zu. Ein Schrei zerriss die Luft, gefolgt von einem dumpfen Schlag. Knochen krachten. Dann sackte das Tier über Michael zusammen und lag reglos auf seiner Brust.

Aus dem gespaltenen Schädel quoll eine Mischung aus Blut und Gehirnmasse. Angewidert stieß er den Hund von sich. Eine Welle des Grauens überflutete ihn. Es kostete ihn enorme Anstrengung, den Kopf zu wenden.

Über ihm stand Gernot. Die Augen vor Entsetzen aufgerissen, eine blutige Axt in der Hand, die er augenblicklich zu Boden warf. Er ließ sich neben ihn auf die Knie fallen, eine Hand gegen die Seite gepresst.

Michael fühlte keinen Schmerz. Er war wie in Watte gepackt. In seinen Ohren rauschte es. Gernot rief etwas, aber er konnte den Sinn seiner Worte nicht verstehen. Schwindel erfasste ihn. Er schloss die Augen und ließ sich nach hinten sinken. Seine Schulter wurde gerüttelt. Er spürte, wie sich etwas um seinen Oberarm spannte. Gernot rief seinen Namen. In dessen Stimme glaubte er, Panik zu hören. Erst als er einen Schlag auf die Wange bekam, riss er die Augen auf.

»Hilfe! Hilfe!«, schrie sein bester Freund. Gernot packte ihn und richtete ihn auf. »Hilfe!«

Er wollte Gernot beruhigen, öffnete die Lippen, wollte etwas sagen, doch er hörte seine eigene Stimme nicht. Es war, als wären seine Worte tief im Inneren seiner Gedanken festgefroren.

Der Stalleingang verdunkelte sich. Nebelschwaden trübten seinen Blick und doch erkannte er seinen Vater. Hinter ihm trat der alte Johann herein. *Warum sehen ihre Gesichter so besorgt aus?* Er wurde aufgehoben, sein Kopf sackte zurück. Er fühlte sich so leicht. *Schlafen. Ja, ich werde jetzt einfach die Augen zumachen. Niemand kann etwas dagegen haben, wenn ich jetzt schlafe; ich bin so schrecklich müde.*

Michael erinnerte sich daran, dass er dem Tod in jenen Tagen nur knapp von der Schippe gesprungen war. Er hatte zwei Transfusionen gebraucht, um den Blutverlust auszugleichen. Eine ganze Woche hatte er im Krankenhaus verbracht und sich anschließend vom großen Quentin Tonelli eine Predigt über Kampfgeist anhören müssen.

Und heute stand er in einem Hundezwinger, einen betäubt daliegenden Boxer nur eine ausgestreckte Armlänge von sich entfernt. Und wer hatte ihn in diese Situation gebracht? Sein ehemals bester Freund. Gernot, der ihm damals das Leben gerettet hatte und heute als Geopapst zum größten Verräter geworden war, der unter Gottes Sonne wandelte.

Michael hatte nun seine Antwort. Sie lag vor ihm wie das verendete Kaninchen in der Ulme. Gernot hasste ihn, vielleicht, weil er damals selbst verletzt worden war und eine gewaltige Narbe seinen Körper entstellte. Er glaubte vielleicht, es sei seine Schuld und daher …

Michael wollte sich nicht mehr seinen Grübeleien hingeben. Es änderte nichts. Aus welchem Grund auch immer Gernot ihn hasste, das beruhte inzwischen auf Gegenseitigkeit.

Er warf noch einen letzten Blick auf den betäubten Boxer und registrierte seinen flachen Atem. Es würde wohl noch eine Weile dauern, bis der Köter wieder ganz der Alte war. Michael hatte jedenfalls nicht vor, darauf zu warten, dass sich dessen wahrer Charakter zeigte.

Mit einem Tritt beförderte er den mit Betäubungsmittel getränkten Knochen aus dem Gitter hinaus. Dann beeilte er sich, der Geocaching-Dose im Inneren der Hundehütte habhaft zu werden.

Er fand sie sofort. Sie war mit einem Klettstreifen unter das Dach geheftet. Mit fliegenden Fingern öffnete er den Behälter, trug sich als zweiter Finder ins Logbuch ein und schnappte sich den zweiten Engel der Reihe. Sorgfältig verstaute er ihn in seiner Hosentasche, schloss den Cache und hinterließ ihn so, wie er ihn vorgefunden hatte.

Ehrensache, dass er im Logeintrag erwähnen würde, was er von diesem Versteck hielt. Er würde dafür sorgen, dass dieses Ding der Unmöglichkeit so schnell wie möglich geschlossen und archiviert wurde. Hier war definitiv eine Grenze überschritten worden. *Gernot soll mir noch einmal unter die Augen treten …*

Kapitel 13

Das Spiel hatte für ihn an Reiz verloren. *Zeit, die Regeln zu ändern,* dachte Tenner und ein diabolisches Grinsen entstellte seine sonst so liebenswürdigen Gesichtszüge. Er musste nur noch eine Kleinigkeit besorgen.

Er hatte sich rücklings an die schmuddelige Flurwand im fünften Stockwerk eines heruntergekommenen Hochhauskomplexes gelehnt, die Beine locker übereinandergeschlagen und wartete in der Dunkelheit. Sein Vorsprung betrug etwa zehn Minuten. Er warf einen gelangweilten Blick auf das beleuchtete Ziffernblatt seiner Armbanduhr. Die Vorbereitungen für die Ankunft des kleinen Drogenwichsers waren abgeschlossen. Er hatte das Zeitintervall des Flurlichts - vom Aktivierungszeitpunkt bis zu dem Moment, an dem es automatisch erlosch - ausgekundschaftet. Die Fahrzeit des Aufzugs zwischen den einzelnen Stockwerken war ihm bekannt und darüber hinaus wusste er sogar die genaue Verweildauer desselben in jeder einzelnen Etage. Es war ein Leichtes, den für ihn günstigsten Ablauf zu planen. Entscheidend war nur, dass die Ausgangssituation der Ereigniskette stimmte. Der Fahrstuhl wartete bereits mit geschlossenen Türen im Erdgeschoss.

Das Stimmengewirr aus einer der Wohnungen im sechsten Stock ließ ihn kurzzeitig aufhorchen, doch da niemand die Wohnung verließ, war der Streit für ihn nicht von Belang. Ein weinendes Baby übertönte ein zu lautes Fernsehgerät und das niederfrequente Brummen der Lüftungsventilatoren legte sich wie eine Baseline unter die Geräuschkulisse.

Nicht zum ersten Mal wünschte er sich, diesen nach feuchtem Moder stinkenden Flur möglichst bald verlassen zu können. Kopfschmerzen kündigten sich an.

Endlich hörte er die schwere Tür im Erdgeschoss. Er stellte sich die nach dem Schalter tastende Hand vor, denn die Beleuchtung desselben war ausgefallen. *Welch ein Pech.* Gleich darauf flammte das Licht im gesamten Hausflur auf.

Er drehte erneut das Handgelenk, wartete, dann hörte er das ratternde Schleifen der Fahrstuhltüren. Dumpfe Schritte hallten den Schacht herauf, die Türen schlossen sich. Er zählte die Sekunden bis zur ersten Etage. *Halt.* Türenrattern gefolgt von einem dumpfen Schritt im Inneren des Fahrstuhls. Er grinste.

Ja, schau nur hinaus. Da ist niemand, dachte er.

Kurz darauf schlossen sich die Türen wieder. Der Fahrstuhl setzte sich erneut in Bewegung.

Zweite Etage. Stopp. Er schnaubte belustigt. Exakt dreißig Sekunden verstrichen. *Tür – und weiter.*

Tenner fühlte sich wie ein Dirigent, die einzelnen Instrumente taktgenau steuernd.

Dritte Etage, durchfahren. Vierter Stock. Pause.

Unter ihm öffnete sich der Fahrstuhl zum dritten Mal. Er hörte den kleinen Dealer mit kratziger Stimme auf die verdammten Kinder fluchen.

Er grinste immer noch. *Nein, weit gefehlt, die Kinder waren das nicht, aber netter Versuch.*

Scheinbar hatte der Typ sich in sein Schicksal ergeben, denn die Stille im Schacht zeugte davon, dass er sich nicht von der Stelle rührte.

Ein letztes Mal Einsatz der Tür, die Symphonie neigte sich dem Ende zu, er ließ die Klinge seines Messers herausspringen, *fünf – vier – drei …*

Er trat wenige Schritte seitlich neben die Tür des Aufzugs … *zwei – eins – Licht aus.* Manchmal war es ermüdend, perfekt zu sein.

Der Hausflur lag in dunkler Schwärze, der Fahrstuhl öffnete sich schleppend. Im Inneren flackerte eine Neonröhre und warf diffuses Licht in den Korridor.

Just in dem Moment, in dem der kleine Wichser einen Schritt herausgetreten war, schoss Tenners Arm aus dem Schatten, schlang sich ihm um den Hals und riss ihn rücklings ins Halbdunkel um die Ecke. Sofort presste er ihm die Hand auf den zum Schrei geöffneten Mund. Mit der anderen drückte er den blanken Stahl auf den Wangenknochen.

Der Dealer brachte nur ein dumpfes »Mmmm …« heraus, die Augen weit aufgerissen vor Angst. Er gab den Versuch auf, sich zu wehren. Die Situation war offenkundig. Eine falsche Bewegung und er würde sein Auge einbüßen. Er hob die flachen Hände ergeben auf halbe Höhe. Der Fahrstuhl schloss die Türen bis auf einen winzigen Spalt. Lediglich vage Schemen waren noch erkennbar.

Tenner legte honigsüße Liebenswürdigkeit in seine Stimme, als er wisperte: »Du hast etwas für mich, Kleiner.«

Da er wusste, dass der Typ auf gar keinen Fall nicken würde, lockerte er seinen Griff und setzte ihm das Messer mit der scharfen Spitze unter die Kehle.

»Was soll das?«, stieß der Dealer halblaut hervor. »Willst du mich jetzt umbringen?«

Ein sanftes Brummen vibrierte in Tenners Kehle. »Ich denke darüber nach.«

»Du würdest deine Quelle austrocknen.«

Tenner schnaubte verächtlich. »Du hältst *mich* tatsächlich für einen Junkie?« Er fühlte ein Beben durch den Körper des Dealers zucken. *Scheiß Verhandlungslage*. Laut sagte er: »Darf ich dir eine Empfehlung aussprechen?«

Der Typ schwieg.

»Gib mir die Ware – aber langsam.«

Schemenhaft bewegte sich der rechte Arm des Dealers abwärts bis auf Höhe der Jeanstasche. An der Bewegung seiner Schulter war zu erkennen, dass er darin kramte, bis er die Hand schließlich erneut hob.

Tenner wechselte das Messer in die andere Hand, achtete darauf, dass die Spitze nach wie vor unter der Kehle des Dealers lag und griff nach der dargebotenen Hand. Er wand ihm ein kleines Päckchen aus den Fingern. »Rein?«, fragte er.

»Perfekter Stoff. Eine fette Prise und man ist weg.«

»Das hoffe ich für dich«, sagte er und ließ es in seine Tasche gleiten.

»Ich habe dein Gesicht nie gesehen«, gab der Typ mit einem Zittern in der gesenkten Stimme zu bedenken.

»Was kaum dein Verdienst ist.« Tenner schwieg einen Augenblick, dann sprach er melodisch, wie zu einem Kleinkind: »Ich *kann* dir das nicht ersparen.«

Mit einem Klirren ließ er das Messer zu Boden fallen, presste seine Hand auf Mund und Nase des Dealers, erstickte den panikartigen Schrei im Keim. Die andere legte er ihm um die Kehle, drängte ihn rücklings an die kahle Betonwand und drückte mit aller Kraft zu.

Der Typ trat aus und wehrte sich mit aller Macht.

Beißender Geruch von Urin stach Tenner in die Nase. *Du lieber Gott.* Er verdrehte gelangweilt die Augen.

Er fühlte, dass die Gegenwehr nachließ; noch einen Moment länger, schließlich wollte er den Pisser nicht umbringen. Als er zusammensank, wusste Tenner, dass er ihn freigeben musste. Ein schmaler Grat zwischen Ohnmacht und Tod.

»Dein Glück, dass ich kein Interesse an dir habe«, sagte er in die Stille hinein und legte den erschlafften Körper ab. Für einen Augenblick hielt er die Finger unter die Nase des Typen und stellte matten Atem fest. Tenner war zufrieden mit sich selbst, da er sich vorzüglich unter Kontrolle hatte. Und da er kein Arschloch war, zog er einige Geldscheine aus der Tasche und warf sie dem Dealerwichser auf die besudelte Hose.

Kapitel 14

Kirstin saß am Küchentisch, vor sich den aufgeklappten Laptop, darauf die geöffnete Seite des Geocaching-Portals. Sie hielt eine Tasse dampfenden Kaffees in der Hand. Die andere schwebte über der Tastatur, den Mittelfinger auf der F5 Taste, die sie nun schon zum wiederholten Male drückte. Sie wartete, bis sich die Seite erneut aufgebaut hatte und schnaubte missbilligend, als sie sah, dass der Status des Caches immer noch auf ungeloggt stand.

»Komm schon«, sprach sie zu sich selbst. »Wo bleibst du?«

Sie drehte ihr Handgelenk und warf einen Blick auf die Uhr. Der Cache war bereits seit knapp fünfzehn Minuten online, immer noch ohne FTF-Eintrag und noch dazu ganz in der Nähe. Ein T4 - leichter waren nur die Sonntagscaches.

Ihr Finger senkte sich, die Seite lud und sie nahm einen Schluck aus der Tasse. Weißer Hintergrund, die Spalten bauten sich auf. Kirstin starrte auf das leere Logfeld. »Das gibt's doch nicht!«

Während sie die Tasse abstellte, wanderte ihr Blick zur schieferfarbenen Arbeitsplatte. Ihr Schlüsselbund lag immer noch unangetastet am selben Fleck, seit sie heimgekehrt war. Wie viel Zeit würde verstreichen, bis sie selbst den Cache erreichen könnte? Wahrscheinlich würde eine Viertelstunde genügen. Unterdessen könnte der FTF geloggt sein. Es war untypisch, dass ihn bis jetzt noch niemand für seine Statistik verbucht hatte. Nicht einmal Gernot oder Michael waren vor Ort.

F5. Die Seite baute sich auf, der Cache blieb unangetastet. Kirstin zögerte nicht länger. Sie schnappte sich einen Zettel aus der Notizbox, die stets auf der Fensterbank bereitstand, kritzelte mit fliegender Hast die Koordinaten darauf und eilte zur

Anrichte. Während sie nach dem Schlüssel langte, knüllte sie den Zettel in ihre Gesäßtasche. Schon hatte sie die Küche verlassen, eilte durch den schmalen Hausflur, schnappte sich im Vorbeigehen die Trekking-Weste vom Garderobenhaken und verließ die Wohnung, ohne auch nur einen Gedanken an ihre Wanderschuhe zu verschwenden. Sie zog die Tür hinter sich ins Schloss. Eine Nanosekunde dachte sie ans Abschließen, doch sie brannte darauf, den Cache zu erreichen und ließ es bleiben.

Untypisch, dachte sie nur. Irgendetwas stimmte nicht. Sie musste der Sache auf den Grund gehen.

Kirstin erreichte den Parkstreifen und sprang in ihren Jeep. Sie begrüßte den Umstand, dass sie den Wagen rückwärts eingeparkt hatte, so dass er nun in Fahrtrichtung stand. Kaum hatte sie den Motor gestartet, trat sie auch schon auf das Gaspedal. Der Jeep schoss auf die ruhige Wohnstraße. Aus dem Augenwinkel sah sie noch, wie eine Frau, die ihren Köter ausführte, den Kopf schüttelte, doch darauf gab sie nichts. Ihre Gedanken kreisten um den Cache und um das merkwürdige Gefühl in ihrer Magengrube.

Sie kannte das Waldstück, in dem die Dose versteckt sein musste. An einen Felsausläufer geschmiegt umfasste es etwa die Größe von drei Fußballfeldern. In seiner Mitte gab es einen kleinen Bach, der den angrenzenden Feldern fruchtbaren Boden verlieh. Sie bog rechter Hand von der Landstraße ab, führte ihren Wagen über einen Feldweg, der diesen Namen kaum verdiente, und steuerte auf den Wald zu. Als sie den Saum der Bäume erreicht hatte, fiel ihr Blick auf den mattblauen Ford. Es hatte ganz den Anschein, als wäre er sehr eilig abgestellt worden. Die Vorderreifen waren ausgestellt, der Boden darunter frisch aufgewühlt wie nach einem starken Bremsmanöver. Er war also doch hier, um den FTF zu loggen.

Erst als sie ihren Jeep neben dem Ford parkte, sah sie, dass die Türen des Wagens weder verriegelt noch richtig geschlossen waren. Als sie sich ihre Weste überstreifte, schaute sie kurz hinein, dann wandte sie sich suchend um. Vom Fahrer selbst keine Spur. Einige abgeknickte Äste im Gebüsch zeugten von dem Weg, den er eingeschlagen haben musste.

Kirstin griff in ihre Westentasche und zog das GPS heraus. Sie schaltete es ein, zog den zerknitterten Zettel aus ihrer Jeans, strich ihn glatt und gab die Koordinaten ein. Fast unmittelbar hörte sie den vertrauten Piepton des Geräts, das ihre Position zum Cache bestätigte. Sie sah nur kurz auf das Display, während sie schon dem frisch ausgetretenen Pfad durch das Gebüsch folgte.

Es gab keinen Zweifel. Dies war der direkte Weg zum Versteck, auch wenn er nicht der Leichteste war. Sie kämpfte sich durch dornige Sträucher und dichtes Gestrüpp. Auf einer winzigen Lichtung folgte sie einem schmalen Pfad durch einen Wald von Brennnesseln. Erst als sie erneut in das sanfte Zwielicht der Bäume trat, merkte sie, dass sie etwas vermisste. Sie hörte das leise Murmeln des Bachs ganz in ihrer Nähe, hier und da knackte ein Zweig, aber ein Geräusch fehlte: das Zwitschern der Vögel.

Sie blieb wie angewurzelt stehen, neigte den Kopf und lauschte. Der Wald kam ihr plötzlich bedrohlich vor, als beherberge er eine heimlich umherschleichende Kreatur. Eine Widerwärtigkeit der Natur, die nur darauf wartete, sie zur Strecke zu bringen. Es war eindeutig zu still. *Was zum Teufel geht hier vor?*

Vorsichtig setzte sie einen Fuß vor den anderen und achtete sorgsam darauf, leise zu sein. Je näher sie den Cachekoordinaten kam, desto langsamer kam sie voran. Sie hielt sich hinter dicken Baumstämmen in Deckung und arbeitete sich langsam vor. Ihr Puls raste. Sie zwang sich, gleichmäßig zu atmen, kämpfte die Angst nieder, die ihr schwer auf der Brust lag. Ihre Hand krampfte sich fest um das Garmin. Sie zog mit klammen Fingern ein Messer aus der Westentasche und ließ die Klinge herausspringen. Wenn sie die Position exakt bestimmt hatte, trennten sie weitere fünfzehn Meter vom Ziel.

Sie achtete auf jeden Laut und tastete sich vorwärts. Sie spähte um jeden einzelnen Stamm in Erwartung dessen, was sich dahinter verbarg. Als sie eine gewaltige Eiche erreicht hatte, vernahm sie ein unheilvolles Knurren. Ein Schauer jagte ihr über den Rücken. Ihr stellten sich die Nackenhaare auf. Ihr ureigener Instinkt schrie nach Flucht.

Sie rief sich stumm zur Ordnung. *Du läufst nicht davon,* dachte sie. *Du bist bewaffnet*. Ihr Messer kam ihr in diesem Augenblick allerdings winzig vor.

Vorsichtig lugte sie an dem Stamm vorbei. An dieser Stelle mündete der Wald in eine kleine Lichtung unmittelbar am Fuße der Felsnase. Vor dem Gestein hockte ein Wesen, das nichts mit der Gestalt eines Menschen gemein hatte.

Als Kirstin das gesamte Ausmaß des Grauens erfasste, das vor ihr lag, ließ sie vor Entsetzen das Messer fallen. »Oh mein Gott.«

U-con sah ihr aus fiebrig glänzenden Augen entgegen. Er hockte mit bloßem Oberkörper vor ihr. Die Zähne gefletscht wie die eines wütenden Wolfs. Dazwischen klemmte ein blutverkrustetes Abhäutemesser. Ein bösartiges Knurren wand sich aus U-cons Kehle. Speichel troff aus den Mundwinkeln und bildete ein zinnoberrotes Rinnsal, das seine Hände hinab rann. Er hielt sie verschränkt auf seinen Bauch gepresst.

»U-con?«

Es schien, als würde er sie nicht verstehen. Seine Züge verrieten nicht die geringste Spur des Erkennens.

Kirstin trat einen Schritt näher. »U-con. Sieh mich an. Erkennst du mich? Ich bin es, Kirstin.«

Das Knurren verstummte, doch sie war sich nicht sicher, ob er begriff. Vorsichtig streckte sie die Hand nach ihm aus und trat einen weiteren Schritt auf ihn zu. Ihre Stimme hatte einen beschwörenden Tonfall, als sie zu ihm sprach: »Möchtest du mir nicht das Messer geben? Bitte, nimm es aus dem Mund.«

U-con ließ sie keine Sekunde aus den Augen. Seine blutleeren Lippen senkten sich auf den Stahl der Klinge.

Kirstin war nun beinahe an ihn herangetreten, die Hand ausgestreckt, doch wachsam. Vorsichtig legte sie ihre Finger um den Messergriff und nahm es ihm aus dem Mund. Er ließ es geschehen.

Ihr Blick glitt auf seine Hände. Mit zitternder Stimme fragte sie sanft, als rede sie mit einem kleinen Kind: »Oh U-con, was hast du getan?«

Er öffnete den Mund, seine Stimme klang nass und röchelnd, als er sprach: »Einfach verscharrt. Wie einen Köter.«

»Du bist verletzt, U-con. Bitte …« Ihre Stimme brach.

Er versuchte sich aufzurichten, wankte, dann kam er endlich auf die Beine. Im selben Augenblick, als er die nassroten Hände nach ihr ausstreckte, ergossen sich seine Eingeweide in das Gras. Er sah an sich herab. Auf seinem Gesicht lag ein Hauch von Erstaunen. Seine Lippen formten ein nasses, rosafarbenes O. Als er wieder zu ihr aufblickte, loderte in seinen Augen der Wahnsinn.

Kapitel 15

Gernot befand sich auf dem Gehweg vor seinem Büro und zog die Tür hinter sich ins Schloss. Er nahm gerade den Schlüssel aus der Jeans, als das Klingeln seines Mobiltelefons ertönte. Diesem schien eine seltsame Dringlichkeit anzuhaften. Er griff in die Gesäßtasche und zog es heraus. Als er Kirstins Nummer auf dem Display erkannte, nahm er ab und presste es sich dicht ans Ohr. »Ja?«

Kirstin klang vollkommen aufgelöst. Sie berichtete von einem Unfall und dass sie U-con ins Krankenhaus gebracht habe. Sie schluchzte ihm ins Ohr. »Ich glaube, er schafft es nicht. Ich bin zu spät da gewesen. Es ist meine Schuld.«

»Was redest du? Es ist nicht deine Schuld. Jetzt beruhig dich doch. Wo bist du?«

»Im Sankt-Elisabeth.«

»Bleib, wo du bist. Ich brauche etwa fünfzehn Minuten«, sagte Gernot und versuchte, seine Stimme so beruhigend klingen zu lassen wie es ihm in diesem Augenblick möglich war. Er glaubte Erleichterung in ihrer Stimme zu hören, als sie sagte, dass sie auf ihn warte.

Gernot drückte das Gespräch ab und starrte das erloschene Display an. Was hatte sie ihm gerade erzählt? Er konnte es nicht ganz fassen. Sie hatte die Geschehnisse derart schnell abgespult, dass er ihr nicht ganz hatte folgen können. U-con hatte sich beim Cachen den Bauch aufgeschlitzt? Er musste sich verhört haben. Andererseits hatte sie derart aufgelöst geklungen; so hatte er sie noch nie erlebt.

Fassungslos schüttelte er den Kopf und beeilte sich, zu seinem Auto zu gelangen. Er musste zu ihr. Sofort.

Es dauerte keine fünfzehn Minuten, bis er das Krankenhaus erreicht hatte. Er trat durch die Schwingtür und ging ohne Umschweife zur Notaufnahme. Prompt tauchte eine Schwester auf, verstellte ihm den Weg und fragte, ob sie ihm helfen könne.

»Ich suche Kirstin ...« Gernot geriet ins Stocken. Er wusste ihren Nachnamen nicht. Er wollte gerade erklären, das U-con offenbar schwer verletzt eingeliefert worden war, als ihm klar wurde, dass er dessen reale Identität auch nicht kannte.

Verdammtes Internet, dachte er und versuchte es anders. »Meine Freundin hat mich angerufen. Ein Freund soll hier eingeliefert worden sein.«

Die Schwester neigte den Kopf und furchte die Stirn. Dann sagte sie: »Wenn Sie mir den Namen Ihrer Freundin nennen, kann ich Ihnen vielleicht helfen, aber zum Patienten darf ich Sie nicht lassen. Ausschließlich Angehörige.«

»Sie heißt Kirstin ... schwarze Haare, bunter Pony. Kaum zu übersehen, denke ich.« Er sah ein Lächeln über die Lippen der Schwester huschen.

Sie deutete hinter ihn und raunte: »Frau Schwarze-Haare-bunter-Pony sitzt im Warteraum. Der ist übrigens grün. Sie sollten bei Gelegenheit ihren Nachnamen erfragen.«

»Gernot!«

Er wandte sich um und erschrak bei ihrem Anblick. Ihre Schminke war verlaufen, das Gesicht kreidebleich. Was ihn jedoch am meisten schockte, waren ihre Klamotten. Das weiße T-Shirt war blutdurchtränkt, die Jeans wirkte fleckig. Zweifellos ebenfalls Blut. In ihren Augen lag Erleichterung ob seiner Anwesenheit. Augenblicklich erwachte sein Beschützerinstinkt. Kirstin hatte nie verletzlicher gewirkt als in diesem Moment. Er trat ihr entgegen und nahm sie in die Arme.

Sie senkte ihren Kopf an seine Schulter und atmete tief durch.

»Bist du verletzt?«, fragte er besorgt.

»Nein. Mir geht's gut.«

Gernot brummte unbestimmt. Sie mochte vielleicht physisch unversehrt sein, aber psychisch sah das mit Sicherheit anders aus.

»Was ist mit U-con?«

»Er ist im OP.«

»Wie wär's mit einem Kaffee und dann erzählst du mir, was passiert ist«, wisperte er, strich ihr über das schwarze Haar und zwirbelte eine Strähne ihres Ponys, dessen Farbe ihn stark an einen Laubfrosch erinnerte.

Sie hob den Kopf und sah ihn aus diesen faszinierenden, türkisfarbenen Augen an. Dann nickte sie. »Kannst du auch vernünftigen Kaffee besorgen statt dieser Krankenhausplörre?«

»Lässt sich machen. Willst du mitkommen oder hier warten?«

»Ich kann nicht weg«, sagte sie.

Gernot gab sie aus seiner Umarmung frei. »Gut, ich beeile mich«, sagte er und begleitete sie ins Wartezimmer.

Als er sich von ihr abwenden wollte, um zu gehen, griff sie nach seiner Hand. »Danke«, sagte sie schlicht.

»Wofür?«

Sie zuckte mit den Schultern. »Weil du sofort hergekommen bist.«

»Das ist wohl keine Frage.«

Ein mattes Lächeln huschte über ihre Lippen, dann griff sie nach einer der Zeitschriften, die auf dem Nebentisch aufgestapelt lagen, ohne auch nur nach dem Titel zu sehen, und blätterte desinteressiert darin herum.

Gernot verließ eilends das Krankenhaus. Er wusste nicht warum, aber der Geruch, diese Mischung aus Desinfektionsmittel und Krankheit steigerte seine Nervosität. Dass U-con obendrein im OP lag, trug auch nicht zu seiner Beruhigung bei.

Er überquerte den weitläufigen Parkplatz, der von Pappeln umsäumt war. Die Vögel zwitscherten in den Zweigen. Ein friedliches Bild, das lediglich dazu im Stande war, den krassen Gegensatz zu den Geschehnissen im Inneren der Klinik hervorzuheben.

Gernot trat in das kleine Café auf der anderen Straßenseite, steuerte um die Tische herum und bestellte an der rückwärtig gelegenen Theke zwei Becher Kaffee zum Mitnehmen.

Die aschblonde Bedienung sah ihn aus großen blauen Augen irritiert an, dann tat sie wie geheißen und stellte ihm zwei dampfende Tassen auf den Tresen.

»Porzellan?«, fragte Gernot.

Sie lächelte. »Wir haben hier keine Tassen zum Mitnehmen, aber ich habe gesehen, dass Sie drüben aus dem Elisabeth gekommen sind. Ich kenne die Brühe aus den Automaten. Bringen Sie mir die Tassen einfach wieder zurück, ja?«

»Das ist nett«, sagte Gernot. Er zückte seine Brieftasche und zahlte. Hernach nahm er die Tassen zur Hand und wollte sich gerade abwenden, da kam ihm ein Gedanke. »Sagen Sie, gibt es hier in der Nähe ein Bekleidungsgeschäft?«

»Nein, tut mir leid. Da werden Sie bis in die Innenstadt laufen müssen.« Sie zögerte. »Ich möchte nicht aufdringlich wirken, aber darf ich fragen, aus welchem Grund Sie das wissen möchten?«

»Ich wollte meiner Freundin ein frisches T-Shirt besorgen. Ihres ist – etwas mitgenommen.«

Ihr Gesicht hellte sich auf. »Vielleicht kann ich Ihnen aushelfen, wenn Ihnen egal ist, wie es aussieht?«

Gernot winkte ab. »Das spielt wirklich keine Rolle. Alles ist besser als das, was sie trägt.«

»Dann warten Sie einen Moment«, sagte die Bedienung und verschwand in einem Nebenraum. Wenig später trat sie zurück an den Tresen, über dem Arm mehrere Lagen von schwarzem Stoff. »Wir haben hier einige Werbe-T-Shirts für den Sponsorenlauf nächste Woche – die hier sind übrig. Suchen Sie sich doch einfach eins heraus.«

»Vielen Dank …«

»Dorith«, sagte sie mit einem kessen Augenaufschlag.

»Dorith also.« Er grinste in sich hinein. Nahm ihr den Stapel T-Shirts ab und sah sie durch. Er konnte Kirstins Größe nur grob schätzen, entschied sich schließlich für L und dachte, dass es besser zu groß wäre, als zu klein. »Was schulde ich Ihnen dafür, Dorith?«

»Nichts. Das T-Shirt ist ein Werbegeschenk«, sagte sie.

Gernot gab ihr die restlichen Kleidungsstücke zurück. Er legte sich das T-Shirt über die Schulter, griff sich die Tassen vom Tresen und sagte: »Ich bringe sie Ihnen nachher vorbei.«

»Ich kann es kaum erwarten«, sagte sie und zwinkerte ihm zu.

Gernot schüttelte fast unmerklich den Kopf. Dass er zuvor von einer Freundin gesprochen hatte, schien Dorith nicht im Geringsten zu interessieren. *Versteh einer die Weiber*, dachte er und überquerte die Straße.

Kirstin saß nach wie vor im Wartezimmer der Notaufnahme. Sie hatte die Zeitschrift aus der Hand gelegt und betrachtete ihre Finger.

Als er durch die Tür trat, sah sie auf. Ihre Nase kräuselte sich unmerklich und er vermutete den Kaffeeduft als Auslöser.

Er reichte ihr eine Tasse und setzte sich dann neben sie. »Hier«, sagte er und breitete das frische T-Shirt vor ihr aus. »Ich dachte, du würdest dich vielleicht besser fühlen, wenn du dich umziehen könntest.«

Ihre Brauen schnellten in die Höhe und verschwanden unter dem grünen Pony. »Café Behrens?«

»Sorry, was anderes gab's nicht.«

»Nein, kein Problem«, sagte sie schnell und nahm ihm das Shirt aus der Hand. Sie stellte die Tasse ab und zog sich ohne zu zögern um. Als sie das Werbeshirt über den schwarzen BH gestreift hatte, fragte er: »Gibt's schon was Neues?«

Kirstin schüttelte den Kopf. »Sie würden es mir sagen. Ich arbeite schließlich selbst als Pflegerin; man kennt sich. Ich weiß nur, dass sie im OP um sein Leben kämpfen.«

Er merkte ihr deutlich an, dass die folgenden Worte ihr nur schwer über die Lippen kamen.

»Es sieht nicht gut aus.«

»Hat er irgendwelche Angehörigen, die wir verständigen könnten?«

Kirstin schüttelte den Kopf. »Keinen, den ich erreichen könnte. Ich weiß, dass er Ulrich heißt, geschieden ist und eine Tochter hat, wüsste aber nicht, wo ich sie ausfindig machen könnte. Aber vielleicht hat er eine Notiz bei seinen persönlichen Sachen. Dann wird das Krankenhaus alles Weitere übernehmen.« Sie nippte an ihrem Kaffee.

»Was ist überhaupt passiert?«, fragte Gernot.

Kirstin wirkte, als wollte sie sich dem entziehen. Sie zögerte, dann seufzte sie abgrundtief und begann stockend zu erzählen, wie sie zum Cache gefahren war und in welch grauenerregendem Zustand sie U-con an den FTF-Koordinaten gefunden hatte.

Als sie erzählte, wie ihm die Eingeweide aus dem Bauch gequollen waren, hielt Gernot bestürzt die Luft an. »Ach du Scheiße«, brach es schließlich aus ihm heraus. »Wer zum Teufel hat ihm das angetan?«

»Da war niemand«, sagte Kirstin resigniert. Ihr Blick glitt ins Leere. »Er war allein.«

»Vielleicht hat dich jemand bemerkt und ist abgehauen. Verdammt. Stell dir vor, er hätte dich auch angegriffen …« Wie selbstverständlich langte er nach ihren zitternden Fingern und nahm ihre Hand fest in die Seine. Sie fühlte sich eiskalt an.

»Ich sagte doch, er war allein.«

»Bist du da ganz sicher? Hast du nicht gesagt, er wollte sich einen FTF holen? Wie kann das sein?«

»Was meinst du?«

»Wo war dann Sammaël?«

»Wie bitte?« Kirstin wirkte entsetzt. Sie blickte ihn an, als sähe sie ihn zum ersten Mal. »Worauf willst du hinaus?«

»Jeder weiß, dass Sammaël immer der Erste am Cache ist …«

»Nein, stopp!« Sie hob abwehrend die Hand. »Sammaël hat damit nichts zu tun«, fauchte sie. »Das kannst du vergessen.«

Gernot stutzte ob ihrer heftigen Reaktion und zog die Stirn kraus. Forschend musterte er sie. *Was verbirgt sie vor mir? Ist Sammaël vielleicht ihr Bruder? Ihr Ex-Lover? Was?* Er erinnerte sich daran, dass er geduldig darauf hatte warten wollen, bis sie sich ihm von selbst offenbaren würde, doch die Umstände hatten sich grundlegend geändert.

»Es ist doch davon auszugehen, dass Sammaël vor Ort war«, setzte er erneut an und sah, wie Kirstin den Kopf schüttelte. Unbeirrt redete er weiter: »Er ist immer der Erste. Immer. Und wenn jemand schwer verletzt in der Notaufnahme endet …«, immer noch Kopfschütteln, »… dann ist diese Info wichtig …«

»Nein«, redete sie ihm dazwischen.

»… der Typ ist gefährlich.« Er richtete seinen Blick zur Decke, machte eine verzweifelte Geste und fragte: »Warum sieht sie das denn nicht ein?«

»Deinem Spürsinn alle Ehre, aber nein, du irrst dich. Es – ist – nicht – Sammaël.«

Gernot blies laut die Luft aus, stützte die Ellbogen auf die Oberschenkel, legte die Innenflächen seiner Handgelenke aneinander und führte die Fingerspitzen an seine Nase.

»Ernsthaft«, setzte Kirstin an, »warum sollte Sammaël so was tun?«

Gernot zuckte die Schultern, sah sie ungläubig an, schüttelte über ihre Naivität den Kopf. »Warum ist ein Psychopath ein Psychopath? Was weiß *ich* denn? Vielleicht weil er nicht zulassen kann, dass jemand anderer den FTF loggt?«

»Hallo? Meinst du das im Ernst? Das ist doch Wahnsinn.«

Er sah sie eindringlich an, nickte und sagte gedehnt: »Jaha.«

»Quatsch.« Sie machte eine wegwerfende Handbewegung.

»Hast du einen besseren Vorschlag?«, fragte er resigniert.

»Glaub mir, Sammaël war das nicht.«

»Du wiederholst dich.« Insgeheim tippte er auf Ex-Lover.

»Aber es ist so.«

»Wer war es dann?«

Kirstin führte die Kaffeetasse an die Lippen, nahm einen Schluck. »Kalt«, sagte sie und stellte sie weg. Sie begann auf ihrer Unterlippe zu kauen und starrte auf den Linoleumboden, als könnte sie dort eine Antwort ablesen. Leise sagte sie: »Er war es selbst.«

Gernot schnaufte. »Im Leben nicht …«

Sie schaute ihm offen in die Augen. »Du warst nicht dabei. Du hättest ihn sehen müssen. Er hat mich nicht einmal erkannt. So wie er das Abhäutemesser zwischen den Zähnen hielt, hat er sich das selbst angetan. Er sah aus, als wäre er wahnsinnig geworden.« Für einen Augenblick schwieg sie, dann fügte sie hinzu: »Das war nicht mehr U-con.«

Ein Arzt trat zu ihnen ins Wartezimmer, blickte sich kurz um und kam dann auf sie zu. Er wandte sich an Kirstin. »Sind Sie Kirstin Baltazar?«

»Ja.«

Gernot sah dem Arzt an, dass er sich für eine schwierige Aufgabe wappnete.

»Sie haben Ulrich Goldbach gefunden?«

Kirstin nickte.

»Darf ich fragen, in welcher Beziehung Sie zu Herrn Goldbach standen?«

Kirstin atmete zischend ein.

Auch Gernot hatte bemerkt, dass der Arzt in der Vergangenheitsform gesprochen hatte.

»Ich bin mit ihm befreundet.«

Der Arzt nickte knapp, sah jedoch immer noch nicht glücklicher drein, als er fragte: »Können Sie mir Auskunft über etwaige Familienmitglieder geben?«

»Er war geschieden und hatte eine Tochter, aber ich kann Ihnen nichts über deren Wohnort sagen«, antwortete Kirstin wahrheitsgemäß.

Der Arzt bedankte sich knapp.

Als er sich abwandte, sprang Kirstin auf und legte ihm eine Hand auf den Arm, um ihn aufzuhalten.

Er hielt inne, wandte sich um.

»Er hat es nicht geschafft«, sagte Kirstin und sah ihn an.

Die Augen des Arztes ruhten einen Moment auf ihrer schmalen Hand, die sich kaum von dem Weiß seines Kittels abhob, dann blickte er auf und sah sie an. Schließlich schüttelte er sachte den Kopf. »Es tut mir leid.«

Kirstin seufzte und ließ die Hand sinken. »Danke«, sagte sie matt.

Der Arzt verließ das Wartezimmer.

Kirstin schaute ihm nach, dann drehte sie sich abrupt zu Gernot um. »Was kann einen Mann dazu bringen, sich selbst den Bauch aufzuschlitzen?«

»Du bist die Pflegerin. Sag du es mir.«

»Drogen. Etwas anderes fällt mir dazu nicht ein.«

Gernot runzelte die Stirn. »War U-con ein Junkie?«

Kirstin schnaubte. »Er war ein Alkoholiker, aber Drogen hat er nie angerührt.«

»Dann stellt sich die Frage, warum er eventuell unter Drogen stand?«

»Jemand muss sie ihm verabreicht haben«, sagte Kirstin und rieb sich mit dem ausgestreckten Finger über die Nase.

Gernot sah deutlich, wie es in ihr arbeitete. »Was, wenn es eine Falle war?«

Er stutzte. »Eine Falle?«

»Ja«, sie nickte. »Manche Drogen gibt es in Pulverform. Es genügt ein Explosionskörper. Man muss sich nur darüber beugen in dem Augenblick, wenn das Ding hochgeht und schon atmest du das Zeug ein.«

»Das muss eine heftige Droge sein.«

»Croc wäre dazu fähig …« Ihr Blick verfinsterte sich. »Erinnerst du dich noch an Jennys Unfall? – Was, wenn es keiner war?«

»Sie wäre verblutet, wenn Bax sie nicht gefunden hätte …«

Kirstin nickte bedächtig und kaute auf ihrer Unterlippe.

»Ist dir klar, was das bedeutet?«, fragte Gernot und stand ebenfalls auf. Er war ihr so nah, dass er ihre Aura beinahe spüren konnte.

Ihr Gesicht war immer noch bleich. Sie sah ihn aus großen Augen an und sagte: »Das bedeutet, es ist ein Killer unterwegs.«

Kapitel 16

Michael kramte in seinem Rucksack, den er vor sich auf den Schreibtisch gestellt hatte, und zog zwei kleine Gegenstände daraus hervor. Zwei gläserne Engel lagen in seinen Händen. Der eine, Barachiel, stammte aus dem Hundezwinger, den anderen Engel, der den Namen Saeltiel trug, hatte er vor wenigen Stunden von einem anderen Geocacher übernehmen können, als dieser ihn in einem Versteck platzieren wollte. Er wog sie kurz in der Hand, dann hielt er sie nebeneinander gegen das Sonnenlicht, das durch die hohen Fenster hereinfiel und suchte nach der kleinen Unregelmäßigkeit, die er schon bei dem ersten Sammaël-Engel hatte feststellen können.

Kein zufälliges Muster, wie er inzwischen wusste. Tatsächlich besaßen beide Glasquader in seiner Hand einen winzigen Kratzer an derselben Stelle wie ihr Bruder.

Er ging um den Schreibtisch herum und legte Saeltiel zur Seite. Dann nahm er die Lupe zur Hand, die er neben dem Monitor hatte liegen lassen, ließ sich in den Lederstuhl fallen und besah sich Barachiels schadhafte Stelle genau.

Die Schrift war so winzig, dass er zunächst nicht merkte, dass sie keine Buchstabenfolge darstellte. Mit Mühe entzifferte er eine Vier, gefolgt von einer Sieben. Oder sollte das eine Eins sein?

Er kniff die Augen zusammen. *Komm schon.* Er knipste die Schreibtischlampe an und versuchte es erneut, kritzelte die entzifferten Zahlen auf einen Block. Null, Zwei, weitere Einser – oder doch Siebener? Die anderen beiden Engel sahen ihm bei seinem verzweifelten Decodierungsversuch zu; in Gedanken hörte er sie über ihn kichern.

Endlich hatte er alle sieben Ziffern notiert, legte den Engel aus der Hand und starrte auf die Nummernfolge.

Sieben Zahlen, beginnend mit einer Null. 0114727. Vielleicht ein Code? Er runzelte die Stirn, versuchte die Zahl in Buchstaben umzuwandeln, wobei er die Null zunächst nicht miteinbezog. *Die Eins für ein A, ein weiteres A, die Vier als Platzhalter für ein D, Sieben für G, Zwei gleich B und noch ein G; 0AADGBG.* Er versuchte es mit Sieben statt Eins: *0GGDABA.* Jetzt versuchte er eine andere Kombination: *0GADABG.*

Ein Seufzer stahl sich über seine Lippen. Der Zusammenhang entzog sich ihm. Er wandelte sie wieder in Zahlen um. *0714127.* Das könnte eine Handynummer sein ... Er schüttelte den Kopf. Nein, zu kurz. Die Null könnte auch ein »O« sein ...

In diesem Augenblick erkannte er, dass sich der Hinweis auf eine Koordinate bezog. Nur wenn die erste von ihm als »Null« interpretierte Stelle in Wahrheit ein »O« für »Osten« darstellte, gefolgt von sechs Zahlen, dann ergab die Ziffernfolge einen Sinn.

Er schnaubte ob dieser Hinterhältigkeit. Für gewöhnlich bezifferte man die Ostkoordinate mit einem »E«, angelehnt an den englischen Begriff »East«, und trennte die Zahlen zusätzlich durch ein Gradsymbol und einen Punkt. Der Breitengrad für diese Gegend lautete überwiegend »Null, Null, Sieben«, demzufolge musste die erste Ziffer eine Sieben sein, wenn man davon ausging, dass die Nullen schlicht weggelassen worden waren, um einen potentiellen Finder zu verwirren. Ein erneuter Blick durch die Lupe verriet ihm noch mehr. Die zweite Zahl sah eindeutig anders aus, folglich war er sich sicher, dass die Eins korrekt war. Der Kugelschreiber huschte über das Papier und schließlich lag die Lösung vor ihm: *E7°14.727.*

»Das war es für dich, mein Freund«, sagte er leise und stellte Barachiel neben seinen ersten Gefährten.

Er nahm den dritten Engel, Saeltiel, zur Hand und ließ erneut die Lupe über den vermeintlichen Kratzer schweben. Die Buchstaben waren wesentlich leichter zu entziffern und innerhalb weniger Sekunden hatte er sie bereits in seine Notizen geschrieben: *E-I-R-E-N-E. Handelte es sich dabei vielleicht um einen Namen?*

Die winzigen Kratzer über dem zweiten und dem dritten »E« irritierten ihn zwar kurzzeitig, doch diese könnten auch tatsächliche Beschädigungen sein, die dem Engel im Laufe der Zeit zugefügt worden waren. Schließlich war er inzwischen mit Sicherheit schon durch Hunderte von Händen gewandert.

Im Grunde konnte er mit sich zufrieden sein. Er hatte seinem Nicknamen alle Ehre gemacht, der Mysthunter war dem Phantom auf der Spur. Es gab nur ein Problem: Ohne die zugehörige Nordkoordinate war mit all diesen Informationen wenig anzufangen. *Dieser gerissene Hund macht es mir nicht gerade leicht.*

Grübelnd rief er sich die Hinweise ins Gedächtnis, die er bisher zusammengetragen hatte.

Bretil, der erste Engel, den er auf der Schilderbrücke an sich genommen hatte, lieferte die Buchstaben »I« und »N«. Der Zweite, Barachiel, den er im Inneren des Hundezwingers hatte bergen können, trug eine Ostkoordinate.

Und Saeltiel, der Dritte im Bunde, steuerte die Buchstaben »E-I-R-E-N-E« bei.

Insgesamt waren es fünf Engel, getreu dem Listig: »Ich bin viele«. Fehlten also noch zwei. Jeremiel und Gabriel. Einer davon verriet ihm mit Sicherheit die Nordkoordinate ... und der letzte Engel? Er würde dem ganzen Sinn verleihen; zumindest hoffte er das, sonst wäre er aufgeschmissen.

Ein kurzer Abruf seiner E-Mails verriet ihm, dass die letzten beiden Travel Bugs bisher in keinem Cache eingetroffen waren. Sie schienen sich im Inventar irgendwelcher Cacher zu befinden, die ihren Fund noch nicht im Portal geloggt hatten. Die Suche hatte sich inzwischen als Geduldsspiel entpuppt, doch er war nicht bereit aufzugeben.

Er schloss die Seite und rief stattdessen das Geocaching-Portal auf. Lustlos scrollte er durch Sammaëls ältere Logeinträge, in der Hoffnung irgendeinen Hinweis zu finden. Was auch immer. Eine Bemerkung vielleicht, die Rückschlüsse auf dessen Person zuließ, schien sie auch noch so unbedeutend.

Minuten vergingen ohne Ergebnis. Eine weitere Seite voller Fundeinträge, bei schönem Wetter oder Regen, das schien für Sammaël keine Rolle zu spielen. Michael scrollte weiter, überflog die Seite. Plötzlich hielt er inne, rollte das Mausrad zurück. *Stopp.*

Er traute seinen Augen nicht. Den Nicknamen kannte er doch. *Sebasch? Natürlich.* Das war der schmächtige Typ auf dem Cachertreffen. In Sammaëls Logeintrag, den er gerade zum wiederholten Male durchlas, stand eindeutig, dass sich die beiden begegnet waren. *»Heute bei schönstem Wetter dank Sebasch schnell gefunden. Viele Grüße, TFTC.«*

»Thanks for the Cache …« Ich habe zu danken für den Hinweis. Fieberhaft dachte er nach. *Sebasch kennt Sammaël und zwar schon lange.* Er sah noch einmal nach dem Datum, an dem der Eintrag erstellt worden war: *August 2008.*

Da lag ein Hinweis direkt vor seiner Nase, zum Greifen nah, doch was sollte er damit anfangen? *Sebasch kennt Sammaël – und?*

Er hatte Sebasch erst einmal gesehen. Still hatte er auf der Bank gehockt und ihr Gespräch verfolgt. Neben Bax' Redseligkeit war Sebasch kaum aufgefallen und am Nachtcache hatte er sich nicht beteiligt. Er schloss die Augen und rief sich Sebaschs Gestalt in Erinnerung. *Durchschnittstyp, Jeans, T-Shirt – Basecap. Aber hatte da nicht etwas draufgestanden? Ein Insekt. Ja, es war ein Insekt. Eine schwarze Stickerei. Was war es?*

Er riss die Augen auf. *Ameise. Das Insekt war eine Ameise. Ameise ev.!*

Seine Finger stürmten über die Tastatur. Der Rechner nahm nur Millisekunden in Anspruch, schon spuckte er mehrere Suchergebnisse aus. Er überflog die Schlagworte. Hamburg, Sachsen; zu weit entfernt. Eine Kindertagesstätte, ein Gemeinschaftsprojekt zur Rettung gefährdeter Arten, ein Kindergarten – all diese Dinge schienen ihm abwegig. Michael versuchte, sich Sebasch als Erzieher vorzustellen, doch die Vorstellung wollte nicht passen.

Als er sich die Bildsuchergebnisse zu seiner Anfrage anzeigen ließ, fiel ihm ein Foto sofort ins Auge. Es zeigte einen bunt bemalten Bauwagen wie man ihn gemeinhin von Peter Lustig aus der Löwenzahn-Sendung her kannte. Auf den Holzstufen saß ein Mann mit struppigem Vollbart und grinste in die Kamera.

Neugierig folgte er dem Link und landete auf der Internetseite des Vereins *Ameise e.V.*, Betreiber eines Gnadenackers am Rande der Stadt Köln. Die Informationen waren spärlich, wenngleich sie Aufschluss darüber gaben, welches Ziel das Projekt verfolgte. Eine Heimstatt für Heimatlose.

Es war nur ein Anhaltspunkt. Dessen war sich Michael bewusst, doch mehr hatte er nicht. Er notierte sich die Adresse, stellte fest, dass er maximal eine Dreiviertelstunde Fahrzeit in Kauf nehmen musste und beschloss, sich sofort auf den Weg zu machen. Warum auch nicht – Essen gab es erst um sieben.

Kapitel 17

In diesem Nest liegt der Hund begraben, dachte Kirstin, als sie ihren Jeep über die einspurige Straße lenkte. Sie fuhr an einer kleinen Bäckerei vorbei, die an einen gepflasterten Platz angrenzte. In der Mitte des offenbar als Dorfmittelpunkt angelegten Areals, spie ein kitschiger Jüngling Wasser in einen ebensolchen Brunnen. Es folgten eine Handvoll Häuser, das vollgestopfte Schaufenster eines Second-Hand-Ladens und ein Friseursalon mit einer scheußlich grünlastigen Dekoration. Die andere Straßenseite hatte auch nicht mehr zu bieten. Eine Bankfiliale und ein winziges Eiscafé; das war alles.

Ich glaube, ich würde mich in diesem Kaff zu Tode langweilen, schoss es Kirstin durch den Kopf. Sie kam an einer Kreuzung vorbei, glich kurz den Straßennamen ab und fuhr daran vorbei. Sie bog in die nächste Seitenstraße ein. Diese wand sich eine Anhöhe hinauf und mündete schließlich in einem Wohngebiet, gespickt mit sauberen, gutbürgerlichen Einfamilienhäusern.

Sie stellte den Wrangler vor einem roten Klinkerbau ab, stieg aus und betrachtete die glänzenden Klingelschilder. Offensichtlich handelte es sich um ein Dreifamilienhaus, denn ebenso viele unterschiedliche Namen waren darauf zu lesen. Jenny Fischer stand zu unterst, demnach schien sich ihre Wohnung im Souterrain zu befinden.

Es dauerte einen Moment, bis der Summer ertönte. Sie trat ins Halbdunkel eines kleinen Hausflurs, rechter Hand befand sich die Treppe, die hinab in das Kellergeschoss führte.

»Hallo Kiba«, rief ihr Jenny entgegen, die in der geöffneten Tür stand und ihr entgegensah. »Was führt dich her?«, fragte sie und setzte hinzu: »Komm rein.« Sie zwirbelte ihre blonden Haare zusammen und zog sie in einer Schlaufe durch ein pinkfarbenes Haargummi.

Kirstin ließ sich nicht lange bitten. »Wie geht es dir?«, fragte sie und folgte ihr in die Wohnung.

»Wieder alles in Ordnung, das Beinkorsett brauche ich auch nicht mehr«, sagte sie fröhlich.

Gemeinsam betraten sie ein gemütliches Wohnzimmer mit sonnengelben Tapeten. Es roch nach frischer Farbe und nach Putzmittel. An der langen Wand zur Linken stand ein orangefarbenes Sofa, davor ein runder Glastisch, gegenüber ein kleiner Flatscreen auf einem halbhohen Fernsehschrank mit großen Bodenschubladen. In einer Zimmerecke stand ein kleines Aquarium auf einem buchefarbenen Unterschränkchen. Darin tummelten sich einige Fische in einem Wald von Wasserpflanzen. Hinter der Theke mit zwei Barhockern war eine Singleküche untergebracht. Licht flutete durch zwei bodentiefe Fenster herein.

Kirstin erinnerte sich, dass sie in der Diele noch zwei weitere Türen gesehen hatte, und vermutete dahinter ein Schlafzimmer und ein Bad. »Hübsch«, sagte sie und nahm dann auf dem Sofa Platz.

Ein Lächeln huschte über Jennys Lippen. »Ist es für Kaffee schon zu spät?«, fragte sie und sah auf eine Wanduhr.

»Mir reicht auch ein Wasser.«

»Gut, dann Wasser.« Jenny ging in den Küchenbereich und nahm zwei Gläser aus dem Hängeschrank. »Aber sag, was ist los? Du siehst abgekämpft aus.«

Kirstin seufzte abgrundtief. »Ich komme gerade aus dem Krankenhaus.«

Jenny legte den Kopf schräg. »Ist was passiert?«

Kirstin betrachtete eingehend ihre Fingernägel. »U-con ist gestorben.« Sie hörte einen dumpfen Schlag und sah auf.

»Ich habe nur die Flasche zu heftig abgestellt«, entschuldigte sich Jenny. Sie wirkte betroffen. »Oh Kirstin. Das tut mir leid.

Ihr wart doch befreundet, nicht?« Jenny kam mit den Getränken zurück zum Tisch und stellte diese darauf ab, bevor sie sich neben Kirstin setzte.

Kirstin nickte. »Aber das ist nur die halbe Wahrheit.« Sie zögerte, wusste nicht, wie sie die Ungeheuerlichkeit in Worte fassen sollte. Schließlich sagte sie: »Gernot und ich glauben, dass er ermordet wurde.«

»Bitte was?« Jennys Betroffenheit wandelte sich in Entsetzen. »Kannst du das bitte wiederholen? Ermordet sagst du? Wie kommt ihr darauf?«

Kirstin wollte ihr die grausigen Details ersparen, daher drückte sie sich bewusst vage aus. »Er hat sich bei einem FTF schwer verletzt und es sieht so aus, als ob er absichtlich in eine Falle gelockt worden wäre.«

»Habt ihr das auch der Polizei gesagt?«

»Es wird sicher Untersuchungen geben«, sagte Kirstin und sah ihr bedeutungsvoll in die Augen.

»Das ist ein schlechter Scherz«, sagte Jenny. Aus ihrem Gesicht war sämtliche Farbe gewichen. »Nein …«, sie rang nach Fassung. »Das ist *kein* Scherz – du willst doch auf was hinaus«, stammelte Jenny bestürzt. Ihre Augen weiteten sich, sie schien zu begreifen, was Kirstin ihr damit sagen wollte. Sie blies die Luft aus, den Mund zu einem ungläubigen Lachen geöffnet und sank zurück. »Das ist nicht dein Ernst. Das glaubst du nicht wirklich.«

»Bist du dir ganz sicher, dass du einen Unfall hattest?«, setzte Kirstin nach.

»Du lieber Gott, natürlich war es ein Unfall!« Sie sah auf ihr Bein. Gedankenverloren strich sie mit der flachen Hand über ihren Oberschenkel.

Kirstin glaubte, einen winzigen Funken des Zweifels in Jennys Augen glimmen zu sehen, zog es jedoch vor zu schweigen.

Schließlich sagte Jenny mit leiser Stimme: »So was kann doch keiner planen …« Sie schien in sich gekehrt. »Ich meine, das wäre doch Wahnsinn. Eine Falle, und so genau durchdacht – das *kann* nicht sein.« Ihr Blick richtete sich aus dem Fenster und schien in weite Ferne zu schweifen.

Kirstin beobachtete, wie es in Jennys Gesicht arbeitete. Diese presste die Lippen aufeinander, die Brauen zuckten zusammen, gefolgt von einem leisen Schnauben. Eine ganze Weile saßen sie so da, bis Jenny sich Kirstin zuwandte und ihre Gedanken laut aussprach. »Wenn das stimmt … weißt du, was das bedeutet?« Sie zögerte einen Augenblick, dann fuhr sie in einem verärgerten Ton fort: »Dann war der Ast *nicht* zufällig an genau der Stelle, wo er gelegen hat. Ich bin nicht umgeknickt, weil ich die Senke nicht *gesehen* habe, sondern jemand hat sie exakt auf eine Schrittlänge in den Boden gegraben und der U-Bügel hat geklemmt, damit ich das Gleichgewicht verliere …«

»Ist das so passiert?«

»Anders herum«, sagte Jenny. »Der U-Bügel an der Kiste ließ sich einfach nicht lösen, also habe ich daran gezogen wie eine Irre. Als der dann plötzlich nachgegeben hat, habe ich das Gleichgewicht verloren. Ich bin einen Schritt zurück, knickte in einer Senke um und bin dann rücklings direkt in den Ast gefallen. Ja, und der hat mich dann aufgespießt.«

Kirstin dachte über diesen Ablauf nach. Plötzlich stutzte sie. »Moment. Du hast gezogen? Wie war der Bügel denn befestigt?«

»Was meinst du?«

»War der am Deckel oder an der Kiste?«

»Am Deckel.« Sie sah irritiert aus. »Warum ist das wichtig?«

Kirstin atmete zischend zwischen den Zähnen ein und verengte die Augen. »Weil es andersrum gehört.«

Jenny runzelte die Stirn. »Wie andersherum?«

»Die Lasche gehört an den Deckel und wird nach unten über einen Bügel gelegt. Hast du noch nie eine Kiste mit Vorhängeschloss gesehen? Wäre er richtig montiert gewesen, dann hättest du nach oben gezogen.«

»Aber ich habe mich zurücklehnen müssen.«

Kirstin nickte. »Das war Absicht.«

»Aber vor mir ist doch auch keinem was passiert«, gab Jenny zu bedenken.« Sie stand auf, kramte kurz in einem Rucksack und zog ein i-Pad heraus. Dann öffnete sie das Geocaching-Portal. Die Seite des Unfallcaches lud sich innerhalb von Sekunden. »Schau, in den Logeinträgen steht nichts davon, dass sich irgendjemand verletzte hätte.«

Kirstin überflog die Liste. »Schöner Cache, leicht zu finden, nette Gegend.«

»Da steht aber auch nichts davon, dass der Bügel klemmen würde oder dass es schwierig gewesen wäre, an die Dose heranzukommen.«

»Aber was heißt das?«

»Jemand muss den Cache kurz vor deinem Eintreffen manipuliert haben.«

Jenny tippte auf den Nicknamen des Owners. »Ich glaube aber nicht, dass er das war. Er hat den Cache sofort nach meinem Unfall archiviert und mir sogar Blumen und Pralinen ins Krankenhaus geschickt.« Sie runzelte die Stirn.

»An was denkst du?«

»Da war ein Jägerstand.«

»Wo?«

»In der Nähe vom Cache, nicht weit entfernt. Ich weiß noch, wie ich versucht habe, mich abzulenken, als Bax den Spieß durchgesägt hat …«

»Was hast du gesehen?«, fragte Kirstin, beugte sich leicht vor und zog eine Braue hoch.

»Irgendetwas blitzte in der Sonne auf. Für einen Moment dachte ich, wir würden beobachtet.«

»Du meinst, er war noch da?«, fragte Kirstin überrascht.

»Der Gedanke, da könnte jemand stehen und uns zusehen, kam mir so abwegig vor, deshalb habe ich mein Gefühl nicht ernst genommen.«

»Verdammt. Wie kaltblütig kann man sein?« Kirstin zog einen zerknitterten Einkaufszettel aus der Hosentasche. »Hast du einen Stift für mich?«

»Klar, was hast du vor?« Jenny stand auf, öffnete eine der großen Schubladen des Fernsehschranks und kam mit einem Kugelschreiber zurück.

»Ich will mir das vor Ort ansehen«, sagte Kirstin, nahm ihn entgegen und schrieb sich die Koordinaten auf.

»Aber der Cache wurde doch entfernt.«

»Schon, aber der Jägerstand nicht.«

Kapitel 18

Neben einem heruntergekommenen Firmengelände, das sich hinter einer Backsteinmauer und lose zusammengehaltenen Bauzäunen verschanzte, sah Michael rechter Hand eine weitläufige Wiese, die an ein Waldstück grenzte. Etwa fünfzehn Bauwagen parkten wie zufällig darauf verteilt, doch beim näheren Hinsehen war ein System zu erkennen. Im Grunde standen sie doppelringförmig um eine mit wuchtigen Feldsteinen eingefasste Feuerstelle; zumindest im weitesten Sinne.

Ein windschiefes Schild trug den Schriftzug *Ameise e.V.*, aufgemalt mit zittrig geführtem Pinselstrich, der an eine Kinderbastelei erinnerte. Die Malereien setzten sich auf allen Bauwagen fort, psychedelische Muster, Blumen, schreiende Farben, als wären sie geradewegs den Siebzigerjahren entsprungen. Michael vermutete dahinter eine Art Kunsttherapie für die jeweiligen Bewohner. Die halbhohen Büsche zwischen den Bauwagen zeugten davon, dass dieser Gnadenacker seit geraumer Zeit bestand.

Er sah einen älteren Mann mit einer jungen Katze auf der Schulter und einer blechernen Blümchengießkanne in der Hand. Dieser steuerte geradewegs auf eine Regenwassertonne zu. Michael beschloss, ihn nach Sebasch zu fragen und trat ihm entgegen.

Der Alte zeigte ein ruinenhaftes Gebiss, als er ihn freundlich anlächelte und antwortete mit einem Kopfnicken. Mit zigarrenrauer Stimme sagte er: »Ja, der Junge is' in dem Grünen da hinten«, und wies ihm mit dem Brausemundstück der Kanne die grobe Richtung, während die Katze versuchte, das Gleichgewicht zu halten. »Hat er Ärger?«

»Mit mir nicht«, sagte Michael. »Ich habe nur ein paar Fragen an ihn.«

»Polizei?«, fragte der Alte und musterte ihn von Kopf bis Fuß.

»Nein. Er kennt einen gemeinsamen Freund.«

»Soso, dann mach ma'«, sagte er und wandte sich wieder dem Fass zu.

Michael setzte sich in Bewegung, passierte den gelben Blumenwagen, ging durch eine Lücke zwischen zwei weiteren hindurch und versuchte sowohl das grelle Orange-Pink als auch die blau-weiße Pünktchenkrise zu ignorieren. Der Grüne entpuppte sich als giftiges Monstrum unter der zur Schau gestellten Hippiefröhlichkeit. Dunkelgrauer Rauch kringelte sich aus einem Metallrohr mit aufgesetztem Hütchen.

Er stieg die marode anmutenden Holzstufen hinauf und klopfte beherzt gegen die verschlossene Tür.

Im Inneren hörte er ein Möbelstück über den Boden kratzen. Jemand rief: »Ja?«

Michael hob den doppelseitigen Riegel und trat ein. »Hallo«, sagte er zur Begrüßung. Als er Sebaschs Stirnrunzeln sah, stellte er sich schnell vor. »Ich bin Mysthunter. Wir kennen uns vom Geocachen.«

Stille dehnte sich zwischen ihnen aus. Endlich erhellten sich Sebaschs Gesichtszüge. »Du warst auf dem Treffen«, stellte er fest. Er sah sich um, raffte ein Bündel schmutziger Wäsche von einem Polsterhocker und bot ihm den Platz an. »Ich habe mir gerade Kaffee gemacht. Willst du auch einen?«

Michael sah zu dem kleinen Holzofen in der Ecke. Darauf stand ein Pfeifenkessel; aus dem Mundstück trat weißer Dampf aus. »Muckefuck?«, fragte er.

Sebaschs Augen glänzten. »Ja, genau. Immer noch der Beste.«

»Den hatte ich schon lange nicht mehr. Gern«, nahm Michael das Angebot an und setzte sich. Er beobachtete Sebasch, registrierte die Creole im Ohr, das billige Sweatshirt und die Bluejeans im Used Look, die er mit Sicherheit nicht so gekauft hatte. Dann sah er sich unauffällig im Bauwagen um. *Etwas heruntergekommen vielleicht, aber durchaus gemütlich.* »Nett hast du es hier.«

Sebasch wandte sich zu ihm um, reichte ihm eine dampfende Blechtasse und setzte sich auf das gegenüberliegende Sofa, das darüber hinaus offenbar als Bett fungierte. »Ich komm zurecht«, sagte er. Dann nahm er seine Tasse zwischen beide Hände, als wolle er sich die tabakgelb-verfärbten Finger daran wärmen, sah einen Moment länger hinein als nötig und setzte sie dann an die Lippen. Er trank einen Schluck, ließ sie sinken und sah ihm erwartungsvoll entgegen.

»Ich weiß nicht, wie ich anfangen soll«, begann Michael. »Ich habe in einem Logeintrag gesehen, dass du jemanden kennst, den ich suche.«

»Wer soll das sein?«, fragte er und nahm einen weiteren Schluck.

»Sammaël.«

Der Kaffee spritzte über den Tisch. Sebasch wurde von einem Hustenanfall geschüttelt.

»Scheiße, geht's?«, fragte Michael und beugte sich vor.

Sebasch machte eine abwehrende Geste. Er richtete sich auf, tastete nach einem Lappen, hielt die andere Hand vor den Mund.

Michael reichte ihm das fleckige Tuch.

Er nahm es entgegen und tupfte den Kaffee von Kinn, Tisch und Hose. Schließlich brachte er keuchend hervor: »Was willst du denn mit dem?«

»Ich will wissen, wer er ist«, sagte Michael bestimmt.

Mit großen Augen sah Sebasch ihm entgegen. »Geht's dir um die Toplist?«

Michael schüttelte den Kopf. »Nein, ich bin ihm vor Kurzem begegnet, aber er hat sich nicht zu erkennen gegeben. Der Typ ist irre und obendrein lebensmüde.«

Sebasch schnaubte unlustig. »Ach was. Lebensmüde?«

»Absolut. Der hat sich am letzten FTF beinahe umgebracht.«

Sein Gegenüber schloss die Augen, senkte den Kopf und lachte schnaubend in sich hinein. Michael wurde den Eindruck nicht los, als wäre es nicht echt.

Dass Sebasch sich einen Augenblick später mit der Hand massierend durch das Gesicht fuhr, verstärkte sein Gefühl noch. Als Sebasch die Augen öffnete, sah Michael, dass sie gerötet waren.

»Vergiss das«, sagte er matt. »Daran beißt du dir die Zähne aus.«

Michael legte den Kopf schräg. »Wieso?«

»Es ist so.«

»Das ist keine Antwort.«

Sebaschs Gesichtszüge erfuhren einen solch plötzlichen Wandel, dass er erschrak. In seinen Augen spiegelte sich kalter Zorn. Er brüllte ihn an: »Es ist so!« Im Nu war der schmächtige Mann auf den Beinen. »Und wenn du das nicht erkennst, bist du ein idiotisches Arschloch!«

»Was?« Auch Michael hielt nichts mehr auf dem Polstersessel.

»Hast mich schon richtig verstanden«, knurrte Sebasch und trat einen Schritt auf ihn zu. »Und jetzt sieh zu, dass du Land gewinnst.«

»Warum regst du dich so auf? Ich habe dir nichts getan. Ich will doch nur wissen, wer Sammaël ist …«

Sebasch trat einen weiteren Schritt auf ihn zu, drängte ihn zur Tür. »Sammaël, Sammaël. Du kapierst es echt nicht, was?«

Michael tastete hinter sich, hob den Riegel. Mit einem Fuß trat er bereits hinaus. »Was soll ich kapieren? Sag es mir doch! Was?« Rückwärts stolperte er die kleine Stiege hinab.

Sebasch baute sich über ihm auf. »Sammaël ist ein Mythos!«

»Mythos – ja klar, er ist die Quadratur des Kreises; unerreicht.«

»Nein, es ist, wie ich sage!«

Der Alte mit der Blümchenkanne kam in Sicht. Er rief Sebasch entgegen: »Alles klar, Junge?«

Er wandte den Kopf, richtete seinen hasserfüllten Blick zurück auf Michael, dann rief er: »Ja, alles ok, der Typ wollte gerade gehen!«

»Wollte ich? – Ja, wollte ich«, nahm er den Vorschlag an, hob die Hand zum knappen Gruß in Richtung des Alten und drehte sich auf dem Absatz um. Er beeilte sich, das Gelände so schnell es ging zu verlassen, denn er hatte hier tatsächlich nichts mehr verloren.

Kaum fünf Minuten später saß Michael in seinem Wagen, öffnete das elektrische Schiebedach und versuchte, sich von dem Schreck zu erholen. Dass dieser Typ aus heiterem Himmel derart ausfallend werden könnte, damit hatte er im Leben nicht gerechnet. Was war nur plötzlich in ihn gefahren?

Er atmete tief durch und versuchte, sein pochendes Herz zur Ruhe zu zwingen – was ihm selbstverständlich nicht gelang, da es seinen eigenen Gesetzen folgte.

Den Besuch bei Sebasch auf dem Ameisenacker hätte er sich jedenfalls sparen können. Er war nicht schlauer als zuvor. Mit einem letzten Blick auf die Hippiebauwagen startete er den Motor und wollte gerade die Heimfahrt antreten, als sich sein Mobiltelefon mit einem Signalton meldete.

»You´ve got mail.«

Er lenkte den Wagen mit einer Hand zurück auf den Feldweg, ließ ihn rollen und sah auf das Display. Ein Engel war geloggt worden. Jeremiel lag in einem Cache ganz in seiner Nähe.

Kapitel 19

Kirstin jagte ihren Wrangler über den Schotterweg, der zwischen erntereifen Getreidefeldern hindurch zu einem Waldrand führte. Der Jeep setzte über ein Schlagloch hinweg, das sie zwar schon von Weitem hatte sehen können, doch durch den Querschnitt der mächtigen Geländereifen kaum spürbar war. Eine Handvoll aufgeschreckter Vögel stob auf; Saatkrähen vielleicht. Sie retteten sich in die Baumkronen, die in der sanften Brise schwankten.

Neben einer einsamen Sitzgruppe brachte Kirstin den Jeep knirschend zum Stehen, zog die Handbremse und stellte den Motor ab.

Sie fand den Ort genau so vor, wie Jenny ihn beschrieben hatte. Neben dem Rastplatz, der aus zwei grob gezimmerten Bänken und einem ebensolchen Tisch bestand, reckte sich eine mächtige Buche zu den Wolken empor, an deren zerklüfteten Stamm sie seinerzeit das Rad abgestellt hatte.

Kirstin suchte nach dem Trampelpfad, den Jenny erwähnt hatte. Sie warf einen Blick auf ihr Navigationsgerät, das sie sich mit einem Karabiner an den Gürtel ihrer schwarzen Hose geklippt hatte, und folgte dem roten Richtungspfeil. Es sah ganz so aus, als habe der Pfad ausgehend von der hinteren Bank in den Wald hineingeführt, jedoch war er inzwischen von hohen Brennnesseln zugewuchert. Darüber tanzte eine Mückenkaskade in der sengenden Nachmittagshitze. Kirstin zog das Basecap vom Kopf, strich sich eine vorwitzige, grüne Ponysträhne aus der Stirn und zog sich die Kappe tiefer ins Gesicht.

Beherzt trat Kirstin das Unkraut am unteren Bereich der Stängel nieder, versuchte, die Mücken handwedelnd zu verscheuchen, und bahnte sich mühevoll den Weg hindurch ins

Unterholz. Erdiger Waldduft empfing sie. Altes Laub raschelte unter ihren Füßen, als sie sich zügig auf die alte Eiche zubewegte, die Jenny ihr beschrieben hatte.

Als sie den Baum erreicht hatte, suchte sie nach dem Vorhängeschloss, das an dem Stamm befestigt sein sollte, doch es war entfernt worden. Stattdessen zeugte ein kleines Loch in Augenhöhe von dessen ehemaliger Position. Eine vorwitzige Ameise lugte daraus hervor und zuckte mit ihren schwarzen Fühlern.

»Da hast du dir aber ein hübsches Plätzchen ausgesucht«, wisperte Kirstin und lächelte.

Sie richtete ihre Aufmerksamkeit auf ein Rechteck lockerer Erde zwischen den mächtigen Wurzeln am Fuß des Baumes. Darin musste sich die Kiste befunden haben, doch auch diese hatte der Owner sorgfältig ausgegraben.

Es hatte keinen Sinn, den Waldboden an dieser Stelle genauer zu untersuchen. Ein einfacher Versuch würde genügen. Kirstin ging, ohne sich umzuwenden, eine Schrittlänge rückwärts und war nicht überrascht, als ihr Fuß in eine kleine Vertiefung sackte. Sie schnaubte und drehte sich auf dem Absatz um. Gleich hier musste der Ast gelegen haben, in den Jenny hineingefallen war. Auch dieser war entfernt worden.

Kirstin sah sich suchend um. Sie entdeckte das Gehölz schließlich am Rand einiger Sträucher, gut zehn Meter abseits. Er war gewaltig. Der Durchmesser glich dem eines jungen Baumes. Als sie ihn erreicht hatte, untersuchte sie die Sägespuren, die Bax hinterlassen hatte, um Jenny zu befreien. Daneben sah sie einen ausgedehnten dunklen Fleck und erkannte ihn als Jennys Blut, das ins Holz eingesogen war. Kirstin wurde flau im Magen. Sie schluckte, musste sich beinahe zwingen, den Blick davon zu lösen und die Vorstellung von Jennys verzweifeltem Überlebenskampf aus dem Kopf zu verbannen.

Plötzlich stutzte sie. *Wie ist das möglich?* Eingehend betrachtete sie das verdorrende Laub an den Zweigen. Der Ast stammte eindeutig von einer Erle. Abrupt hob sie den Kopf.

Während sie sich um die eigene Achse drehte, blickte sie in die Kronen der Bäume, die an ihr vorüberzogen. Eiche, Ulme, Buche - keine Erle.

Wo kommt dieser Ast her? Blutige Bilder flackerten in ihrem Kopf auf - U-con, der die Hände über seinem Bauch zusammenkrampfte, ihr aus irrsinnigen Augen entgegenstarrte. Kirstin schluchzte verzweifelt auf, sank auf den Stamm und zwang ihre Gedanken in die Realität; sie musste objektiv bleiben. Unbedingt.

Auch hier hatte der Killer nichts dem Zufall überlassen. Diese Falle war das Ergebnis einer peniblen Planung. Er hatte nicht nur einen passenden Ast besorgt; es musste einen enormen Kraftaufwand gefordert haben, das Monstrum bis zur Eiche zu schleppen und ihn exakt so zu positionieren, dass ein Cacher sich auch tatsächlich daran aufspießen würde. Obendrein musste der Killer den Bewegungsablauf getestet haben, sonst hätte das im Leben nicht gepasst.

Welche Bestie sich auch immer hinter dieser Planung verbirgt, ihr unterlaufen Fehler. Jenny hat etwas gesehen …

Kirstin richtete sich auf und schaute in die Richtung, die Jenny ihr angegeben hatte. Tatsächlich entdeckte sie am Waldrand das beschriebene Jägerhäuschen, eingekeilt zwischen zwei mächtigen Büschen. Ihr Blick wanderte zum glaslosen Fenster. Wenn jemand dort gestanden haben sollte, dann hätte er den Ort des Geschehens hervorragend überblicken können.

Langsam ging sie auf den Jägerstand zu, der mit jedem Schritt, den sie sich näherte, über sie hinauszuwachsen schien. Das Halbdunkel des auf sie hinabblickenden Fensterausschnitts weitete sich bedrohlich aus. Kirstin spürte Beklemmung in sich aufsteigen, als könnte sie die Anwesenheit des Killers über die vergangene Zeit hinaus immer noch fühlen.

Als sie die wackelige Stiege erreicht hatte, fiel ihr Blick auf eine kleine Tür am oberen Ende, die lediglich angelehnt war. Vorsichtig setzte sie einen Fuß auf die marode Stufe und verlagerte das Gewicht; das Holz schien zu halten. Ein weiterer

Schritt. Sie griff nach dem wackeligen Geländer. Die Bretter knarrten unter ihren Füßen. Wenige Latten trennten sie von der Tür. War das ein Atmen im Inneren oder war es ihr eigenes? Ihr Herz schlug höher, sie schalt sich selbst ob ihrer Phantasie, die mit ihr durchzugehen drohte. Mit ausgestreckter Hand überwand sie die letzten Stufen. Dann stieß sie die Tür auf.

Eine ruckartige Bewegung. Jemand schlug sich mit der flachen Hand auf die Brust. Stahlblaue Augen starrten ihr entgegen.

Erschrocken trat sie einen Schritt zurück; ins Leere, sie suchte mit den Fingern Halt am Geländer, erwischte es nur knapp.

Eine Hand schoss aus dem Inneren hervor, packte sie am Arm. »Holla!«, rief der Mittfünfziger und bewahrte sie mit festem Griff vor dem sicheren Absturz. »Wo willst du denn hin, Fräulein? Da geht es nicht weiter.«

Misstrauisch sah sie ihm ins wettergegerbte Gesicht. Endlich fand sie ihre Sprache wieder. »Sie haben mich vielleicht erschreckt«, gab sie zu, doch sie blieb wachsam.

»Du mich auch. Was suchst du denn hier?« Er grinste süffisant. »Bist auf der Suche nach einem stillen Plätzchen? – Für ein kleines Stelldichein mit deinem Freund?«

Seine Anspielung war ihr unangenehm. »Ich wollte mich nur …« Ihr Blick wanderte abwärts. Sein Schwanz stach obszön aus dem geöffneten Hosenschlitz hervor. Sie sah an ihm vorbei. Eine dreiläufige Schrotflinte lehnte an der Bretterwand. Eine schmale Bank diente als Ablage eines Feldstechers und einer Zeitschrift. Eine weitere ruhte aufgeschlagen auf dem Boden. Auf der Doppelseite erkannte sie die Abbildung einer Pornodarstellerin, die Beine weit gespreizt, so dass nichts mehr der Phantasie überlassen wurde. Die lasziv blickende Brünette hielt einen monströs wirkenden Dildo in der Hand und es bestand kein Zweifel, was sie damit vorhatte.

»… nur umsehen«, setzte Kirstin erneut an. »Ich – wollte nicht stören …«

Der Mann folgte ihrem Blick. Verharrte einen Augenblick. Während er den Kopf zu ihr drehte, gurrte er: »Du siehst ihr ein wenig ähnlich.«

Ein Adrenalinstoß zuckte durch Kirstins Adern bis unter den Scheitel. In diesem Augenblick wurde sie sich überdeutlich bewusst, dass der Kerl mit seinen schmierigen Fingern nach wie vor ihren Arm umschlossen hielt.

Er zog sie an sich heran, trat rückwärts in das Zwielicht der Hütte, strich ihr sanft mit einer Hand über den Rücken.

»Lass mich los!« Kirstin wand sich in seiner Umarmung.

Der Kerl zog langsam ihr Tanktop aus dem Gürtel, schob seine Hand unter den dünnen Baumwollstoff, suchte tastend nach ihrem Busen. »Komm, Mädchen. Ich mach es dir besser als dein Freund«, keuchte er ihr ins Ohr.

Angewidert fühlte sie, wie seine nasse Zungenspitze über ihr Ohrläppchen fuhr und mit ihren Creolen spielte. Die pure Wollust triefte aus jedem Wort, als er sagte: »Lass uns ausprobieren, ob du meinen Drilling schaffst …« Sein Blick wanderte zu seiner Schrotflinte.

Entsetzt riss sie die Augen auf. Es war eindeutig, worauf er anspielte. Sie legte beißenden Hass in ihre Stimme, als sie sagte: »Ich schwöre dir, Arschloch, ich werde kein williges Opfer sein. Am Ende werde ich dich töten!«

Seine Gesichtszüge entgleisten. »Was redest du denn da?« Er ließ sie so abrupt los, als habe er sich an ihr verbrannt, hob die geöffneten Hände auf halbe Höhe, schüttelte den Kopf. »Ich, ich dachte du wärst geil …«

»Falsch gedacht!«

Er trat einen halben Schritt zur Seite. Hektisch packte er sich ein, zippte den Reißverschluss hoch.

Kirstin verdrückte sich zur Tür, versuchte ihm nicht den Rücken zuzuwenden, stolperte fast hinaus.

»Ein Irrtum …«, hörte sie ihn stammeln.

Kirstin sah zu, dass sie die marode Leiter hinunter kam. »Ein dummer Irrtum …«, hörte sie ihn immer noch, als sie am unteren Ende angelangt war. Sie war erleichtert, so glimpflich davongekommen zu sein. Bei dem Gedanken, dass dem Kerl mit an Sicherheit grenzender Wahrscheinlichkeit die Lust vergangen war, brachte sie sogar ein mattes Grinsen zustande. So was passierte ihm bestimmt kein zweites Mal. Sie war mehr als bereit, an den von ihm wiederholt vorgebrachten Irrtum zu glauben. *Notgeiler Wichser. Wahrscheinlich bekommt er von seiner Alten keinen Sex mehr.*

Kirstin schnaubte. Ihr würde so was auch im Leben nicht mehr passieren. Nie wieder würde sie mutterseelenallein zu einem Cache rausfahren; zumindest nicht unbewaffnet, setzte sie ihrem Vorsatz hinzu.

Beinahe war der Grund, warum sie hergekommen war, in Vergessenheit geraten. Sie rief sich zur Ordnung und maß dann die Entfernung zur Eiche, unter der der Cache versteckt gewesen war. Sie schätzte den Abstand auf etwa zwanzig Meter und ließ dann den Jägerstand hinter sich. Wenn der Killer während seines Anschlags dort versteckt gewesen war, und davon war sie inzwischen überzeugt, hatte er Jenny nur mit einem Feldstecher, wie ihn der Jäger besaß, beobachten können.

Natürlich. Das war es, was Jenny hatte in der Sonne aufblitzen sehen, während Bax um ihre Rettung kämpfte.

Kirstin hatte genug gesehen und verließ den Wald auf demselben Weg, den sie gekommen war. Die Mücken hatten sich neu formiert und tanzten zwischen den niedergetretenen Brennnesseln in der beginnenden Dämmerung. Kirstin ging mit einer Seitwärtsdrehung an ihnen vorbei, umrundete die Sitzgruppe und steuerte hernach geradewegs auf ihren Wrangler zu. Sie zog ihr Mobiltelefon aus der Hosentasche und wählte Gernots Nummer.

Nach dem zweiten Freizeichen meldete er sich in der Leitung. »Hallo Kirstin.«

Sie lächelte. »Du hast mich gespeichert?«

»Klar, wieso? Zweifelst du noch an uns?«

»Nein. Du, pass auf, ich war eben bei Jenny und bin jetzt an dem Cache, bei dem sie sich verletzt hat.«

»Und?«

»Ich denke, wir hatten Recht. Es war kein Unfall. Ich erzähl dir das nachher genauer. Wichtig ist, der Cache wurde definitiv manipuliert und ich bin mir sicher, dass der Typ sich auf die Lauer legt, um alles zu beobachten. Jenny hat im Fenster eines Jägerstands einen Feldstecher aufblitzen sehen, als der Unfall geschah. Den habe ich mir angeschaut. Von dort aus konnte der Killer alles genau beobachten.« Den irregeleiteten Jäger erwähnte sie mit keinem Wort, sie hatte ihn eh schon aus ihrer Erinnerung gestrichen.

»Das könnte bedeuten, dass der Killer auch dabei war, als U-con in die Falle ging«, vermutete Gernot.

»Möglich ist das. Komisch ist nur: Jennys Cache war kein FTF, U-cons schon …« Ein neuerlicher Gedanke schoss ihr durch den Kopf. »Meinst du, es hat was mit der Gegend zu tun? Die beiden Caches liegen relativ nahe beieinander.«

»Gib mir mal kurz die Koordinaten durch«, forderte Gernot.

Sie tat, wie ihr geheißen, und wartete.

»Das gibt's nicht«, sagte Gernot.

»Was?«

»Wenn deine Vermutung stimmt, muss ich jetzt sofort los.«

»Wieso, was ist denn?«

»Da hat jemand einen FTF aktiviert, vor etwa zwei Minuten.«

»Verdammt, wenn der wieder zuschlägt … Das müssen wir verhindern.« Sie schauderte. »Sag mir, wo!«

»Bleib du, wo du bist. Das ist zu gefährlich. Ich schnapp mir den Kerl!«

Kapitel 20

Der Cache, in dem der vierte Engel liegen sollte, war zum Greifen nah. Der kleine Pfeil auf Michaels Garmin lag genau auf den Koordinaten, doch er konnte ihn aufs Verrecken nicht aufspüren. War er inzwischen mit Betriebsblindheit geschlagen?

Sein BMW parkte fußläufig am Rand einer schmalen Anliegerstraße, die in etwa zwei Kilometer Entfernung in einen geteerten Feldweg überging. Zu beiden Seiten, hinter stromgeladenen Weidezäunen, stapften braun-weiß gefleckte Kühe durch das hohe Gras und beobachteten ihn wiederkäuend bei seiner Suche. Die Abendsonne hatte kaum an Kraft verloren und brannte auf seinen Nacken.

Zum wiederholten Male trat er einige Schritte zurück und näherte sich den Koordinaten von einer anderen Richtung. Manchmal führte das zum Erfolg, doch so sehr er sich auch anstrengte: Er sah nichts Außergewöhnliches. Wenigstens konnte er sicher sein, dass es auch kein anderer tat, denn er war allein vor Ort. Jeder weitere Geocacher musste erst an ihm vorbei; das half ihm jedoch im Grunde auch nicht weiter. Er war sogar inzwischen so weit, sich ein zusätzliches Paar Augen herbeizuwünschen.

Er las noch einmal das Listing zum Cache durch. Es gab einen Hint dazu, aber auch aus dem Tipp »Ich bin nicht das, was ich zu sein scheine« wurde er nicht schlau.

Ganz toll, was dann?, dachte er. *So nah dran, verdammt.*

Als er abermals auf den Koordinaten stand, untersuchte er den Zaunpfahl gründlicher und achtete sorgfältig darauf, den Draht nicht zu berühren. Er verspürte wenig Lust auf einen elektrischen Schlag. Beide Hände auf den Pfosten legend versuchte er, ob sich der obere Teil über eine unsichtbar eingebaute

Achse zur Seite drehen ließ, doch nichts rührte sich. Er sah an dem Holz hinab. Sofort fiel ihm eine große Sechskantschraube mit Unterlegscheibe auf, die an der angebrachten Stelle keinerlei Funktion erfüllte. Er zog seinen Leatherman aus der Jeans und setzte die Zange an. Der Sechskant war derart verrostet, dass er das Werkzeug nicht einen Millimeter bewegen konnte. Noch eine Sackgasse. Vielleicht war der Cache unter dem Feldstein am Fuß des Pfahls eingegraben? Er schob den Findling zur Seite; ein fetter Regenwurm wand sich orientierungslos über die sandige Erde. Einer Eingebung folgend drehte er den Brocken um, er hatte schon viel erlebt. Graubraune Kellerasseln und einige Ameisen rannten panikartig davon.

Enttäuscht senkte er den Feldstein behutsam an seinen angestammten Platz.

Der Generator war mit Sicherheit echt. Auch wenn er wie jeder gute Geocacher einen Schraubendreher mit sich führte, er würde tunlichst die Finger davon lassen.

Was gibt es noch? Die Drähte verschwanden in der Gehegeecke, jeder einzeln, in schwarzen Plastikteilen. *Isolatoren vielleicht?* Drei zeigten nach rechts, in seine Richtung, der vierte aus der Ecke raus nach hinten.

Michael stutzte. Das Ding war zwar identisch mit den anderen, tanzte aber richtungstechnisch aus der Reihe. Er verzog den Mund. Wenn er sich irrte, dann würde das wehtun, das stand fest.

Unsicher trat er näher heran, sah, dass ein weiterer Draht aus dem Plastik hinausbaumelte und einfach auf dem Boden lag. Er verstand nicht viel von Elektrotechnik, doch das kam ihm seltsam vor. Eine Kuh reckte den Kopf und muhte durchdringend. Er zögerte. Dann streckte er die Hand nach dem Isolator aus. Er gab sich einen Ruck. Beherzt packte er zu, hakte ihn aus und öffnete fahrig das Gewinde.

Der Isolator entpuppte sich als leeres Gehäuse. Er stieß einen Seufzer der Erleichterung aus, gleich darauf grinste er über den Einfall des Owners; ein originelles Versteck.

Er neigte den Behälter um wenige Grad, das Logbuch rutschte ihm beinahe augenblicklich in die offene Hand, der Engel folgte unmittelbar. »Hallo Kumpel«, sagte Michael halblaut.

Die Kuh zeigte ihre lange, rosa Zunge, fuhr sich damit über die Nüstern und beäugte ihn interessiert.

Michael konnte sich das Lachen nicht verkneifen. »Na, Berta. Ich hab ihn gefunden.« Er hielt den Glasquader in die Höhe. »Jetzt fehlt nur noch einer. Da schaust du, was?«

Nachdem er seinen Mysthunter-Aufkleber ins Logbuch geheftet hatte, richtete er den Cache wieder genau so her, wie er ihn vorgefunden hatte, und schlenderte dann zurück zu seinem Wagen. Er hatte die Lupe vorsorglich im Cacher-Rucksack verstaut und brannte darauf, den vierten Hinweis zu entziffern.

Kaum hatte er sich in den Fahrersitz fallenlassen, kramte er das Vergrößerungsglas hervor und hielt es über den vermeintlichen Kratzer.

»Verdammt! Was für ein Arsch!« Er kannte die Anordnung nur zu genau.

KPZP JXFK IN. Zwei Kolonnen á vier Buchstaben, plus zwei weitere. Ein untrügliches Zeichen dafür, dass der Begriff durch die Enigma gejagt worden war, die berüchtigte Verschlüsselungsmaschine der Wehrmacht aus der Zeit des Zweiten Weltkriegs. Ohne Hinweise beinahe unmöglich zu knacken. *Das sieht Sammaël ähnlich.*

Frustriert steckte er den Engel in seinen Rucksack und ließ die Lupe folgen. Er lehnte sich in seinem Sitz zurück, schloss die Augen und dachte an die vielen Einstellungsmöglichkeiten des Apparats. *Eine Umkehrwalze, drei Walzen, auf die man die richtige Zahl einstellen muss, drei Ringstellungen und drei Möglichkeiten der Grundeinstellung. Von dem Steckbrett ganz zu schweigen.* Obendrein gab es noch zwei unterschiedliche Enigma-Typen: Die der Wehrmacht und die M4, welche erweiterte Einstellungsmöglichkeiten besaß.

»Du verdammter Hurensohn«, flüsterte er. Ihm war bewusst, dass er keine andere Wahl hatte, als auf Engel Nummer fünf zu hoffen, die Nordkoordinate und hoffentlich auf einen zusätzlichen Hinweis.

Seufzend setzte er sich auf, knallte verärgert die Fahrertür zu und steckte den Schlüssel ins Schloss. Er nahm sein Smartphone zur Hand und warf noch einen Blick in das Geocaching-Portal. Vielleicht gab es auf dem Heimweg noch einen letzten interessanten Cache, den es sich noch einzustreichen lohnte – schließlich begann es gerade erst zu dämmern. Den Rückstand zu Gernot hatte er bisher noch nicht aufholen können. Das war zwar nicht seine oberste Priorität, doch solange der Engel Gabriel nicht aus der Versenkung auftauchte, war die Aufholjagd immerhin eine Ablenkung.

Ein FTF, unweit seiner Position, fesselte seine Aufmerksamkeit; erst vor wenigen Minuten aktiviert.

Er dachte an Sammaël. Vermutlich war der schon auf dem Weg, um ihn sich zu schnappen.

»Den kaufe ich mir!«, rief er aus, zündete den M3 und trat auf den Pin.

Kapitel 21

Die Überreste des Bergfrieds auf dem etwa dreihundert Meter hohen Basaltschlot eines vor Urzeiten erloschenen Vulkans gestalteten die Ruine der Tomburg zu einem faszinierenden ›Lost Place‹. *Hoffnungslos verloren,* fügte Michael dem Eindruck hinzu.

Der Turm der ehemaligen Feste ragte in den Himmel wie ein Finger mit zackig abgebrochenem Nagel. Die scharfen Konturen zeichneten sich drastisch vor dem Zartrosa der fortgeschrittenen Dämmerung ab. Die Bäume reckten ihre weit verzweigten Äste über das Areal und riefen dunkle Schatten hervor. Obendrein erschwerten sie die Ortung des FTF, den Michael vor nur wenigen Minuten im Portal entdeckt hatte. Der Gedanke an Sammaël trieb ihn voran.

Er musste sich vergewissern, dass er der Erste am Cache sein würde. Nur dann lohnte es sich, nach einem Versteck zu suchen, um dem Kerl aufzulauern.

Insgeheim erahnte er jedoch schon den berüchtigten Engel-Aufkleber im Logbuch. *Warum soll ich auch ausgerechnet hier meinen ersten FTF vor diesem Hundesohn landen?*

Der Versuch war es ihm Wert. Er hielt sein Garmin auf Augenhöhe, stellte die Hintergrundbeleuchtung des Displays höher und versuchte, aus dem Richtungszeiger schlau zu werden, der wie ein Floh nervös hin und her sprang.

Grob geschätzt musste die Dose auf Höhe des Bergfrieds liegen. Er sah ein gewaltiges Trümmerteil der Außenmauer, das bei der Zerstörung der Feste genau vor dem Burgfried zum Liegen gekommen war.

Eilig hielt er darauf zu. Als er ihn erreicht hatte, ging er augenblicklich in die Hocke, fuhr mit der nackten Hand in eine

Spalte, tastete, zog sie zurück und erkundete auch schon die nächste. Weiße Schürfungen zeichneten sich auf seinem Handrücken ab; das war ihm egal. Er hatte keine Zeit zu verlieren. Er sah erneut auf sein Garmin, der Pfeil war bereits wenige Meter weiter gesprungen.

Die kantig herausragenden Steine sahen aus, als ob man den Trümmerblock leicht erklimmen könnte, um zu einem darüber liegenden Bruch im Mauerwerk zu gelangen. Er schien ins Innere des mächtigen Turms zu führen.

Michael zögerte nicht, erklomm den abgebrochenen Block, stützte sich mit beiden Händen an die Ränder des Ausbruchs und tauchte den Kopf in die gähnende Schwärze.

Seine Vermutung bestätigte sich. Die Öffnung war etwa zwei Meter tief, durchdrang die Turmmauer und mündete im Herz des Bergfrieds. Er trat einen Schritt hinein, tastete sich voran, griff jedoch rechter Hand ins Leere. Er stutzte. Gab es da eine Nische in der Wand? Mit einem Blick nach oben stellte er jedoch fest, dass es sich um eine grobgehauene Treppe handelte, die inmitten der Wand in die Höhe und nach beinahe drei Metern hinaus führte.

Sein Garmin gab einen Warnton von sich; kein Empfang. Er musste jetzt eine Entscheidung treffen. Er wandte sich der Treppe zu und stolperte die ausgetretenen Stufen hinauf. Wenige Sekunden später stand er auf dem ersten Absatz des Bergfrieds. Hektisch sah er sich um. Die erste Etage bildete einen begehbaren Ring, dessen letztes Viertel zwei weitere Stockwerke in die Höhe schoss. *Rechts oder links herum?*, fragte sich Michael und sah in Höhe des zweiten Stockwerks eine Art Plateau aus der senkrechten Wand herausragen. Wie war die Terrainwertung? Verlangte man von ihm zu klettern?

Das Smartphone steckte sicher verstaut in seinem Rucksack; keine Zeit nachzusehen.

Das Garmin meldete erneuten Empfang, schnell warf er einen Blick darauf; das Plateau kam in Frage. Er schürzte die Lippen. Alles oder nichts.

Die Bruchkante auf der rechten Mauerseite schien ihm für den Aufstieg geeigneter. Er lief darauf zu und dachte an die Kletterausrüstung im Kofferraum des BMW. *Da liegt sie hervorragend.*

Gerade als er die Klettertour beginnen wollte, hörte er ein Geräusch. Michael hielt inne. Es kam aus der Nähe. Plötzlich wurde ihm bewusst, dass man ihn von unten würde sehen können, sofort ging er in die Knie. Er lauschte.

Es herrschte Stille, doch er war sich sicher, nicht mehr allein zu sein. Er spürte die heimliche Anwesenheit eines anderen. Ihm war, als schlich jemand auf leisen Sohlen über das Areal.

Da, ein Rascheln. Er wandte den Kopf, legte ihn schräg und versuchte zu erfassen, woher das Geräusch kam. Ein Zweig knackte einem Pistolenschuss gleich.

Wenn das Sammaël war, dann wollte er ihn beim Loggen überraschen. Auf der Ringmauer gab es keine Versteckmöglichkeit. *Und der FTF … ach, scheiß drauf,* dachte er. *Das ist die Gelegenheit, Sammaël zu stellen.*

Geduckt hastete er auf die Treppe zu, beinahe hätte er sie in der Düsternis verfehlt. Wenige Schritte nur, die Schultern schrappten am Gemäuer vorbei. Schon war er unten, setzte über den Spalt hinweg, aus dem Durchbruch hinaus, auf den Trümmerblock. In einer fließenden Bewegung sprang er seitwärts hinab, landete auf dem weichen Waldboden und ging dahinter geschmeidig in die Hocke.

Ein Schatten huschte über ihn hinweg. Einen Augenblick lang wusste er nicht, was das war. Er richtete seinen Blick hinauf. Fledermäuse zuckten zwischen den Bäumen hindurch, glitten lautlos durch die Luft.

Er hatte keine Zeit zu verlieren. Sollte Sammaël sich von dieser Richtung aus dem Bergfried nähern, lief er ihm geradewegs in die Arme. Keine gute Position, um sich auf die Lauer zu legen. Hoffentlich hatte Sammaël ihn noch nicht entdeckt.

Vorsichtig lugte er am Mauerbrocken vorbei. Ihm gegenüber lag der Aussichtspunkt, samt Bank und Mülleimer, wie er an den unförmigen Konturen erkannte. Hinter dem Geländer fiel der Berg steil ab. Am Horizont sah er das Lichtermeer einer entfernt liegenden Stadt. *Rheinbach vielleicht.*

Links von ihm, abseits des Turms, sah er weitere Mauerblöcke zwischen dichtem Strauchwerk ruhen. Das Versteck war nach seinem Geschmack.

Sachte richtete Michael sich auf, nicht ohne sich nach allen Seiten umzusehen. Dann drückte er sich an der Mauer vorbei, hielt sich möglichst im Schatten. Ein kurzer Sprint, er huschte zwischen die Zweige, ging wenige Schritte seitwärts und gelangte in einen Hohlraum. Zwei gewaltige Turmtrümmer flankierten ihn von beiden Seiten. Von hier aus würde er Sammaël sehen, wenn der versuchte, auf den Burgfried zu gelangen.

Michael konnte ihn hören, auch wenn er sich die größte Mühe zu geben schien, unentdeckt zu bleiben. Am leisen Rascheln der Blätter konnte er erkennen, dass Sammaël irgendwo in der Nähe des alten Brunnens herumschlich.

Michael grinste. *Spätestens, wenn der Kerl in der Maueröffnung verschwindet, werde ich ihm folgen,* legte er sich seinen Plan zurecht. Er war sich sicher, dass auch Sammaël die Treppe nehmen würde, um hinaufzugelangen. *Von dort aus gibt es kein Zurück.*

Kapitel 22

Als Gernot an den Koordinaten ankam, die er zuvor im Portal entdeckt hatte, war die Dämmerung schon weit vorangeschritten. Er hätte die kleine Hütte beinahe übersehen, die sich rechter Hand zwischen dichtes Buschwerk duckte.

Er besann sich darauf, dass er wesentlich aufmerksamer sein musste, sollte sich der Killer tatsächlich an diesem FTF versteckt halten. Er hatte nicht vor, dessen nächstes Opfer zu werden. Alles, was er über ihn wusste, versprach nichts Gutes. Er war technisch versiert, was auf einen hohen Bildungsabschluss hinzudeuten schien. Zudem war er ein Perfektionist und er kannte sich auf dem jeweiligen Gelände gut aus.

Auf ihn selbst traf Letzteres nicht zu. Der bewaldete Hügel, an dessen Fuß er sich befand, war ihm absolut fremd.

Gernot tauchte umsichtig unter das dichte Laubdach und versuchte, so leise zu sein wie nur irgend möglich. Er hatte damit gerechnet, den Hügel mühevoll erklimmen zu müssen, doch als er sich von der Hütte entfernte, sah er die Umrisse eines altersschwachen Geländers, das im Zickzackkurs einen steilen Pfad umsäumte.

Gernot zögerte. Sollte er es wagen, den direkten Weg zu nehmen? Wenn der Killer sich in der Nähe des Caches so positioniert hatte, dass er auch den Pfad würde einsehen können, dann wäre das an Fatalität nicht zu toppen.

Auf Sicherheit bedacht sah er auf sein eTrex und versuchte, den kleinen grauen Pfeil zu erkennen. Er hielt seine schwach leuchtende Armbanduhr neben das Display. Sein Blick wanderte zum Himmel, der unter den weit verzweigten Ästen der Bäume nicht zu sehen war. Kein Wunder, dass der Pfeil sprang. Dennoch schien es ihm, als sei der Cache noch weit von seiner

Position entfernt. Wenn er selbst Mühe hatte etwas zu erkennen, dann ging es seinem Gegner mit Sicherheit ebenso.

Gernot entschied, kein Risiko einzugehen. Er hielt sich abseits des Pfads, jedoch in Sichtweite, und stieg langsam den Hügel hinauf. Dabei bewegte er sich so leise, dass er es selbst als auffällig empfand. Sein Blut begann in seinen Adern zu pulsieren. Er atmete flach, hoffte, kein Wildtier aufzuscheuchen, das ihn durch eine Flucht womöglich verraten würde. Stetig kam er voran, kletterte über Wurzeln und loses Geröll, bis er schließlich an einem weiteren Geländer angelangte. Gernot sprang kurzerhand darüber, ging hinter einer grobgemauerten Wand in Deckung und versuchte sich zu orientieren.

Schnell erkannte er, dass es sich um einen alten, restaurierten Brunnen handeln musste. Der Mörtel war an manchen Stellen heller als das Original. Er maß etwa zwei Meter im Durchmesser und obenauf war er durch eine Metallgitterkonstruktion gesichert worden. Zu gern hätte er einen Blick hineingeworfen, aus reiner Neugierde, doch war er nicht zum Sightseeing hier.

Er spähte an dem Brunnen vorbei und sah einen übergroßen Gesteinsbrocken. Vermutlich stammte dieser von der Außenmauer des Bergfrieds, der schräg vor ihm monumental in den Himmel ragte. Fledermäuse zuckten über ihn hinweg und zeichneten sich dunkel gegen die Dämmerung ab.

Die ganze Unternehmung kam ihm mit einem Mal vollkommen sinnlos vor. Wie sollte er den Killer auf diesem unübersichtlichen Gelände jemals aufspüren?

Sein GPS-Gerät zeigte ihm nur die grobe Richtung an. Die Abweichung würde enorm sein, doch er hatte das unbestimmte Gefühl, dass der Bergfried selbst das Objekt der Begierde beinhaltete. Er konnte sich vorstellen, dass eine wie auch immer geartete Falle eventuell darauf abzielen könnte, das Opfer abstürzen zu lassen. *Denkt ein Psychopath auf diese Weise?*

Gernot wusste, dass er sich in diesem Fall auf seine Instinkte verlassen musste. Er konnte es nicht riskieren, dem Killer selbst in die Falle zu gehen, indem er nachsah. Er entschied sich, in sicherem Abstand um den Turm herum zu arbeiten, in der Hoffnung, den Kerl in seinem Versteck auszuheben.

Er wandte sich nach rechts und hielt sich beflissen im Schatten der Bäume. Nun huschte er selbst beinahe geräuschlos einer Fledermaus gleich am Bergfried und an einem Hinweisschild vorbei, bis er auf Grundmauern stieß. Offenbar hatte die Feste in grauer Vorzeit Nebengebäude besessen, die heute dicht an einem Abgrund lagen.

Vorsichtig spähte er in den ersten Raum; der Boden war laubbedeckt, am gegenüberliegenden Ende war ein Türausschnitt. Gernot drückte sich an der Mauer entlang, lauschte.

Er wischte sich mit dem Ärmel Schweiß aus den Augen, setzte einen Fuß auf die Schwelle und lugte um die Ecke. Es raschelte hinter einem Trümmerblock. Er zuckte zurück. In Deckung.

Etwas kam auf ihn zu, leise; zu leise. Gernot runzelte die Stirn, nahm eine rasche Bewegung wahr, sah zu Boden.

Ein Wildkaninchen mümmelte zu seinen Füßen, vielleicht eine Armlänge entfernt. Plötzlich merkte es auf, es schien ihn zu wittern. Erschreckt sprang es um die eigene Achse und jagte durch den Türausschnitt davon.

Gernot folgte dem Tier und besah sich den letzten Raum, an dessen Ende eine Mauer eingestürzt war. An dieser Stelle war auch das Kaninchen hinaus in den Wald geflohen; fort vom Turm der alten Ruine. Ein Weg, den er nicht mit dem Tier teilte.

Er ging zurück, wurde nachlässig, was seine Geräuschkulisse betraf, wenngleich er immer noch leise voranschritt; vermutlich machte er sich hier zum Narren. Das war ein gewöhnlicher FTF, der Killer war sicher nicht so dumm, zum dritten Mal so kurz nach U-cons Tod zuzuschlagen. Was zum Teufel tat er hier eigentlich?

Es war an der Zeit, das Vorhaben aufzugeben. Er warf noch einen Blick auf die grün leuchtenden Ziffern seiner Uhr und ging gemessenen Schrittes auf den alten Brunnen zu. Von dort aus wollte er den offiziellen Pfad nutzen, um diesen lichtlosen Ort zu verlassen; auf den Cache verspürte er keine Lust mehr.

Der Brunnen hob sich wie ein unförmiger großer Klotz vor den Stämmen der Bäume ab. Gernot ging auf ihn zu, sah auf der Vorderseite ein eingelassenes Gitter, das bis zum Boden reichte, und konnte der Versuchung nicht widerstehen, wenigstens noch einen Blick hineinzuwerfen.

Es war nur eine hastige Bewegung im Augenwinkel, die ihn unvermittelt herumfahren ließ. Kaum einen Steinwurf entfernt sah er deutlich eine menschliche Gestalt. Sie hob sich gegen die flirrenden Lichter in der Ferne ab. Sekunden später verschwand sie hinter Mauertrümmern. Adrenalin schoss ihm durch die Adern. Plötzlich klopfte ihm das Herz bis zum Hals. War er gesehen worden?

Ihm wurde seine dunkle Kleidung bewusst, er stand vor dem klotzigen Brunnen; verschmolz in dessen Schwärze. Rücklings drückte er sich gegen das Gitter, zwang sich, ruhig zu bleiben. Er war im Vorteil, wusste, wo der Killer sich verschanzte. Mit klammen Fingern griff er an seinen Gürtel und zog sein Messer.

Kapitel 23

Michael kramte die Stirnleuchte aus dem Rucksack und setzte sie auf. Er wollte sie erst einschalten, wenn er Sammaël auf dem Mauerring in der Falle wusste. Hernach lauschte er in die Finsternis.

Wo ist der Kerl? Hätte der nicht auf direktem Weg zum Bergfried gehen müssen? Irgendwas ist hier faul.

Er schob sich zwischen den Mauerblöcken vor, bog mit spitzen Fingern die Zweige zur Seite und spähte hinaus. *Habe ich ihn übersehen?*

Plötzlich knackte ein Ast. Michaels Kopf fuhr herum, die Finger weiterhin um die Zweige geklammert. Er sah eine Gestalt zwischen den Baumstämmen. Sie stand ebenso stocksteif da wie er selbst. Er spürte ihren Blick, auch wenn er die Augen nicht sah. Ein unangenehmes Kribbeln rieselte seinen Rücken hinab. *Der weiß, wo ich bin,* schoss es ihm durch den Kopf. *Aber wieso holt er sich den FTF nicht? Was …?* Ruckartig fuhr seine Hand hinauf zur LED; er knipste sie an.

Sammaël riss geblendet eine Hand vors Gesicht.

»Hey!«, rief Michael. Er erfasste mit einem Blick dessen Kapuzenpulli, die muskulöse Statur – das gezückte Messer. Augenblicklich schaltete Michaels Verstand auf Flucht.

Ein kurzer Seitwärtsschritt, er brach durch die Büsche, stolperte, tat einen Schritt, stützte sich mit der ausgestreckten Rechten und blieb wie durch ein Wunder auf den Füßen. Er rannte. Rannte um sein Leben, riss sich die LED vom Kopf und warf sie kurzerhand fort.

Das war kein Spiel mehr. War es das je gewesen? Lautes Rascheln folge ihm. Der Typ war ihm auf den Fersen. Pflügte überlaut durch das Unterholz.

Michael hatte den Treppenblock passiert, warf hektisch den Kopf von einer Seite zur anderen. *Wohin, verdammt – wohin?* Hätte er doch bloß die Zeit genutzt, sich mit dem Gelände vertraut zu machen, statt nach dem Cache zu suchen.

Seine Füße trugen ihn wie automatisch weiter, er sah dichtes Strauchwerk vor sich. Der Waldboden flog unter ihm hinweg. Kaum hatte er die Büsche erreicht, hechtete er hinein. Er glitt halb auf Knien einen niedrigen Wall hinauf. Dornen kratzten über seine Haut. Rissen an seinen Kleidern. Eine kurze Drehung auf der Kuppe; er warf die Beine herum und lag bäuchlings auf der klammen Erde.

Er wagte nicht, sich aufzurichten. Er lag reglos hinter dem Wall, den Kopf so dicht am Boden, dass seine Nasenspitze die Erde berührte. Er krallte die zitternden Finger in den Untergrund und zwang seinen schnaufenden Atem nieder. Er würde sich verraten. Sammaël konnte nicht weit sein. *Was zum Teufel hat der Typ mit dem Messer vor? Will der mich umbringen? Warum?*

Sein Blick fiel auf eine fette Spinne, die gemütlich über seine Hand krabbelte. Er zuckte zusammen. Blitzartig schüttelte er sie ab.

Schlagartig wurde er sich der herrschenden Stille bewusst. *Weiter. Du musst weiter*. Er sah auf, rollte sich seitwärts ein und warf einen Blick hinter sich.

Er lag in einem zerklüfteten Hang. Die muschelförmigen Ausbuchtungen zeugten von Basaltabbau. Kantige Schluchten unter dichtem Laubwald.

Ein Kaninchenpfad schlängelte sich zwischen Bäumen hindurch, teils gefährlich nah am Abgrund. Am Fuße des Berges musste sein Wagen stehen. Die Richtung dürfte stimmen. Er hoffte inständig, dass er sich nicht irrte.

Vorsichtig robbte er rückwärts aus dem Gebüsch, kam auf die Beine und schlich geduckt auf den Pfad zu. Kaum hatte er ihn erreicht, kauerte er sich hinter den Stamm eines mächtigen Baumes und fuhr sich mit der Hand über das Kinn. Der Pfad bot kaum Deckung. Jetzt kam es aufs Tempo an. Zweifelnd betrachtete er die zerklüftete Basaltlandschaft zu seiner Linken. Ein falscher Schritt … Der Sturz wäre fatal. Er zögerte, sprach sich selbst Mut zu, dann gab er sich einen Ruck und hechtete los.

Er kam nicht weit. Schon nach wenigen Metern gelangte er an eine Schlucht, die gut fünfzehn Meter in die Tiefe reichte. Michael hastete an der Bruchkante entlang, hielt jedoch zwei Schritte Abstand. Gerade als er schon glaubte, in eine Sackgasse geraten zu sein, sah er Mauerfragmente zu seiner Rechten aufragen. Zweifellos Überreste der Burg.

Vielleicht kam er über die Ruinen zurück auf das Plateau und könnte sich dann Richtung Brunnen zum Touristenpfad durchschlagen? Er tastete sich an der Wand entlang, bis diese schließlich endete und bog um die Ecke.

Ein Frontalstoß riss ihn von den Füßen. Michael landete rücklings im Dreck. Reflexartig riss er die Arme hoch, streifte Stoff, fasste zu und hielt den Arm seines Angreifers fest umklammert. Das Messer funkelte vor seinen Augen. Er grub die Finger tief in dessen Unterarm. Die Hand öffnete sich. Mit einem dumpfen Laut fiel die Klinge zu Boden. Michael rollte sich zur Seite.

Der Gegner kam über ihn. Eine Faust sauste nieder und traf Michael in die Rippen. Dieser krümmte sich, zog den Arm angewinkelt an den Körper. Wartete. Sammaël beugte sich vor, bereit zuzupacken. Michaels Ellbogen sauste hoch, traf den Solarplexus. Dem Gegner entwich die Luft mit einem Stöhnen.

Das ist meine Chance. Michael richtete sich halb auf, packte Sammaëls Arm und trat nach dessen Fußknöchel. Sie rollten übereinander, stoppten nebeneinanderliegend gefährlich nah am Abgrund. Beide keuchten vor Anstrengung.

Michael sah, wie Sammaël sich auf die Arme stützte, im Versuch sich aufzurappeln. Er schrie ihn an: »Du willst mich umbringen? Dann komm und versuch es noch mal!«

Der Typ sog den Mund voll Rotz und spuckte aus. Dann sagte er japsend: »Michael.«

Diese Stimme war ihm vertraut. Es dauerte einige Sekunden, bis er begriff. Konnte das Sammaël sein? *Unmöglich.* Seine Augen weiteten sich. »Gernot …« Er schüttelte den Kopf. »Gernot!« Ruckartig richtete er sich auf. »Zum Teufel, was sollte das? Hast du sie noch alle?« In seinem Kopf arbeitete es. *Gernot – alias Geopapst – am FTF. Gernot – alias Sammaël?* Er kam vollends auf die Füße, klopfte sich beiläufig das Laub von den Klamotten.

»Was tust du hier?«, fragte Gernot, als er sich ebenfalls aufgerappelt hatte. In seiner Stimme lag Argwohn.

»… ich wollte mir Sammaël schnappen«, sagte er und wartete auf Gernots Reaktion. *Ist das möglich? Das passt doch nicht.* Solange waren sie doch noch nicht in der Szene, geschweige denn auf der Jagd nach der Toplist.

»Und wie hattest du das vor?«, fragte Gernot. »Indem du ihm eine Falle stellst?«, ätzte er.

Michael stutzte. »Was für eine Falle? – Was?« Er runzelte die Stirn, schüttelte verständnislos den Kopf. »Wovon redest du?«

Gernot sprach seine Gedanken laut aus: »Aber warum? Ich verstehe das nicht. – Nein, du warst das nicht. Auf keinen Fall. – Dazu wärst du nicht fähig …«

»Moment.« Michael hob die Hände auf Schulterhöhe, sah zur Seite, schüttelte erneut den Kopf. Richtete seinen Blick wieder auf Gernot. »Noch mal … – Was?«

Gernot zögerte.

Es kam Michael vor, als würde dieser fieberhaft nachdenken. Suchte er nach einer Ausrede? Wobei hatte er Gernot ertappt? Er legte den Kopf schräg. Ein ungeheuerlicher Gedanke begann in seinem Kopf Gestalt anzunehmen. Langsam, jedes einzelne Wort betonend, fragte er: »Wieso – warst – du – bewaffnet?«

Kaum hatte er die Frage gestellt, wurde ihm alles klar. Gernot, mit dem Messer in der Hand, der auf ihn zugestürmt war, der ihn hatte umbringen wollen.

Gernot setzte zu einer Antwort an. »Ich …«

Michael hob abwehrend die Hand und schnitt ihm das Wort ab. »Du willst mich die ganze Zeit schon umbringen«, stellte er fest. Michael nickte bedächtig. »Ja – du hast mir das Kaninchen in den Baum gelegt, in der Hoffnung, ich würde abstürzen. Du hast nur nicht damit gerechnet, dass ich auf Nummer sicher gehen und mich anseilen würde. Stimmt doch!«

»Stopp, Michael. Das ist nicht wahr. Ich hab niemals …«

»Halt's Maul!« Michael verengte die Augen. Er senkte die Stimme. »Du verdammtes Arschloch. Du hast für mich einen Cache in einen Hundezwinger gelegt! Du wusstest genau, dass ich mir die Dose holen würde, weil *du* ihn gelegt hast. War der Köter scharf? – Sag schon. War er scharf?«, brüllte er.

»Wie kommst du nur auf so 'ne Scheiße? Denkst du dir das alles gerade aus?«

Michael sah Gernot unverwandt in die Augen. »Jede Wette, dass das Vieh scharf war. Blöd, dass Sammaël zuerst am Cache war und das Biest ausgeknockt hat, bevor ich auf den Plan trat.«

Er verzog angewidert den Mund. Sein Magen klumpte sich zusammen. Es war ein Gefühl, als würde er langsam zu Stein. Die Enttäuschung fraß sich tief in seine Seele, um Gnade wimmernd, doch es gab keine. Dieser Mann war niemals sein Freund gewesen – schon damals nicht, als sie Kinder waren. Das wurde ihm nun allzu deutlich bewusst. Diese Erkenntnis traf ihn bis ins Mark. Alles, was Michael noch vorbringen konnte, war: »Warum?«

Gernot stand stocksteif vor ihm und schwieg.

»Warum? – Sag es! Kirstin hast du doch schon. Was noch? Ist es Eifersucht? Auf mein Auto, die Villa – das Geld? Es bedeutet mir nichts. Gar nichts.«

Gernot schnaubte. Endlich sagte er mit gesenkter Stimme: »Ich fass es nicht, dass du wirklich glaubst, was du da redest.« Er wandte sich ab.

Das konnte Michael nicht so stehen lassen. Er trat ihm nach, packte nach dessen Schulter, um ihn aufzuhalten.

Gernot wirbelte herum. In einer fließenden Bewegung duckte er sich, packte ihn von hinten um die Oberschenkel und rammte ihm die Schulter in den Bauch.

Ehe Michael es sich versah, wurde er schon von den Füßen gerissen, spürte Gernots Drehung, dessen Hand auf dem Brustkorb und schlug in Sekundenbruchteilen rücklings auf den Waldboden. Augenblicklich blieb ihm die Luft weg. Dumpfer Schmerz breitete sich in seinem Rücken aus. Er lag wie betäubt im Dreck.

Gernot stand über ihm, das Gesicht wutverzerrt. »Für dich ist hier Schluss«, sagte er mit mühsam beherrschter Stimme, drehte sich auf dem Absatz um und verschwand in der Dunkelheit.

Kapitel 24

Gernot ging durch die ruinösen Nebengebäude der Tomburg und trat kurz darauf neben dem Bergfried zurück auf das halbwegs befestigte Areal der Burg. Sein Blick streifte die übergroße Hinweistafel, die nun, da der Mond sein fahles Licht darauf warf, halbwegs zu erkennen war. Er zwang sich, nicht mehr an Michael zu denken, den er vor wenigen Minuten im Wald zurückgelassen hatte. Doch wenn er ehrlich zu sich selbst war, gelang ihm das nur mit mäßigem Erfolg. Ob der Anschuldigungen, die er sich hatte anhören müssen, war er viel zu aufgewühlt.

Gernot konnte immer noch nicht fassen, was Michael ihm alles an den Kopf geworfen hatte. *Ich will ihn umbringen? Die ganze Zeit schon? Ich bin niemals sein Freund gewesen? Was ist nur in ihn gefahren? Wie kommt er auf solche Gedanken?*

Wie konnte er ihm nach all den Jahren, die sie gemeinsam bestritten hatten, solche Niedertracht vorwerfen? Er hatte ein Messer in der Hand geführt, ja. Aber doch nur, weil er idiotischerweise geglaubt hatte, der Killer würde wieder zuschlagen. Er hatte Michael im Wald nicht erkannt. Dessen Lampe hatte ihn derart geblendet, dass er minutenlang wie blind durch den Wald gestapft war.

Gernot war inzwischen am Brunnen angelangt und schlug den offiziellen Touristenweg ein. Gedankenverloren legte er eine Hand an das Geländer und ließ sich den Berg hinableiten.

Es hatte keine Falle gegeben, das wusste er jetzt auch. Aber im Gegensatz zu Michael hatte er selbst nur einen Sekundenbruchteil daran gedacht, er könne hinter den Anschlägen stecken. Beinahe im selben Augenblick jedoch war er sich bewusst, dass Michael dazu nicht fähig sein konnte. Nicht in einer Millionen Jahren. Michael hingegen traute ihm solch eine Niedertracht ohne weiteres zu?

Gernot stolperte über eine Stufe und klammerte sich am Geländer fest, das unter seinem Gewicht knarrend protestierte. Er rief sich zur Ordnung, sollte sich vielleicht endlich auf das Wesentliche konzentrieren. Nämlich von hier zu verschwinden und diese unschöne Episode hinter sich zu lassen. Vielleicht brauchte Michael nur etwas mehr Zeit, um zu begreifen, welchen Mist er da vom Stapel gelassen hatte.

Gernot schnaubte – er tat es schon wieder. Hoffen. Es war wohl so, wie er Kirstin vor geraumer Zeit gesagt hatte. Er hielt an etwas fest, das längst vergangen war. Es wurde Zeit, das endlich zu akzeptieren. Es schmerzte ihn abgrundtief.

Seufzend ging er an der Grillhütte vorbei, die auf dieser Höhe irgendwo in den Büschen zu finden war. Er trat aus dem Wald hinaus und wandte sich Richtung Wormersdorf, an dessen Ortsrand er sein Motorrad abgestellt hatte. Er lief durch die Nacht, über sich ein grandioser Sternenhimmel, den er heute als wenig tröstend empfand. Die Wut war längst tiefer Enttäuschung gewichen.

Wehmut breitete sich in ihm aus, als er an den Tag dachte, damals, als er zum ersten Mal in der Tonelli-Villa mit seinem neuen Freund gespielt hatte.

Der schwere Läufer im Obergeschoss hatte ihre Schritte gedämpft, doch ihr Lachen und die Rufe hatte der Teppich nicht zu schlucken vermocht. Kaum, dass er mit Michael am Ende des langen Flurs angelangt war, flog eine Zimmertür auf.

Eine wuchtige Gestalt erschien auf der Schwelle und brüllte: »Wollt ihr wohl leise sein, verdammt noch mal.«

Gernot fuhr erschrocken herum. Der große Mann schäumte buchstäblich vor Wut. Auf dessen Kinn sah Gernot einen Speicheltropfen kleben, den der Hüne mit einer raschen Handbewegung entfernte.

Der Mann rollte mit den Augen und fuhr sie erneut an: »Was habt ihr hier zu suchen? Schert euch raus, sonst mache ich euch Beine!«

Auch Michael hatte sich ihm zugewandt und sagte: »Entschuldigung, Vater. Wir wussten nicht, dass du heute da bist.« Leise flüsterte er ehrfürchtig: »Komm, lass uns lieber schnell machen.«

Gernot schaltete sofort. Sein Freund nannte ihn Vater – also musste das Quentin Tonelli sein.

»Was soll das heißen?«, blaffte Tonelli und zog drohend die dichten Brauen zusammen. »Ich bin immer da! Und wenn ich nicht da bin, bin ich auch da! Verstanden?«

Michael sagte keinen Ton mehr, und als er sich an ihm vorbei drückte, zog er den Kopf ein.

Tonellis Hand schoss vor, packte ihn so kräftig an der Schulter, dass er aufschrie.

»Hey!«, rief Gernot. »Sie tun ihm weh!«

Drohend richtete Tonelli seinen Blick auf ihn und trat einen Schritt auf ihn zu.

Eine flüchtige Bewegung im Inneren des Arbeitszimmers fing für einen Moment Gernots Aufmerksamkeit. Da saß ein älterer Junge auf einem Stuhl vor Tonellis Schreibtisch. Er hatte sich zur Tür gedreht, schien sie aber nicht zu sehen. Sein Blick war einzig auf Tonellis Rücken geheftet.

Im selben Augenblick versetzte Tonelli seinem Sohn einen leichten Stoß, so dass Michael gegen ihn prallte.

Kaum hatten sich beide berappelt, nahmen sie die Beine in die Hand, rannten wie die Hasen zur Treppe und sprangen die Stufen hinunter. Gemeinsam rasten sie durch die Halle. Michael riss die Haustür auf und sie hasteten hindurch, die Freitreppe hinunter, links ums Haus. Erst als sie unter der gewaltigen Eiche angekommen waren, blieben sie stehen.

Gernot sah, wie sich Michael vorbeugte, die Hände auf die Oberschenkel legte und nach Luft rang, während er gleichzeitig versuchte zu lachen, was kläglich scheiterte. Gernot selbst war ebenso außer Atem, presste sich die Hände in die Seiten und japste.

»Dein Vater ist hart drauf«, sagte Gernot, als er sich gefasst hatte.

Michael wirkte bedrückt. »Er war aber nicht immer so. Erst seit Großvater gestorben ist und er dauernd arbeiten muss.«

»Hast du den Jungen gesehen?«

»Welchen Jungen?«

»Im Büro saß ein Junge. Vielleicht fünfzehn oder sechzehn.«

»Bei Vater?«

Gernot nickte.

»Keine Ahnung«, sagte Michael. »Vielleicht ein Praktikant oder so.« Er zuckte mit den Schultern.

»Jedenfalls macht er ihn jetzt gerade zur Schnecke. Armer Teufel«, sagte Gernot und betrachtete das halb geöffnete Fenster über ihnen, aus dem Tonellis Stimme dröhnte.

Während er das sagte, rannte eine Frau an ihnen vorbei. Unter dem Arm einen Korb voll Wäsche. Um ein Haar hätte sie ihn fallen lassen. Verwundert sah Gernot ihr nach.

»Manchmal hab ich das Gefühl, ich lebe in einem Irrenhaus«, sagte Michael. Er sah Gernot an und wirkte traurig.

Das Fenster wurde geschlossen.

»Wenn ein Irrenhaus so aussehen würde, dann würde ich mich sofort einweisen lassen«, sagte Gernot und lachte. Er wurde ernst. »Komm schon. Das ist ein tolles Haus.«

Michael wirkte nachdenklich. Plötzlich grinste er. »Das Beste hab ich dir noch gar nicht gezeigt.« Er drehte sich um und lief los. Er wandte den Kopf, hüpfte seitwärts weiter und rief: »Komm mit!«

Das ließ sich Gernot nicht zweimal sagen. Er legte einen Spurt ein, um seinem Freund zu folgen, der gerade an der Hausecke angelangt war und dann quer über die weitläufige Wiese rannte. Sie näherten sich einem Gebäude aus roten Backsteinen. Michael erreichte es zuerst, drehte sich zu ihm um und wartete an einem hölzernen Tor in dessen Mitte.

Kaum hatte Gernot seinen Freund erreicht, schob Michael einen Flügel zur Seite und trat in das Zwielicht. Gernot folgte ihm in den Vorraum, der mit allerlei Gartengeräten gespickt war und einem Rasenmähertraktor als Garage diente. »Cooles Teil«, sagte Gernot und trat an das Fahrzeug heran. »Ob wir damit mal fahren dürfen?«

»Du hast doch gesehen, wie mein Vater drauf ist«, sagte Michael und seine Stimme zitterte. »Und der alte Johann würde das auch nicht erlauben, sonst kann er gleich seine Sachen packen. Der ist unser Gärtner, weißt du?«

»Schade.« Gernot sah seinem Freund in die Augen und beeilte sich zu erklären: »Nicht schlimm. Was wolltest du mir zeigen?«

Sofort kehrte dessen Fröhlichkeit zurück. »Es ist hier drin«, sagte er und wandte sich nach rechts. Er öffnete eine niedrige Tür und ging in den angrenzenden Raum.

Es roch nach frisch geschnittenem Heu und altem Stroh, vermischt mit einem leichten Hauch von Urin. Darunter mischte sich ein Geruch, der Tieren eigen ist. Durch kleine Fenster drang Sonnenlicht herein und erhellte die Ställe an der ihnen gegenüberliegenden Wand. Gernot trat näher heran und spähte hinein.

»Das ist Eberhard. Ein belgischer Riese«, sagte Michael.

Das große schwarze Kaninchen sah ihnen mit sanften Augen entgegen und mümmelte.

»Der ist ja toll.«

Michael langte an ihm vorbei und öffnete den Käfig. Sofort lugte das große Kaninchen neugierig heraus und ließ sich von Gernot streicheln.

»Das hier ist Georg«, wies Michael auf den Stall gleich nebenan. »Er ist ein normales Stallkaninchen und hier …«, er öffnete einen weiteren Verschlag, » … ist Rosanna. Sie hat Junge.«

Gernot verschloss Eberhards Stalltür, weil er nicht wollte, dass der Rammler vielleicht heraushüpfte, und sah sich dann Rosanna an.

Die fuchsfarbene Kaninchendame kam gemächlich aus dem Nest zur Tür. Er kraulte ihr langes Fell. Augenblicklich kauerte sich die Dame zusammen und ließ es geschehen.

»Kannst du sie sehen? Es sind vier Stück und der alte Johann hat gesagt, ich darf mir eins aussuchen.«

Dicht gedrängt standen sie vor dem Verschlag und Gernot lugte vorsichtig in das Nest. Die kleinen Kaninchenbabys hatten schon Haare und sahen ihm neugierig entgegen. Angst kannten sie nicht.

»Welches würdest du nehmen?«, fragte Michael.

»Ich finde das schwarz Gefleckte schön.«

Michael nickte. »Ich könnte Johann fragen, ob er es dir schenkt. Es wäre doch toll, wenn wir beide ein Kaninchen hätten. Ich habe mir das Blaue ausgesucht. Es heißt Jack, wenn es ein Junge ist.«

»Und wenn nicht?«, fragte Gernot.

Michael überlegte kurz, dann lachte er. »Ist egal, dann heißt es trotzdem Jack.« Er schloss den Verschlag und verließ den Stall.

Gernot folgte ihm. Im Vorraum angelangt fiel sein Blick auf die gegenüberliegende Tür. »Was ist da drin?«, fragte er neugierig.

»Geh da lieber nicht rein«, riet ihm Michael. »Da wohnt Duster.«

Gernot hatte an diesem Tag nicht gewusst, wer oder was ein »Duster« war. Erst einige Tage später hatte er erfahren, dass es sich um einen gemeingefährlichen Hund handelte, der ihm ein unvergessliches Erinnerungsstück verpassen würde und Michael beinahe getötet hätte. Er hatte ihm zu guter Letzt den Schädel mit einer Axt gespalten und dieses Erlebnis zeit seines Lebens nie vergessen können.

Ihre gemeinsame Zeit hatte sie zusammengeschweißt, durch die Schule und die Ausbildung geleitet. Sie waren die besten Freunde, auch wenn es um Mädchen ging. Sicher gab es auch

Konkurrenz zwischen ihnen. Michael war ein unsportlicher Stubenhocker mit etwas zu viel Speck auf den Rippen. Doch das hatte sich geändert, als sie gemeinsam mit dem Geocachen begonnen hatten. Und dann hatte sich *alles* zwischen ihnen verändert.

Für Michael wurden die Jagd nach den Geocaches und die damit verbundene Ranglistenplatzierung nach kürzester Zeit zu einer Besessenheit. Er begann extrem abzunehmen und unterzog sich einem mörderischen Training. Er veränderte sich zunehmend, sowohl körperlich als auch mental. Sie begannen miteinander ernsthaft zu konkurrieren. Selbst die Frauen stellten kein Tabu mehr dar.

Wenn er recht darüber nachdachte, war jedoch nicht das Geocachen die Ursache für Michaels Veränderung.

Wie Gernot es auch drehte oder wendete, wuchs in ihm die Überzeugung, dass etwas ganz anderes dahinter steckte. Der wahre Grund für Michaels Wandlung war der plötzliche Tod seines Vaters, Quentin Tonelli.

Am Ortsrand angelangt wandte sich Gernot in eine Seitenstraße und erreichte mit wenigen Schritten sein Motorrad. Er öffnete die Gepäcktasche, holte die Lederjacke heraus und zog sie sich über. In der anderen steckte sein Helm. Wenige Augenblicke später saß er bereits auf dem Bock und startete den Motor.

Ich bin zu weich, dachte er, als er in gemäßigtem Tempo durch die Ortschaft fuhr. Er hatte sich dabei erwischt, wie er nach einer möglichen Erklärung für Michaels Anschuldigungen suchte.

Dessen dargelegte Sachverhalte waren zu detailliert, als dass er sich den Mist aus dem Stegreif hätte ausdenken können. Sie waren nicht frei aus der Luft gegriffen, aber wie kam er darauf, ausgerechnet er könnte dahinter stecken?

Ihm fiel ihre Begegnung beim Cachertreffen ein. Michael hatte ihm damals schon vorgeworfen, ein totes Kaninchen in den Zweigen einer Ulme versteckt zu haben. Und was sollte das für ein Cache im Hundezwinger gewesen sein, den er angeblich gelegt haben sollte? Wenn Michael wirklich Anlass dazu hatte, derart Ungeheuerliches von ihm zu denken, dann doch nur aus gutem Grund.

Er nahm sich vor, mit Kirstin darüber zu sprechen. Vielleicht fiel ihr noch irgendetwas ein, das er beim Treffen eventuell überhört - oder ignoriert hatte.

Ich muss der Sache nachgehen, um unserer Freundschaft willen. Ein letztes Mal.

Kapitel 25

Michael verbrachte eine unruhige Nacht. Genau genommen fand er gar keinen Schlaf. Sobald er die Augen schloss, kreisten seine Gedanken um Gernot und dessen Verrat. Sein Körper reagierte sofort, sein Magen krampfte sich zusammen, ihm war, als würde das Bett unter ihm schwanken wie bei einem Erdbeben. Schon riss er die Augen auf und starrte in die Dunkelheit seines Schlafzimmers.

Die sanfte Brise, die durch das geöffnete Fenster hereinwehte und die weißen Vorhänge bauschte, trug auch nicht dazu bei, dass er sich besser fühlte. Abermals schloss er die Augen, Bilder wirbelten in seinem Kopf herum. Ein blaues Kaninchen mit grotesk verdrehten Gliedern versuchte, einem geifernden Hund zu entkommen. Gernot tauchte auf, streckte die Arme nach ihm aus und versuchte, ihn zu ergreifen. Gernot hatte die Augen weit aufgerissen, öffnete den Mund und wisperte irgendwelche Worte. *Was sagst du?*, fragte Michael im Geiste. *Was willst du mir sagen?* Er neigte den Kopf und lauschte.

Gernots Mund öffnete und schloss sich wiederholt. *Was?*

Lüge. Es ist alles eine Lüge, sagte Gernot in seine Gedanken hinein. *Lüge.*

Michael schrak auf. Einen Moment lang blickte er orientierungslos um sich herum. Er saß in seinem Bett, die Kissen zerwühlt. Die Sonne flutete durchs Fenster herein und ließ winzige Staubpartikel in der Luft tanzen. Er sah auf die rot leuchtenden Ziffern seines Weckers. Es war beinahe neun Uhr – also hatte er schlussendlich doch noch geschlafen.

Er rieb sich über Wange und Kinn, die Bartstoppeln kratzten in seiner Handfläche. Zeit aufzustehen, ein neuer Tag. Er schwang die Beine über die Bettkante und streckte sich. Sein

Rücken fühlte sich irgendwie dumpf an, als hätte er sich sämtliche Nerven gleichzeitig eingeklemmt. Seine Erinnerung glitt zurück in den Wald an der Tomburg.

Gernot hat lediglich eine Sekunde gebraucht, um mich außer Gefecht zu setzen. Vielleicht zwei – was sagt mir das?

Er schüttelte den Kopf, vertrieb den Gedanken, der es nicht Wert war, fortgeführt zu werden. Den Schlaf aus den Augen reibend lenkte er sich mit den Gedanken an eine Dusche und Frühstück ab. Und er nahm sich vor, das Büro endlich vollends auszumisten. Er nickte, zauste sich die Haare und kam auf die Beine.

Als Michael eine Stunde später gesättigt und frisch rasiert das Büro betrat, ging er zum Schreibtisch hinüber und stellte seine volle Kaffeetasse neben dem Monitor ab. Er überlegte kurz, ob er sich ins Internet einloggen sollte. Doch der Gedanke an die Rangliste war flüchtig. Irgendwie hatte sie an Bedeutung verloren. Er konnte nicht sagen, warum.

Stattdessen wandte er sich dem Kistenstapel zu, der inzwischen um grandiose zwei Lagen geschrumpft war. Dieser reichte ihm nach wie vor bis zur Hüfte. *Wieso habe ich das nicht längst erledigt?*

Die nächsten drei Stunden verbrachte er damit, eine Kiste nach der anderen zum Schreibtisch zu tragen und auszumisten. Die Papierberge stapelten sich wie eine zerklüftete Berglandschaft, der Papierkorb begann bereits überzuquellen, und gerade als er dachte, er könnte Quentin Tonellis Nachlass nicht mehr länger ertragen, klingelte das Telefon.

Die Zettel, die er gerade in der Hand hielt, landeten neben dem Monitor. Fieberhaft suchte er nach dem schnurlosen Hörer. Wo zum Teufel hatte er ihn vergraben? Er fand ihn schließlich unter einem Papierstoß und nahm das Gespräch an.

»Hey Mysthunter«, meldete sich Bax am anderen Ende der Leitung und klang fröhlich wie immer.

»Michael«, gab er zur Antwort und fügte hinzu: »Hallo Bax.«

»Ja, ich weiß«, lachte dieser. »Ich habe mich nur inzwischen so an deinen Nicknamen gewöhnt …«

»Wie geht's dir?«, fragte Michael.

»Gut. Hör mal, warum ich anrufe … Ich habe im Internet gesehen, dass du die Engel-Travel Bugs von Sammaël einsammelst und dir fehlt nur noch einer, stimmt's?«

»Ja, das stimmt. Wieso?«

»Oh, ich dachte, ich helfe dir. Ich habe gestern den Gabriel eingesammelt. Er lag in einem Multi in der Nähe der Fritzdorfer Mühle.«

»Echt?« Augenblicklich wurde sich Michael seines überraschten Tonfalls bewusst. Er wollte nicht verraten, was er entdeckt hatte, daher fuhr er unbeeindruckt fort: »Wenn du mir sagst, in welchen Cache du ihn legst, dann kann ich mir endlich den Bonus holen. Ich kann solches Hinweisgestückel nicht leiden.«

In der Leitung wurde es still. Endlich sagte Bax: »Da muss ich dich enttäuschen, an dem Engel hängt kein Hinweiszettel.«

Schnell, denk nach, dachte Michael. *Sonst sieht er sich das Ding noch genauer an.* Er zwang sich zu einem Lachen, während er fieberhaft nach Worten suchte. Endlich kam ihm ein Einfall. »Man braucht nur die letzten beiden Ziffern des Codes auf der Plakette. Alle fünf zusammen lösen dann das Rätsel.« *War das glaubwürdig*?

Bax schien nicht daran zu zweifeln, denn er schnaubte in den Hörer. Dann sagte er: »Ach so. Das ist pfiffig.« Er schien kurz nachzudenken, schließlich fragte er: »Hast du Lust heute mit Jenny und mir ein paar Tradis zu loggen? Wir wollen bei dem tollen Sonntagswetter mit dem Fahrrad los und einige Drive-ins holen.« Seine Stimme wechselte in einen melodischen Ton. »Sechzig am Stück auf knapp hundert Kilometern.«

»Das ist viel«, sagte Michael. Er zögerte, dachte über das Angebot nach. Endlich entschied er: »Du, ich habe noch einen Sack voll Papierkram zu erledigen. Ich fürchte, ich kann mich heute nicht freischaufeln.« Schnell setzte er hinzu: »Tut mir leid, nächstes Wochenende vielleicht?«

»Klar«, sagte Bax und klang enttäuscht. »Du wirst doch wohl nicht nachlassen?«, fragte er.

Michael runzelte die Stirn. »Wie meinst du das?«

»Ich verrate dir jetzt mal was«, sagte Bax. »Ist dir noch nicht aufgefallen, dass Sammaël in den letzten Tagen nicht geloggt hat? Er hat schon zwei FTF verpasst.«

Michaels Brauen schnellten in die Höhe. »Das habe ich natürlich gesehen«, log er. *Ist das wahr?* Er musste augenblicklich nachsehen …

»Zeit, den Typen vom Thron zu stoßen«, sagte Bax und lachte in den Hörer. »Also dann, mach was draus.«

»Werde ich.« *Und wie ich das werde …*

»Ach so, weißt du was?«, fragte Bax. »Ich komme nachher noch in deiner Gegend vorbei. Dann stecke ich dir den Engel in den Briefkasten, ok?«

»Danke«, sagte Michael und bemühte sich nicht allzu erfreut zu klingen. Ein Kribbeln breitete sich urplötzlich in seiner Magengegend aus.

»Ok, dann bis demnächst«, sagte Bax und legte auf.

Michael drückte ebenfalls ab und ballte unvermittelt eine Siegerfaust. *Der Gabriel-Engel ist auf dem Weg zu mir. Hervorragend. Und Sammaël lässt nach?* Das musste er auf der Stelle überprüfen. Was war da los? Hatte er eine neue Beschäftigung gefunden? »Pass auf, Sammaël«, sagte Michael in die Stille des Büros hinein. »Ich bin dir auf den Fersen.«

Kapitel 26

Der Kernterrier ihrer Nachbarin bellte beinahe pausenlos. Es sah ganz so aus, als würde er heute gar keine Ruhe mehr geben wollen. Kirstin schnappte sich kurzerhand ihre Klamotten und raffte den Schlüssel vom Küchentisch. Für gewöhnlich liebte sie diese quirlige Unruhe der Vorstadt, doch heute ging ihr jedes noch so kleine Geräusch gehörig auf die Nerven. Die Entdeckungen des Vortages, dass Jennys Unfall nun doch keiner war, die Gegebenheiten am Jägerstand, der Anschlag auf U-con und der überstürzte Aufbruch Gernots zum FTF, um den Killer zu stellen; all dies hatte sie derart aus der Bahn geworfen, dass sie nicht mehr wusste, wo ihr der Kopf stand. Sie brauchte dringend Antworten. Und obendrein einen Plan.

Kirstin stieg in den Wrangler, lenkte ihn vom Parkplatz und verließ die Stadt. An einer roten Ampel lauschte sie dem monotonen Brummen des Wranglers, das eine beruhigende Wirkung auf sie hatte. Das Radio schwieg, denn sie hatte es gar nicht erst eingeschaltet, doch ein Blick auf die Uhr im Armaturenbrett veranlasste sie nun doch den kleinen Knopf zu drehen; es war Zeit für die Nachrichten.

Die Ampel sprang auf Grün, Kirstin trat auf das Gaspedal. Der Radiosprecher begann mit dunkler Stimme einen Tagesabriss der Vorkommnisse auf dieser Welt - in Deutschland - dem Umland, und widmete sich schließlich den lokalen Ereignissen.

Es war zu erwarten gewesen und doch merkte sie auf, als der Sprecher die Meldung verlas: »… ein bislang ungeklärter Mordfall am Rande des Naturparks Eifel forderte zu Beginn dieser Woche ein Opfer. Die Kriminalpolizei Bonn gibt an, dass der Mann ohne Begleitung bei einer Wandertour ums Leben gekommen ist. Aufgrund der Tatumstände, die vor Ort festgestellt werden konnten, handelte es sich offenbar nicht um einen Unfall. Eine junge Frau, die das Opfer auf einem Spaziergang gefunden haben soll, wurde inzwischen befragt. Weitere Zeugen werden gebeten, sich an die nächste Polizeidienststelle zu wenden.«

Kirstin wartete, ob er noch weitere Informationen zu U-cons Tod verlesen würde, doch damit schien die Meldung beendet. Als die Wetteransage folgte, drehte sie das Radio ab.

Offenbar tappte die Polizei im Dunkeln. Genauso wie sie selbst. Nein, sie hatte nicht behauptet, auf einem Spaziergang gewesen zu sein. Sie hatte angegeben, warum U-con im Naturschutzgebiet war, doch schien der Hauptkommissar davon überzeugt zu sein, dass die genauen Todesumstände nicht öffentlich bekannt werden sollten. Warum auch immer. Wollte er den Killer vielleicht in Sicherheit wiegen, indem er nicht verriet, dass sie um den Geocache wussten? Möglich.

Das brachte sie neuerlich auf die Frage, ob sie gestern, als sie und Gernot den FTF entdeckt hatten, nicht doch besser die Polizei hätten informieren sollen. Aber sie wussten ja nicht, ob der Killer dort auch tatsächlich zuschlagen würde.

Nicht mit Sicherheit. Und genauso war es gewesen; Fehlalarm. Die SMS, die sie zu vorgerückter Stunde von Gernot erhalten hatte, war eindeutig. Alles o.k., hatte er geschrieben. Also war er wohl niemandem begegnet. Zumindest nahm sie das an, sonst hätte er sie sicherlich angerufen. Oder nicht?

Derart in Gedanken versunken erreichte sie schließlich das ruhige Waldstück, in dem sich einige vereinzelte Ferienblockhütten um einen kleinen See gruppierten. Jede einzelne war durch eine schmale Waldzufahrt an die oberhalb gelegene Ringstraße angebunden. Die Reifen ihres Wranglers knirschten auf dem groben Schotter. Ein unscheinbares Hinweisschild, eine weiße Sieben auf grünem Grund, wies ihr den Weg in die richtige Zufahrt. Kirstin führte den Wagen nach rechts, ein leichtes Gefälle hinunter, stellte ihn schließlich vor der schmalen Veranda ab und stieg aus.

Sie sah hinauf zum Kamin, beinahe so, als erwarte sie, dass sich feiner Rauch hinaus und zwischen den Baumkronen in den Himmel kräuseln würde, doch die Hütte war verlassen. Kaum hatte sie die knorrige Haustür erreicht, da tastete sie schon über dem Sims nach dem Schlüssel, fischte ihn vom Bord und ging hinein.

Feiner Staub tanzte in den Sonnenstrahlen, die durch die geöffneten Klappläden herein fielen. Der offene Kamin war sauber gefegt, daneben lagen Zündholz und einige Scheite bereit. Ein Mangel an trockenem Zeitungspapier herrschte nie. Das geräumige Zimmer, beherrscht von einem rotgestreiften Sofa mit zwei passenden Sesseln, einem niedrigen Tisch, zwei vollbepackten Bücherregalen und einem kleinen Sekretär in der Ecke, wirkte gemütlich und verriet viel über den Eigentümer.

Ein Rückzugsort aus dieser hektischen und verkommenen Welt, sehr wohl gemütlich, doch im Grunde einfach. In einem Nebenraum gab es ein schmales, wenn auch hochwertiges Bett, eine Kommode und ein Nachtschränkchen, doch die Tür war verschlossen wie ehedem. Ein winziges Duschbad befand sich hinter einer Tür zu ihrer Linken. Auch eine kleine Singleküche fehlte nicht. In der Hütte gab es fließendes Wasser, Strom und W-Lan-Empfang, der über die Verwaltung bereitgestellt wurde.

Doch eines fehlte. Sammaël war nicht hier. Kirstin ging zu einem der Regale, strich mit den Fingern über die Buchrücken, auf denen Titel standen wie: Kriminologie, Jugendstrafrecht, Strafvollzug und Kriminalpsychologie. Ein ganzes Bord beschäftigte sich allein mit den größten Kriminalfällen der Geschichte, ob gelöst oder nicht, schien keine Rolle zu spielen. Und zwei Regalböden, welche die Themen Ritualmorde und religiös begründete Kapitalverbrechen behandelten.

Auf dem oberen Bord standen vier Glasquader bereit, die noch auf ihre Bestimmung warteten. Kirstin hatte ihre Namen verinnerlicht. Jedes Paar hatte eine eigene Bedeutung: Jegudiel, der Vergelter, und Michael, der Sieghafte, beide einander zugewandt. Daneben standen Raphael, der Heiler, und Uriel, der starke Gefährte, in Liebe entflammt. Auch sie sahen sich an. Welcher der beiden Wege es auch sein würde, in zwei Jahren würde es enden.

Das Vibrieren ihres Smartphones riss sie aus ihren Gedanken. Sie zog es aus der Gesäßtasche und warf einen kurzen Blick darauf, dann las sie Gernots SMS: Ich bin bei deiner Wohnung, wo bist du?

An einem Ort, an dem Ruhe herrscht, dachte sie, warf einen Blick auf den Kamin und tippte dann kurzentschlossen ihre Antwort. Sie beinhaltete lediglich zwei Zahlenkolonnen. Ost und Nord. Er würde wissen, was damit zu tun war. Ihr Blick wanderte zu dem Engel Raphael und ein Lächeln huschte über ihre Lippen. Dann ging sie zum Kamin und entzündete das Feuer.

Kapitel 27

Tenners silbergrauer Mitsubishi Evo jagte brüllend durch die gewundenen Kurven den Remagener Berg hinauf und spiegelte sein ureigenes Ich exzellent wieder. Schlicht und charmant, doch im Inneren brannte der geballte Hass. Die Maschine und er – sie waren eins. Mit einer Hand am Lenkrad steuerte Tenner den Wagen leicht und frei.

Ja, er würde frei sein, sobald er dieses leidige Kapitel seines Lebens zu einem Ende gebracht hatte. Es ging ihm nicht um Geld, darum war es nie gegangen. Es ging ihm um die Liebe, die er nie hatte erfahren dürfen. Um das Heim, das nie seines gewesen, um seine Mutter, die an diesem Leben gescheitert und deren Augen in seinen Armen gebrochen waren. Eingefressen in den tiefsten Winkel seiner Seele hatte er das Bild niemals vergessen können. Er sann auf Rache. Und heute würde er sie bekommen. Endgültig.

Der Asphalt flog unter seinem Evo hinweg, eine Katze floh in wilder Hast, rannte um ihr Leben. Der Wagen zuckte nach rechts, grub die Reifen in den Randstreifen, krallte sich in zuckendes Fleisch. Erwischt. Eine orgastische Welle durchströmte seinen Leib. Er gluckste genießerisch, trieb den Motor an und schoss durch die grüne Hölle des Waldes.

Den Blinkerhebel betrachtete er nur als schmückendes Beiwerk, als er den Wagen anstellte und zügig in den laubbedeckten Pfad hineindriftete. Kaum zwei Minuten später brachte er den Evo vor einer Ruine zum Stehen.

Hier würde sie sein. Seine Bühne für den letzten Akt. Er hatte sie schon lange auf dem Schirm. Dieses alte Café war prädestiniert für die geplante Hinrichtung. Und genau das würde es sein. Eine Hinrichtung.

Tenner stieg aus dem Wagen und ging ohne zu zögern zum Kofferraum. Er öffnete die Klappe, ein fahriger Handgriff und schon hielt er die schwarze Sporttasche in den Händen. Er spürte ihr Gewicht kaum, so beflügelt war er von dem Gedanken, seinen Plan endlich umzusetzen. Er gab der Klappe einen Stoß, sie fiel mit einem lauten Knacken ins Schloss, dann wandte er sich der Ruine zu.

Das Café lag oberhalb der Stadt Remagen und wenn das dichte Buschwerk nicht wäre, hätte man einen wundervollen Blick über das Tal haben können; über den träge dahinfließenden Rhein, über die zerstörte Brücke hinaus zur Erpeler Ley und weiter bis ins Siebengebirge. Dickstämmige Bäume wuchsen innerhalb der Mauern, die teilweise bereits eingestürzt waren. Nur wenig erinnerte an die Sommergäste, die einst auf der Aussichtsterrasse gesessen haben mochten und ihren Kuchen oder den Kaffee genossen. Über alledem reckte sich ein immer noch mächtiger Turm mit spitzem Dach. Er trotzte der Witterung wie die letzte Bastion gegen den Feind Natur.

Tenner kam nicht umhin zuzugeben, dass dieser Ort durchaus seinen Reiz hatte, vor allem, wenn er bedachte, dass hier nicht nur blanke Ziegelmauern ihren langsamen Tod sterben würden. Ein Grinsen stahl sich in sein Gesicht. Hier brauchte er sich nicht zu verstellen. Eine Wohltat für seine Seele.

Er stellte die Tasche neben einer Mauernische ab, die nur von einer Richtung aus zugänglich war und maß mit Hilfe seines Lasers den Abstand zur gegenüberliegenden Wand. Er arbeitete zügig, wenngleich er sorgfältig darauf achtete, dass ihm kein Fehler unterlief. Das gestand er sich nicht zu. Niemals.

Hernach zog er einen Klappspaten aus der Tasche und hob eine kleine Grube aus. Jedes noch so kleine Getier schien augenblicklich die Flucht zu ergreifen. Ein Regenwurm zuckte und wand sich, als er ihn mit dem blanken Stahl des Spatens zerteilte.

Als er geendet hatte, stellte er die vorbereitete Kiste hinein, testete einen imaginären Bewegungsablauf, hielt sich exakt an seine Markierung und richtete die Mitte der kleinen Truhe akkurat danach aus. Anschließend füllte er die Ränder mit Erde und prüfte den festen Sitz.

Er war zufrieden mit seinem Werk, öffnete den Deckel und warf das vorbereitete Logbuch beinahe achtlos hinein. Im Grunde spielte das Teil keine Rolle. Er tat es nur aus reinem Hohn. Dann zog er einen kleinen Gegenstand aus seiner Jeans. Er liebkoste das weiche Fell der Hasenpfote, drückte sie sich an die Lippen und setzte einen sehr intimen Kuss darauf. Er verzog den Mund zu einem diabolischen Lächeln und legte sie mit einer übertriebenen Gelassenheit genau in die Mitte auf den Boden der Kiste.

Nun folgte der zweite und wichtigste Teil. Mit der Sporttasche in der Hand ging er zur gegenüberliegenden Mauer. Der Efeu würde ihm gute Dienste leisten.

Er nahm eine akkubetriebene Bohrmaschine zur Hand und setzte zwei Löcher, deren Abstand er genauso sorgfältig an seinen Markierungen ausrichtete wie die Kiste zuvor. Hier musste jedes Teilstück perfekt passen, vergleichbar mit den einzelnen Komponenten eines ZF-Getriebes.

Nach getaner Arbeit trat Tenner einen Schritt zurück und betrachtete sein Werk. Die wächsernen Blätter des Efeus bedeckten die Bohrungen vortrefflich; ganz seiner Vorstellung entsprechend.

Er nahm ein Gerät aus der Tasche, wandte sich nach rechts und ging um die baufällige Wand herum. Er war stolz auf diese Eigenkreation. Das Gerät basierte auf der Funktion einer Steinschleuder. Man konnte einen Draht spannen, und wenn der Widerstand aufgehoben war, zog diese Apparatur ihn peitschenartig zurück und wickelte ihn in zwei Spulen zu beiden Seiten wieder auf.

Tenner befestigte sein Gerät, das er während des Studiums gebaut hatte, mittels mehrerer Schrauben sorgfältig an der Wand, fädelte den Draht durch die Bohrungen und wieder ins Gerät. Er löste den Stopper. Augenblicklich surrte der Draht in Sekundenschnelle auf die inliegenden Spulen.

Er ging um die Mauer herum, pulte den Draht aus dem Efeu heraus und zog ihn bis hinüber zur Nische. Der Winkel sah gut aus, stellte er fest. Erst auf Höhe der Sträucher, die zu beiden Seiten wuchsen, erreichte er die Höhe einer Mannesgröße. Auf diese Weise war die Möglichkeit gebannt, dass sein Opfer vorzeitig dagegen stoßen und die Falle entdecken würde.

Vor der Kiste ging Tenner in die Hocke, öffnete den Deckel und schob den gespannten Draht über die Schließe.

Wer auch immer den Deckel nunmehr öffnen würde; es kam einem Todesurteil gleich.

Tenner richtete sich auf. Er war höchst zufrieden mit seinem Werk. Er zog sein Mobiltelefon aus der Hosentasche und rief das Portal auf. Neben dem Titel »Death Cache« und den Koordinaten, stellte er noch die Terrainwertung und die Schwierigkeitsstufe ein. Das Listing komplettierte er mit einem zuvor schon erstellten Text. Es würde nicht lange dauern, bis ein Reviewer den Ferncheck abgeschlossen hatte. Dann würde hinter dem Cachetitel eine kleine grüne Meldung erscheinen: *aktiv*.

Ein diabolisches Grinsen breitete sich auf seinem Gesicht aus. Jetzt brauchte er nur noch zu warten.

Kapitel 28

Michael fühlte sich zunehmend besser. Je weniger Unterlagen des »großen« Quentin Tonelli auf seinem Schreibtisch ruhten, desto mehr hatte er das Gefühl, eine Zentnerlast würde von seinen Schultern weichen. Je nach Wichtigkeit ließ er die Unterlagen entweder im Aktenschrank oder im Altpapier verschwinden. Es kam ihm sogar so vor, als würde er mit der sich verringernden Anzahl von Altlasten, die die Luft verstaubten, zunehmend leichter atmen können.

Es befand sich nur noch eine Handvoll Unterlagen auf dem Tisch, als Frau Becker an den Türrahmen klopfte und den Kopf hereinstreckte. »Michael?«, sprach sie ihn an.

Vor dem Schreibtisch stehend blickte er auf. »Ja?«

Sie zeigte ihm einen Gegenstand, an dem eine silberne Plakette baumelte. »Das hier hat im Briefkasten für Sie gelegen. Ich dachte, ich bringe es Ihnen gleich herauf.«

»Oh, das ging schnell«, sagte er und sah auf seine Armbanduhr. Erst in diesem Augenblick merkte er, dass es inzwischen früher Nachmittag war. Sein Blick wanderte zur alten Standuhr in der Ecke. Er schnaubte. »Das Ding steht ja schon wieder«, stellte er fest. »Erinnern Sie mich daran, dass ich das Teil entsorge.«

»Sie muss doch nur aufgezogen werden«, sagte Frau Becker und trat auf ihn zu, um ihm den Travel Bug zu überreichen.

Michael nahm ihn entgegen und überlegte kurz. Das hier war *sein* Büro und er wollte diese Uhr nicht. »Rufen Sie bitte ein Antiquariat für mich an. Sie sollen das Ding so bald wie möglich abholen. Am besten schon gestern.« Er grinste.

»Schade drum«, sagte Frau Becker.

»Wieso? Dann kann sie jemand erstehen, der mehr Wert darauf legt als ich.«

»Ich werde das veranlassen«, sagte sie. Ein Lächeln zuckte um ihre Mundwinkel. Sie nahm die schmutzige Kaffeetasse vom Schreibtisch und verließ das Büro.

Michael setzte sich auf den Ledersessel, wog den gläsernen Engel in der Hand, wischte achtlos die verbliebenen Papiere zur Seite und stellte den Quader vor sich auf den Tisch. »So, mein kleiner Freund. Dann wollen wir doch mal sehen, was du verbirgst.«

Nach der Lupe suchend kramte er in der Schublade. Wo hatte er sie nur hingelegt? Sein Blick fiel auf seinen Rucksack - natürlich. Er hatte weder sie noch den vierten Engel jemals herausgeholt; zu enttäuscht war er darüber gewesen, dass er an Jeremiels Geheimnis nicht herangekommen war, ohne die Enigma studiert zu haben.

Jetzt war der Mysthunter gefordert. Wenige Augenblicke später kam er mit dem Engel und der Lupe zurück an den Tisch, ließ sich erneut in den Sessel fallen und notierte die Ziffern, welche auf den vierten Engel graviert worden waren. *KPZP JXFK IN.* Weiter kam er an dieser Stelle nicht.

Er stellte den Quader in eine Reihe neben die anderen drei Engel, dann nahm er Gabriel, die Nummer fünf, zur Hand und fuhr mit der Lupe über den altbekannten Kratzer. Es war nicht schwer, die sieben Buchstaben zu entziffern, die, wie er glaubte, auf die Nordkoordinate hinweisen sollten. *E0CDIAI.*

An dem »E«, gefolgt von einer Null, erkannte er schnell, dass die Zahlen in Buchstaben umgewandelt worden waren, wobei »A« gleich »1« war. Die Spitze des Kugelschreibers huschte über den Zettel und einen Augenblick später lag die Koordinate vor ihm. *N50°34.919.*

Zufrieden lehnte er sich zurück und verschränkte die Arme im Nacken. Sein Blick huschte über seine Notizen. Darauf las er:

Engel eins, Bretil: I-N
Engel zwei, Barachiel: E7°14.727
Engel drei, Saeltiel: E-I-R-E-N-E
Engel vier, Jeremiel: Der Enigma Code
Engel fünf, Gabriel: N50°34.919

Die beiden Koordinaten hätten theoretisch genügt, da sie einen ganz bestimmten Ort auf dem Globus markierten, jedoch ließ ihn der zweite Engel zögern. *E-I-R-E-N-E. Vielleicht ein Name; könnte allerdings auch ein Anagramm sein.* Michael vertauschte kurzerhand die Buchstaben und versuchte, neue Worte zu bilden, doch gaben sie allesamt keinen Sinn. Vielleicht würde er wissen, was eine »Eirene« damit zu tun haben könnte, wenn er den letzten Begriff entschlüsselt hatte.

Er rief eine Internetseite auf, die eine auf Java basierende Version der Enigma anbot. Die erste Entscheidung, die er treffen musste, war die Entschlüsselung über das Modell der Wehrmacht oder über die M4.

Da er glaubte, Sammaël würde es ihm mit Sicherheit nicht leichter machen, wählte er die kompliziertere M4. Minutenlang starrte er auf die Einstellungsmöglichkeiten. Insgesamt brauchte er drei Zahlen, die mit dem Kerl in Zusammenhang standen und acht Buchstaben für die Walzen und die Grundeinstellung.

Was jetzt?, fragte er sich. Ihm fiel nichts anderes ein, als noch einmal Sammaëls Geocaching-Seite zu Rate zu ziehen.

Also, was weiß ich über dich? Du bist die Quadratur des Kreises – also unerreicht. Was noch?

Der Kerl kam aus Bonn, zumindest aus dem näheren Umkreis. Michael grübelte eine Weile darüber nach, entschied dann jedoch, dass ihn diese Information nicht weiterbrachte. Aber was war mit den Engeln? Er öffnete das Listing und las erneut den Sechszeiler, den er inzwischen schon auswendig zitieren konnte.

Viele bin ich, reise durch die Zeit.
Schenk mir Leben und lass mich fliegen,
unaufhörlich Kreise ziehen
bis ans Ende der Ewigkeit.
Mich mehren will ich bis zum Jüngsten Tag,
dereinst ich Abschied nehmen mag.

Er zählte Buchstaben ab, wandelte sie in Zahlen um, dachte an einen berühmten Dichter – den es nicht gab. Wie er es auch anstellte, er fand keinen Hinweis, den er für die Enigma hätte verwenden können.

Es war eher der Verzweiflung denn einer Eingebung geschuldet, dass er sich das Listing Bretils noch einmal zu Gemüte führte, des ersten Engels, den er aus der Reihe gefunden hatte. Sein Blick fiel auf dessen Startcache, in dem er ausgesetzt worden war, um seine Reise zu beginnen.

Er traute seinen Augen nicht. Den Cache kannte er nur zu genau: *Bridge of Remagen II*. Das Aktivierungsdatum wies auf den 25.06.2011 hin.

Hastig klickte er die anderen Listings durch. Alle Engel begannen ihre Reise in demselben Cache. Sie waren tatsächlich viele und mehrten sich. Jedes Jahr kam ein neuer dazu. Der Erste war Jeremiel mit dem Startdatum 25.06.2010 und der vorerst Letzte, vom 25.06.2014, war Gabriel gewesen.

Die Ziffern schienen einer Leuchtreklame entsprungen zu sein. Michael wusste, wo er am 25.06. gewesen war. Das Datum stand auf dem Unfallbericht des Krankenhauses, da er just an diesem Tag mit Rippenbrüchen eingeliefert worden war. Es war der 25.06.2014, Bridge of Remagen II – auf der Erpeler Ley.

Wie ist das möglich? Er hatte den Engel nicht gesehen – natürlich, er war schließlich mit seiner Verletzung beschäftigt gewesen … Wer also hatte Gabriel in den Cache gelegt? Es kamen vier Personen in Frage. Gernot schied aus, denn das würde bedeuten, dass er 2010 schon hätte in der Geocacherszene sein müssen. Es blieben also U-con, Kirstin und Bax.

Michael hatte das merkwürdige Gefühl, dass ihm dieses Datum noch etwas sagte, doch der Gedanke war so flüchtig, dass er sogleich entschwand. Stattdessen drängte sich ihm eine neuerliche Frage auf. *Was ist an diesem Tag so besonders, dass jemand seit fünf Jahren zur selben Zeit einen neuen Engel auf die Reise schickt? Vielleicht geht es um einen Geburtstag oder ist es ein Jubiläum? Und warum dieser Ort? Es gibt tausende anderer Caches, die wesentlich leichter zu erreichen sind. Wozu also die Mühe?*

Gerade als er sich die Jahresdaten zu den passenden Engeln notieren wollte, stutzte er. Die Ziffern lagen vor ihm wie eine Offenbarung. Hier waren sie, die drei Zahlen für die ersten Walzen der Enigma: *2-5-6.*

Er rief erneut die Java-basierte Version der Maschine auf. Für die Griechenwalze wählte er den Gamma-Wert und stellte anschließend die anderen Walzen entsprechend der Nummern ein.

Die folgenden acht Buchstaben erwiesen sich als weitaus komplizierter. Er versuchte es mit verschiedenen Worten, die er in Sammaëls Listings gelesen hatte, doch entweder hatten sie nicht die korrekte Anzahl an Buchstaben oder ergaben bei der Entschlüsselung unsinnige Ergebnisse. Selbst die Buchstabenfolge *E-I-R-E-N-E,* die er nicht zuzuordnen wusste, war zu kurz. Bei dem Wort *Ewigkeit* hätte er schwören können, richtig zu liegen, doch auch dies stellte sich als Fehleinschätzung heraus. Die ausgespuckten Buchstabenblöcke blieben sinnfrei.

Frustriert warf er die Computermaus zur Seite und starrte die Auswahlmenüs an, als wollte er sie hypnotisieren. *Sammaël, du raubst mir die Geduld,* dachte er und begann den Nicknamen einzustellen. *S-A-M-M-A-E …* – kurzerhand verlängerte er das phonetische »E«, damit der Name lang genug wäre. *… E-L.* Er drückte auf den Decodierungsbutton.

In roten Lettern stand am unteren Ende der Seite das Ergebnis: *REQUIESCAT.* Michaels Brauen schossen in die Höhe. *Latein für »Ruhe«? Was zum Teufel soll ich damit anfangen? Verdammt noch mal. Und was hat der weibliche Vorname Eirene dann damit zu tun? Das sollen Hinweise sein? So ein Spinner,* ging es ihm durch den Kopf.

Er stöhnte genervt, kramte sein GPS aus dem Rucksack und tippte die enträtselten Koordinaten in das Gerät ein. Er musste sich das Ganze vor Ort ansehen. Die Zahlen kamen ihm irgendwie bekannt vor und tatsächlich – als er beinahe am Ende der Eingabe angelangt war, zeigte ihm das Garmin eine Vorauswahl an nahe gelegenen Geocaches. *Bridge of Remagen II* stand ganz zuoberst in der Liste.

Michael konnte es nicht fassen. Es war wie ein Fluch. Der signalrote Richtungspfeil des Garmins schien immer wieder überdeutlich auf denselben Ort zu weisen. Als er die Umgebungskarte aufrief, konnte er keinen weiteren Cache sehen; folglich musste er archiviert worden sein. Doch warum führten ihn die Engel dann an diese Stelle?

Michael steckte das Garmin in den Rucksack und wollte gerade das Portal schließen, als sein Smartphone einen Mail-Eingang meldete. Ein neuer Cache war vor wenigen Sekunden aktiviert worden. Augenblicklich fielen ihm Bax' Worte ein. Sammaël ließ nach; hier kam die Chance auf den Erstfund. Michaels Blick strich über die Engel, die er in eine Reihe nebeneinandergestellt hatte, und die ihm erwartungsvoll entgegenzusehen schienen.

FTF oder Erpeler Ley? Engel oder Toplist? Er schürzte die Lippen, dann rief er das Listing zu dem neuen Eintrag auf.

Der Owner hatte einen reißerischen Namen gewählt, der darauf schließen ließ, dass der Cache schwer zu finden sein würde. Auch Terrain- und Difficulty-Wertung lagen hoch. Michael las die Beschreibung zum *Death Cache* durch und war augenblicklich fasziniert.

Es gab eine Startkoordinate, und vor Ort war ein kniffliges Rätsel zu lösen, um an die Zielkoordinate zu gelangen. Hier würde er sich beweisen und sich damit endgültig als Elite-Cacher etablieren können. Die Stelle war für ihn sogar relativ schnell zu erreichen.

Michael prüfte, ob er seine Notizen zu diversen Codes im Rucksack hatte und sah sein Equipment durch. Die Stirnlampe hatte er an der Tomburg verloren, doch es war noch hellichter Nachmittag; er würde sie nicht brauchen. Der Leatherman steckte in der vorderen Tasche. Ein Spiegel, ein Magnet, Pinzette, Taschenrechner und andere Dinge waren vorhanden.

FTF oder Engel? Kurz entschlossen steckte er die zusammengetragenen Informationen zu dem Engel-Cache ein. Er zögerte einen Moment, dann druckte er das Listing zum *Death Cache* aus. Erst als das Summen des Druckers erstarb, löschte er den Bildschirm und schulterte den Rucksack. *Erst mal losfahren,* dachte er und verließ das Büro.

Kapitel 29

Gernot stellte sein Motorrad neben dem Wrangler ab, verstaute seinen Helm in der Satteltasche und ging hernach die schmalen Stufen zur Veranda einer Waldhütte hinauf, die von mächtigen Bäumen überragt wurde.

Kirstin musste ihn gesehen haben, denn kaum dass er die Haustür erreicht hatte, wurde sie auch schon von innen geöffnet. Sie hatte eine Hand in der Hosentasche, die andere stützte sie an den Türrahmen und sah ihn erwartungsvoll an.

Gernot zog sie kurzerhand in seine Arme und küsste sie innig. Als er geendet hatte, sah er ein Lächeln auf ihren Lippen, das einen Sekundenbruchteil später gefror.

»Was ist passiert?«, fragte sie und runzelte die Stirn.

»Sieht man mir so deutlich an, dass was nicht stimmt?«

Sie hob die Hand, legte sie auf seine Wange und fuhr ihm mit dem Daumen über die Nasenwurzel. »Mit diesen Sorgenfalten schon.«

Gernot verzog die Lippen.

»Erzähl«, sagte sie, trat einen Schritt zur Seite und ließ ihn herein.

»Nette Hütte«, bemerkte Gernot und sah sich im geräumigen Wohnraum um. »Gehört sie dir?«

»Nein, … meinem Vater«, sagte sie knapp und sah zu Boden. Gernot hatte augenblicklich das Gefühl, sie bei einer glatten Lüge zu ertappen. »Aber jetzt sag schon. Was war los?«

Er entschied, nicht darauf einzugehen und fragte stattdessen: »Hast du gestern meine SMS bekommen?«

Kirstin nickte. »Ja, danke. Ich hatte mir schon Sorgen gemacht. Ich nehme an, ›*alles o.k.*‹ sollte heißen, dass der Killer nicht am FTF war.«

Gernot ging kopfschüttelnd an ihr vorbei und ließ sich auf das rotgestreifte Sofa fallen.

»Was heißt das?«, fragte Kirstin.

Gernot begriff nicht, was an seiner Antwort missverständlich war und sah sie fragend an.

»Nein, er war nicht da oder nein, die SMS bedeutete etwas anderes?«

Er schnaubte. »Er war nicht da …«

»Aber?« Kirstin setzte sich ihm gegenüber auf die Sesselkante, stützte die Ellbogen auf ihre Knie und ließ die Hände baumeln.

»Michael ist aufgetaucht und ich hab gedacht, *er* sei der Killer.«

»Was?«

»Es war dunkel. Ich hab nur eine Gestalt gesehen, die sich versteckte … wir sind übel aneinandergeraten.«

»Scheiße«, sagte Kirstin. »Und?«

»Nichts und. Wir haben uns geprügelt, dann hab ich ihn erkannt und prompt haben wir uns gestritten.«

»Der war bestimmt sauer.«

Gernot schwieg.

»Komm schon, was beschäftigt dich?«

Er setzte sich auf, rieb sich mit der flachen Hand über die Stirn, dann sagte er schließlich: »Pass auf, erinnerst du dich noch ans Cachertreffen im Juni?«

»An der Fritzdorfer Mühle.« Sie nickte. »Klar.«

»Michael ist doch zu uns an den Tisch gekommen und hat irgendwas von einem Kaninchen im Baum gesagt.«

»Von einem toten Kaninchen«, korrigierte Kirstin.

Gernot nickte. »Ein totes Kaninchen in einer Ulme.«

»Er war sauer, weil du ihm den Cache gelegt hast und er sich angegriffen gefühlt hat«, fügte Kirstin hinzu. »Deshalb habe ich dir damals ja auch gesagt, dass ihr mit dieser Konkurrenz zu weit geht.«

»Aber das ist der springende Punkt. Ich habe nie einen Cache in eine Ulme gelegt, geschweige denn in einen anderen

Baum, ob mit oder ohne Kaninchen. Ich wusste gar nicht, wovon Michael redet.«

Ungläubig verzog Kirstin das Gesicht. »Wieso behauptet er das dann? Ich meine, er klang nicht so, als hätte er sich das ausgedacht.«

»Und das will mir nicht aus dem Kopf.« Er zog die Brauen zusammen. »Dazu kommt, dass er mich wegen eines Caches beschimpft hat, der angeblich in einem Hundezwinger gelegen haben soll.«

»Den du auch nicht gelegt hast«, vermutete Kirstin.

Er hob die Hände und zuckte mit den Schultern. »Hab ich nicht. So 'ne Schweinerei würd ich nie tun.«

Kirstins Augen verengten sich zu Schlitzen. »Kann es sein, dass jemand deinen Account gehackt hat?«

»Daran hab ich gestern zuerst gedacht. Aber unter meinem Nicknamen gibt es weder den einen noch den anderen Cache.«

»Aber er hat sie geloggt ...«, sagte Kirstin und stand auf. Sie ging zu einem kleinen Sekretär in der Ecke und öffnete die Lade. Mit einem Griff hatte sie ein Tablet in der Hand und aktivierte es mit einer wischenden Bewegung über das Touchpad. »... dann müssten wir sie noch in seiner Statistik finden, auch wenn sie vielleicht archiviert wurden.«

»Worauf willst du hinaus?«

Kirstin bedeutete ihm abzuwarten und tippte auf dem Pad herum. Überrascht sog sie die Luft zwischen den Zähnen ein. »Schau dir das mal an.«

Gernot kam auf die Beine und ging ihr entgegen. Sie hielt ihm den Bildschirm so hin, dass sein Blick sofort auf die oberste Zeile fallen musste, die den Namen des Owners zeigte. »Was soll denn die Scheiße?«, brach es aus ihm heraus. »Geopapst? Ich hab den Cache noch nie gesehen!«

»Sieh genauer hin«, sagte Kirstin und deutete hinter den Usernamen.

Sein Blick fiel auf den winzigen Unterschied, den man ohne weiteres übersehen konnte. Hinter dem Nicknamen stand ein

Punkt. »Das gibt's doch nicht! Was für ein Arschloch macht so was? Ich fass es nicht!« Er ballte die Fäuste vor Wut.

»Geopapst. Clever«, sagte Kirstin. »Kein Wunder, dass Michael glaubt, du hättest die Caches gelegt.«

»Nicht nur das!«, rief Gernot aufgebracht. »Er glaubt, ich hätte versucht ihn umzubringen!«

Kirstin zog die Brauen zusammen. »Okay …,« sagte sie gedehnt. »Ich verstehe jetzt nicht wirklich, was ihm ein totes Kaninchen hätte antun können – ihn erstinken vielleicht? Und der Cache im Hundezwinger … ich meine, das muss schon eine Bestie á la Stephen Kings Cujo gewesen sein, um einen Mann zu töten …« Sie sah ihn forschend an. »Das hat was mit dem zu tun, was damals geschehen ist, oder?«

Er schwieg.

»Willst du mir nicht endlich erzählen, was passiert ist?« Sie trat auf ihn zu, als wolle sie ihn umarmen, und legte sanft ihre Handfläche auf den dünnen Stoff seines T-Shirts, worunter sie seine Narbe wusste.

Gernot sah in Kirstins unglaubliche Augen und fasste sich ein Herz. »Also gut«, sagte er, suchte nach den passenden Worten. »Erinnerst du dich, dass ich sagte, es sei Tonellis Hund gewesen, der mir diese Narbe beigebracht hat?«

Sie nickte bedächtig.

»Ich habe ihn mit einer Axt erschlagen, weil er Michael zerbissen hat.«

Kirstin klappte die Kinnlade herunter. »Aber wieso Michael?«

»Er ist Quentin Tonellis Sohn.«

Kirstin sank auf die Couch. Gernot sah deutlich, wie es in ihrem Gesicht arbeitete. Schließlich fragte sie: »Und das Kaninchen?«

»Michael hatte ein blaues Jungkaninchen – er war mein bester Freund und hatte mir auch eines aus dem Wurf geschenkt. Jedenfalls waren die Kaninchen alle tot, jemand hatte sie umgebracht.«

Kirstins Hand wanderte zu ihrem Dekolleté. »Und Michael denkt jetzt, du hättest das Kaninchen absichtlich für ihn platziert; schließlich sieht es so aus, als wäre es dein Cache … und der Hund im Zwinger … ich verstehe.«

Kirstin legte das Tablet, das sie immer noch in der Hand hielt, schweigend auf den Couchtisch, stand auf und ging zum Fenster. Sie sah gedankenverloren hinaus. Abrupt wandte sie sich zu ihm um. »Was, wenn es wirklich so war?«

»Was …?« Seine Stimme überschlug sich. »Was willst du damit sagen? Ich …«

»Nicht du«, fiel ihm Kirstin ins Wort und hob beschwichtigend die Hand.

Gernot versuchte, ihren Gedanken zu folgen. Endlich begriff er, was sie meinte. »Der Killer.«

Kann das sein? Ist es tatsächlich so, wie Michael gesagt hat? Da gibt es jemanden, der einen Cache unter meinem Namen in einen Baum legt und ein totes Kaninchen versteckt, damit Michael vor Schreck abstürzt? Anschließend versteckt er einen Cache in einem Hundzwinger? Michael glaubt, das Viech wäre scharf. Aber wie passen Jenny und U-con dazu?

»Vielleicht hat der Killer geglaubt, Jenny wäre Michaels Freundin. Erinnerst du dich? Er war zusammen mit ihr auf dem Treffen«, sagte Kirstin, die offensichtlich in dieselbe Richtung dachte.

Gernot sann über ihre Vermutung nach. *Es ist immerhin möglich. Das würde aber bedeuten …* »Ist dir klar, was das heißt?«

»Der Killer ist in erster Linie hinter Michael her«, stellte Kirstin fest.

»Aber wieso musste dann U-con sterben?«, fragte Gernot und begann im Zimmer umherzuwandern. Seine Augen strichen über den Dielenboden, ohne ihn wahrzunehmen. *Ich muss nachdenken, ich muss auf den Zusammenhang kommen. Ich muss.*

»Ein unglücklicher Zufall?«, stellte Kirstin eher fest, denn zu fragen. »Er war vielleicht einfach zur falschen Zeit am falschen Ort.«

»Glaubst du wirklich, dem unterläuft ein solcher Fehler?« Er schüttelte zweifelnd den Kopf.

»Er hat vielleicht gedacht, Michael wäre zuerst am FTF.«

»Michael? Er hat noch nie einen FTF geholt. Sammaël ist doch immer zuerst am Cache. Das weiß jeder.«

Gernot blieb abrupt stehen und sah auf. »Wieso eigentlich? Wieso war U-con vor Sammaël da?«

»Ein Zufall.«

»Nein, das glaube ich nicht. Ich denke, Sammaël hat den Cache absichtlich nicht als FTF geloggt.«

Kirstin begann langsam den Kopf zu schütteln.

Unbeirrt fuhr er fort: »Er wollte ihn nicht, weil er ganz genau wusste, was mit dem passiert, der es versucht.« Er nickte. »Genauso ist es.«

»Nein, Gernot …«, fiel Kirstin ein. Ihr Kopfschütteln wurde bestimmter.

»Doch, es muss so sein. Das ist Sammaëls Werk.«

»Du irrst dich …«

»Im Gegenteil, ich bin mir sicher. Der Typ ist der Killer.«

»Nein.«

»Wieso nicht? Es passt doch alles. Michael ist ihm auf den Fersen und wird es irgendwann auch schaffen, den Kerl vom Thron zu stoßen, wenn Sammaël nichts unternimmt. Und darum versucht er, ihn zuerst aufzuhalten. Ich glaube nicht, dass er Michael schon umbringen wollte, als er das Kaninchen im Baum platziert hatte. Das war eine Warnung.«

Er raufte sich die Haare. »Wenn Jenny Michaels Freundin gewesen wäre, dann hätte er sich vielleicht überlegt, dass es zu gefährlich ist, weiterzumachen und hätte mit dem Geocachen aufgehört. – Gut, der Kerl kennt Michael nicht so gut wie ich …« Er holte Luft. »Und dann der Cache im Hundezwinger. Michael hasst Hunde. Sammaël muss darauf spekuliert haben, dass Michael sich nicht in den Zwinger traut; noch eine Warnung. Und zu guter Letzt will er ihn umbringen, indem er ihm den ersten FTF in der Statistik schenkt.« Gernot lachte sarkastisch auf.

»Bei deiner Theorie gibt es nur ein Problem«, sagte Kirstin besonnen.

Gernot stutzte. »Welches?«

»Woher soll Sammaël gewusst haben, dass Michael eine Hundephobie hat?«

»Jenny wusste das, er hat sich vielleicht umgehört«, sagte Gernot wie aus der Pistole geschossen.

Kirstin hob eine Braue. »Und das Kaninchen?«

Stimmt, dachte Gernot. Seit ihrer Kindheit hatte Michael kein einziges Wort mehr über Jack verloren. Schließlich sagte er zynisch: »Tut mir leid, Süße. Dann muss *ich* der Killer sein.«

»Jetzt hör auf«, sagte Kirstin. »Das bist du nicht.«

»Bist du dir da ganz sicher?«

Kapitel 30

Der schwarz verfärbte Doppelturmbau der ruinösen Ludendorffbrücke blickte sehnsuchtsvoll zu seinem Bruder auf der Remagener Rheinseite hinüber.

Michael stand an der Absperrung oberhalb des Brückenkopfs, hielt mit einer Hand das Geländer umschlossen und ließ seinen Blick über das Mauerwerk streifen. Bei seinem ersten Besuch im Juni war ihm die Färbung des Gebäudes nicht aufgefallen und er kam nicht umhin festzustellen, dass sie in ihm eine gewisse Art von Trübsal auslöste. Wenngleich standhaft und unerschütterlich, so war er unwiederbringlich seines Gegenstücks beraubt.

Es ist zuviel geschehen, dachte Michael und spürte den Stein im Magen überdeutlich.

Er wandte sich ab und schlenderte an seinem M3 vorbei, der beinahe auf derselben Stelle des Schotterplatzes stand wie damals, als er sich mit den anderen zum Nachtcache getroffen hatte. Es kam ihm vor, als sei dies Ewigkeiten her und doch lag das Erlebnis erst drei Monate zurück.

Die Erinnerung an jenen Abend begleitete ihn, als er das Garmin an den Gürtel hakte, den Rucksack schulterte und unbeirrt den Weg zum Tunnelgebäude einschlug. Auch wenn die Koordinaten der Engel nicht direkt zum Bridge-Cache auf der Felsnase wiesen, so kannte er keine andere Möglichkeit, die Ley zu bezwingen. In der Hoffnung, dass er die Stelle von dem Bombenkrater aus würde erreichen können, begann er mit dem beschwerlichen Anstieg.

Er kämpfte sich den schmalen Pfad zum Dach des Tunnels hinauf, wandte sich nach rechts und begann im Zickzackkurs den Hang hinaufzuklettern. Das trockene Laub raschelte unter seinen Füßen. Unter ihm rauschten Fahrzeuge über die Landstraße vor dem Brückenkopf; der sonntägliche Nachmittag ließ ihn die nächtlich herrschende Stille missen.

Endlich sah Michael zu seiner Rechten durch den lichten Baumbewuchs das Geröllfeld am Fuß der Ley und die metallischen Überreste des Fahrrads, das er seinerzeit im Schein seiner Stirnleuchte entdeckt hatte. Es lag am selben Platz wie zuvor, wenngleich ihm das Wrack bei Tageslicht um Jahre gealtert zu sein schien.

Er befand sich nun auf halber Höhe des Bergs und beschloss, eine kurze Rast einzulegen. Er war außer Atem, sein Rücken schmerzte und er hatte die falschen Schuhe an den Füßen. Bevor er losgefahren war, hatte er nicht daran gedacht, seine Treter anzuziehen - warum auch immer. Unterhalb des Steilhangs, den man nur mit Hilfe eines Seils überwinden konnte, ließ er sich auf einer Wurzel nieder. Er betrachtete das verwitterte Tau und dachte daran, dass der Owner es möglichst bald ersetzen sollte. Langsam kam er wieder zu Atem, sog den feuchtkühlen Geruch des Berges ein und fühlte sich augenblicklich erfrischt. Im Rucksack befand sich eine kleine Flasche Mineralwasser. Er dachte für einen Augenblick daran, sie herauszuholen, entschied sich dann jedoch dagegen; schließlich war er noch nicht einmal oben angekommen.

Begleitet von dem Gezwitscher der Vögel rappelte er sich auf, bekam das Seil zu fassen und lehnte sich gegen den Hang. Sofort vermisste er seine Handschuhe und schüttelte über sich selbst den Kopf. *Was für ein Profi.* Der Sisal schnitt ihm in die Finger, die Hände brannten. *Ich werde nicht aufgeben.* Trotzig legte er eine Schlinge um sein Handgelenk, um einen besseren Griff zu haben. Wenig später sah er die roten Quetschungen, die das Seil hinterließ, und versuchte, sie geflissentlich zu ignorieren. Nur noch ein kurzes Stück. Der Schweiß rann ihm den Rücken hinab, durchnässte sein T-Shirt. Noch wenige Schritte. *Halt durch,* schalt er sich selbst.

Michaels Fuß rutschte ab. Lose Steine rollten den Hang hinab. Verzweifelt packte er noch fester zu, das Seil brannte sich seinen Weg durch die verschwitzte Faust, schloss sich wie ein Galgen um sein Handgelenk. Michael schrie auf vor Schmerz, versuchte, wieder Boden unter die Füße zu bekommen, rutschte erneut ab. Endlich erwischte er eine Wurzel und stemmte sich hoch.

Fluchend quälte er sich den Rest des Steilhangs hinauf. Kaum war er am Rand des Bombenkraters angelangt, wankte er auf einen Felsbrocken zu und ließ sich darauf fallen. Er umfasste die verletzte linke Hand und presste sie sich gegen die Brust. Er stöhnte.

Offensichtlich konnte die Ley ihn nicht ausstehen. Jedes Mal, wenn er hierher kam, endete es damit, dass er sich irgendeine Verletzung zuzog. Wenigstens waren es nicht die Rippen. Er schnaubte. »Memme«, sagte er leise und besah sich die Wunde, die ihm der Sisal verpasst hatte. Die roten Schürfungen brannten wie Feuer, sobald er sie berührte, doch im Grunde waren sie halb so wild, wenn der Schmerz erstmal nachließ. *Zähne zusammenbeißen und durch*, dachte er.

Als er sich gesammelt hatte, ließ er den Rucksack von den Schultern gleiten und nahm die kühlende Wasserflasche zur Hand. Er trank einen Schluck, zwang sich jedoch, sie nicht zu leeren. Stattdessen zog er ein Halstuch aus dem Rucksack, feuchtete es an und verband sich die verletzte Hand. Hernach zog er das Garmin zu Rate und besah sich den Richtungspfeil. Er drehte das Gerät kurz, bis der Pfeil sich eingestielt hatte. Überrascht sah Michael, dass er auf die Felsnase des Bridge-Caches zeigte und sah den kahlen Fels hinauf.

Verstörende Bilder der vergangenen Juninacht flackerten in seiner Erinnerung auf. Gernot, wie er auf ihn herabgesehen hatte, er selbst, wie er im Fels gehangen und das demütigende Gefühl, als sie ihn mit vereinten Kräften heraufgezogen hatten. An diesem Abend war er der Loser gewesen, zumindest hatte er sich selbst dazu abgestempelt.

Seltsam, wie sich die Sicht auf die Dinge im Laufe der Zeit verändern kann, dachte er. Aus dem heutigen Blickwinkel empfand er viel mehr Anerkennung für die Fürsorge, mit der sie ihm den Berg hinabgeholfen und anschließend gewissenhaft zum Krankenhaus gebracht hatten. Woher dieser Sinneswandel stammte, konnte er allerdings nicht sagen. Eine wesentlich dringlichere Frage tauchte in seinem Geiste auf. Warum hatte Gernot ihn nicht fallen lassen? Wenn er ihm tatsächlich nach dem Leben trachtete, warum dann auf solch perfide Art und Weise?

Seine Gedanken begannen um ihren Zusammenstoß an der Tomburg zu kreisen. Gernot hatte in Kampfsportmanier nur wenige Sekunden gebraucht, um ihn außer Gefecht zu setzen. Michael furchte die Stirn. Das passte doch alles nicht zusammen …

Der Gedankengang führte zu keinem Ergebnis, missmutig schnaubte er. Dann kam er auf die Füße, schritt an die Felsnase heran und inspizierte die zerklüftete Wand. Als er die beste Stelle für den Aufstieg gefunden hatte, prüfte er den festen Sitz des behelfsmäßigen Verbandes und kletterte dann auf Sicherheit bedacht den Fels hinauf. Einen Absturz ohne helfende Begleitung wollte er schließlich nicht riskieren; dabei schonte er die Linke so gut es eben ging.

Nach kaum fünf Minuten hatte er die obere Kante erreicht, schob den Ellbogen auf die Ebene, stützte sich ab und wuchtete sich vollends hinauf. Wuchs hier schon immer Gras?, fragte er sich und kam sich vor, als würde er die Stelle zum ersten Mal sehen – was im Grunde auch stimmte. Er sah hinunter zum Brückenkopf und erblickte den träge dahinfließenden Rhein. Am anderen Ufer sah er die Stadt Remagen, deren Häuser sich wie ein Band am Fluss entlangzogen, welches sich bis in die Höhen der dahinterliegenden Hügel erstreckte.

Hernach schaute er sich auf der Felsnase um, die sich als keine solche herausstellte. Es handelte sich im Grunde um ein kleines Plateau, das mit Gras bedeckt war. Keine zwei Meter von seiner Position entfernt sah er einen Steinhaufen; darin lag mit Sicherheit der Bridge-Cache verborgen. Warum hatten sie ihn eigentlich im Dunkeln so lange suchen müssen? Er schnaubte. Nachts sah immer alles ganz anders aus.

Michael nahm das Garmin in die Hand, das an seinem Gürtel gebaumelt hatte, und warf erneut einen Blick darauf.

Ein seltsames Gefühl breitete sich in ihm aus. Es war, als habe sein Verstand schon längst begriffen, wogegen sich sein Körper bisher gewehrt hatte. Die Erkenntnis traf ihn wie ein Schlag ins Gesicht. Langsam, sehr langsam, hob er den Kopf und richtete die Augen auf eine dunkel gähnende Öffnung inmitten der Ley. Das Zwergenloch. Es lag genau auf der Achse, die ihm der kleine Richtungspfeil des GPS vorgab.

»Das kann nicht sein«, flüsterte er ungläubig. Er holte tief Luft. »Das *kann* nicht sein.« Wieso führten ihn die Engel zum Zwergenloch? Niemand konnte dort hinein gelangen.

Bax' Worte hallten in seinem Kopf wider, als der in jener Nacht festgestellt hatte: *Es sei denn, jemand ist so wahnsinnig und klettert.*

Und was hatte Gernot geantwortet? Er erinnerte sich genau, denn seine Augen glitten zum Fuß der Ley hinab. *Das wäre wirklich verrückt, da geht immer noch Geröll ab.*

Warum führten ihn die Engel hierher? Er würde mit Sicherheit nicht versuchen, dort hinaufzuklettern – im Leben nicht. Die Gedanken in seinem Kopf begannen zu rasen. Glitten zu den Engeln, deren Flügel nach unten über den Leib gefaltet waren, an Sammaëls Aufkleber mit demselben Motiv. Bax' Beschreibung des *Bridge-of-Remagen-Caches* flackerte in seinem Geist auf. Das GPS-Gerät, das in die Tiefe stürzt. Das angebliche Equipment im Geröll, mit dem man sich würde eindecken können, wäre es noch heil.

Michael wollte diesen Gedanken nicht zu Ende denken, er ahnte, worauf dies alles hinauslief. Er musste nachsehen. Sofort.

Augenblicklich wandte er sich von dem Zwergenloch ab und begann den Abstieg. Den Bombenkrater durchquerte er eilig, ließ das Seil am Steilhang unbeachtet und rutschte kurzerhand auf dem Gesäß hinab. Seine Verletzung war längst vergessen. Den Rest der Strecke schaffte er in Rekordzeit; hätte er sie gemessen, er wäre selbst erstaunt gewesen. Doch all dies war nebensächlich. In seinem Kopf schwirrte nur ein Gedanke. *Fünf Engel. Es sind fünf.*

Als er auf dem Tunnelgebäude angelangt war, hielt er beinahe im Laufschritt inne.

Ein stattlicher Mann mit ergrautem Jägerbart und Trekkingklamotten kam gerade den Hang hinaufgeklettert, im Schlepptau eine schlaksige Jugendliche in gleicher Montur; sie sahen sich sehr ähnlich. *Geocacher auf dem Weg zum Bridge-Cache,* vermutete Michael. Er wartete bis sie bei ihm angelangt waren und grüßte freundlich.

In den Augen des Älteren flackerte Überraschung, doch er lächelte ihn an und sagte: »Schöner Tag für eine Klettertour.«

Michael nickte. »Seid vorsichtig, das Seil ist schon ziemlich mitgenommen.«

»Wir haben unsere Ausrüstung dabei«, gab das Mädchen zur Antwort und drückte sich an ihm vorbei.

Michaels Blick fiel auf ihren nackten Oberarm. Er erstarrte. Fassungslos las er den schwarzen Schriftzug, des Tattoos: *eirēnē*. »Entschuldige …«, sagte er an sie gewandt.

Das Mädchen blieb stehen und sah ihn fragend an.

Michael deutete auf den Schriftzug. »Cooles Tattoo. Darf ich fragen, was das bedeutet?«

Irritiert hob sie eine Braue, folgte seinem Fingerzeig und sah auf ihren Oberarm. Ihre Gesichtszüge erhellten sich. Ein Lächeln umspielte ihre Lippen. Fragend sah sie zu ihrem Vater, der nickte knapp, dann wandte sie sich ihm zu und sagte: »Eigentlich ist es mein Name. Irene. Aber es ist doppeldeutig. Altgriechisch geschrieben bedeutet es ›Frieden‹. Mein Name stammt davon ab. Irene, die Friedliche.«

»Das ist nett«, sagte Michael, als er seine Sprache wiedergefunden hatte.

»Ja, nicht wahr?«, sagte sie.

»Na dann viel Spaß. Ich will euch nicht länger aufhalten.«

»Kein Problem«, schaltete sich der Vater ein und wandte sich dem Berg zu. Seine Tochter nickte gehorsam, dann folgte sie ihm.

Sobald die beiden an ihm vorübergezogen waren, hastete Michael weiter. Seine Gedanken rasten. *Die Kratzer über den Buchstaben »E« sind keiner Abnutzung zuzuschreiben. Sie sind Absicht.* Kaum hatte er den Schotterplatz erreicht, eilte er im Laufschritt darüber hinweg, an seinem Wagen und einem weinroten Toyota vorbei und weiter. *Das Wort auf dem Engel heißt »Frieden«. Alles passt zusammen.* Er passierte einen dichten Wall aus Sträuchern, wandte sich nach links und rannte inzwischen auf das Geröll zu. Fünf Engel in Gedanken. *Zurück bis 2010 sind es aber nur vier Jahre. Der Juni ist schon vorbei, also fünf.*

Er begann, auf das Geröllfeld zu klettern. Dabei versuchte er, so schnell wie möglich voranzukommen, stolperte vorwärts. Der kreiselnde Gedanke trieb ihn auf die brüchige Steilwand zu.

Das zerschmetterte Fahrradwrack funkelte in der Sonne. *Es war der 25.06.2009.* Er hatte es zuvor schon geahnt, doch den Gedanken nie recht zu fassen bekommen; das Startdatum von Sammaëls Siegeszug. *An diesem Datum muss etwas passiert sein. Vor genau fünf Jahren.* Tief in seinem Inneren ahnte er bereits, was es war. Er arbeitete sich stetig vorwärts. Dann sah er die Ley hinauf.

Michael stand genau unter der Öffnung des Zwergenlochs. Er wandte sich um und suchte zwischen dem Geröll nach einem Hinweis, der seinen Verdacht bestätigen würde. Zweifel beschlichen ihn. Würde er überhaupt etwas finden? *Was ist damals geschehen?*

Beinahe hätte er aufgegeben, doch plötzlich fiel sein Blick auf einen Gesteinsbrocken, der heller zu sein schien als die anderen ihn umgebenden. Der Findling sah aus, als gehöre er nicht hierher. Michael ging darauf zu und hockte sich nieder, um ihn besser in Augenschein nehmen zu können.

Was er dann sah, jagte ihm einen kalten Schauer den Rücken hinab. Er fröstelte. Sich über die nackten Arme reibend, setzte er sich vollends und starrte auf die Mitte des fremdartigen Steins.

Er sah darauf eine filigrane Gravur. Teils geschwungene Linien liefen in einem Muster zusammen, das er inzwischen überall erkannt hätte. Abstrakte Flügel, die sich vor einem weiten Gewand falteten. *Sammaëls Engel.*

Wie unter einem Zwang hob Michael den Stein. Dann den nächsten. Und einen weiteren. Erschrocken fuhr er zurück. Eine kleine Felsenmaus huschte hervor und ergriff die Flucht. Michael schnaufte, zauste sich durch die Haare. Er gab sich einen Ruck und hob einen weiteren Brocken zur Seite. Darunter befand sich ein Hohlraum. Michael spähte hinein, schob einen kleineren Stein zur Seite. Er erstarrte mitten in der Bewegung und ließ den Stein los; er polterte zu Boden.

Michael spürte Galle in sich aufsteigen, schluckte schwer. Er versuchte, den bitteren Geschmack niederzukämpfen, den Blick gebannt auf bleiche Knochen gerichtet. Elle und Speiche waren deutlich unter fadenscheinigen Stoffresten zu erkennen. Gelenkknochen ragten ihm entgegen. Die Hand fehlte.

Er holte tief Luft, hob einen weiteren Felsbrocken zur Seite, sah einen knöchernen Brustkorb, zwei zersplitterte Rippenbögen ruhten inwendig auf den Rückenwirbeln. Ein schwach süßlicher Geruch strömte ihm entgegen. Sein Magen begann sich unheilvoll zusammenzuziehen. Kurz darauf legte er den grotesk grinsenden Schädel frei. Durch die Last der Felsen war er seitwärts gekippt und zeigte ein zertrümmertes Hinterhauptbein. Als er darin eine Schar graubrauner Kellerasseln übereinander krabbeln sah, drehte sich ihm vollends der Magen um. Er beugte sich zur Seite und erbrach.

Erst in diesem Augenblick verstand er die Bedeutung der Travel Bugs. Die Glasquader trugen die Engelpiktogramme nicht zufällig – nein; er wusste, *was* sie waren.

Es handelte sich um Epitaphe; ewig umherreisende, gläserne Gedenksteine, deren Zahl sich am Jahrestag um eins erhöht.

IN, ein Bindewort, *Eirēnē*, Altgriechisch für *Frieden*, und *REQUIESCAT*, Latein für *Ruhe*. Die Reihenfolge, in der die Engel in Umlauf gebracht worden waren, gab den korrekten Wortlaut preis:

Ruhe in Frieden.

Kapitel 31

Michael saß geraume Zeit neben der skelettierten Leiche und wartete, dass sich das flaue Gefühl im Magen legte. Er sah, wie seine brockig gelbe Kotze langsam zwischen das Geröll sickerte, und wendete sich schleunigst ab, um keinen neuerlichen Schwall folgen zu lassen.

Schließlich kam er wankend auf die Beine, wischte sich mit dem Halstuch, das er um seine verletzte Hand gebunden hatte, über den Mund und nahm einen kräftigen Schluck Mineralwasser.

Hernach stapelte er die Felsbrocken wieder über den Kadaver an ihren angestammten Platz und verschloss mit dem gravierten Engel-Stein vollends das Grab. Währenddessen versuchte er, seine Gedanken zu ordnen, die vollkommen wirr über ihn hereinbrachen.

Vor genau fünf Jahren – Sammaël ist schuld oder ein Unfall, ja, es könnte ein Unfall gewesen sein – aber wieso kam dann nicht die Polizei, wenn es ein Unfall war – warum zwitschern die Vögel so laut, ich muss denken – ein Unfall, das kann trotzdem sein. Und wenn der Typ den Fels hinaufgeklettert – er ist vielleicht abgestürzt – wenn es aber keiner war, dann war es Mord. Sammaël hat ihn gestoßen. Vielleicht wie das Fahrrad, das ist absolut zerstört und rostet und rostet und rostet vor sich hin. Aber Bax hat gesagt, von der Felsnase stürzt das ganze Equipment runter, nicht aus dem Zwergenloch. Warum führen mich dann die Engel dahin – weil er schon tot war … und Sammaël wusste nicht, was er tun soll – Unfall – und dann kamen die Engel ins Spiel. Nein, ich verstehe das nicht …

Michaels Gedanken schlugen wirre Haken. Er packte sich mit beiden Händen an die Schläfen, um sie zu stoppen, doch es half nicht. Er hatte das Gefühl, ihm würde der Kopf zerspringen. Schließlich schrie er: »Ahhhh, verdammt noch mal!«

Ein Schwarm Vögel stob erschreckt auf. Er brauchte dringend jemanden, mit dem er reden konnte.

Michael zog sein Smartphone aus dem Rucksack und ließ sich seine Kontaktliste anzeigen. Der zweite Eintrag zeigte Bax' Nummer. Er wählte, wartete einen Moment, dann erklang dessen Stimme in der Leitung. »Michael?«

»Hey Bax …« Ohne Umschweife kam er zur Sache: » … Hör zu, kannst du sofort zur Erpeler Ley kommen? Du weißt schon, zum Bridge of Remagen II.« Bax antwortete nicht. »Hallo? Bist du noch dran?«, fragte er daher.

»Öhm, ja. Ich bin noch da.«

»Kommst du her?«, fragte Michael und wurde ungeduldig. *Warum zögert der so lange?*

»Zur Erpeler Ley?«

»Ja, bitte. Es ist wichtig.«

»Jetzt sofort?« Bax verstummte. Unvermittelt sagte er: »Natürlich komme ich sofort zu dir. Ist was passiert? Geht es dir gut?«

Michael zögerte einen Augenblick. Schließlich sagte er: »Soweit schon, aber … ach, komm bitte einfach her. Ich kann dir das am Telefon nicht erklären.«

»Ok, ich bin gleich bei dir, Kumpel.« Bax drückte das Gespräch ab.

Michael tat es ihm gleich. Warum fühlte er sich jetzt nicht besser? Bax war auf dem Weg, zusammen würden sie entscheiden, was zu tun wäre, und er würde ihm helfen, darauf zu kommen, was das alles zu bedeuten hatte. Er verstand jedenfalls nur noch Bahnhof.

Der blitzartige Gedanke an Gernot schoss ihm durch den Kopf. Irgendwie fühlte er, dass es nicht dasselbe war. Er atmete durch und sah hinauf zum Zwergenloch.

»Was …?« Verdattert starrte er auf zwei Gestalten, die beinahe einhundert Meter über ihm in der Höhlenöffnung standen und mit beschatteten Augen über den Rhein hinwegsahen. Vater und Tochter, die ihm auf dem Tunnelgebäude begegnet waren. Hatten sie auch das Engelrätsel gelöst und waren obendrein auf die Koordinaten eines Zugangs gestoßen?

Michael runzelte die Stirn. Vater und Tochter. Das sah eher nach einer Traditionsgeschichte aus. Der Ältere weist die jüngere Generation in die Geheimnisse ein, die er selbst von seinem alten Herrn erfahren hatte, wie bei den Schweizer Bankkonten.

Doch wie waren sie in das Zwergenloch gekommen? Es musste einen Weg vom Bombenkrater aus geben, alles andere wäre zu weit entfernt. Michael erinnerte sich an Bax' Worte, der davon berichtet hatte, dass es einen Zugang vom Tunnel aus gegeben haben soll. Vielleicht waren die Gerüchte um das Zwergenloch im Laufe der Zeit verklärt und zielten ursprünglich gar nicht auf den inzwischen verschlossenen Eisenbahntunnel ab; es gab einen anderen Tunnel.

Ein Seufzer stahl sich über Michaels Lippen. Und wieder rauf – andererseits wollte er eh auf Bax warten, also konnte er sich ebenso gut die Zeit damit vertreiben, ins Zwergenloch zu gelangen. Schließlich führten die Engel ihn dorthin. Vielleicht fand er dort die Antworten auf all seine Fragen.

Michael hatte inzwischen Übung. Dennoch schnaufte er vor Anstrengung, als er den Hang hinaufkletterte. Er verfluchte einen Augenblick lang das fadenscheinige Sisal, bis er näher herangetreten war und feststellte, dass die beiden Besucher ein Kletterseil zurückgelassen hatten.

Dankbar klinkte er den Karabiner seines Garmin ein und kraxelte hinauf. Leichter Nieselregen setzte ein, den Michael ausgesprochen genoss, auch wenn das bedeutete, dass er noch mehr Aufmerksamkeit auf jeden seiner Schritte richten musste. Als er endlich auf der Ebene angekommen war, blickte er sich um. Es war niemand zu sehen. Ob sich die beiden immer noch in der Höhle befanden?

Einen Moment lang dachte er darüber nach, ob es sinnvoll wäre, die Felsnase erneut zu erklimmen. Er könnte sie von dort aus sehen, sollten sie noch im Zwergenloch sein, doch plötzlich hörte er Stimmen.

Auf leisen Sohlen wandte er sich in die Richtung, aus der die Geräusche kamen. Es klang nach einem kratzenden Laut und einer lockeren Unterhaltung.

Das unmittelbare Klingeln seines Smartphones ließ Michael zusammenzucken. Hektisch griff er in die Jeanstasche, tastete, drückte das Gespräch ab; die Stimmen verstummten.

Wie gebannt blieb Michael stehen. Sie mussten ihn gehört haben. Lediglich das Zwitschern der Vögel und die vorüberrollenden Fahrzeuge waren zu hören. Er hielt gespannt den Atem an, und tatsächlich - wenige Sekunden später setzte die Unterhaltung wieder ein.

Michael begann, wieder auf die Geräusche zuzusteuern. Verwundert stellte er fest, dass er sich mit jedem Schritt weiter von der Felsnase entfernte, bis er schließlich am Rand einer tiefen Senke stand. Er traute seinen Augen nicht. Die aufgewühlte Erde war noch frisch und begann im stärker werdenden Regen langsam zusammenzusacken. Am unteren Ende des steil aufschießenden Basaltfelsens hatten die beiden eine Öffnung freigelegt, die nicht viel mehr maß als die Schulterbreite eines erwachsenen Mannes. Neben dem Tunneleingang lagen ihre Rucksäcke und zwei Klappspaten.

Das Erste, das aus dem Loch herauslugte, war ein knallroter Schutzhelm mit darauf befestigter LED-Leuchte. Ein Kopf mit grau melierten Schläfen folgte und einen Moment später zwängte sich der ganze Mann heraus. Er kam auf die Knie, rappelte sich dann vollends auf, klopfte sich den Dreck von den Klamotten und sah auf. Erschrocken wich er einen Schritt zurück und wäre seiner Tochter um ein Haar auf die Finger getreten, als diese ebenfalls versuchte, aus dem Tunnel zu kriechen.

Als der ältere Mann ihn erkannte, huschte ein Grinsen über seine Lippen. »Ach, da sind Sie ja wieder. Ich hatte mir schon gedacht, dass Sie zurückkommen würden, als Sie uns im Zwergenloch gesehen haben«, sagte er, dann wandte er sich um und half seiner Tochter, indem er ihr unter die Achseln griff.

»Sie haben mich gesehen?«, hakte Michael nach und fragte sich, wie lange sie ihn wohl schon beobachtet hatten.

»Ja, als Sie in dem Geröll gesessen haben«, sagte Irene und trat neben ihren Vater, der bereits begonnen hatte, die Klappspaten in den Rucksäcken zu verstauen.

»Haben Sie dort etwas verloren?«, fragte das Mädchen und blickte neugierig.

Sie hatten also nicht gesehen, wie er die Leiche freigelegt hatte. Erleichtert sagte Michael: »Ich wollte mich nur umsehen. Ich interessiere mich für Geologie.«

»Ach so«, sagte sie und schien das Interesse verloren zu haben. Sie nahm den Rucksack entgegen, den ihr Vater ihr reichte, und schnallte sich den Helm vom Kopf.

»Dann dürfte die Höhle für Sie interessant sein«, sagte Irenes Vater. »Nur bitte, schließen Sie den Eingang wieder und erzählen Sie keinem davon. Wenn zu viele Leute wissen, wo er ist, wird er über kurz oder lang zerstört werden.« In seine Stimme schlich sich ein bitterer Unterton. »Oder von den Behörden zubetoniert«, schloss er.

Michael versprach, sich an die Verabredung zu halten. Als sich die beiden zum Gehen abwandten, fragte er: »Gibt's da drin noch etwas Besonderes außer der guten Aussicht?«

Der Mann schüttelte den Kopf. »Es ist alles so wie vor fünf Jahren. Wir haben nichts verändert.«

Michael versuchte, sich seine Überraschung nicht anmerken zu lassen. *Seit fünf Jahren?* Sein Herz schlug höher, ein Kribbeln huschte durch seine Adern. Er konnte es gar nicht abwarten, dass die beiden verschwanden. Endlich verabschiedeten sich Vater und Tochter von ihm und ließen ihn allein zurück.

Michael sprang augenblicklich hinunter in die Senke, als sie außer Sicht waren. Der Rucksack glitt von seinen Schultern, er hockte sich vor die Öffnung und tauchte seinen Kopf in die Finsternis. In diesem Moment vermisste er seine Stirnleuchte schmerzlich. Er würde sich mutterseelenallein durch die Dunkelheit zwängen müssen, begleitet von dem beklemmenden Gefühl, dass sich um die hundert Meter massiven Felsens über ihm auftürmten, die ihn zerquetschen konnten wie ein lächerliches kleines Insekt. Die Neugierde jedoch war stärker. Was würde er im Zwergenloch vorfinden?

Kapitel 32

»Er hat mich weggedrückt«, sagte Gernot und wandte sich zu Kirstin um, die sich eilig die Turnschuhe band. »Ist auch kein Wunder. Ich bin mit Sicherheit der Letzte, mit dem er reden will.« Unmittelbar wurde ihm bewusst, wie mutlos er sich anhörte, daher zwang er sich zu mehr Überzeugungskraft und setzte hinzu: »Wir müssen ihn warnen.«

»Hast du es in der Villa versucht?«, fragte sie, zog die zweite Schleife fest und richtete sich auf.

»Warum sollte ich? Wenn er das Smartphone wegdrückt, ist er unterwegs.«

»Vielleicht aber auch nicht.«

Gernot sah sie einen Sekundenbruchteil schweigend an, dann wählte er Michaels Festnetznummer und wartete. Er verzog den Mund und schüttelte leicht den Kopf. »Es geht niemand dran.«

Kirstin schlüpfte in ihre Jacke.

»Die Haushälterin scheint auch nicht zu Hause zu sein.« Gernot legte auf und schob das Smartphone in die Jeans. »Fertig?«

Kirstin nickte. »Die Frage ist nur, wohin? Er kann überall sein.«

»Fahren wir zu ihm. Vielleicht hat Frau Becker das Telefon überhört und kann uns sagen, wo Michael ist.«

»Ok«, sagte Kirstin schlicht und wollte gerade zur Tür hinaus.

Gernot folgte ihr. »Du oder ich?«

»Egal.«

»Ich«, bestimmte er, zog den Schlüssel aus der Jacke und bedeutete Kirstin ihren Helm mitzunehmen. »Mit der Bandit sind wir schneller.« Gemeinsam verließen sie die Hütte und stiegen auf das Motorrad.

In einem halsbrecherischen Tempo raste Gernot durch die Voreifel, der Motor dröhnte in seinen Ohren, klang beinahe gequält. Er kippte die Maschine in eine Kurve; nur wenige Zentimeter trennten sein Knie vom heißen Asphalt. Er richtete sie wieder auf und jagte bereits in die nächste Kurve hinein. Die beinahe zehnminütige Fahrt kam ihm wie eine Ewigkeit vor. Endlich sah er die geziegelten Torpfosten der Villa Auwald und drosselte die Geschwindigkeit.

Er bog auf die Zufahrtsstraße ein, folgte ihr einen knappen Kilometer und parkte die Bandit vor dem großen Portal. Er streckte die Beine, der Kies knirschte unter seinen Stiefeln. Breitbeinig saß er auf der Maschine, stellte den Motor ab und zog den Helm vom Kopf, ehe er sich halb zu Kirstin umwandte. Er streckte die Hand aus.

Kirstin ergriff sie und stieg vom Bock.

Kaum war Gernot ebenfalls abgestiegen, öffnete sich auch schon die schwere Tür. Frau Becker stand auf der Schwelle und sah ihnen entgegen. »Ach Gernot, du hast dich aber lange nicht mehr sehen lassen. Wie geht es dir?«

»Um ehrlich zu sein, nicht so gut«, gab er wahrheitsgemäß zu, als er den Helm fahrig ans Lenkrad hängte. »Ist Michael da?«

»Oh, ich weiß es gar nicht, ich komme gerade von einem Verwandtenbesuch zurück. Du hast mich sozusagen mit dem Schlüssel in der Hand erwischt.« Sie lachte verhalten und hob wie zur Verdeutlichung den Schlüsselbund in die Höhe. »Aber komm doch herein, du kannst gerne selbst nachsehen. Vielleicht ist er oben im Büro.«

Gernot nahm Kirstin bei der Hand, eilte die Stufen hinauf, und gab Frau Becker einen flüchtigen Kuss auf die Wange. Dann stellte er Kirstin vor.

Die Haushälterin wirkte erfreut. »Da haben Sie sich einen netten Jungen ausgesucht«, sagte sie. »Gernot, du hast hier wahrhaftig gefehlt.« Sie wandte sich um und ging ihnen voraus in die mit Marmor ausgelegte Halle.

»Lag nicht an mir«, sagte er und zuckte mit den Schultern.

Frau Becker wurde ernst. »Ich weiß«, sagte sie leise. »Du kennst dich aus. Wenn du mich suchst, ich bin in der Küche.«

Gernot nickte und ging mit ausgreifenden Schritten die Treppe hinauf.

»Sie ist herzig«, meinte Kirstin, die ihm dicht auf den Fersen folgte.

»Die Beste überhaupt.«

»Ich wusste nicht, *wie* eng ihr befreundet wart«, merkte sie in gesenktem Tonfall an, als sie auf dem Absatz angelangt waren.

Woher auch, dachte Gernot, ging aber nicht weiter darauf ein. Nach wenigen Schritten durch den oberen Flur klopfte er an eine Tür zu seiner Rechten. »Micha? Bist du da?«

Er bekam keine Antwort.

»Michael?« Er öffnete das Büro und trat hinein.

Im Grunde hatte sich der Raum kaum verändert. Der handgeknüpfte Teppich auf dem Fußboden, der wuchtige Schreibtisch, der Ledersessel. Die wenigen Dinge, *die* sich verändert hatten, stellten jedoch einen immensen Fortschritt dar, auch wenn sich Michael dessen vielleicht nicht bewusst war. Der Computer auf dem alten Schreibtisch war neu; die Kartons, die er gemeinsam mit seinem Freund kurz nach dem Tod Quentin Tonellis heraufgebracht hatte, lagen leer in einer Ecke aufgehäuft. Ein Pappberg, der nur noch darauf wartete, Futter für den Kamin zu werden. Und die mächtige Standuhr war weg.

»Glaubst du, wir finden hier einen Anhaltspunkt, wo er sein könnte?«, brach Kirstin in seine Gedanken ein.

»Ich hoffe es«, sagte Gernot und schluckte schwer. »Ich starte den Computer und du schaust nach, ob du in den Papieren was findest.« Er wies auf einen kleinen Haufen Unterlagen und einige lose Blätter auf dem Tisch.

»Ok.« Kirstin nahm eine Akte zur Hand und begann sie durchzublättern.

Gernot starrte auf den Bildschirm, zog sein Smartphone aus der Jeans und wählte zum wiederholten Male Michaels Nummer, während er beobachtete, wie das Betriebssystem lud. Sein Blick streifte über fünf gläserne Travel Bugs, die Michael in einer Reihe neben den Monitor gestellt hatte. Es sah so aus, als hätte er sie für eine zukünftige Aktivierung vorbereitet.

Als Gernot die Mailbox hörte, legte er auf und warf das Telefon fluchend neben die Tastatur. Er beugte sich über die Tischplatte, ergriff die Maus und startete den Browser.

Hastig sah er den Verlauf durch. *Komm schon*, dachte er, *was hast du die letzten Stunden gemacht?* Er rief einige Seiten auf und besah sich den ersten Tab. Die Seite beinhaltete das Listing zu einem neuen FTF. *Ob er versucht hat, den Death Cache zu loggen?* Er warf einen Blick auf die Uhr und glich die Zeit ab – das wäre möglich. »Ich glaube, ich habe hier was«, sagte er und sah zu Kirstin, die sich mit dem Papierstapel in der Hand auf den Teppich gesetzt hatte.

»Ich auch«, sagte sie nur, ohne aufzusehen. »Der alte Tonelli ist doch gestorben, richtig?«

Gernot stutzte. Was hatte das jetzt mit ihrer Suche nach Michael zu tun. »Ja, vor etwa neun Monaten. Wieso?«

»War Michael Alleinerbe?«

Gernot runzelte die Stirn und legte den Kopf schräg. Langsam sagte er: »Es gab sonst niemanden.«

»Sicher?« Sie sah zu ihm auf, dann streckte sie den Arm zu ihm hoch und wedelte mit einem Schriftstück in der Hand. »Wusstest du nicht, dass Michael einen Halbbruder hat?«

Sein Kiefer klappte auf. Sprachlos nahm er ihr das Papier aus der Hand. Während seine Augen über das Formular glitten, sank er in die Hocke. Es handelte sich eindeutig um die Geburtsurkunde eines Jungen mit dem Namen: Bertram Alexander Tenner. Augenblicklich tauchten ein flaumiger Bart in einem blassen Gesicht und stahlblaue Augen in seiner Erinnerung auf. »Alex.«

»Dann kennst du ihn doch?«, fragte Kirstin und hob die Brauen.

Er nickte langsam. Ja, er kannte ihn; *das* hatte er jedoch nicht erwartet.

Gernot prüfte die Namen der Eltern. Louise Tenner war als Mutter eingetragen und Quentin Tonelli stand in einer Zeile darunter als Vater vermerkt, allerdings mit dem Zusatz, dass er sich zu dem Sohn erst im Nachhinein bekannt hatte.

Gernot dachte an den Streit, den er als Zehnjähriger mitbekommen hatte, wenige Tage nachdem Michael von dem Hund zerbissen worden war. »Louise war die frühere Haushälterin. Noch vor Frau Becker«, begann er stockend. »Sie war eine stille Frau – ziemlich schüchtern, kann man sagen. Michael war nach dem Hundeangriff eine Woche im Krankenhaus und ich habe ihn fast jeden Tag besucht. Er bat mich, einige seiner Comics vorbeizubringen und ich war hier, um sie zu holen. Ich ging gerade die Treppe herauf, als sie in Tonellis Büro zitiert wurde.« Gernot senkte die Stimme und ahmte die polternde Stimme des Alten nach: »Louise! Sieh zu, dass du hier raufkommst!«

Gernot erinnerte sich, wie sie damals an ihm vorbeigerannt war.

Ihre Blicke trafen sich für einen Sekundenbruchteil, die Lippen schmal wie zwei Striche rang sie sich dennoch ein gequältes Lächeln für ihn ab, dann lief sie auch schon an ihm vorbei und verschwand durch die Tür. Als er vorbeikam, stand sie einen Spalt weit offen. Er hörte Tonelli überdeutlich.

Der Mann klang wütend. »Nicht nur dass dein Sohn kleinere Kinder quält und dadurch vom Internat fliegt, jetzt stellt er sich auch noch als sadistischer Tiermörder heraus. Er hat den Kaninchenstall in ein Schlachtfeld verwandelt. Du hast den Jungen definitiv nicht im Griff. Ich will das Arschloch hier nie wieder sehen. Ist das klar? Dein Sohn ist gemeingefährlich!«

»Er ist doch nur ein Junge, der die Aufmerksamkeit seines Vaters …«, hörte Gernot die piepsige Stimme von Louise, doch Tonelli schnitt ihr das Wort ab.

»Das glaube ich kaum«, polterte er. »Ich bin davon überzeugt, dass er Michael dadurch anstacheln wollte, zu Duster in den Stall zu gehen. Er hat es darauf angelegt, dass mein Sohn zu Schaden kommt. So etwas werde ich nie wieder zulassen. Alex verschwindet von hier, und zwar auf der Stelle!«

»Aber ich weiß nicht, wohin ich ihn bringen soll …«, begann sie und brach in Tränen aus. »Er kann nicht zu meiner Schwester, sie hat selbst kleine Kinder. Außerdem, du …«

»Was?«, fuhr er ihr über den Mund. »Ich wollte ihn von Anfang an nicht. Das ist allein deine Schuld. Und jetzt werde ich dafür sorgen, dass sein Aufenthalt hier ein Ende hat, ein für alle Mal!«, brüllte Tonelli. »Und du gehst mit ihm.«

»Du hast mir doch versprochen, dass ich mich niemals sorgen muss. Ich …«

Tonelli lachte auf. »Da wusste ich noch nicht, wie bösartig er ist. Von mir hat er das jedenfalls nicht. Ich werde zahlen – das habe ich immer getan. Und jetzt geh mir aus den Augen. Ich muss einige Telefonate führen und teile dir dann mit, wohin die Reise geht.«

Gernot sah zu, dass er die Beine in die Hand nahm, hastete in Michaels Zimmer und schloss hinter sich die Tür.

Er beeilte sich, die Comics aus dem Regal herauszusuchen, die Michael haben wollte. Als er sie gefunden hatte, wandte er sich mit dem Stapel unter dem Arm zur Tür, öffnete sie einen Spalt und lugte hinaus. Der Flur war leer.

Er hörte Quentin Tonelli, wie er am Telefon mit jemandem sprach. Auf leisen Sohlen huschte er am Büro vorbei zur Treppe und ging beinahe lautlos die Stufen hinab in die große Halle. Unten angelangt wandte er sich zum Eingangsportal, schlich über den Marmorboden an den Säulen vorbei und erhaschte einen kurzen Blick in die geöffnete Küche. Augenblicklich gefror ihm das Blut in den Adern. Auf einem Hocker an der Anrichte saß Alex und starrte ihn durchdringend an. In seinen Augen lag blanker Hass, dennoch verzog er die Lippen zu einem eiskalten Grinsen.

Keine Minute später war Gernot schon durch die Tür und schwor sich erst wieder zurückzukommen, wenn Alex die Villa verlassen hatte. Hoffentlich für immer, wenn er den Worten des alten Tonelli glauben konnte.

Kirstins Lippen waren schmal geworden. Sie sah Gernot aus großen Augen an.

»Ich konnte mir damals keinen Reim auf die unterschwelligen Andeutungen machen. Durch diese Urkunde ergeben sie erst Sinn«, sagte Gernot.

»Du warst damals erst zehn Jahre alt«, entgegnete Kirstin. »Wie hättest du das auch ahnen können.«

»Das stimmt schon, aber ich hätte darauf kommen müssen.«

»Du denkst auch, dass sich dieser Alex um sein Erbe betrogen fühlen könnte?«

Gernot nickte. »Er ist wieder hier.«

Kapitel 33

Auf dem Bauch robbend arbeitete sich Michael durch die gähnende Finsternis des niedrigen Tunnels. Er war sich des tonnenschweren Gesteins, das über ihm ruhte, nur allzu bewusst. Die Ley mutierte in seiner Vorstellung zu einem monströsen Wesen, in dessen feuchtem, modrigem Schlund er steckte und das ihn jederzeit würde zerquetschen können.

Seine Finger umschlossen den Rucksack, den er durch den flachen Tunnel voranschob. Vielleicht hätte er ihn besser an seine Füße gebunden, doch er hatte sich dagegen entschieden, da er befürchtete, ihn unterwegs zu verlieren.

Stetig tastete er sich voran, schob Geröll zur Seite, das sich vermutlich hinter seinen beiden Vorgängern von der niedrigen Decke gelöst hatte, und stieß den Rucksack ein kleines Stück weiter. Dann winkelte er das Knie an und suchte mit den Füßen Halt. Begleitet von einem kratzenden Geräusch wuchtete er sich mühsam voran.

Er kam an einen Engpass, versuchte, seine Schultern hindurchzuquetschen und schrappte am Gestein vorbei; wenn er hier unten stecken bliebe, würde er elendig krepieren. Die Passage gelang ihm nur, indem er sich leicht zur Seite drehte und sich wie ein Wurm durch den Fels schlängelte.

Endlich sah er, wie sich das Tuch der Dunkelheit lüftete. Ein fahles Licht drang in den Tunnel und wenige Meter weiter, konnte er schwach den Ausgang erkennen. Getrieben von der vor ihm liegenden Freiheit schob er sich schneller voran, warf schließlich den Rucksack hinaus und folgte ihm mit einem ächzenden Laut. Er blieb einen Moment lang aufrecht sitzen und atmete die frische Brise ein, die durch die weite Höhlenöffnung hereinströmte. Im Inneren herrschte Zwielicht.

Michael kam auf die Beine und sah sich neugierig um. Was hatte der Ältere damit gemeint, als er sagte, sie hätten seit fünf Jahren nichts verändert? Gab es hier einen Hinweis, der mehr Licht auf die vergangenen Ereignisse warf? Sein Blick streifte die zerklüfteten Basaltwände der Höhle. Er stieg über loses Geröll bis hin zur Öffnung und sah hinaus. Die Aussicht war fantastisch, doch er war damit beschäftigt, sich einen Reim auf Sammaëls Geheimnis zu machen; er konnte sie nicht genießen.

Stattdessen ging er vorsichtig einen weiteren Schritt, bis er beinahe gänzlich am Rand der Höhlenöffnung stand, und sah in den Abgrund. Unter ihm streckte sich das Geröllfeld bis hinab zum Feldweg. Von hier oben hätten die beiden das Skelett nicht sehen können, selbst wenn sie ihn über einen längeren Zeitraum beobachtet hätten, stellte er fest. Merkwürdig kam ihm jedoch etwas anderes vor. Wenn der unglückselige Mensch hinabgestürzt war, dann wäre er niemals an der Stelle aufgeschlagen, an der sich das Grab befand. Er konnte den helleren Felsbrocken erkennen. Er lag so weit abseits, dass derjenige hätte springen müssen, um ihn zu erreichen; mit Anlauf. Hatte er aus Verzweiflung den Freitod gewählt?

Michael runzelte die Stirn, sah sich die brüchige Kante an, die auf der linken Seite um ein gutes Stück weiter hereinsprang als die andere Seite. Es sah beinahe so aus, als sei an dieser Stelle eine große Scholle abgegangen. Wenn es so gewesen war, dass sich der brüchige Fels unter der Last einer Person gelöst hatte, dann sprach das eher für einen Unfall. Der Verunglückte konnte jedoch auf keinen Fall allein gewesen sein. Dafür sprach schon der Umstand, dass er beerdigt worden war. Sammaël hatte vielleicht die zerschmetterte Leiche am Fuß der Ley bis zu der Stelle getragen, an der er sie am Ende auch begraben hatte. Ihm wurde übel bei dem Gedanken, in welchem Zustand sich der Leichnam befunden haben musste. *Wie abgebrüht kann man sein?*

Michael wandte sich um und versuchte sich vorzustellen, wie sich das Ereignis zugetragen haben könnte. Vor der rechten Höhlenwand sah er einen schweren Felsbrocken. Es hatte ganz den Anschein, als wäre an dessen unterem Ende etwas befestigt worden. Er ging darauf zu, hockte sich hin und sah sich die Stelle genauer an. Er stutzte: ein Kletterseil.

Er tastete nach dem Knoten, fand ihn sofort und zog das lose Ende hinter dem Felsen hervor. Verblüfft starrte er es an, drehte es zwischen den Fingern. Es wirkte, als sei es abgeschnitten worden. *Doch ein Mord?*

Als Michael den Kopf hob, erkannte er, verzerrt durch den zerklüfteten Untergrund, einige rußgeschwärzte Linien, die beinahe bis unter die Höhlendecke reichten. Michael richtete sich auf und trat einige Schritte zurück, ohne sie aus den Augen zu lassen. Erst als er mit dem Rücken gegen die gegenüberliegende Wand stieß, erkannte er, dass es eine überlebensgroße Zeichnung war. *Sammaëls Engel.*

Kapitel 34

Kirstin sann über Gernots Worte nach, während sie die Augen durch Michaels Büro schweifen ließ. Schließlich richtete sie ihren Blick wieder auf Gernot und meinte: »Wenn es so ist, wie du sagst, und Alex ist hier, um Rache zu üben – wie kommt es, dass er sich in der Geocaching-Szene so gut auskennt?«

»Er muss herausgefunden haben, dass Michael und ich darin aktiv sind. Kirstin, einen Fehler darfst du bei Alex niemals begehen: Man darf ihn auf keinen Fall unterschätzen. Er ist intrigant, gerissen und abgrundtief böse. Er plant alle Züge, die sein Opfer durchführen könnte, genau durch, überlässt nichts, aber auch gar nichts dem Zufall.«

»Glaubst du wirklich? Warum hat er dann U-con umgebracht? Da ist ihm doch eindeutig ein Fehler unterlaufen.«

Gernot dachte über den Einwand nach. Er wollte ihr zustimmen, doch dann ging ihm ein Licht auf. »Er wollte Sammaël.«

»Was? Wieso denn das?«

»Überleg doch, wie kann er Michael durch eine Falle umbringen, wenn Sammaël immer zuerst am Cache ist?«

Kirstin schnappte hörbar nach Luft. »Du meinst, er wollte Sammaël töten, damit Michael in der Toplist nachrückt und dann FTF loggen kann?«

»Das war ganz genau durchdacht. Es war kein Fehler.«

»Er kann Sammaël nicht töten.«

»Aber das hat er doch schon«, sagte Gernot und sah sie durchdringend an. Wann würde sie ihm endlich die Wahrheit sagen. Jetzt wäre der richtige Augenblick. Ihm war die ganze Zeit klar, dass sie wusste, wer sich hinter Sammaël verborgen hielt; jederzeit hatte sie ihn vehement verteidigt.

Er sah, wie es in ihr arbeitete, doch da sie immer noch schwieg, wagte er einen letzten Vorstoß: »U-con war Sammaël, nicht wahr? Deshalb war er als Erster am Cache. Und dort ist er planmäßig gestorben.«

Sie wurde blass. Fahrig strich sie sich den inzwischen knallblauen Pony aus der Stirn. »Nicht ganz«, flüsterte sie. »Sammaël ist ein Mythos.«

»Wie meinst du das?«

»Glaub mir, das ist jetzt nicht wichtig«, sagte Kirstin. »Wenn du Recht hast, dann muss dieser Alex davon ausgehen, dass er Sammaël erfolgreich beseitigt hat.« Sie schluckte schwer.

Gernot sah ihr den flüchtigen Gedanken an U-con an.

Sie räusperte sich und fuhr fort: »Er wird einen FTF auslegen und ich fürchte, der ist tödlich, ganz egal, wer ihn zuerst erreicht.«

Ihre Worte sickerten in ihn hinein wie flüssiges Eis. Ein Kloß bildete sich in seinem Magen. Er sprang auf, als er das Unfassbare begriff. Genau das hatte Alex bereits getan. »Der Death Cache!«

Auch Kirstin kam auf die Beine.

»Das ist es, was ich dir eben sagen wollte. Michael hat sich einen potentiellen FTF angesehen, bevor er die Villa verlassen hat.« Gernot beugte sich über den Schreibtisch, stieß die Maus an, packte dann den Monitor und drehte ihn ruckartig herum, damit sie einen Blick darauf werfen konnte; einer der Travel Bugs fiel zu Boden und landete auf dem dicken Teppich.

Kirstin trat heran, hob den Engel auf und stellte ihn neben die anderen in der Reihe. Sie ließ ihren Finger darüber gleiten, den Blick wie gebannt auf die Glasquader gerichtet.

»Kirstin? Schau doch, wir müssen sofort dorthin …«

Sie sah auf, schaute kurz auf die Internetseite, dann sagte sie: »Wenn das der FTF ist, dann ist Michael bereits tot.«

Warum stand sie da wie eine Statue und regte sich nicht? Gernot wollte an ihr vorbei hechten, doch ihre Hand schoss vor und packte ihn am Oberarm. Er rief verzweifelt: »Komm! Vielleicht können wir ihn noch retten!«

»Ruf ihn an.«

»Nein, wir müssen sofort los! Spinnst du?«

»Ruf ihn an!«, befahl sie ihm im harschen Ton.

Gernot riss die Augen auf.

»Vertrau mir, das ist das Einzige was wir noch tun können. Ruf Michael auf dem Smartphone an.« Sie ging an ihm vorbei, setzte sich auf den Ledersessel und reichte ihm sein Handy. Hernach loggte sie sich im Portal ein.

»Was tust du?«

»Ich sorge dafür, dass ein Reviewer das Ding deaktiviert. Hoffentlich reagiert der prompt.«

Er sah, wie ihre Finger über die Tastatur flogen.

»Jetzt mach endlich«, forderte sie ihn auf. Ihr Tonfall duldete keinen Widerspruch. Leise sagte sie mehr zu sich selbst: »Hoffentlich hat er die richtige Entscheidung getroffen.«

Sie sprach für ihn in Rätseln. Er hoffte inständig, dass sie wusste, was sie tat. Er wählte Michaels Nummer.

Kirstin schickte die E-Mail ab, dann warf sie einen Blick auf die anderen Internetseiten, die Michael vor seinem Aufbruch angesehen hatte. Sie nickte und sah auf.

Gernot schüttelte den Kopf. »Er geht nicht ran«, sagte er verzweifelt. »Ich versteh das nicht, wieso sind wir nicht längst zu dem Cache unterwegs. Sag's mir!«

»Noch mal, der Empfang da oben ist miserabel.«

»Was …? Du denkst, du weißt, wo er ist?« Er wählte erneut.

»Ich bin nicht sicher«, sagte sie. »Wenn Alex so ist, wie du sagst – und Michael versucht hat, den Death Cache zu loggen, dann ist er bereits tot«, stellte sie mit einem Kratzen in der Stimme fest. »Aber wenn er das Engel-Rätsel gelöst hat, dann hat er nur schlechten Empfang.«

Gernot lauschte in den Hörer und folgte ihrem Fingerzeig. Erst jetzt sah er, dass im Inneren der Glasquader eine Figur gelasert worden war. Mit viel Phantasie konnte man sie als Engel bezeichnen, wenngleich sie eher stilistisch daherkamen.

»Er hat alle fünf zusammen«, sagte Kirstin. »Michael und du, ihr seid die Einzigen, denen ich die Lösung des ganzen Rätsels zutraue.«

»Ja, hallo?«, meldete sich Michael. In der Leitung knackte es.

»Michael!« Gernot fiel ein ganzer Felsbrocken vom Herzen.

»Gernot … ist los … mich schon …sucht … anzurufen?«, fragte er völlig abgehakt.

»Michael, es ist dringend«, rief er in den Hörer.

»Sag ihm, er soll zur Kante gehen«, fiel Kirstin ein, die den Drehstuhl abrupt in seine Richtung wandte.

Irritiert sah Gernot sie an, dann rief er: »Geh zur Kante!«

»Ich muss …ante gehen … Moment …«, klang Michaels Stimme zerstückelt durch die Leitung. »Gernot?«, fragte er schließlich, begleitet von einem statischen Rauschen. »Der Empfang ist ganz schlecht.«

»Wo bist du?«, fragte Gernot.

Sowohl Kirstin als auch Michael antworteten gleichzeitig: »Im Zwergenloch.«

Gernot ließ Kirstin nicht aus den Augen, als er zu Michael sprach. »Hör zu, es ist wichtig. Fahr auf keinen Fall zum Death Cache, verstehst du?«

»Wieso?«

»Alex ist wieder da. Er will dich umbringen. Der Cache ist eine Falle.« Gebannt lauschte er in den Hörer.

Michael schwieg.

»Hast du gehört, Michael? Der Cache ist eine Falle und soll dich töten.«

Endlich antwortete Michael: »Alex sagst du? Wie kommst du darauf?«

»Bitte glaub mir. Er ist wieder da. Ich wusste an der Tomburg gar nicht, wovon du redest, denn ich habe keinen der Caches gelegt, von denen du gesprochen hast. So was würde ich nie tun. Bitte, denk nach. Traust du mir so eine Schweinerei wirklich zu?«

»Aber der Owner warst du«, hörte er Michael sagen.

»Ich habe im Internet einen Fake-Account gefunden. Geopapst mit einem Punkt dahinter. Es sollte so aussehen, als ob ich der Owner wäre. Ich bin mir sicher, das war Alex. Nur er wusste außer mir von Jack und Duster.«

Kirstin hielt die Geburtsurkunde hoch.

Gernot verstand, was sie ihm damit sagen wollte. Aber sollte er ihm am Telefon mitteilen, dass Alex sein Halbbruder ist? Wenn Michael das bisher nicht wusste, würde seine Warnung für ihn nur noch unglaubwürdiger. Stattdessen setzte Gernot auf all die Jahre, die sie gemeinsam erlebt hatten, und setzte hinzu: »Bitte glaub mir, mein Freund.«

»Ich werde nicht zum Death Cache fahren«, sagte Michael endlich. »Ich bin sowieso mit etwas anderem beschäftigt.«

»Bist du allein?«, fragte Gernot.

»Im Moment noch, aber ich habe Bax angerufen, er kommt gleich her.«

»Bax?« Gernots Gedanken begannen zu rasen. Stahlblaue Augen flackerten wie ein Blitzlichtgewitter in seinem Kopf. *Bax. Bertram Alexander Tenner. Ten bedeutet in Englisch Zehn; römisch Zehn ist aber ein großes X. B für Bertram, A für Alex, X für die Zehn. B-A-X. Bax.*

»Michael!«, schrie er in den Hörer. »Bax *ist* Alex!«

Kapitel 35

Michael stand einhundert Meter oberhalb des Geröllfeldes an der Kante des Zwergenlochs, zog erschrocken das Smartphone vom Ohr und starrte fassungslos auf das Display. Gernots Schrei hallte in seinem Kopf wieder.

»Hey Michael«, sagte eine Stimme hinter ihm.

Er fuhr herum und sah in stahlblaue Augen.

Bax grinste. »So wie du mich ansiehst, könnte man meinen, dir sei endlich ein Licht aufgegangen«, sagte er mit honigsüßer Stimme.

»Alex.« Michael musterte ihn von Kopf bis Fuß. Achtzehn Jahre hatte er ihn nicht gesehen und auch damals nur eine einzige Woche. Er hatte kaum noch Ähnlichkeit mit dem Teenager, den er gehasst und tief in seiner Erinnerung verklärt und begraben hatte.

»Joah, so heiße ich wohl«, sagte er und verzog spöttisch die Lippen. Um seine Mundwinkel lag ein grausamer Zug.

Diesen erkannte Michael sofort. Augenblicklich fühlte er sich in die Zeit zurückkatapultiert, als er gerade zehn Jahre alt gewesen war. Er hatte damals im Park der Villa gestanden und auf seine Füße gestarrt.

»Komm schon, kleiner Scheißer«, hörte er Alex in seiner Erinnerung zischen. »Willst du jetzt heulen? Du flennst doch gleich. Geh zu deinen Kaninchen und heul dich bei denen aus.« In seinem Lachen lag etwas Unheilvolles. »Zu Duster traust du dich ja doch nicht, du Memme.«

Tränen schossen ihm in die Augen. Warum konnte der nicht einfach aufhören? Seine weißen Schnürsenkel verschwammen unter seinem Blick.

»Was stehst du noch hier rum, renn doch zu deinem Papi. Aber das traust du dich auch nicht, was? Du bist und bleibst ein Hosenscheißer. Feigling.«

Michael ballte die Hände zu Fäusten. Seine Nägel bohrten sich schmerzhaft ins Fleisch. »Bin ich nicht!«, brach es aus ihm heraus. Er sah zu Alex auf, der ihn um eine halbe Körperlänge überragte und sah in dessen kalte Augen. Sein Tränenschleier wich der Wut, die sich wie eine heiße Flamme in seine Eingeweide fraß.

»Oh-oh«, sagte Alex höhnisch. »Da steckt ja doch ein kleiner Funke Kampfgeist in dir. Wer hätte das gedacht?« Er grinste böse.

Mit einem Satz sprang Michael auf ihn zu, senkte den Kopf zwischen die Arme, rammte seine Fäuste mit aller Kraft in Alex' Unterleib. Er versuchte ihn umzustoßen, scheiterte jedoch kläglich.

Alex schloss die Finger um seine Handgelenke, schob ihn um Armeslänge zurück. Sein fester Griff glich dem eines Schraubstocks. Sein Lachen hallte ihm in den Ohren.

»So willst du mich beeindrucken, Kleiner?«

Michael kämpfte, versuchte seine Hände frei zu zerren. Der Schmerz in den Knöcheln machte ihn rasend. Sein Blick fiel auf Alex' Füße. Sie steckten in alten abgelatschten Turnschuhen. Er sah noch eine Spur seiner Tennissocken, die seltsam rötlich verfärbt waren. Der Saum seiner Jeans war fleckig, als wenn sie gerostet wäre. Sein Blick wanderte höher. Seine Chance offenbarte sich ihm innerhalb eines Wimpernschlags. Er hob den Fuß und trat mit voller Wucht zu.

»Scheiße«, fluchte Alex. Der Griff lockerte sich, als er sich vor Scherz krümmte, doch er ließ nicht los. »Du kleines Arschloch«, zischte er, führte Michaels Hände zusammen, packte sie mit einer Hand und ballte die Faust.

Michael sah sie auf sich zurasen; so schnell, dass er nicht die geringste Möglichkeit hatte, ihr auszuweichen. Sie traf ihn mit voller Wucht auf die Nase. Er hörte ein knackendes Geräusch.

Augenblicklich raste eine dumpfe Welle durch seinen Schädel. Sein Kopf schlug ihm in den Nacken. Schwärze legte sich über seine Augen. Er kniff die Lider zusammen, spürte, dass er fiel. Er landete unsanft im Gras.

Als er die Augen öffnete, stand Alex breitbeinig über ihm; ein grausamer Zug lag um seine Mundwinkel. In dessen Blick lag ein Ausdruck, den er nicht deuten konnte.

Etwas Feuchtes rann über Michaels Wange, füllte seinen Rachen. Er schmeckte Blut und in diesem Moment wusste er, was in Alex' Augen loderte: Gier.

Alex spuckte ihn an und trat ihn in die Seite, als er schließlich über ihn hinwegstieg. »Das nächste Mal hetze ich Duster auf dich, du Penner«, sagte er, dann schlenderte er durch den Park davon.

Michael lag zusammengekrümmt im Gras und hielt sich die Rippen. Er drehte sich zur Seite, stützte sich auf den Ellbogen und spuckte. Die Halme färbten sich augenblicklich rot. Eine Mischung aus Rotz und Blut. Er wischte sich mit dem Handrücken über die Lippen. Vorsichtig tastete er nach seiner Nase. Sofort zuckte er zusammen. Tränen schossen ihm in die Augen.

Was hatte er Alex nur getan, dass der ihn so hasste? Und überhaupt. Er war kein Feigling. Er würde nicht heulen und petzen würde er auch nicht. Ihm wurde bewusst, dass Alex wahrscheinlich genau darauf setzte. Ärgerlich wischte er die Träne fort, die sich ihm aus den Augen gestohlen hatte. Er – würde – nicht – heulen.

Michael holte tief Luft und ignorierte den stechenden Schmerz in der Seite, als er sich aufrichtete. Mühsam kam er auf die Füße. Sein Blick fiel auf die rechteckigen Fenster des Herrenhauses. War da eine Gestalt am Fenster? Hatte sie womöglich jemand gesehen? Er sah genauer hin.

Der Schatten hinter den Vorhängen war verschwunden. Wahrscheinlich hatte er ihn sich nur eingebildet. Fest stand nur, er wollte jetzt nicht ins Haus. Seine Augen würden gerötet sein, das Gesicht blutverschmiert. Niemand sollte ihn so sehen. Niemand, erst recht nicht sein Vater.

Er wandte sich um; seine Schritte lenkten ihn fast selbstständig zum Stall. Dort konnte er sich waschen. Er würde nach Jack sehen, seine geschundene Nase in seinem warmen Fell vergraben. Alles würde gut.

Gar nichts war gut geworden. Michael hatte im Stall die toten Kaninchen gefunden. Allesamt abgeschlachtet. Und als er dafür Duster hatte verletzen wollen, weil er wusste, dass Alex den Hund mochte, war er zu schwach gewesen, um es wirklich durchzuziehen. Der Hund konnte schließlich nichts dafür. Stattdessen war der Köter am Ende über ihn hergefallen, und er hatte eine Woche im Krankenhaus verbracht.

»Na«, sagte Alex gedehnt. »Worüber denkst du gerade nach? Kann ich dir in irgendeiner Weise auf die Sprünge helfen?«, fragte er in einem liebenswürdigen Unterton, als spräche er immer noch zu einem Zehnjährigen.

Michaels Gedanken überschlugen sich. Der Zusammenhang wurde ihm augenblicklich bewusst, als Gernots Worte in seinem Kopf aufflackerten. *Eine Falle, auch damals schon?*

»Du hast das seinerzeit mit voller Absicht getan.«

»Was meinst du nur?«, fragte Alex hämisch.

»Du hast mich im Grunde erst auf Duster gebracht. Das war der Plan – du hast vorausgesehen, dass ich Jack rächen würde.«

»So? Habe ich das?« Er grinste boshaft.

»Du wusstest es. Du hast nur nicht damit gerechnet, dass Gernot mich retten würde.« *Gernot, mein bester Freund.*

Alex verengte die Augen zu Schlitzen. Ein gefährliches Brummen lag in seinem Ton, als er sagte: »Der kleine Scheißer hat meinem Hund den Schädel gespalten.«

»Duster gehörte dem Gärtner«, rückte Michael das Bild zurecht.

»Meinem Hund«, wiederholte er. »Wir waren verwandte Seelen. Er wurde missachtet und an die Kette gelegt, so wie ich. Du hast nicht die geringste Ahnung, wie es ist, ignoriert zu werden.«

Michael blies die Luft aus. »Ich habe keine Ahnung, was du mir damit sagen willst – interessiert mich auch nur mäßig, wenn ich ehrlich bin. Ich würde nur gerne wissen, warum du dich in mein Leben geschlichen hast? Was zum Teufel willst du von mir?«

Alex brach in Gelächter aus. »Was ich von dir will?«, gluckste er. »Doch nicht so schlau, was?« Er grinste schief. »Ich habe ihn wieder unterschätzt. Gernot hat dir gesteckt, wer ich bin. Aber *du* hast keine Ahnung, was ich alles für dich getan habe, richtig?«

»Du hast das Kaninchen in den Baum gelegt und die Dose im Hundezwinger versteckt«, sagte Michael im Glauben, ihn überraschen zu können. »Habe ich etwas vergessen?«

Alex schnaubte. »Das kratzt doch nur an der Oberfläche. Du beleidigst mich«, sagte er überheblich.

»Warum hast du das getan? Um mir zu zeigen, dass du zurück bist? Wolltest du mir das Leben zur Hölle machen oder was?«

»Das Leben zur Hölle machen?« Er schnaubte und senkte die Stimme. »Ich will dich töten, mein Freund.«

Michael stockte der Atem. Pures Adrenalin zuckte durch seine Venen und für einen Augenblick glaubte er, sein Verstand würde aussetzen. Sein Kopf war vollkommen leer. Blank. Nichts. *Kann man durch einen Schock sterben?*, fragte er sich und wusste im selben Moment, dass er wieder funktionierte. *Gernot hat nicht übertrieben.* »Was habe ich dir je getan?«, fragte er im plötzlichen Bewusstsein dessen, wie nah er am Abgrund stand; im wahrsten Sinne des Wortes. Ein Stoß und er würde einhundert Meter im freien Fall auf das Geröllfeld stürzen und zerschmettern; kein schöner Anblick.

»Hast du tatsächlich geglaubt, ich würde dich alles erben lassen und ungestraft dabei zusehen, wie du mir den Geldhahn abdrehst?«, fragte Alex und hob eine Braue.

»Was?«, fragte Michael überrascht. *Wovon redet der? Ich erbe alles und …* »Wiederhol das noch mal.« Fassungslos sah er Alex an.

Dessen Kiefermuskel zuckten, die Augen verengten sich um einen Deut. »Du musst es gewusst haben. Als der Alte starb, hast du sofort die Zahlungen eingestellt.«

»Wovon zum Teufel redest du?« Michael zog die Brauen zusammen und schüttelte den Kopf. »Was habe ich gewusst? Raus mit der Sprache!«

»Vorsicht«, brummte Alex warnend und hob den Zeigefinger.

Ich muss von dieser verdammten Kante weg, schoss es Michael durch den Kopf.

»Du musst gewusst haben, dass ich dein Halbbruder bin.«

Inzwischen hatte Michael versucht, sich einen Reim auf Alex' Worte zu machen; hatte diese Offenbarung jedoch nicht erwartet. Einmal ausgesprochen traf sie ihn wie ein Schlag. Der große Quentin Tonelli hatte es fertiggebracht, neun Monate nach seinem Tod aus dem Grab zu steigen und ihm eine schallende Ohrfeige zu verpassen.

Wie benommen sah er Alex entgegen, fühlte, wie dessen Hass seine nackten Arme hinaufbritzelte und augenblicklich eine Gänsehaut bei ihm hinterließ.

»Würde es einen Unterschied machen, wenn ich dir sage, dass ich keine Ahnung hatte …?«, begann er und registrierte Alex' beinahe unmerkliches Kopfschütteln mit Bestürzung. Michael brach den Versuch ab und schluckte. *Ich muss hier weg.*

»Ich habe wahrhaft Großes vollbracht, um dich an diesen Punkt zu bringen, mein *Bruder*«, ätzte Alex. »Du hast keine Ahnung davon, wie viel Vorbereitung mich das gekostet hat. Ein großartiger Plan, in all seinen Facetten; brillant.«

Beschäftige ihn, dachte Michael. *Lass ihn sich in seiner Überheblichkeit sonnen.* »Warum hast du dann die beiden Caches gelegt? Ein Kaninchen? Lachhaft. Und der Hund? Ich bitte dich. Sie waren kaum geeignet, um mich zu töten.« Verstohlen schob er einen Fuß um wenige Zentimeter schräg vor. Vielleicht gelang es ihm, die Höhlenwand hinter den Rücken zu bekommen und den Abstand zur brüchigen Kante zu vergrößern.

Alex grollte: »Ahnungsloser Trottel.« Verächtlich fuhr er fort: »Sie waren dazu da, deinen vorwitzigen Freund von dir zu entfernen.«

»Du wolltest, dass ich glaube, Gernot würde mich hassen.«

»Hat doch hervorragend funktioniert.«

»Du hast mich gegen ihn aufgestachelt, als beim Multi heraus kam, dass er mit Kirstin zusammen ist.« Er ging einen weiteren Schritt seitwärts.

»Wieso? Er *hat* dir doch das Mädchen geklaut oder etwa nicht?« Ein fieses Grinsen zuckte um seine Mundwinkel.

»Es war ihre Entscheidung«, sagte Michael und fragte sich, wie er je hatte zulassen können, dass ihn jemand derart manipulierte. Er hatte es nicht einmal bemerkt. Ein weiterer Schritt.

»Ach, Michael …«, sagte Alex mit einem bedauernden Seufzer. »… vielleicht hättest du dich doch besser an Jenny gehalten, sie ist so hübsch und liebenswürdig.« Seine Stimme triefte vor Sarkasmus. »Und sexy«, fügte er hinzu. »Sie hätte viel besser zu dir gepasst. Wusstest du eigentlich, dass ich zuerst dachte, sie sei deine Freundin?«

Michael riss die Augen auf, als ihm schwante, was Alex damit andeuten wollte. Er vergaß sogar eine Schrecksekunde lang in Bewegung zu bleiben. »*Du* hast ihr das angetan?«, brach es aus ihm heraus. »Sie ist doch jetzt *deine* Freundin. Zuerst versuchst du sie umzubringen und anschließend …«

»… nagel ich sie«, beendete Alex den Satz. »Meinen Schmetterling.« Er grinste süffisant. »Warum auch nicht«, sagte er mit einer wegwerfenden Geste. »Sie hat geile Titten und noch einen viel geileren Arsch.«

»Aber das ist nicht der Grund, warum du sie gerettet hast …« *Beschäftigen, beschäftigen, lass ihn erzählen*; noch ein Schritt.

Alex schüttelte sachte den Kopf. »Das war eigentlich ein dummes Versehen. Ich hatte meinen Leatherman am Cache verloren und musste ihn mir zurückholen, bevor ihn irgendein Depp findet. Sie hätte den Notruf wählen können. Jedenfalls hat sie mich über euch aufgeklärt und ich dachte mir, es wäre zur Abwechslung mal nett, einen wegzustecken. Die Kleine war sehr willig, sag ich dir – und sie tratscht gern. Sie hat mich brav über euch auf dem Laufenden gehalten.«

»Du bist menschenverachtend«, sagte Michael.

»Wie freundlich von dir, das festzustellen«, entgegnete Alex. »Ich fasse das als Kompliment auf.« Er kratzte sich am Kopf, dann sagte er mehr zu sich selbst: »In einem Punkt habe ich mich allerdings geirrt.« Er sah Michael prüfend an. »Sag mir, wie kann es sein, dass du mein Geschenk ausschlagen konntest?«

»Welches Geschenk?«, taktierte Michael in der Hoffnung, es würden noch weitere Ausführungen folgen. Er hatte sich ein gutes Stück vom Abgrund entfernt; vielleicht noch zwei Schritte. Sicherheit war jedoch etwas anderes.

»Den FTF. Du solltest eigentlich unterwegs sein, um deinen ersten FTF zu holen. Ich habe dafür gesorgt, dass Sammaël dir am Death Cache nicht in die Quere kommt – mein Geschenk an dich. Aber du bist hier.«

»Was heißt das, du hast dafür gesorgt?« *Wenige Zentimeter noch.*

Ein eigentümlicher Blick lag auf Alex' Gesicht. Wie beiläufig sagte er: »Ich habe ihn umgebracht, was sonst – aber sag mal, glaubst du allen Ernstes, ich merke nicht, was du da treibst?«

Michael erstarrte, augenblicklich gefror im das Blut in den Adern. *Scheiße.* In einem Sekundenbruchteil wurde ihm klar, dass es keine zweite Chance geben würde. Mit einem Satz sprang er auf Alex zu, versuchte ihn zu packen.

Alex hatte den Angriff offensichtlich erwartet. Eine geballte Faust raste auf ihn zu. Michael wehrte sie mit einem Schlag ab, griff nach Alex' Schulter, die andere Hand krallte er in dessen Nacken; er riss ihn vor und rammte ihm das Knie in den Magen.

Alex ging zu Boden, doch Michael ließ sich täuschen. Keineswegs angeschlagen, stützte der sich auf einen Arm, vollführte eine schwungvolle Drehung und trat ihm die Beine weg.

Rücklings stürzte Michael auf den harten Fels.

Keine Sekunde später war Alex über ihm und zog ein Messer aus dem Gürtel. Ein metallisches Sirren, die Klinge sprang heraus.

Michael packte seinen Arm, versuchte das Messer auf Abstand zu halten. Er sah Alex' gespannten Bizeps, die sehnigen Unterarme. Langsam senkte sich der Stahl auf sein Gesicht. *Verdammt, ich bin keine Zehn mehr*, schoss es Michael durch den Kopf.

Mit einem durchdringenden Schrei warf er sich zur Seite, Alex' Hand, welche das Messer umklammert hielt, drückte er auf den Boden, hob sie an, schlug sie auf den Stein, noch einmal. Endlich ließ Alex los, brüllte vor Schmerz; das Messer glitt ihm aus den geöffneten Fingern.

Michael spürte, wie sich eine scherenartige Beinklammer um seinen Rumpf schloss, wehrte sich nach Kräften, kam jedoch nicht frei. Er wurde herumgerissen.

Sein Gegner saß rittlings auf ihm, packte seinen Kopf mit beiden Händen; er würde ihm den Schädel zertrümmern. Schon sah er den Fels auf sich zurasen. Ein dumpfer Schmerz raste durch seinen Kopf. Er wurde erneut hochgerissen, sah das Messer, langte zu; Michael rammte es mit voller Wucht in Alex' Bein.

Ein durchdringender Schrei hallte durch die Höhle. Alex ließ los, zog sich zurück, kam auf die Beine und riss sich die Klinge aus dem Oberschenkel.

Michael nutzte die Gelegenheit und kam ebenfalls auf die Füße. Er ging auf Alex zu, der ihn mit gesenktem Kopf von unten herauf anstarrte. In seinen Augen loderte der blanke Hass.

»Was jetzt?«, brüllte Michael.

Alex schoss auf ihn zu.

Wie fremdgesteuert duckte sich Michael, packte Alex um die Oberschenkel und rammte ihm die Schulter in den Bauch. Michael drückte die Knie durch, drehte sich, presste ihm die Hand auf den Brustkorb und schlug ihn rücklings zu Boden.

Mit einem japsenden Laut entwich Alex die Luft. Reglos lag er im Staub und schloss die Augen.

»Feierabend«, keuchte Michael und dankte Gernot insgeheim für diese Lektion der Angriffsabwehr, die er selbst am eigenen Leib hatte erfahren müssen.

Ihm würde nicht viel Zeit bleiben. Also beeilte er sich, das Messer vom Boden aufzuheben, wandte sich zum Felsbrocken und schnitt das Seil ab, um Alex damit zu fesseln.

Plötzlich sah Michael eine ruckartige Bewegung im Augenwinkel und schreckte auf. Alex raste auf ihn zu. Michael spürte den Fels in seinen Kniekehlen, versuchte Alex zu packen. Die Wucht des Aufpralls riss Michael von den Füßen.

Kapitel 36

Selbst der röhrende Motor der Bandit vermochte den gellenden Schrei nicht zu übertönen, als Gernot und Kirstin am Geröllfeld der Ley angelangten. Augenblicklich brachte Gernot das Motorrad zum Stehen und riss sich den Helm vom Kopf. Kirstin war bereits abgesprungen, als er die Maschine mit einem Ruck aufbockte. Ein dumpfer Laut drang an Gernots Ohren.

Entsetzt rief er: »Scheiße, scheiße, scheiße! Hast du gesehen, wer das war?« Er hastete auf die Felsen zu. Mit einem halben Seitwärtsschritt sah er nach Kirstin. »Worauf wartest du?«

Sie stand wie angewurzelt, blickte starr an ihm vorbei. »Ich kann nicht …«

Gernot wartete nicht, setzte seinen Weg fort und erklomm die Felslandschaft. Hastig sprang er von einem Brocken auf den anderen, brach sich beinahe den Fuß, als er in einen Spalt rutschte. Er rappelte sich auf. Stolperte weiter. Sein Blick glitt nach oben. In der Höhlenöffnung sah er eine Gestalt, konnte jedoch das Gesicht nicht erkennen. Michael oder Alex, wer auch immer aus dieser Höhe gestürzt war, musste unweigerlich tot sein. Inständig hoffte er, dass es nicht Michael war.

Die Ungewissheit trieb ihn voran. Erst als er kurz vor dem reglosen Körper angelangt war, hielt er einen Augenblick inne, versuchte, sich für den Anblick zu wappnen, der sich ihm zweifellos bieten würde. Er atmete tief durch und trat an den Verunglückten heran. Mit einem Blick erfasste er strohblonde Haare, ein engelsgleiches Gesicht und weit geöffnete stahlblaue Augen, die ins Leere starrten.

Gernot griff sich an die Brust. Erleichterung floss durch seine Adern und hinterließ eine Mattigkeit, die ihn dazu veranlasste, neben Alex auf einen Felsen zu sinken. Erst auf den zweiten Blick packte ihn das kalte Grauen.

Unter dem Leichnam begann ein tiefroter Blutbach über den Fels zu rinnen. Der Brustkorb war unnatürlich vorgewölbt. Gernot erkannte den Grund im Sekundenbruchteil. Alex war in einen dolchartig aufragenden Fels gestürzt, der sich tief in seinen Rücken gebohrt hatte.

Gernot schluckte hart, bekam sich nur mühsam unter Kontrolle und wandte sich schließlich ab. Er sah die Ley hinauf. Die Gestalt im Zwergenloch war verschwunden. Stattdessen zerriss das Klingeln seines Mobiltelefons die surreal wirkende Stille. Gernot fischte es aus der Gesäßtasche, nahm ab und hielt es ans Ohr.

»Gernot?«, drang Michaels Stimme durch die Leitung.

»Ich bin hier, mein Freund«, sagte er matt.

»… ist er – brauchen wir einen Rettungswagen?«

»Nein. Da ist nichts mehr zu machen«, sagte Gernot. Er zögerte, dann setzte er hinzu: »Es tut mir leid.« Er lauschte in den Hörer. Schnaufende Geräusche drangen durch die Leitung, raschelnde Äste, dumpfe Laute.

Endlich sagte Michael: »Das muss es nicht.« Seine Stimme klang erschöpft. »Ich bin auf dem Weg zu dir«, schloss er und drückte das Gespräch ab.

»Ok«, sagte Gernot, obwohl er wusste, dass sein Freund ihn nicht mehr hören konnte. Er ließ das Smartphone sinken, behielt es jedoch in der Hand. Mit suchendem Blick sah er zurück zur Böschung. *Wo ist Kirstin?* Sie war nirgendwo zu sehen. Ob sie noch bei dem Motorrad auf ihn wartete? Gernot rappelte sich auf, steckte das Telefon weg und bahnte sich einen Weg zurück über das Geröll. Er achtete sorgfältig auf jeden seiner Schritte. Es war mühsam.

Er hatte die Leiche ein gutes Stück hinter sich gelassen, als er unvermittelt innehielt. Er glaubte, seine Augen spielten ihm einen Streich. Wie gebannt starrte er auf den Stein zu seinen Füßen. Er ging in die Hocke. »Sammaëls Engel«, sagte er halblaut.

Zweifel begannen sich in seinem Inneren auszubreiten. War Kirstin ihm nicht gefolgt, weil sie den Anblick nicht hätte ertragen können oder hatte sie noch einen anderen Grund? Hatte sie womöglich schon Ähnliches erlebt? Der Stein kam ihm vor wie eine Gedenktafel.

Stirnrunzelnd richtete er sich auf und setzte seinen Weg fort. Es war nur eine Ahnung, die sich in seinen Gedanken formte. Dabei spielten Kirstins Worte eine entscheidende Rolle: *Sammaël ist ein Mythos.*

Als er die Bandit erreicht hatte, sah er sich nach ihr um. *Wo ist sie?*, fragte er sich und trat auf den Feldweg. Er ging das kurze Stück bis zum weitläufigen Parkplatz vor dem Eisenbahntunnel und richtete seinen Blick hinauf. Sie saß auf dem Dach und ließ die Beine baumeln. Ihr Blick war in die Ferne nach Remagen gerichtet, so wie damals, als sie sich zum ersten Mal geküsst hatten.

Zielstrebig wanderte Gernot über das Schotterfeld. Kaum hatte er den ausgetretenen Pfad erreicht, brach Michael aus den Büschen und trat auf das Tunneldach. Er schien Kirstin gesehen zu haben, denn statt den Abstieg in Angriff zu nehmen, zögerte er kurz und ging dann auf sie zu.

Gernot kletterte ebenfalls hinauf. Michael drehte sich zu ihm um und sah ihm zunächst wortlos entgegen. Dann fragte er: »Wie sieht er aus?«

»Kein schöner Anblick«, gab Gernot Auskunft. »Aber hey, du siehst auch nicht gut aus«, stellte er fest.

Michael hob die Hand und betastete vorsichtig seinen Hinterkopf. Sein Haar fühlte sich verklebt an und seine Fingerkuppen stießen auf feine Verkrustungen. »Halb so wild, brennt nur ein bisschen«, tat er daher ab. »Es hat schon beinahe aufgehört zu bluten.« Er seufzte. »Ich verstehe das immer noch nicht. Der Typ war eindeutig krank – damals schon. Ist dir klar, dass er es darauf abgezielt hatte, dass ich zu Duster in den Stall gehe? Er wollte, dass ich von dem Köter zerbissen werde.«

»Wie kann man so was planen?«, fragte Gernot überrascht.

Michael zuckte mit den Schultern. »Ich hätte auch nie für möglich gehalten, dass ein Mensch derart manipulativ sein kann. Der Alte war schon nicht ohne, aber das … Er war mein Halbbruder …«

Gernot nickte.

»Das hast du gewusst? – Woher?«

Gernot sah ihn zerknirscht an. »Wir haben dich gesucht, weil wir dich doch warnen mussten. Ich konnte dich mobil nicht erreichen, also sind wir zur Villa gefahren. Frau Becker hat uns reingelassen. Im Büro haben wir einige Papiere gefunden – ich denke, sie waren noch aus dem Nachlass deines Vaters. Darunter war Alex' Geburtsurkunde; Sohn von Louise Tenner und Quentin Tonelli.« Er verzog den Mund. »Bitte sei nicht sauer.«

Michael stutzte: »Warum sollte ich? Du hast mir das Leben gerettet – ein zweites Mal. Du bist mein bester Freund.«

»In letzter Zeit sah das allerdings nicht so aus.«

Michael sah beschämt zu Boden. Reumütig sagte er: »Es tut mir leid. Ich hätte niemals an dir zweifeln sollen.« Er hob den Kopf und sah ihm offen in die Augen. »Ich weiß nicht, was in mich gefahren ist.«

»Dein Vater, schätze ich.« Großzügig fügte er hinzu: »Vergiss es einfach.«

Michael sah erleichtert aus, nickte langsam und wirkte nachdenklich. »Alex hat behauptet, ich hätte die Zahlungen eingestellt. Glaubst du, Vater hat ihm monatlich Geld überwiesen …«

»… und als er gestorben ist, gab es keines mehr.«

»Ich wusste ja nichts davon …«, unvermittelt brach er ab. »Verdammt …«

»Was denkst du?«, hakte Gernot nach.

»Wenn ich nicht so lange mit den Papieren gewartet hätte, vielleicht – ich habe sie auf die lange Bank geschoben. Mir hätte das früher auffallen können, ich hätte die Zahlungen wieder aufgenommen, all das wäre dann vielleicht gar nicht passiert … Jennys Unfall … das war keiner.«

»Ich weiß«, sagte Gernot. »Ich glaube aber nicht, dass es Alex nur ums Geld ging. Er hat dich früher schon gehasst. Wahrscheinlich, weil du ein Heim hattest und er nicht. Es spielte sicher eine Menge Neid mit. Weniger um das Geld als um deinen Vater, der ihn nie akzeptierte.«

Michael schnaubte. »Ich hätte ohne Zögern mit ihm getauscht. Das kann ich dir sagen. Mein Vater war ein Arschloch.«

»Ja«, sagte Gernot schlicht.

»Und woher hast du gewusst, dass Jennys Unfall keiner war?«, fragte Michael.

»Kirstin ist bei ihr gewesen und hat sich dann den Cache angesehen. Er war eindeutig manipuliert worden.«

»Aber es sah doch alles nach einem Unfall aus? Wie seid ihr überhaupt darauf gekommen, es könnte keiner gewesen sein?«

»Weil U-con bei einem FTF umgekommen ist.«

»Das stimmt also? Ich habe Gerüchte gehört.« Michael hielt inne. Die Augen weiteten sich ungläubig. Er rieb sich über die Stirn. »U-con war Sammaël?«, fragte er schließlich.

Gernots Blick glitt zu Kirstin, die jedoch keine Regung zeigte. Schließlich fragte er: »Wie kommst du darauf?«

Er schürzte die Lippen. »Als wir in der Höhle waren, sagte Alex, er hätte Sammaël umgebracht.« Er tippte sich an die Stirn. »Alex war so krank im Hirn. Er wollte, dass ich als FTF-Jäger aufrücke, damit ich dann den Death Cache als Erster logge.«

»Der eine Falle ist.«

»Scheiße, ja – was ist mit dem Cache?«

»Kirstin hat eine Mail an einen Reviewer geschickt. Ich denke, der dürfte inzwischen deaktiviert sein.«

»Wir sollten die Polizei rufen«, sagte Michael und nahm sein Smartphone in die Hand.

Kirstin hatte die ganze Zeit dagesessen, den Blick in weite Ferne gerichtet und geschwiegen. Jetzt jedoch fuhr sie herum, sah aus weit aufgerissenen Augen zu ihnen auf, dann blickte sie zu Boden und nickte, während sie sich erneut dem Rhein zuwandte.

Gernot legte seine Hand auf Michaels Unterarm und hielt ihn ohne ein Wort auf.

Michael zögert, dann ließ er das Smartphone sinken.

Sie sahen sich einen Augenblick in die Augen, dann setzten sie sich ebenfalls an die Kante, ohne dass eine Verabredung dazu notwendig gewesen wäre, und nahmen Kirstin in ihre Mitte.

Gernot sah sie von der Seite an. Er suchte nach den richtigen Worten, war sich unsicher, ob es solche überhaupt gab. Schließlich fragte er: »Warum liegt im Geröll ein Stein mit Sammaëls Engel und warum hast du gesagt, Sammaël wäre ein Mythos?«

Kirstin schwieg.

Michael ergriff das Wort und fragte: »Warum hat Sebasch mir dasselbe gesagt? Wer ist unter dem Engel begraben?«

Überrascht sah Gernot seinen Freund an. *Hat Michael das Grab geöffnet?*

»Ich bin den Engel-Travel Bugs gefolgt«, sagte Michael an ihn gerichtet. »Es sind Epitaphe und es gibt sie seit fünf Jahren. Unter dem Stein liegt eine Leiche – ich habe nachgesehen.«

Kirstin wandte abrupt den Kopf und sah ihn an. »Das hättest du nicht tun sollen.«

»Glaub mir, ich wünschte, ich hätte es gelassen.«

Gernot legte ihr eine Hand auf die Schulter und fragte sanft: »Was ist damals passiert?«

Kirstin atmete schwer. Sie richtete ihren Blick auf die Apollinariskirche, dann sagte sie: »Sammaël ist ein Mythos, weil er vor fünf Jahren gestorben ist.«

Kapitel 37

Kirstin schloss die Lider und rief sich Sammaëls Gesicht ins Gedächtnis. Seine treuen blauen Augen, umrahmt von feinen Lachfalten, den Jägerbart, die graumelierten Haare. Sie hatte diesen Mann geliebt. Er war ihr wie ein Vater gewesen, selbst wenn der Altersunterschied dem nicht ganz gerecht wurde. Zweifellos hätte er sehr früh Vater werden müssen, um ihrer zu sein.

Sie sah ihn immer noch deutlich vor sich, doch plötzlich wandelte sich das Bild. Sein Gesicht veränderte sich, wurde blass und in seiner Miene lag ein schmerzverzerrter Ausdruck. Sein Blick wurde hart wie Granit und es lag die Anklage in ihm. *Warum hast du das getan?*

Kirstin riss die Augen auf. Das war nicht Sammaël. So war er nie gewesen. Das Bild stammte aus ihrem ureigenen Selbst, brach aus der Tiefe ihrer Seele heraus. Sie fühlte sich an dem, was geschehen war, schuldig. Und das war sie. Schuldig, auch wenn sie über all die Jahre versucht hatte, sich einzureden, dass es am Ende Sammaël gewesen war, der die Entscheidung getroffen hatte.

Sie wusste nicht, wie sie beginnen sollte, fühlte Gernots Hand auf ihrer Schulter ruhen, sanft, liebevoll. Würde er sie verstehen? Und Michael? Was war mit ihm, dem Mysthunter, der das Engel-Rätsel gelöst hatte? Im Grunde hatte sie doch immer darauf gewartet, dass eines Tages jemand kommen und das Puzzle zusammensetzen würde. Aber was hatte sie sich davon erhofft? Eine Absolution? Einen Hinweis darauf, in welche Richtung sich ihr Vorgehen in den nächsten beiden Jahren wenden sollte? Ihr Plan stand fest. In zwei Jahren sollte es enden. Entweder sie würde lernen damit zu leben, durch

Heilung und Liebe; die Bedeutung der Engel Raphael und Uriel, oder sie würde ihr eigenes Leben beenden. Vergeltung und Sieg durch den Tod; Jegudiel und zuletzt Michael. Diese Entscheidung hätte sie bald treffen müssen, doch nun war mit einem Schlag alles anders.

Mit zittriger Hand strich sie sich den knallblauen Pony aus der Stirn und begann, stockend zu erzählen. Von damals, als alles noch so leicht gewesen war. Ein Spaß, nichts weiter.

»Es war schon dunkel und es hatte geregnet in jener Nacht …«, sagte sie und ihre Stimme klang brüchig. »… wir saßen in meinem Wrangler. Das rote Licht der Ampel spiegelte sich auf der nassen Fahrbahn. Aus den Lautsprechern dröhnte AC/DC. Ich brüllte den Refrain mit:

»You've been thunderstruck, thunderstruck
Yeah yeah yeah, thunderstruck!«

Vom Beifahrersitz hörte sie U-con lachen. Er beugte sich vor und angelte sich eine Flasche Bier aus dem Träger, der im Fußraum stand.

Hinter Kirstin auf der Rückbank grölte Sebasch, sprang auf und hielt sich an dem Dachträger fest. »Ist das nicht geil?«, rief er aus. Dann warf er sich mit seinem ganzen Gewicht erst zur einen, dann zur anderen Seite. Der Wrangler wankte, als habe er starken Seegang.

»Hey, nicht so wild, gleich ist grün!«, rief Kirstin und ließ den Motor rören.

Sebasch hielt inne und ließ sich auf den Sitz fallen. Er legte seine Hände auf ihre und U-cons Schulter. »Bist du hier allein, oder was? Gib mir auch mal ne Flasche rüber!«, übertönte er den harten Rock der Band.

»Jetzt sauft nicht alles leer!«, rief Kirstin.

Die Ampel sprang auf Grün, Kirstin trat aufs Gas.

Sebasch fiel in den Sitz zurück. »Ouh hou!« Er stimmte einen Sprechgesang an: »Jetzt geht's los. Jetzt geht's los …!«

Der Wrangler schoss über die Straße, die sich wie ein schwarzes Band durch den Ort zog. Sie glitzerte unter den gelben Lichtkegeln der Scheinwerfer. Der Fahrtwind rauschte um ihre Ohren und die Band spielte einen neuen Song an, der wie eine Fahne durch die Häuserschlucht hinter ihnen herwehte.

Sie fallen reihenweise aus den Betten, dachte Kirstin und grinste bei der Vorstellung. Sie langte nach dem Lautstärkeregler und drehte ihn höher.

Wenige Augenblicke später lichtete sich die Bebauung. Kirstin bog auf die L42 und folgte der Landstraße. Der alte Brückenkopf flog wie ein übergroßer schwarzer Schatten an ihnen vorüber.

U-con richtete sich neben ihr im Sitz auf und sah zur Erpeler Ley hoch. »Ob er ihn schon hat?«

»Klar hat er ihn!«, rief Sebasch von hinten. »Er ist der Beste!«

Kirstin bog in einen Schotterweg ein und führte den Wrangler gemächlich den steilen Hang hinauf.

U-con drehte die Musik leiser. »Vorsprung hatte er jedenfalls genug«, merkte er an.

Kirstin warf einen Blick auf die Uhr im Armaturenbrett. »Die halbe Stunde dürfte locker gereicht haben. Er ist bestimmt oben«, sagte sie und stellte den Jeep auf dem Schotterplatz in der Nähe des Tunnelgebäudes ab. AC/DC verstummte, als sie den Schlüssel aus dem Zündschloss zog. Die plötzliche Stille senkte sich über sie wie ein fest verwobenes Leichentuch.

Sebasch sprang hinaus, war mit einem Satz an U-cons Tür und trommelte auf die Motorhaube. »Los jetzt! Gleich gibt's Party!«

Kirstin stieg ebenfalls aus und fischte ihren Rucksack aus dem hinteren Fußraum. Sie wandte sich dem Berg zu und sah hinauf. Der Mond beleuchtete den rauen Fels nur schwach, doch das Zwergenloch war deutlich zu erkennen.

»Hast du noch Platz in deiner Tasche?«, fragte U-con.

Kirstin drehte sich zu ihm um.

Er hielt zwei Flaschen hoch. »Die passen bei mir nicht mehr rein und Sebasch hat schon das ganze Grillzeug …« Er ließ die Flaschen wie in Zeitlupe sinken. »Was ist los?«

Kirstin zögerte, bevor sie antwortete. Nicht die Flaschen waren das Problem. Sie fühlte sich eigentümlich. Ihre Euphorie war gemeinsam mit der Musik verstummt. Sie sah U-con an und sprach das aus, worüber sie die ganze Zeit schon unterbewusst grübelte: »Haben wir es übertrieben?«

»Quatsch«, mischte sich Sebasch ein. »Wenn was übrig bleibt, schmeißen wir das morgen in die Pfanne.« Sein Blick wechselte von U-con zu Kirstin und zurück. Er stutzte. »Oder was meinst du?«

Kirstin öffnete den Reißverschluss und hielt U-con den Rucksack hin.

Die Flaschen klirrten, als er sie in die Tasche schob.

»Ich meine den Cache«, sagte sie. »Er ist nicht ohne, wenn man den Zugang nicht kennt.«

Sebasch runzelte die Stirn, dann schüttelte er entschieden den Kopf. Er klopfte Kirstin auf die Schulter. »Schon, aber du sagst es doch selbst – wenn man den Zugang nicht kennt. Du hast im Listing genug Hinweise gestreut.«

»Mach dir keine Sorgen«, schaltete sich U-con ein. »Das Rätsel war genau auf ihn zugeschnitten. Er weiß, wie man reinkommt. Er ist doch nicht blöd.«

Kirstin senkte den Blick und verschloss den Rucksack.

»Genau«, pflichtete Sebasch ihm bei. »Komm schon, jetzt unk hier nicht rum. Wir wollen feiern.«

Mit einem festen Griff half U-con ihr mit dem Rucksack.

Kirstin streckte die Arme durch die Riemen und spürte sofort das Gewicht, das sich tonnenschwer auf ihre Schultern legte. Es beschlich sie der Verdacht, das könne nicht allein am Bier liegen. Sie wollte sich nicht sorgen, aber die Finsternis hatte sich in ihr Herz gestohlen, seit sie in den Schatten der Ley getreten war.

Kirstin zwang sich zu einem Lächeln. »Dann lasst uns mal raufklettern. Bei dem Gepäck können wir froh sein, wenn wir in einer halben Stunde da sind. Nicht, dass er sich da oben noch langweilt.«

Sebasch war schon an ihnen vorbei und kämpfte sich den Weg zum Tunnel hinauf.

Kirstin fühlte eine Hand auf ihrer Schulter, neigte den Kopf und ihre Blicke trafen sich.

»Er sitzt bestimmt oben und genießt die Aussicht«, sagte U-con und nickte bekräftigend.

Ihr Lächeln wurde echt bei dem Gedanken. Schließlich entgegnete sie: »Wahrscheinlich hast du Recht.«

U-con ging voraus. Kirstin folgte seinen Schritten und überwand die erste Steigung ohne nennenswerte Schwierigkeiten. Auf dem Tunnel angelangt ließ sie ihren Blick schweifen. Der Rhein lag unter ihr und wand sich sanft durch das Tal. Die Türme der Apollinariskirche ragten hell erleuchtet in den Nachthimmel und boten einen gigantischen Anblick. Seit jeher vermochte diese Aussicht sie in Staunen zu versetzen. Schließlich riss sie sich davon los und wandte sich den anderen zu. Sebasch war bereits in das dunkle Grün des Waldes eingetaucht. Sie hörte, wie er sich seinen Weg durch das Unterholz bahnte. U-con war ihm gefolgt, also verabschiedete sie sich von der Aussicht und tröstete sich damit, dass sie von oben noch viel weiter würde blicken können.

Der Weg war beschwerlich, erst recht, da sich das Gepäck hart in Kirstins Rücken drückte. Sie lehnte sich gegen den Hang, prüfte jeden Schritt auf sicheren Halt und hangelte sich an Baumstämmen hinauf. Doch die schlimmste Stelle lag noch vor ihnen.

Am Tag der Vorbereitung hatte Kirstin schon vorsorglich ein Seil an einen höher gelegenen Baum vertäut, damit sie sich daran würden hochziehen können.

Als sie die Stelle erreichte, sah sie, wie U-con sich abmühte. Er hielt das Tau mit beiden Händen, suchte nach Halt im schlammigen Boden, doch seine Füße gerieten immer wieder gefährlich ins Rutschen.

Auf der Kuppe stand Sebasch. Er hatte das Gepäck neben sich gestellt, hielt einen Stamm, so dick wie seinen Oberschenkel, umklammert und beugte sich vor. »Komm, Kumpel. Nimm meine Hand«, sagte er und streckte sie nach U-con aus.

Dieser kraxelte einen weiteren Schritt auf Sebasch zu und fasste Seil nach. Kirstin sah, wie er die Wurzel prüfte, auf der er stand, dann stieß er sich ab und langte nach oben.

Mit einem klatschenden Laut packten Hände ineinander. Sebasch zog ihn herauf.

U-con wandte sich zu ihr um und rief: »Jetzt du, Kiba!«

Kirstin zog die Träger des Rucksacks fest, dann bekam sie das Seil zu fassen. Sie lehnte sich zurück und setzte eine Hand vor die andere. Vorsichtig prüfte sie den Untergrund bei jedem Schritt, bevor sie sich voranarbeitete. Ihr Bizeps spannte, die Arme begannen zu schmerzen und in diesem Augenblick wünschte sie sich Handschuhe herbei. Warum hatte sie nicht daran gedacht? Sie wusste doch genau, wie kräftezehrend der Anstieg war. Insbesondere dieses letzte Stück. Ihre Handflächen brannten, als sie schließlich das Seil losließ und die Jungs sie nach oben zogen.

Kaum dass sie auf der Kuppe angelangt war, riss sie sich den Rucksack von den Schultern, beugte sich, umfasste ihre Knie und rang nach Atem.

»Geht's?«, fragte U-con und legte ihr eine Hand auf den Rücken.

Kirstin nickte. Dann richtete sie sich auf.

U-con schnappte sich ihr Gepäck und trug es über die Ebene. Am Ende blieb er vor der nackten Felswand stehen, die vor ihm in die Höhe schoss und legte die Tasche ab. Seine eigene stellte er daneben.

Sebasch folgte seinem Beispiel. »Schade, dass wir Sammaël von hier aus nicht sehen können.«

»Aber er kann uns hören«, sagte Kirstin, als sie neben ihn trat.

»Sammaël!«, rief U-con wie auf Befehl.

Sie lauschten in die Nacht hinein.

»Sammaël!«, versuchte er es erneut, doch auch dieses Mal erhielt er keine Antwort.

»Vielleicht hat er das Radio gefunden, sitzt drinnen und hört uns nicht«, meinte Sebasch.

Kirstin ging in die Hocke, öffnete ihre Tasche und kramte nach der LED-Stirnlampe. Als sie die Leuchte gefunden hatte, befestigte sie das Band um ihren Kopf, dann wanderte sie langsam an der Felswand entlang. Es konnte nicht weit sein. Irgendwo hier gab es eine etwa anderthalb Meter tiefe Senke. Da sie wusste, dass diese Ebene von unten nicht einsehbar war, tastete sie mit der Hand nach dem winzigen Schalter der LED und knipste sie an. Gespenstisch tanzte das kalte Licht über den Fels hinab auf den Boden zu ihren Füßen.

Zwei weitere Lichtkegel tauchten neben ihr auf. Sebasch und U-con hatten ebenfalls ihre Lampen eingeschaltet und waren ihr gefolgt.

Die Strahlen kreuzten sich, trafen sich zu einem einzigen großen Spot und schienen auf dem Boden zu erstarren. Kirstin schluckte schwer, als ihr Verstand begriff, was dort in blasse Helligkeit getaucht vor ihnen lag.

Der zugeschüttete Eingang zum Tunnel war unangetastet. Sie war die erste, die ihre Sprache wiederfand, dennoch klang diese eher wie ein heiseres Flüstern: »Bitte sagt mir, dass das nicht wahr ist.«

Ihre Cacherkollegen schwiegen.

Kirstins Lichtkegel löste sich von den beiden anderen, als sie sich umwandte und ihr Blick zwischen U-con und Sebasch hin- und herwechselte. Schließlich drehte sie sich der Senke zu, kniete auf den Boden nieder, legte sich flach auf den Bauch und ließ sich hinabfallen. Kaum dass sie wieder festen Boden unter den Füßen spürte, lief sie auch schon die kurze Strecke auf die Felswand zu. »Was ist das für eine Scheiße?«

Sie hörte, wie U-con über ihr stammelte: »Er war noch nicht hier.«

»Schwachsinn!«, blaffte sie zurück und winkte unwirsch mit der Hand ab. »Du weißt so gut wie ich, dass er mittlerweile seit einer Stunde auf uns warten müsste.« Kirstin tastete die Erde am Fuß der Felsen ab. Sie war vom Regen durchnässt, aber immer noch fest.

»Er muss den Tunnel hinter sich verschlossen haben«, sagte Sebasch. Seine Stimme klang wenig überzeugt.

»Du redest doch Scheiße!«, brüllte Kirstin. Hektisch nahm sie denselben Weg wieder hinauf.

»Kann doch sein«, fuhr Sebasch sie an. »Stimmt doch, oder U-con?«

Kirstin leuchtete ihm mitten ins Gesicht. Er war kreidebleich und seine Augen waren unnatürlich geweitet.

»Sag's ihr, U-con«, wandte er sich verzweifelt an seinen Freund.

»Belüg dich nur selbst«, ätzte sie. »Welchen vernünftigen Grund könnte es dafür geben?«

U-con löste sich aus seiner Erstarrung. »Wo also kann er sein? Glaubst du, er erlaubt sich mit uns einen Spaß?«

Kirstin hielt einen Sekundenbruchteil inne. Würde er sich hier verstecken, abwarten, bis sie verrückt würden vor Sorge und dann hinter einem Baum hervorspringen? – Nein, niemals; nicht einmal an seinem Cacher-Jubiläum. Sie schüttelte den Kopf.

»Was dann?«, fragte U-con. Er fuhr sich mit der Zunge über die Lippen. Dann sprach er die Befürchtung aus, die sie längst hegte. »Kann es sein, dass er das Rätsel doch nicht durchschaut hat?«

Natürlich bedeutet es genau das, dachte Kirstin. Ihr wurde abwechselnd heiß und kalt. *Das Rätsel im Listing, dessen Lösung die Koordinaten zum Tunneleingang verriet, ist zu schwer gewesen. Das ist allein meine Schuld.*

»Wie kommt man noch zum Cache, wenn man den Tunnel nicht kennt?«, fragte Kirstin und rieb sich mit den kalten Fingern über die Stirn. Die Antwort kannte sie im Grunde schon, wagte aber nicht daran zu glauben.

»So irre ist er nicht«, platzte es aus U-con heraus.

Kirstin fuhr auf dem Absatz herum und rannte zu ihrem Rucksack. Sie stülpte ihn kurzerhand über dem Boden aus, stopfte alle Cacher-Utensilien, die sie vielleicht würde brauchen können, wieder hinein und warf ihn sich förmlich auf den Rücken. Neben ihr taten U-con und Sebasch es ihr gleich.

Als hätten sie sich abgesprochen, rannten sie gemeinsam auf die Felsnase zu.

Kirstin fackelte nicht lange, als sie den massiven Stein erreicht hatte. Sie hangelte sich am erstbesten Vorsprung hinauf und hechtete die Wand hoch. Kaum dass sie auf dem kleinen Plateau angelangt war, suchte sie mit den Augen die Felsen unterhalb des Zwergenlochs ab. Der Strahl der Lampe glitt über die kahle Ley und tauchte den zerklüfteten Stein in einen gespenstischen Schimmer.

Zwei weitere Lichtkegel fanden ihren Weg durch die Finsternis und leuchteten die Felswand ab.

»Sebasch ...«, sagte Kirstin, »... such du oberhalb. Es kann sein, dass er sich abgeseilt hat.«

Sein Lichtkegel schoss augenblicklich hinauf und tastete sich systematisch von der oberen Grasnarbe beginnend langsam abwärts.

Da U-con die Möglichkeit abdeckte, dass Sammaël von unten hätte hinaufklettern können, fasste Kirstin schweren Herzens einen Entschluss. Sie hockte sich auf die Knie und sah hinab zum Fuß des Berges.

Der Lichtkegel glitt zur steilen Felswand, dann begann sie langsam, einer imaginären Linie folgend, das ausgedehnte Geröllfeld abzutasten. Ein Absturz auf diese scharfkantigen Brocken käme einem sofortigen Todesurteil gleich. Einige von ihnen hatten beinahe die Größe eines Schäferhundes. Andere stachen zwischen ihnen hervor wie die Reißzähne eines Dinosauriers. Ein menschlicher Körper würde an ihnen erbarmungslos zerschmettern. *Wenn ihm etwas zugestoßen ist ... Es ist deine Schuld, allein deine Schuld. Aber es ist doch nur ein Spiel und dazu gehören Rätsel, der Tunnel war verschlossen – er war verschlossen.*

»Verdammt!«, rief U-con erschrocken aus.

Kirstin warf den Kopf herum und starrte ihn an.

Sebasch hatte es ihr gleichgetan.

U-con riss sich schützend die Hände vor die Augen. »Nicht blenden! Scheiße! Jetzt sehe ich ihn nicht mehr.«

»Wo? Wo ist er?«, fragte Kirstin und ließ ihre LED über die Felswand tanzen.

Auch Sebasch leuchtete hinüber.

»Weiter rechts unterhalb der Höhle.« U-cons LED kreiste gezielter. Plötzlich erfasste er eine menschliche Gestalt.

Zwei weitere Spots trafen ihn.

Kirstin sog erschrocken die Luft ein. »Was macht er da? Sehe ich das richtig? Er …« Sie schaute genauer hin und beugte sich vor.

Sammaël hatte zwei Drittel der Wand erklommen. Scheinbar hatte sich ein Steigeisen gelöst. Er hing gefährlich hoch über dem Abgrund und pendelte an seinem Kletterseil, unfähig einen sicheren Stand zu finden.

»Sammaël!«, brüllte U-con.

Kirstin sprang auf die Füße. »Wir müssen ihm helfen. Sofort! U-con, komm mit. Wir versuchen es von oben.«

»Wir kommen vom Zwergenloch! Halte durch!«, schrie U-con zu Sammaël hinüber.

»Ich bleibe hier und halte ihn mit dem Spot erfasst«, rief Sebasch.

Kirstin hastete eilig an ihm vorbei und kletterte die Felsnase hinab. Beinahe wäre sie gestürzt, doch U-con ergriff gerade rechtzeitig ihren Arm.

Er sagte kein Wort, aber in seinem Blick stand die Mahnung überdeutlich: nicht hektisch werden. Und er hatte Recht. Dennoch achtete sie nur beiläufig auf sicheren Halt. Halsbrecherisch hastete sie abwärts und sprang das letzte Stück hinab ins welke Laub. Dann rannte sie über die Ebene. Sie überwand am Boden liegende Äste und hechtete in die Senke zum Tunneleingang. Kirstin spürte U-cons Atem im Nacken.

Er war bereits neben ihr und stieß den Spaten in die Erde, um den Gang freizulegen.

Sie fiel auf die Knie und wollte mit den Händen graben, doch er hielt sie zurück. »Willst du, dass ich deine Hand erwische? Du brauchst deine Finger noch.«

Sie fuhr zurück. Ihr blieb nichts weiter als zu warten, bis er fertig war. Plötzlich hatte sie einen Gedanken. Wie wollten sie Sammaël helfen? Sie kamen doch gar nicht an ihn heran. »Ich hole das Seil«, rief sie und kam auf die Beine. Ohne auch nur eine Sekunde zu zögern, spurtete sie los.

»Beeil dich!«, rief U-con ihr nach. »Ich brauche hier nicht lange!«

Natürlich beeile ich mich, dachte sie und tatsächlich brauchte sie nur wenige Minuten, bis sie den Abhang erreichte. Das Seil war schnell gefunden. Mit zitternden Fingern versuchte sie den Knoten zu lösen, doch er saß zu fest; es war zum Schreien.

»Mann, bist du eigentlich blöde?«, schalt sie sich und zog das Taschenmesser aus der Jeans. Sie ließ die Klinge herausspringen und schnitt das Seil in Windeseile kurz unter dem Knoten ab. Hastig wickelte sie es auf und rannte zurück.

In der Senke angekommen sah sie, dass U-con den Eingang bereits freigelegt hatte. Der Spaten stach in einen Berg loser Erde. Von U-con selbst fehlte jede Spur. E*r ist schon drin,* dachte sie, sank auf die Knie und zog den Rucksack von den Schultern. Sie stopfte das Seil hinein und schob ihn voran in die Öffnung. Kirstin legte sich flach auf den Bauch und robbte hinein. Im Inneren roch es modrig. Trotz der lauen Nachtluft draußen trieb ihr die Kälte eine Gänsehaut über die Arme.

Der Kriechtunnel war so eng, dass sie nur mühsam vorankam. Sie rieb sich den Rücken an der Decke auf, ignorierte den Schmerz; wollte nicht daran denken, wie viele Tonnen massiven Gesteins über ihr ruhten. Sie musste zu Sammaël.

Kirstin schob den Rucksack vor sich her, stieß sich mit den Füßen ab und zog sich auf Ellenbogen weiter. Es war wie ein unhörbarer Takt einer nicht existenten Musik, komponiert von ihr selbst. Schieben - stoßen - ziehen; schieben - stoßen - ziehen; …

Endlich sah sie das Ende vor sich. Die Höhle wurde von U-cons LED in einen kühlen Schein getaucht. Gleich hatte sie es geschafft. Sie schob ein letztes Mal den Rucksack voran, der sofort zur Seite geschoben wurde. Dann folgte sie selbst.

U-con ergriff ihre Hände und zog sie hinaus. Dann half er ihr auf die Füße. »Das wurde Zeit«, sagte er schlicht. »Wo ist das Seil?«

»Im Rucksack. Wie geht es ihm?«

»Er hat einen Stand gefunden, etwa zehn Meter unter uns auf einem Sims, wenn man es so nennen will. Allerdings weiß er nicht, wie lange es noch hält«, gab U-con Auskunft, packte den Rucksack und zog das Tau heraus. Mit ausgreifenden Schritten lief er zur Höhlenöffnung.

Kirstin folgte ihm. Als sie an der Kante stand, ging sie augenblicklich in die Hocke und schaute hinab.

Sammaël sicherte sein Seil. Sein grau meliertes Haar klebte ihm wirr am Kopf. Er sah erschöpft aus.

U-con band sich das Seil um die Hüfte. Dann legte er sich flach auf den Bauch und warf das andere Ende hinunter.

Sammaël sah zu ihnen auf, dann langte er nach dem Tau, das leicht rechts von ihm baumelte. Kaum hatte er es erreicht, sah er wieder zu ihnen auf und rief: »Alles klar?«

»Ich hab dich«, antwortete U-con und hakte seinen Fuß hinter einen Felsvorsprung.

Kirstin trat hinter U-con und nahm das Seilende. Sie sah sich um. Ein Felsbrocken ganz in der Nähe schien ihr geeignet zu sein. In fahriger Hast schlang sie es darum und band es fest. Dann stellte sie sich breitbeinig über U-con und packte ihn am Gürtel, in der Hoffnung ihm mehr Halt zu geben.

Das Seil spannte sich. Sammaël begann, daran hochzuklettern. Der gedrehte Hanf schliff über die Kante; rutschte zur einen, dann zur anderen Seite. *Es reibt sich auf,* dachte Kirstin.

Entsetzt sah sie, wie die Oberfläche stetig rauer wurde. »Wie weit ist er?«

»Noch etwa acht Meter«, sagte U-con.

Gebannt verfolgte Kirstin, wie das Seil sich abnutzte. *Bitte,* flehte sie stumm an eine himmlische Adresse. *Lass es halten, bitte.*

»Noch sechs Meter«, schätze U-con.

Die erste Faser des Seils riss. Ihre Stimme klang seltsam schrill, als sie rief: »U-con, ist er irgendwie gesichert? Das Seil hält nicht!«

»Ich sehe es. Ja, er hat seins nicht gelöst«, versuchte er sie zu beruhigen.

Die blanke Angst schnürte Kirstin die Kehle zu. *Was, wenn es riss? Würde sein Seil ihn halten?* Sie mochte gar nicht daran denken.

»Noch vier Meter. Er hat es fast geschafft«, keuchte U-con. Die Anstrengung hatte ihm Schweißperlen auf die Stirn getrieben.

»Ich bin erst beruhigt, wenn er leibhaftig neben uns steht«, wisperte Kirstin und prüfte, ob sie U-con auch wirklich fest am Gürtel hatte.

Plötzlich ertönte ein berstendes Geräusch. Ein gezackter Riss schoss in Sekundenschnelle heran, verschwand unter U-cons Bauch und trat an der anderen Seite hervor. Die Kante unter ihm brach, sackte ab und rutschte dem Abgrund entgegen. Kirstin schrie auf und wurde mit U-con gerissen, der zusammen mit dem Brocken aus der Höhle schlitterte; das Seil immer noch mit beiden Händen fest umklammert.

U-con brüllte. Er hieb mit dem Fuß gegen die Höhlenwand, auf der Suche nach einem Vorsprung.

Kirstin fiel auf ihn, sah Sammaël abrutschen und gegen den Fels knallen.

Die Kante löste sich vollends und polterte hinab, sie verfehlte Sammaël nur um Haaresbreite; krachte gegen die Ley und zerbarst in unterschiedlich große Teile, die mit dem Geröll verschmolzen.

U-con hing mit dem Oberkörper über dem Abgrund und keuchte. »Ich kann ihn nicht halten. Kirstin, hilf mir, ich kann ihn nicht halten …«

Kirstin versuchte, ihr Gewicht zu verlagern. Langsam rutschten sie auf den Abgrund zu. Sie hörte das unheilvolle Schleifen hinter sich. Der Felsbrocken, der die letzte Sicherung hatte sein sollen, war zu leicht.

Kirstin richtete sich halb auf, mit den Händen an U-cons Gürtel und lehnte sich verzweifelt zurück.

Unter U-con bröckelten lose Steine von der Bruchkante und folgten der Scholle in den Abgrund.

Sammaël wurde immer noch von Sebaschs Lampe angestrahlt. Er baumelte an dem maroden Seil.

U-con rutschte erneut einige Zentimeter weiter in Richtung Verderben.

Kirstin schaute Sammaël direkt in die Augen und sah, wie sich sein Blick veränderte. Sie glaubte, Entschlossenheit darin zu lesen. Entsetzt schüttelte sie den Kopf. »Nein, bitte nicht«, sagte sie.

Sammaël zog einen Gegenstand aus der Gesäßtasche. Für einen winzigen Moment blitzte die silberne Klinge im Mondlicht auf.

»Nein! Sammaël, tu es nicht!«, rief sie verzweifelt.

U-con brüllte: »Komm lieber hoch! Du verdammter Idiot!«

Sammaël schüttelte fast unmerklich den Kopf. Schließlich rief er ihnen zu: »Ihr werdet beide mit mir abstürzen!«

In seinen Zügen lag ein resoluter Ausdruck, als er die Klinge über das Seil führte. Er schnitt es durch.

Kein Ton drang über seine Lippen, als er in die Tiefe stürzte.

Es gab einen heftigen Ruck. Er wurde für einen kurzen Moment von seinem eigenen Seil gehalten, das Eisen riss aus dem Fels. Dann raste er ungebremst hinab. Der dumpfe Laut des Aufschlags quoll bis zu ihnen empor.

Kirstin brach über U-con zusammen, der nach wie vor das Seil zwischen blutigen Fingern hielt. Er hatte den Kopf gesenkt. Sein Körper erbebte unter seinem gequälten Heulen. »Warum hat er das getan? Kirstin, warum? Verdammt noch mal, ich hatte ihn doch!«

Kirstin wollte ihm antworten, doch ihre Kehle brannte, Tränen stürzten aus ihren Augen. *Ich habe ihn umgebracht. Ich bin schuld. Er ist tot. Tot, weil ich ihn überschätzt habe. Er konnte das Rätsel nicht lösen. Er hat darauf vertraut, dass er hinaufklettern kann, weil ich es auch getan habe – ich bin schuld. Ich habe den Tunnel zu gut versteckt. Ich bin eine Mörderin. Das kann er nicht überlebt haben. Niemals.*

Ihr Verstand klammerte sich an diesen winzigen Funken Hoffnung. *Es gab Berichte von Menschen, die in die Tiefe stürzten und trotzdem wie durch ein Wunder überlebten.*

Kirstin wischte sich fahrig die Tränen aus den Augen und sah hinunter. Der Mond stand hinter einer Wolke. Die Geröllwüste war in völlige Dunkelheit getaucht. Sebasch leuchtete nicht mehr. *Ob er den Weg hinunter genommen hatte, um zu ihm zu gelangen? Er hatte alles mit angesehen.*

Sie wollte sich nicht damit aufhalten, das Geröllfeld von oben nach ihm abzusuchen. *Vielleicht brauchte er schnell Hilfe?* Sie zog sich von der Kante zurück, sprang auf die Füße, durchquerte die Höhle und ließ sich vor dem Kriechtunnel auf den Bauch sinken.

»Was machst du?«, hörte sie U-con fragen.

»Ich muss nachsehen …«

Er setzte sich auf und sah ihr aus trüben Augen entgegen. »Kirstin, er ist tot.«

»Nein, ich kann nicht … Ich muss es wissen!« Ohne weiter auf ihn zu achten, schob sie sich in den Tunnel und robbte so schnell sie konnte durch den Berg. Der Fels rammte sich in ihr Kreuz, doch sie beachtete den Schmerz nicht. Zu tief hatte sich die Qual in ihr Herz gegraben.

Es schien ihr eine Ewigkeit, bis sie endlich am anderen Ende angelangt war. Kirstin stieß sich heraus, kam sofort auf die Beine und wankte für einen Augenblick. Der Schwindel übermannte sie. Schnell schloss sie die Augen, zählte bis drei und öffnete sie wieder, nur um sie gleich darauf abermals zu schließen.

Scheiße, reiß dich zusammen, schalt sie sich und gab sich selbst einen kräftigen Schlag auf die Wange. Sie blinzelte noch zwei Mal, dann hatte sie sich wieder in der Gewalt und rannte los.

Es gab kein Halten, selbst in dem Moment nicht, als sie den Abhang erreicht hatte. In einer halsbrecherischen Schlitterpartie kämpfte sie sich abwärts, landete einige Male unsanft auf dem Hosenboden und zerriss sich die Jeans an einem Ast.

Als sie endlich auf dem Dach des Tunnelgebäudes angelangt war, fiel ihr Blick auf die Apollinariskirche. »Bei Jesus Christus und allen Heiligen, ich schwöre, ich werde fromm, wenn ihr ihn nur leben lasst«, wisperte sie. Schon wandte sie sich ab und überwand den letzten Abstieg.

Sie flog mehr über den Schotterplatz, als dass sie rannte. Die ersten Sträucher, die das Geröllfeld säumten, tauchten zu ihrer Linken auf. Sie brach durch die Böschung.

In der Ferne konnte sie ein Licht sehen. Es konnte nur von Sebasch stammen. Er war der Einzige, der hier unten sein konnte. Sie setzte ihren Fuß auf den ersten Felsbrocken und beobachtete genau, ob der Lichtkegel sich bewegte. Doch er blieb, wo er war. Sebasch schien ihn gefunden zu haben. Würde er noch suchen, so müsste sein Licht wandern, doch das tat es nicht.

Sie arbeitete sich so schnell sie konnte voran, doch das unebene Terrain bremste ihre Geschwindigkeit enorm. Es war fast so, als wollten die Steine sie davon abhalten, zu ihm zu gelangen. Sie glitt in Spalten, die sie fest umklammert hielten. Kirstin kämpfte sich weiter und zerrte die Füße aus weiteren Lücken, bis einer ihrer Tunschuhe in Fetzen hing. Sie fluchte, jedoch beließ sie ihn wie er war. Es galt, keine Zeit zu verlieren.

Kirstin hatte Sebasch fast erreicht. Er saß auf einem der größeren Felsbrocken, hatte die Hände vor sein Gesicht geschlagen und rührte sich nicht. Seine Stirnlampe leuchtete ins Leere. Etwa eine Armlänge von ihm entfernt machte sie einen unförmigen Schatten aus.

Er lebt, er lebt, sagte sie sich immer wieder. *Ich habe es geschworen; er wird leben.*

Wie kindlich dieser Gedanke war, sah sie erst ein, als sie den zerschmetterten Körper Sammaëls auf dem Geröll erkannte. Seine Glieder waren grotesk in alle erdenklichen Richtungen verdreht. Aus aufgerissenen Wunden quoll Blut und färbte die Steine zinnoberrot wie nach einem Massaker. Sein Schädel hatte eine merkwürdige Form und erst als sie genauer hinsah, erkannte sie, dass ein faustgroßer Teil seines rechten Hinterkopfes weggesprengt war. Aus dem klaffenden Loch floss eine blutige, gallertartige Masse.

Unwillkürlich drehte Kirstin sich zur Seite, ihr Magen zog sich schmerzhaft zusammen. Sie erbrach. Erschöpft sank sie auf die Knie. Als der Schwall versiegt war, schloss sie die Augen und wischte sich mit dem Zipfel ihres Shirts über die Lippen. Der bittere Geschmack im Mund glich dem Gefühl, das sich tief in ihre Seele eingefressen hatte. Ihre Augen brannten. Sie konnte ihn nicht noch einmal ansehen. Er musste tot sein, daran gab es nun keinen Zweifel mehr. Sie war eine Mörderin; sie alle waren Mörder.

Wie in Trance hörte sie Sebasch hinter sich unentwegt flüstern. Seine Worte waren undeutlich, doch gleichsam mit einer Dringlichkeit belegt, dass es klang, als spräche er eine Beschwörungsformel in einer ihr fremden Sprache. Sie wandte sich um und zwang sich, Sammaëls Beine nicht zu beachten. Sie sah Sebasch, der sich zusammengekauert hatte.

Er hielt die Arme vor der Brust verschränkt, wiegte sich vor und zurück. Die Haare waren zerzaust, sein Gesicht bleich, die Lippen blutleer. Er starrte auf die Felsen vor sich und doch sah er sie nicht.

Kirstin neigte den Kopf, lauschte und versuchte die Worte zu erfassen, die seine Lippen verließen.

»… Leben ist verwirkt. Das ist unser Werk, unsere Schuld; mein Leben ist verwirkt. Das ist unser Werk …«

»Sebasch?« Kirstins Stimme war nicht mehr als ein Flüstern. »Sebasch?« Sie richtete sich halb auf, schleppte sich zu ihm und legte ihm eine Hand auf den Rücken.

Plötzlich fuhr er herum, sah sie mit ausdruckslosen Augen an, durch sie hindurch, als wäre sie eine Geistererscheinung.

»Sebasch?«, versuchte sie es erneut.

In dessen Blick legte sich Verwirrung. »Du weißt, das ist unser Werk«, sagte er. Sebasch nickte zur Bekräftigung seiner eigenen Worte. »Es ist unsere Schuld.«

»Es ist unsere Schuld«, sagte Kirstin matt.

»Das ist unser Werk«, fuhr Sebasch fort, wandte den Kopf und sein Blick glitt wieder ins Leere. »Unsere Schuld. Mein Leben ist verwirkt. Das ist unser Werk …«

»Lass ihn«, sagte eine Stimme hinter ihr.

U-con hockte sich neben sie. »Er steht unter Schock.«

Kirstin sah ihn an. Seine Augen waren stark gerötet und wirkten, als sei jegliche Lebendigkeit aus ihnen gewichen, als sei er gleichsam gestorben. Um seine Mundwinkel lag ein harter Zug, den sie nicht deuten konnte. »Er ist tot, U-con«, sagte Kirstin, obwohl sie wusste, dass er es gesehen haben musste.

»Was hast du erwartet?«, sagte er und eine Eiseskälte lag in seiner Stimme.

Kirstin wich vor ihm zurück. Das war nicht mehr der Mann, den sie kannte.

»Was soll das?«, fragte er.

»Du bist so …«

»Wie denn? Sag's mir«, spuckte er aus. Es war offensichtlich, dass er keine Antwort von ihr erwartete. Er kam schwerfällig auf die Füße.

»Du hast gesoffen«, stellte Kirstin fest.

»Es war genug im Rucksack. Ja, ich hab gesoffen«, ätzte er. »Nüchtern könnte ich nicht ertragen, was ich jetzt tun muss.«

»Was meinst du?«

Er lachte bitter auf. »Willst du die Bullen rufen?«

»Ich …« Kirstins Gedanken rasten.

Polizei bedeutet Verhör. Ich habe den Cache gelegt, ich bin Schuld. Aber andererseits war es doch ein Unfall. Sie müssen das verstehen.

Sie müssen … Sie müssen gar nichts. Es ist Totschlag und wenn der Richter es so deuten will, könnte sogar heimtückischer Mord daraus werden. Reicht es nicht, dass ich Sammaël verloren habe? Ich werde mich ein Leben lang schuldig fühlen. Ich weiß, dass ich eine Mörderin bin, aber es war doch keine Absicht. Ich habe Sammaël nicht dazu gezwungen, den Fels hinaufzuklettern. Ich habe versucht, ihn zu retten. Er ist abgestürzt. Es war ein Unfall. Ein schrecklicher Unfall, an dem ich eine Mitschuld trage. Mitschuld, nicht Schuld. Ich bin keine Mörderin, ich könnte doch keinen Mord begehen. Unfall, Unfall; nichts weiter …

Sie atmete tief durch. Endlich fand sie ihre Sprache wieder. »Was hast du vor?«

U-con schnaubte. »Ich weiß jetzt schon: Das war der schlimmste Fehler meines Lebens und das, was jetzt kommt, wird nicht weniger grauenvoll, aber wir haben keine Wahl.« Er entfernte sich gut sechs Meter von der Unfallstelle, beugte sich und hob einen Felsbrocken auf. Er legte ihn zur Seite und nahm den nächsten in die Hände.

Kirstin trat an ihn heran.

»Hilf mir«, sagte er schlicht.

Fassungslos beobachtete sie U-con, der einen Brocken nach dem anderen fortlegte.

Er wandte den Kopf, einen Stein in der Hand. »Ich mach das nicht allein. Sebasch kannst du im Moment vergessen, aber du wirst mir helfen. Wir haben das gemeinsam verbockt und jetzt führen wir es zu Ende.«

Kirstin biss sich auf die Lippen, bis sie schmerzten. Schließlich richtete sie sich auf. U-con hatte Recht. Etwas anderes blieb ihnen kaum. Langsam begann sie, ihm bei seiner Arbeit zu helfen. Mit zunehmender Tiefe wuchs auch das Gefühl in ihr, das Richtige zu tun. Sammaël wollte sicher nicht, dass sie für einen Mord verurteilt wurde, den sie nur im weitesten Sinne begangen hatte. Er würde es verstehen.

Tränen rannen über ihre Wangen, während sie einen Stein nach dem anderen zur Seite stapelte. Das Atmen fiel ihr zunehmend schwerer, ihre Muskeln schmerzten. Ihre Seele war genauso wund. Sie würde sich davon nie erholen. Eine Heilung gab es nicht. Weder für Sammaël noch für sie selbst.

Als sie gemeinsam mit U-con Sammaëls leblosen Körper in das steinerne Grab hob, geschah dies in einem Zustand der Leere. Sie zwang sich, nicht mehr darüber nachzudenken. Die Entscheidung war getroffen.

U-con legte Sammaëls Arme auf dessen Bauch. Den Kopf hatte er so geneigt, dass man das klaffende Loch im Schädel nicht sofort sehen konnte.

Kirstin fand, dass er fast friedlich aussah, wie er so dalag. Aber in einem Punkt logen die Menschen, die behaupteten, es erinnere an Schlaf. Das tat es mitnichten. Dies war das Gesicht des Todes und sie wusste tief in ihrer Seele, dass sie diesen Anblick niemals würde vergessen können. Sie wollte Lebewohl sagen, doch brachte sie keinen Laut über die Lippen.

Kirstin fuhr zusammen, als sie Sebaschs brüchige Stimme vernahm.

»Rest in peace, Sammaël. Es tut mir leid.«

U-con sah ihn einen Moment lang an, dann nickte er, hob den ersten Stein auf und legte ihn vorsichtig auf den Leichnam.

Sebasch nahm einen weiteren zur Hand und folgte seinem Beispiel.

Sie gaben ein groteskes Bild ab, wie sie ihr Werk verrichteten und Kirstin schauderte. Sie sah den Leichengräbern bei der Arbeit zu. So sollte es nicht sein, dennoch taten sie es.

Als U-con die Begräbnisstätte mit einem letzten Felsbrocken verschloss, überfiel sie eine gewisse Erleichterung und sofort schämte sie sich dafür.

Kirstin betrachtete ihr Werk. Augenblicklich musste sie an Hügelgräber denken. Das letzte Zeugnis eines verstorbenen Kriegerhelden; das war Sammaël in ihren Augen und würde es ihr Lebtag bleiben. Ein Held, dessen Andenken hochgehalten und in Erinnerung bleiben musste, wenn auch die Art seines Todes auf immer in Schweigen gehüllt sein würde, wie sein lebloser Körper in seinem Grab aus Stein.

»Ich habe versucht, damit zu leben«, sagte Kirstin, »aber tief in mir ist in jener Nacht etwas zerbrochen. Vielleicht war es die Unschuld – ich weiß es nicht.«

Gernot und Michael saßen schweigend neben ihr und blickten zum Rhein hinab.

Sie sannen über die Geschichte nach, die sie ihnen erzählt hatte. Michael fand als Erster die Sprache wieder und sagte: »Und dann hast du die Engel auf die Reise geschickt zur Erinnerung.«

Kirstin nickte. »Das war ein Jahr danach. Vorher habe ich den Engel in der Höhle gemalt und den Grabstein geritzt. Er verkörperte für mich Sammaël so wie er war: ein guter Mensch, der sich für U-con und mich geopfert hat.« Sie atmete tief durch. »Ich habe U-con und Sebasch dazu gedrängt, mit mir zusammen Sammaël zu sein. Außerdem habe ich einigen Freunden gesagt, ich würde einen Geheimclan gründen und habe sie davon überzeugt, dass es cool wäre, wenn wir alle gemeinsam an der Spitze der Toplist stünden. Wir alle haben in seinem Namen die Caches geloggt.« Sie schwieg für einen Augenblick, dann fasste sie in Worte, was sie sich im Grunde niemals hatte eingestehen wollen. »Ich konnte ihn nicht loslassen. Immer wenn ich sah, dass jemand einen Cache geloggt hatte, dann war das für mich, als würde er noch leben.« Tränen schossen ihr in die Augen. Sie blies ihren Atem nach oben, wollte sie trocknen, spürte den altbekannten Kloß im Hals und blinzelte. Sie fühlte, wie sie ihre Wange hinabrannen. Sie zog die Nase hoch und begann gegen die Tränen anzuatmen. Mit einer fahrigen Bewegung wischte sie sich über die Augen.

Gernot legte einen Arm um sie und zog sie fest an sich. »Es war nicht deine Schuld«, flüsterte er.

»Oh doch«, widersprach sie.

Michael beugte sich vor, suchte ihre Augen. »Du hast dich dafür wirklich genug gequält. Es war ein Unfall.«

Kirstin schwieg und senkte den Blick hinab in die Tiefe. Zwölf Meter schätzte sie, aber dennoch gerecht. Es gab keinen Aufschub mehr. Der Tag war gekommen, vor dem sie sich gefürchtet hatte. Der Tag, an dem sie die Entscheidung treffen musste. »Im Grunde ist das jetzt auch egal, wir müssen die Polizei rufen und die werden Sammaël sicher finden – es ist vielleicht auch besser so«, sagte sie und erschrak über ihre Stimme, die in den Ohren der beiden Männer seltsam abwesend klingen musste.

»Nicht zwangsläufig«, sagte Gernot und sah zu Michael.

Der nickte. »Überlege es dir. Sie werden sicher nicht mit Suchhunden hier aufkreuzen, wenn wir sie nicht mit der Nase darauf stoßen …«

»Der Engel-Stein muss weg …«, begann Gernot.

»Und das Seil aus der Höhle auch«, ergänzte Michael.

Kirstin schüttelte den Kopf. »Das ist Unrecht. Das wisst ihr.«

Gernot packte sie bei den Schultern, drehte sie zu sich herum und sah ihr tief in die Augen. »Es war nicht deine Schuld, hörst du? Sie müssen ihn nicht finden. Wir können das vielleicht verhindern.«

Kirstin lächelte. Dieser besorgte Blick, seine Worte – er würde alles für sie tun. Mit ihm an ihrer Seite würde sie auch alles bewältigen können. In der Tiefe ihres Herzens fühlte sie sich befreit. »Ich kann nicht länger mit dieser Lüge leben.« Ohne den Blick von Gernot abzuwenden, sagte sie: »Michael, mach den Anruf.«

»Bist du sicher?«, hakte er nach.

»Ja, das bin ich.« Ihr Blick verschmolz mit Gernots sanften, braunen Augen. Ihre Entscheidung war gefallen.

Er beugte sich langsam vor, neigte den Kopf. »Ich liebe dich«, hauchte er. Ihre Lippen fanden sich zu einem innigen Kuss.

Epilog

Jens Dresen hatte seine allabendlichen Pflichten beinahe erfüllt. Er wischte mit einem feuchten Lappen, der schwach nach Zitrone duftete, über den Esstisch und wartete darauf, dass Nathalie mit seiner kleinen Tochter an der Hand aus dem Bad kommen würde.

»Papi, Papi!«, schallte es ihm fröhlich entgegen, als die kleine Mia auf ihn zugestürmt kam.

Er legte den Lappen ab, wandte sich ihr zu und fing sie auf. Er wirbelte sie hoch in die Luft. »Fertig mit Zähneputzen?«, fragte er und kitzelte sie liebevoll am Hals.

Glucksend sagte sie: »Ja, fertig.«

»Dann gehst du jetzt ins Bett und schläft schnell ein, ok?«

Die Kleine nickte eifrig. »Kuss und Schmuser«, forderte sie.

»Na klar«, ließ er sich nicht lange bitten, drückte Mia an sich und knuddelte sie. Dann gab er ihr einen Schmatzer auf die Lippen. Er setzte sie ab und richtete sich auf.

Seine Frau stand im Türrahmen und lächelte.

»Gute Nacht, Mia. Jetzt geh mit deiner Ma, sie wartet bestimmt schon darauf, dir eine Geschichte vorzulesen.«

Nathalie nickte und streckte Mia die Hand entgegen.

»Gute Nacht, Papi«, sagte die Kleine und winkte, als sie zur Esszimmertür ging.

Jens winkte zurück. »Bis Morgen, Süße.« Er beobachtete, wie seine Frau mit Mia durch den Flur ins Kinderzimmer ging, dann nahm er sein Netbook zur Hand und setzte sich an den Esstisch.

Während das Betriebssystem lud, nahm er eine kleine Schachtel von der Fensterbank, packte das neue Outdoor-GPS-Gerät aus und bestückte es mit Batterien.

Er freute sich bereits auf den kleinen Frühabend-Trip. Die letzten Tage war er mit einem Kumpel in der freien Natur unterwegs gewesen, der ihm ein interessantes Spiel gezeigt hatte. Es ging um eine Schatzsuche, bei der man das Versteck anhand von Koordinaten fand, die tausende Leute im Internet veröffentlichten. Man musste einfallsreiche Rätsel lösen und kam an Orte, die man bisher noch nicht entdeckt hatte. Das Spiel bereitete ihm Spaß, daher hatte er beschlossen, sich selbst einen Account zuzulegen.

Inzwischen war die Internetseite geladen und er begann, seine Daten ins Anmeldeformular einzugeben. Eine letzte Kontrolle und er klickte auf den OK-Button; es konnte losgehen.

Es dauerte einige Minuten, bis er sich orientiert hatte, doch dann fand er eine Übersichtskarte, auf der die kleinen Schatztruhen in seiner Umgebung markiert waren.

Wunderbar, dachte er, stöpselte sein GPS mittels Kabel an das Netbook, klickte einzelne Icons an und übertrug verschiedene Geocache-Daten auf das Gerät. Als er geendet hatte, schob er den Stuhl zurück, und begab sich hernach ins Schlafzimmer, um sich umzuziehen.

Als er aus der Tür trat, schloss Nathalie gerade Mias Zimmer, wandte sich zu ihm um und sah ihn fragend an.

»Ich wollte noch mal los, bleibe aber nicht lange weg«, beeilte er sich zu erklären. Schnell fügte er hinzu: »Versprochen.«

»Aber ich dachte, wir wollten uns heute einen gemütlichen Abend machen«, sagte sie und in ihrer Stimme schwang Enttäuschung.

»Nur ein oder zwei Stunden«, entgegnete Jens. »Es ist doch noch früh.«

Nathalie verzog den Mund.

Jens drehte sein Handgelenk und sah auf die Armbanduhr. »Halb neun, ok? Ich bin pünktlich.«

Einen kurzen Augenblick lang sagte sie nichts, doch dann griff sie an ihm vorbei, hakte den Schlüssel vom Brett und hielt ihn in der offenen Hand. »Aber wirklich pünktlich, ja?«

»Ehrenwort«, beteuerte er treuherzig und nahm ihr den Schlüssel aus der Hand.

Gemeinsam gingen sie zurück ins Esszimmer.

Jens stöpselte das Kabel aus und hakte sich das GPS an die Trekkinghose, dann warf er noch einen letzten Blick auf die Umgebungskarte.

Das kleine gelbe Symbol für eine Dose, kaum fünf Kilometer von seiner Wohnung entfernt, versteckte sich hinter einem anderen Icon. Wie hatte er das übersehen können? Er öffnete die Beschreibung und las sich den kurzen Text durch. Als er am unteren Ende der Seite angekommen war, stutzte er.

Helle Aufregung überfiel ihn. Dieses Versteck hatte noch niemand vor ihm gefunden. Er könnte einen seltenen Erstfund eintragen, wenn er sich jetzt beeilte. Hastig verband er das GPS erneut und startete fahrig die Übertragung. »Komm schon«, wisperte er. Endlich piepste das Gerät. Fertig. Er stöpselte es aus und behielt es in der Hand, als er zu Nathalie eilte und sie flüchtig auf die Wange küsste. »Ich muss los«, sagte er und war bereits durch den Flur verschwunden.

Jens hörte noch ihren Abschiedsgruß und zog die Tür hinter sich ins Schloss, doch gedanklich befand er sich schon oberhalb von Remagen, um den *Death Cache* zu bergen; als FTF.

-ENDE-

Danksagung

Der Frühling hält Einzug und die Arbeit an meinem Manuskript ist beendet. Vorbei die Zeiten des übermäßigen Kaffeekonsums; ich denke da mit einem Lächeln an Latte Macchiato und andere Verzweiflungstaten.

Nun ist der Moment gekommen, da ich mich bedanken möchte. Allen voran stelle ich meinen Ehemann. Du bist mein schärfster Kritiker. Danke, dass du solch ein Autonarr bist. Ich danke meinen Kindern für ihre Geduld. Wir haben es immerhin noch zum Osterfeuer geschafft … Ich danke meinem Vater Josef für die Informationen zur Brücke von Remagen, Bernhard für das Vorablesen und seine Kritik. Barbara, ich danke dir für mein persönliches Unwort 2015. Obendrein möchte ich einem ganz besonderen Menschen danken, der mir viel über Spannung beigebracht hat. Danke für die Tipps. Nicht zuletzt danke ich den Mitarbeitern des acabus Verlags für ihre unermüdliche Arbeit und dieses vortrefflich gelungene Cover. Danke an meine Lektorinnen Lara Maaß und Laura Künstler, die nicht nur jedes überflüssige Komma gefunden haben, sondern gleichermaßen ihr Herzblut in diesen Text gesteckt haben.

Zum Schluss ist es mir ein Bedürfnis noch ein paar letzte Worte an die Geocacher unter euch zu richten:

Bitte passt auf euch und eure Mitcacher auf.
Denkt immer daran:
Safety first!

Danise Juno

Die Autorin

© Timo Arzdorf

Danise Juno wurde 1974 in Bonn geboren. In Meckenheim hat sie auch ihre Kindheit und Jugend verbracht. 1990 absolvierte sie eine Ausbildung zur Glasveredlerin und legte ihr Fachabitur für Gestaltung und Design ab. 1994 ließ sie sich zur Technischen Zeichnerin ausbilden und legte schließlich 1998 erfolgreich die Ausbildereignungsprüfung ab. Sie arbeitete viele Jahre in der IT eines internationalen Großkonzerns als CAD-Anwenderbetreuerin, verfasste in diesem Zuge diverse Schulungsunterlagen und Bedienungsanleitungen auf Deutsch und Englisch und führte Mitarbeiterschulungen durch.

Heute lebt sie mit ihrer Familie und einem Hund im Münsterland. Sie widmet sich intensiv der Tätigkeit als Autorin. 2013 nahm sie an dem Seminar „Nervenkitzel - Schreiben Sie einen verdammt spannenden Roman" in der Bastei Lübbe Academy, unter der Leitung von Andreas Eschbach, teil.

2009 gewann sie eine Veröffentlichung ihrer Kurzgeschichte „Der Partylöwe".

Weitere Titel im acabus Verlag

Danise Juno

Herbstlilie
Limbergens vergessene Kinder

ISBN: 978-3-86282-349-9
BuchVP: 13,90 EUR
344 Seiten
Paperback

Es ist Liebe auf den ersten Blick, als Julia Meinert auf dem alten Bauernhof nahe Dülmen eintrifft.
Fasziniert von der Geschichte des alten Guts in Limbergen stöbert Julia immer tiefer in der düsteren Vergangenheit. Seit dem 18. Jahrhundert häufen sich hier mysteriöse Todesfälle.
Bei ihren Nachforschungen stößt Julia auf eine uralte Legende: 1690 soll ein todbringendes Wesen ein Kind nach dem anderen zu sich geholt haben. Gibt es etwa einen Zusammenhang zwischen den tragischen Ereignissen und der Sage?
Als sich im Leben der Meinerts plötzlich ungewöhnliche Vorfälle häufen, scheinen die Grenzen zwischen Legende und Realität zu verblassen …

Legende wird zu Bedrohung; Aberglaube wird zu Angst.
Ein fesselnder Thriller, der den Leser mit der Mystik historischer Sagen rund um das Münsterland in seinen Bann zieht.

Michael E. Vieten

Christine Bernard
Der Fall Siebenschön
Krimi

ISBN: 978-3-86282-352-9
BuchVP: 12,90 EUR
288 Seiten
Paperback

Eine Frau, ihre sechs Töchter und ein verzweifelter Mann. Sieben Tage Verhör und ein schrecklicher Verdacht. Wo sind Andrea Schröder und ihre Kinder? Leben sie noch? Unter Einsatz ihres eigenen Lebens treibt eine junge Kommissarin der Trierer Polizei die Ermittlungen voran und versucht, einem psychisch auffälligen und gewalttätigen Sonderling die dringend benötigten Informationen abzuringen. Doch sie hat sich bereits in seinem Netz dunkelster Absichten verfangen. Eine beispiellose Achterbahnfahrt in die Abgründe der menschlichen Seele beginnt. Ein spannender Psychokrimi nicht nur für Genre-Fans.

Michael E. Vieten

Christine Bernard
Das Eisrosenkind
Krimi

ISBN: 978-3-86282-413-7
BuchVP: 12,90 EUR
304 Seiten
Paperback

Der Mensch glaubt, er hofft, und er irrt.
Ein kalter Morgen im März. Eine gefrorene Kinderleiche am Moselufer. Eisige Farinade verziert das kleine Gesicht. Ist das die achtjährige Rosalia, nach der die Trierer Kriminalpolizei verzweifelt sucht? Ist sie im Nachtfrost erfroren oder verbirgt sich ein noch viel schrecklicheres Geheimnis hinter der Schönheit des Grauens? Nach seinem ersten Psychokrimi „Christine Bernard – Der Fall Siebenschön" veröffentlicht Michael E. Vieten nun einen weiteren mörderischen Fall, bei dem Kommissarin Bernard mit den dunkelsten und abgründigsten Seiten der Menschen konfrontiert wird. Ihre Ermittlungsarbeiten führen sie durch das winterliche Trier. Ein Thriller, der Gänsehaut verschafft – und das nicht nur aufgrund eisiger Temperaturen!

Ein neuer spannender Fall voller Hoffnung, Glaube und Irrtum für Kommissarin Christine Bernard.

Sascha Heeren

Die Schwelle
Thriller

ISBN: 978-3-86282-398-7
BuchVP: 13,90 EUR
268 Seiten
Klappenbroschur

Wahn | sinn, der; (psychische Störung, die von Wahn [und Halluzinationen] begleitet wird)

Sam hört Stimmen, halluziniert und steht kurz vor dem Wahnsinn - kein Wunder also, dass er als Hauptverdächtiger angesehen wird, als in seiner Firma vier Kollegen auf brutale Weise getötet werden. Sams Wahnvorstellungen werden schlimmer und er wird das Gefühl nicht los, das seine Firma NYPL - New York Pharmaceutical Laboratories - hinter all dem steckt. Bei seinen Nachforschungen stößt Sam auf das Projekt „Schwelle", eine Pforte zu einer fremden Dimension. Hängen seine Wahnvorstellungen damit zusammen? Offenbar steckt hinter dem Projekt noch viel mehr, denn plötzlich steht Sam vor der Frage, was Wahnsinn und was Wirklichkeit ist.

Unser gesamtes Verlagsprogramm
finden Sie unter:

www.acabus-verlag.de
http://de-de.facebook.com/acabusverlag

acabus